西北大学名师大家学术文库

# 刘持生论著选

（先秦两汉文学史稿）

刘持生 著

西北大学出版社
·西安·

图书在版编目(CIP)数据

刘持生论著选:先秦两汉文学史稿/刘持生著. —西安:西北大学出版社,2022.10

ISBN 978-7-5604-5009-4

Ⅰ.①刘… Ⅱ.①刘… Ⅲ.①中国文学—古代文学史—先秦时代②中国文学—古代文学史—汉代 Ⅳ.①I209.2

中国版本图书馆 CIP 数据核字(2022)第 176334 号

## 刘持生论著选(先秦两汉文学史稿)
LIU CHISHENG LUNZHU XUAN (XIANQIN LIANGHAN WENXUE SHIGAO)

| | |
|---|---|
| 作　　者 | 刘持生 |
| 出版发行 | 西北大学出版社 |
| 地　　址 | 西安市太白北路 229 号 |
| 网　　址 | http://nwupress.nwu.edu.cn |
| E – mail | xdpress@nwu.edu.cn |
| 邮　　编 | 710069 |
| 电　　话 | 029 – 88302590 |
| 经　　销 | 全国新华书店 |
| 印　　装 | 陕西博文印务有限责任公司 |
| 开　　本 | 787 毫米×1092 毫米　1/16 |
| 印　　张 | 22.75 |
| 字　　数 | 320 千字 |
| 版　　次 | 2022 年 10 月第 1 版　2022 年 10 月第 1 次印刷 |
| 书　　号 | ISBN 978 – 7 – 5604 – 5009 – 4 |
| 定　　价 | 118.00 元 |

本版图书如有印装质量问题,请拨打电话 029 – 88302966 予以调换。

## 《西北大学名师大家学术文库》编辑出版委员会

**主　任**　王亚杰　郭立宏
**副主任**　常　江　赖绍聪
**编　委**　（按姓氏笔画排序）

马　来　马　健　马　锋　马朝琦
王旭州　王思锋　田明纲　付爱根
吕建荣　李　军　杨　涛　杨文力
吴振磊　谷鹏飞　宋进喜　张志飞
张学广　范代娣　岳田利　周　超
赵　钢　胡宗锋　徐哲峰　栾新军
郭　琳　郭真华　彭进业　雷晓康

# 序　言

西北大学是一所具有丰厚文化底蕴和较高学术声望的综合性大学。在近120年的发展历程中，学校始终秉承"公诚勤朴"的校训，形成了"发扬民族精神，融合世界思想，肩负建设西北之重任"的办学理念，致力于传承中华灿烂文明，融汇中外优秀文化，追踪世界科学前沿。学校在人才培养、科学研究、文化传承创新等方面成绩卓著，特别是在中国大陆构造、早期生命起源、西部生物资源、理论物理、中国思想文化、周秦汉唐文明、考古与文化遗产保护、中东历史，以及西部大开发中的经济发展、资源环境与社会管理等专业领域，形成了雄厚的学术积累，产生了中国思想史学派、"地壳波浪状镶嵌构造学说""侯氏变换""王氏定理"等重大理论创新，涌现出一批蜚声中外的学术巨匠，如民国最大水利模范灌溉区的创建者李仪祉，中国第一座钢筋混凝土连拱坝的设计者汪胡桢，第一部探讨古代方言音系著作的著者罗常培，中国函数论的主要开拓者熊庆来，五四著名诗人吴芳吉，中国病理学的创立者徐诵明，第一个将数理逻辑及西方数学基础研究引入中国的傅种孙，"曾定理"和"曾层次"的创立者并将我国抽象代数推向国际前沿的曾炯，我国"汉语拼音之父"黎锦熙，丝路考古和我国西北考古的开启者黄文弼，第一部清史著者萧一山，甲骨文概念的提出者陆懋德，我国最早系统和科学地研究"迷信"的民俗学家江绍原，《辩证唯物主义和历史唯物主义》的最早译者、第一部马克思主义哲学辞典的编著者沈志远，首部《中国国民经济史》的著者罗章龙，我国现代地理学的奠基者黄国璋，接收南海诸岛和划定十一段海疆国界的郑资约、傅角今，我国古脊椎动物学的开拓者和奠基人杨钟健，我国秦汉史学的开拓者陈直，我国西北民族学的开拓者马长寿，《资本论》的首译者侯外庐，"地壳波浪状镶嵌构造学说"的创立者张伯声,"侯氏变换"的创立者侯伯宇,等等。这些活跃在西北大学百余年发展历程中的前辈先贤,深刻彰显着西北大学"艰苦创业、自强不息"的精神光辉和"士以弘道、立德立言"的价值追求,铸筑了学术研究的高度和厚度,为推动人类文明进步、国家发展和民族复兴作出了不可磨灭的贡献。

在长期的发展历程中,西北大学秉持"严谨求实、团结创新"的校风,致力于培养有文化理想、善于融会贯通、敢于创新的综合型人才,构建了文理并重、学科交叉、特色鲜明的专业布局,培养了数十万优秀学子,涌现出大批的精英才俊,赢得了"中华石油英才之母""经济学家的摇篮""作家摇篮"等美誉。

2022年,西北大学甲子逢双,组织编纂出版《西北大学名师大家学术文库》,以汇聚百余年来作出重大贡献、产生重要影响的名师大家的学术力作,充分展示因之构筑的学术面貌与学人精神风骨。这不仅是对学校悠久历史传承的整理和再现,也是对学校深厚文化传统的发掘与弘扬。

文化的未来取决于思想的高度。渐渐远去的学者们留给我们的不只是一叠叠尘封已久的文字、符号或图表,更是弥足珍贵的学术遗产和精神瑰宝。温故才能知新,站在巨人的肩膀上才能领略更美的风景。认真体悟这些学术成果的魅力和价值,进而将其转化成直面现实、走向未来的"新能源""新动力"和"新航向",是我们后辈学人应当肩负的使命和追求。编辑出版《西北大学名师大家学术文库》正是西北大学新一代学人践行"不忘本来、面向未来"的文化价值观,坚定文化自信、铸就新的辉煌的具体体现。

编辑出版《西北大学名师大家学术文库》,不仅有助于挖掘历史文化资源、把握学术延展脉动、推动文明交流互动,为西北大学综合改革和"双一流"建设提供强大的精神动力,也必将为推动整个高等教育事业发展提供有益借鉴。

是为序。

《西北大学名师大家学术文库》编辑出版委员会

# 程 序

刘持生教授既殁,其弟子思慕者谋流布其遗著。持生以诗名世,而手稿纷乱,卒不可理,则拟先取其先秦、两汉、魏晋文学史刊之,而求序于余。余之知持生,盖由先师彭泽汪先生。抗日战争中,先生随中央大学西迁重庆,余方流寓成都。一日,先生以书诏余曰:吾近年门下有甘肃籍者三,曰刘持生、霍松林、马骅程,皆未易才也。自宋以来,文学之士,东南多于西北。今群彦联翩而至,岂地气之钟毓有所更替乎?余心仪之。其后得纳交于松林、骅程,独于持生悭陪接之缘。一九八二年春游西安,与之执手晤言,始得尽友三君子,知其皆高文博学,大雅不群,于是益服先师当年之知人也。持生秉性纯笃,为学一本师法,不轻著述。此文学史虽上庠讲稿,而要言胜义,出自胸中之造者,屡见不一见。世之览者,不以全书之未及毕功而忽之,则匪独逝者之幸,亦学林之幸也。

一九八六年二月,七十三叟程千帆题

# 殷 序

持生先生的学术是我素所钦服的,持生先生的高风是我素所敬重的。今日得读持生先生的《先秦两汉文学史稿》,深服其用心的细密,深服其识见的精到。此书对于当前文学史的教学与研究是有特殊贡献的。

我得与持生先生同窗是四十多年前的事了。持生先生长于诗歌古文辞,甚得汪旭初先生、胡小石先生、汪辟疆先生诸师的赏识。今其所作取材精审,识断允当,是不负诸师之器重的。陆机《文赋》说:"每自属文,尤见其情。"窃以为,这部《文学史稿》之可贵,固由于持生先生治学之审慎,而其能基于自身属文之甘苦,以洞见古人为文之情实,此即陆机所谓"窃有以得其用心"者,实在也是一个重要的原因。此作语无浮泛,这是可以与学人共信、与学人共赏的。

这部《文学史稿》包括上编先秦文学、下编两汉文学和附录魏晋文学。其止于此并至于晋宋之际文学戛然而止者,实时势为之。自此而下之札记虽有残存,然已属断简残编,难于整理了。此固学术界一憾事,然持生先生治学之精神、方法、识断,从今刊《文学史稿》中仍灼然可见,实可为并世同道治斯学时之一助,则即此刊《文学史稿》实大有益于今日之文明建设。

今不揣鄙陋,试述此作上编之"古代诗歌总集——《诗三百篇》"一章中所论,以见持生先生写作之用心。这章首节论"《诗三百篇》的成书问题",谓"采诗的制度究竟如何,不得而知,但采诗的事实一定存在。不然,汉代也不会毫无因袭地突然要采诗了"。又谓"古代诗乐不分,正乐与删诗本没有绝对不同的地方","孔子时代,私学已兴","古代诗歌经过孔子等邹鲁儒者的整理论定,是无可怀疑的了"。又谓"本无六诗之说。至于赋、比、兴,不过是汉人眼中《三百篇》的修辞学而已,与《三百篇》原来的分体无关"。又谓一般"对风、雅、颂区别的说法,虽各有所见,但都不够全面。因为任何一首诗歌都具有多方面的属性,很难执其一端以概括其余。例如《采薇》与《东山》同是征夫还归之词,并无大小之别,但一在'小雅',一在'豳风'。风、雅既同具美刺,单就其刺的浅深,岂能判断出二者的分别是什么?"又谓我们"岂能狭隘地认为某种诗就是某种乐器的诗,而不顾及其他条件?"又谓"风、雅、颂的区别,还是以这些诗歌产生地区在政治上的性质来分的"。又谓风、雅、颂的名义:"风的解释,风土一说较为概括","雅的解释,以夏声一说较为具体","颂的解释,以形容一说较为贴切"。又谓"我国古诗分为风、雅、颂三种,向来没有一定的解释,其实就是抒情诗、史诗、剧诗三种的区别"。凡此,或郑重地论定他人之心得,或审慎地发抒一己之见解,要皆征之本文,征之史实,征之社会发展,可见持生先生作此《文学史稿》是深有得于辩证唯物主义和历史唯物主义的。此正与持生先生之娴于诗歌古文辞相得益彰,其所论定,庶乎中肯。以教学论,此作富有启发性;以研究论,此作亦富有启发性。其参考价值,自当为并世学人所珍视。

持生先生逝世瞬已三年了,今蒙出版社印行此《文学史稿》,其鼓舞学术之盛意至为可感!我与持生先生可说是"平生风义兼师友"的,因敢敬为此序,自知鄙拙,其不足以彰持生先生此作之美,明矣!是则敬有望于世之知音!

一九八六年夏日,殷焕先敬序于山东大学

# 目 录

## 上编　先秦文学

**第一章　史前文学——神话** ………………………………………… /3
　第一节　神话研究的重要性 ………………………………………… /3
　第二节　古代神话的记载情况 ……………………………………… /4
　第三节　几个重要的神话 …………………………………………… /5
　第四节　古代神话的创作意义 ……………………………………… /9

**第二章　古代诗歌总集——《诗三百篇》** ………………………… /10
　第一节　《诗三百篇》的成书问题 ………………………………… /10
　第二节　《诗三百篇》的现实内容 ………………………………… /23
　第三节　《诗三百篇》的艺术特征 ………………………………… /44

**第三章　《春秋》《左传》《国语》《国策》的史传文** …………… /63
　第一节　散文的分化与史传文的演进 ……………………………… /63
　第二节　《春秋》正名的时代意义 ………………………………… /66
　第三节　左氏的史才 ………………………………………………… /69
　第四节　《国策》的艺术及古代史传文的记述趋势 ……………… /89

**第四章　诸子散文** …………………………………………………… /106
　第一节　诸子散文的形成 …………………………………………… /106

· 1 ·

第二节　早期的散文《论语》和《墨子》……………………… /108
　　第三节　《庄子》……………………………………………… /113
　　第四节　《孟子》……………………………………………… /119
　　第五节　《荀子》《韩非子》…………………………………… /122

**第五章　大诗人屈原和《楚辞》**……………………………………… /127
　　第一节　《楚辞》的形成……………………………………… /127
　　第二节　大诗人屈原的产生…………………………………… /134
　　第三节　屈原作品研究………………………………………… /153
　　第四节　宋玉及其他…………………………………………… /175

## 下编　两汉文学

**第六章　司马迁的《史记》与汉代散文**……………………………… /185
　　第一节　秦汉散文概说………………………………………… /185
　　第二节　司马迁与《史记》…………………………………… /192
　　第三节　《史记》以后的作者………………………………… /213

**第七章　汉代辞赋**……………………………………………………… /232
　　第一节　汉赋的形成…………………………………………… /232
　　第二节　汉赋发达的原因……………………………………… /233
　　第三节　汉赋的主要作家……………………………………… /234
　　第四节　结论…………………………………………………… /238

**第八章　从民歌到五言诗**……………………………………………… /240
　　第一节　汉乐府中民歌的重要地位…………………………… /240
　　第二节　五言诗的产生与发展………………………………… /242
　　第三节　汉民歌的现实内容和艺术手法……………………… /251
　　第四节　《古诗十九首》等古诗的来源及时代背景………… /253

## 附录　魏晋文学

**第九章　建安文学**……………………………………………………… /267
　　第一节　"七子"的名号和孔融诸人…………………………… /267

第二节　魏氏三祖 …… /271
　　第三节　建安文学的代表作家曹植 …… /274
　　第四节　七言诗产生的历史过程 …… /279

**第十章　正始文学** …… /283
　　第一节　建安以后五言诗的发展梗概 …… /283
　　第二节　正始诗人——源出应璩的嵇康和阮籍 …… /285

**第十一章　太康、元康文学** …… /292
　　第一节　张华和傅玄 …… /292
　　第二节　潘岳和陆机 …… /294
　　第三节　张协 …… /297
　　第四节　左思及其他诗人 …… /299

**第十二章　永嘉文学** …… /304
　　第一节　刘琨 …… /304
　　第二节　郭璞 …… /307
　　第三节　孙绰、许询的玄言诗与袁宏 …… /309

**第十三章　陶渊明** …… /311
　　第一节　关于陶渊明的评价和家世的种种问题 …… /311
　　第二节　陶渊明诗歌所表现的思想 …… /318
　　第三节　陶渊明诗歌的风格 …… /332

**第十四章　晋宋之际文学** …… /337
　　第一节　山水诗和谢灵运 …… /337
　　第二节　颜延之 …… /342
　　第三节　鲍照 …… /346

# 上 编

## 先秦文学

# 第一章　史前文学——神话

## 第一节　神话研究的重要性

　　文字是人类进入文明的重要标志。有了文字，文学作品才被记载下来。这并不是说没有文字时就没有文学创作。没有文字时，文学创作是发生在人们口头上的。人们的口头创作是什么？细谈起来，种类很多。就最早的形式而言，是关于过去的传说，即神话。此外，童话和故事也很发达。这都是用普通语言来表达的。至于用比较有节奏的语言来表达的，便是歌谣、叙事诗、谚语、谜语等。

　　就我国的情形来说，可以肯定为远古歌谣和谚语的，为数极少；童话、谜语，更是无从谈起。只有神话和叙事诗，因为其中往往提到一些具体的神名、人名，还可以约略估计出产生的时代。我国古代的叙事诗，夏以前有没有不得而知；商人的叙事诗写定很晚，约在春秋时期；周人的叙事诗所根据的传说虽早，写定也是在周人开国以后。商人和周人的叙事诗都已经收在《诗经》中，可说是有文字记载以后的产物。只有神话，虽然似断似续地活在人们的口头上，一直未被写定，但为数依然不少。因此，远古传说时代的文学创作主要是神话。

　　什么是神话？根据马克思的科学论断，它是"在人民幻想中经过不自觉的艺术方式所加工过的自然界和社会形态"。在原始社会，人们全都过着劳动生活,人类所面临的问题是如何抗御自然和自然界其他动物所加于人的一切灾害。自然界太神妙莫测了,因而人们把自然界设想为神,同时把自己的力量理想化,假想着自己能够战胜自然,并把这种假想通过人物形象表现出来。因此,古代神话是古代那种未发达的社会里,人们基于对自然和社会的认识,从幻想出发,经过不自觉的艺术加工而产生的。后来人类智力逐步提高,逐渐能够解释自然,也能够控制自然,神话便不再产生了。因此,古代神话代表着古代那种未发达社会里人们的意识形态。它的产生,有一定的现实背景。高尔基说:"如果不知道人民的口头创作,那就不可能知道劳动人民的真正历史。"我们如果要知道我们的祖先如何与自然斗争,如何改造世界、改造人类自己,就必须知道我们古代的神话。因为只有这样,才能唤起我们对民族童年的回忆,发挥我们几乎忘记了的本来的创造力。

## 第二节 古代神话的记载情况

古代神话最初没有文字记载,全凭口头传说流传下来,因而我们看到的没有一个是完整的定本,而是散见于各书并且出入很大的一些零星追记。大体说来,古籍关于神话的记载,《诗经》《尚书》里很少。因为我国最古的典籍如《诗经》《尚书》等,都经过了古代儒家学派的整理删改。古代神话里包含很多历史传说。在儒家看来,这些荒唐传说"文不雅驯",不可凭信,因而对它们不是删去不载,便是大加改编,目的在使它们成为信史。就编写历史来说,这种态度是好的,但问题在于他们的删改是否真的合理,而且经他们这一删改,很多神话从此失传了。保留下来的,也被弄得历史非历史,神话非神话,我们无从认识其原始面目究竟是怎样的了。其后《国语》《左传》,虽也是儒家思想的产物,但此二书保存了很多春秋时期各国的史料原文,因而也保存了一些还流传在春秋人士口头的神话片段。至于儒家以外的著述如《墨子》《庄子》《吕览》《淮南子》等,便保留很多。最多的要算《楚辞》和《山海经》。古代神话很多是散见于各书的零星追记,因时代的绵延,很多神话经过后人的辗转传述,有不少被附益转化的地方。因此我们研究神话,不仅需要广泛地搜集资料,也需要约略定出一个范围。像《风俗通》《博物志》《拾遗记》《述异记》一类后世的书,各记其当时的传闻,偶作参考还可以,再后的就不能一起拉来算数了。至于战国秦汉之间,燕、齐方士的谎言和哀、平以后纬书中的一些诞说,则完全出自编造,更不能随便相信。

## 第三节　几个重要的神话

在古代神话中,首先要注意的是关于女娲的神话。女娲神话见于《世本》《楚辞》《山海经》《淮南子》,以及王延寿《鲁灵光殿赋》和应劭《风俗通义》。如今还留存在山东嘉祥县武宅山的武氏祠汉画中,也有女娲的形象,自然是根据前此传说刻画的。据说女娲人面蛇身。天地开辟之初,还没有人,女娲曾抟黄土来造人。忙不过来,就拿根绳子在泥巴里一拖,再举起来,挥洒出去,便成了人。富贵的是手抟的黄土人,贫贱凡庸的是绳甩的泥巴点子。据说女娲是伏羲的妹妹,也是伏羲的妻子。从女娲开始,才有了婚配。她给很多男女做媒,叫他们互相配合,再生出人来,因而被后世人奉为高禖之神。而她所发明的笙,据说就是象征人类生殖繁衍的一种乐器。伏羲殁后,她曾代替伏羲治理天下,因而她也是古代传说中唯一的女主。到她晚年的时候,共工与颛顼作战不胜,怒触不周山,"天柱折,地维绝",天倾西北,日月星辰都奔向西北;地陷东南,水潦尘埃都流向东南。女娲便又炼出五色石来补苍天,斩断鳌足来立四极,杀除黑龙来拯救冀州,焚积芦灰来埋塞洪水。毒蛇猛兽死了,人民得到安生。后来她到九天之上去朝见上帝,一点也没有彰扬自己的功德,隐藏着才智,顺应着天地自然。后来在栗广之野有十个神,叫作女娲之肠,可能是女娲变的,因为女娲一直被认为是古代化生万物的神圣女性,一天就能变化七十次。

根据这个神话,伏羲与女娲既是兄妹,又是夫妇,而女娲又是古代传说中唯一的女主,这说明人类在最初一个时期的婚姻状况是"乱婚",而且"原始人群"是由一位女性首领领导着的。她补天的故事,显然是人类遭遇第一次洪水灾害的回忆。除了造人分出贵贱这一点杂有后世统治阶级加进去的毒素外,大体上还保持着原始神话的本来面目。这个神话,主要在于说明人类最初的敌人是自然灾害。神是与自然作斗争,能改造自然的现实人物。

此外像《精卫填海》《刑天舞干戚》《夸父逐日》几个神话,也应该注意。

《精卫填海》的神话见于《山海经》,其后《述异记》有所附会。据说精卫原是炎帝的女儿,叫作女娃。因为往游东海而溺死,才化为一只花头白嘴赤足的鸟儿,不断地鸣叫。叫声中表明自己名叫精卫,并发誓不饮东海的水。它常常衔西山的石子投进东海,想把东海填平。这说明古代的神都是与自然作斗争而不怕任何牺牲的。女娃虽然在斗争中牺牲了,但她的精神是不朽的。

《刑天舞干戚》的神话见于《山海经》。据说刑天与上帝争神位,上帝斩掉了他的头,葬在常羊之山。他还以乳为目,以脐为口,手执干戚,一直挥舞。这说明古代的神是氏族战争中的英雄,虽然在战争中牺牲了,却一直是那样坚强不屈,深信自己的力量能够战胜任何阻力。

《夸父逐日》的神话也见于《山海经》,唐人的《朝野佥载》记有后世附会的传说。据说大荒之中有座山,名叫成都载天。山中有个人,两耳各挂一条黄蛇,两手各握一条黄蛇,名叫夸父。他不自量力,追赶太阳到禺谷去。中途口渴,到河、渭去饮水,河、渭水不足,他还想到北方大泽中去,不料中途被黄帝的部下应龙杀死。他的手杖丢在地上,化为邓林。这说明夸父是氏族战争中的英雄,在战争中牺牲了,被人嘲笑,总想战胜一切不幸,丝毫没有消极悲观的情绪。

其次应注意的是鲧、禹治水的神话,见于《尚书》《国语》《左传》《孟子》《楚辞》《山海经》《拾遗记》等。据说鲧原是黄帝的孙子白马,被封为崇伯。尧时洪水泛滥,四岳一致推荐鲧来治水。尧认为鲧是一个不大听命的人，不愿意用他。四岳主张试试再看。鲧看到鸱鸮和乌龟有的曳泥，有的衔草，便想到用堤防拦挡洪水。后世筑堤防汛，据说就是鲧发明的。治了九年，终因为洪水没有去路，泛滥愈甚，鲧便到上帝那里，盗取了一种叫作息壤的土来堙塞洪水。这种土能自行生长，当然是最理想的堙塞洪水的东西。但这事不曾得到命令，惹得上帝大怒，命祝融把鲧解到北极之阴永不见日的羽山底下杀了。过了三年，尸体还没有腐烂。最后用吴刀割之，他变成一只黄熊，逃入羽渊中去了。也有说鲧变成一条玄鱼，扬须振鳞，还时常游出水面，最后越过山岩险阻的穷石而西去，到灵山神巫那里求医治，居然得以复活。后来他的儿子禹继承他的遗业，继续治水。禹渡海时有鼋鼍作梁，越岭时有神龙为驾，走遍了日月所到之处，却从不践足羽山，终于把水治平了。鲧治水的传说，是古代人类对洪水的回忆。应注意的是，像鲧这样的人，是为了全人类的幸福苦心积虑，不惜牺牲自己性命的人民英雄，他盗取息壤来堙塞洪水，很像我们今天所利用的原子能，这是何等惊人的创造！这种神话，只有在直接参加创造现实的劳动，直接参加对自然的斗争时，才有可能被创造出来。

其中传说最丰富，故事最完整，最具有吸引力的，便是关于后羿的神话。这个神话见于《尚书》《左传》《孟子》《楚辞》《山海经》《淮南子》和张衡《灵宪》，后来罗泌《路史》有所附会。据说羿是古代一个有名的射手，在帝喾那里当射官。他的射迹主要是射杀猰貐、凿齿、封豨、修蛇等猛兽毒蛇及九婴之怪、大风之鸟等。尧时这些东西都出来危害人类，都被羿一一射杀了。最奇的是射日的传说。原来太阳有十个，都是帝俊的妻子羲和所生。他们都住在黑齿国北边汤谷的扶桑树上，九日居上枝，一日居下枝，轮流出照。尧时十日并出，草木焦枯，铄石流金。帝俊赐给羿彤弓素矰，命羿去扶持下国。羿举矢射日，一连中了九日，日中有三足乌，九乌都解羽堕地而死。后来夏启荒淫无道，启的儿子太康等兄弟五人发生内讧，羿先从钼迁到穷石，做了有穷国国君。接着因群众的拥护，赶走了太康，夺取了夏朝的政权。从此他也骄傲荒淫起来。他曾灭了乐正夔的国家，强占了夔的妻子玄妻。曾射伤河伯冯夷的左眼，掠夺冯夷的妻子雒嫔。

又到西王母那里讨到不死之药,想吃了延年不死。不料他的妻子嫦娥偷吃了不死之药,逃入月中,化为蟾蜍。羿这样仗恃勇力,游猎无度,他的弟子逢蒙早已嫉妒他的射技,所有部下又全被他的养子寒浞收买。最后,那些人把羿骗出去打猎,等羿回来,逢蒙用桃木棒把他打死,而且把他的尸体烹了,叫他的儿子吃。他的儿子不忍心吃,被杀死在穷门。他的妻子纯狐也被寒浞强占了。羿死后被奉为宗布之神,也有说即是后来年画中捉鬼的钟馗。至于夏王朝,自太康失国后,仲康、帝相、少康一直过着流亡生活。帝相还被寒浞的儿子浇所杀。有一个原先降羿的夏朝臣子伯靡,在羿死后逃奔有鬲,收集夏朝同姓斟灌、斟鄩的残余力量,把寒浞灭了,从有虞氏那里迎归少康。其后少康、帝杼先后把寒浞的两个儿子所盘踞的过、戈两国灭了,有穷氏从此便全亡了。这是后事。

  后羿是古代射猎的能手,有很多为民除害的功绩,正是创造神话最好的对象。至于他后来因为骄横而遭遇失败,说明个人英雄主义者会给自己带来不幸的结局。显然这里又含有十足的教育意义。羿在帝喾时代做射官,到太康时夺取夏政,中间经过了尧、舜、禹时代,这样长的时间似乎令人难以置信。实则帝喾、帝俊、帝舜是三人还是一人,做帝喾射官的羿和篡夏的羿是一个人还是两个人,早已有人怀疑过。这正说明古史传说的纠纷难理及其充满神话色彩的特征。既然把它当神话看待,这些纠纷当然用不着费多大气力去考证了。应该注意的是,羿这个人物,除了见于神话传说外,还见于《尚书》《左传》等历史记载,是一个比较可靠的历史人物。这说明人类的历史经过了从神话到人话这个过程。夏以前的历史,神话多于人话。夏以后,人话便多于神话了。因而我们同意今人唐兰先生的话,认为启和羿的传说是神话和历史的分界线,是古代传说中最有声有色的故事之一。有的人却把神话与历史分割开,认为神话中不应该掺杂历史的成分,因而把后羿传说中牵涉到夏代历史的部分删去了。这不但忽视了神话的历史背景,就整个故事来说,也显得没有发展变化,空泛无味了。

## 第四节　古代神话的创作意义

　　古代神话产生在古代人生活的基础上,是有它的现实背景的。它那种从幻想出发的形象塑造,又可说是后世浪漫主义文学的萌芽。至于他们所假想的,在科学发达的今天,实在算不了一回事。基于人类当时的生活水平,竟能产生如此伟大、美妙的想象,实在是一件不平凡的事。古代神话作者赋予了古代英雄极不平凡的性格和形象,因而古代神话一直吸引着后世很多人,震荡着人们的心灵,启迪着人们的智慧。像大诗人屈原,对鲧的被杀,一再抱有不平;对羿的失败,也不断引为前鉴。诗人陶渊明对夸父、精卫、刑天那种倔强的性格一直叹惋。古代神话被散文家、诗人引作典故,借作比喻;被小说家、戏剧家取来当作题材,演为故事,编为剧本,在后世一直不绝,成为后世文学艺术挹取不尽的资料和泉源。我们不能不惊服于这些神话作者的创造力。马克思把希腊神话看作一种艺术上不可企及的典范,对我国古代神话,我们也有此感觉。

# 第二章 古代诗歌总集——《诗三百篇》

## 第一节 《诗三百篇》的成书问题

中国最早的诗歌总集是《诗三百篇》（此后正文叙述中全部简称《三百篇》），即后人尊称的《诗经》。

《三百篇》不知是谁收集的。《左传·襄公十四年》引《夏书》说："遒人以木铎徇于路，官师相规，工执艺事以谏。"这是说，理想的君主应该多方面征求群众对政治的意见。到了汉代，《礼记·王制》、《刘歆与扬雄书》、《汉书》"食货"和"艺文"两志、《说文解字》"铎"字说解、《公羊传·宣公十五年》、郑樵《通志·答张逸问》等，便都以为"古有采诗之官，王者所以观风俗，知得失，自考正也"。因而杜预注《左传》，以为遒人徇于路是为了求歌谣之言。关于采诗之官、采诗之时，各书所说不同。对"遒人"的解释，杜预与刘炫也主张互异，因而后人对这话多不信。如崔述便以为：自克商至桓灵近五百年，何以前三百年诗少，后两百年诗多？千八百国，何以只有九国可采诗？采诗之使，何以不见于《春秋》？因而认为采诗之说完全是汉以后人的揣度。近人更以为这是汉人受了当时乐府采诗的影响，才以今来度古的。

我们认为这种怀疑不见得正确。古代诗歌由于时间的淘汰和编录者的去取而有所散失，是很自然的。最重要的是，鲁襄公二十九年（前544），吴季札到鲁,请观周乐。鲁襄公命乐工为他演唱,歌唱的类别与今本《诗经》大致不异,足证《三百篇》在当时已经有一个初步结集的本子。《三百篇》中有很多地方民歌,若无采诗之事,这些民歌如何会流传到宫廷中去?因此,采诗的制度究竟如何,不得而知,但采诗的事实一定存在。不然,汉代也不会毫无因袭地突然要采诗了。这事在《国语·周语》中有一段比较详细的记载:

> 天子听政,使公卿至于列士献诗,瞽献曲,史献书,师箴,瞍赋,矇诵,百工谏,庶人传语,近臣尽规,亲戚补察,瞽、史教诲,耆、艾修之,而后王斟酌焉……

《晋语》《楚语》《吕览》《大戴礼记》中都有同样的记载,与《左传》引《夏书》的话实际上来自同一个传说。杜预的解释并没有错误。古诗的采集编唱,大抵出于此辈瞽师矇瞍之手。因为古代的诗人大都是依附于国王或贵族的歌者。国王或贵族左右,都有一定数量的歌者或合唱队,歌颂他们的功绩,增加他们的声望。这些歌者,大都是从别的部族俘获来的奴隶,也有从本部族成员中分化出来的,瞽师矇瞍即是这种歌者。可能是这些人双目失明,不能担任其他工作,但对于音乐歌唱,却由于不断地演习或世袭的职业而得到独特的发展,只好凭这一技之长,专门承担音乐歌唱之事了。

至于《三百篇》的选录,孔子曾说:"吾自卫反鲁,然后乐正,雅颂各得其所。"到了汉代,《史记》记载:"古者诗三千余篇,及至孔子,去其重,取可施于礼义……三百五篇孔子皆弦歌之,以求合韶武雅颂之音。"对于此说,后人中虽有欧阳修、王应麟、顾炎武、范家相、王崧、赵坦等多方解释,但如孔颖达、朱熹、叶适、苏天爵、黄淳耀、汪琬、朱彝尊、赵翼、崔述、李惇、魏源、方玉润,直至近人钱玄同等,大都极力反对。他们认为:

一、《三百篇》以外,古籍所引逸诗无多,可见古诗并无三千之数,孔子也不至于十去其九。

二、《三百篇》中诗之数量,孔子以前已定,季札闻歌,不出《三百篇》,孔子也常言"诗三百"可证。

三、孔子但言正乐,未言删诗。

四、礼乐皆掌之王官,班之诸侯,孔子一人删之,谁肯信从?

五、孔子深恶郑声,何以《三百篇》中反多郑诗?

六、《史记》记载,自相抵牾及被后人窜乱之处很多,对"商颂"两处说法不同,则删诗之说恐也是后人窜入。

因此,认为孔子未尝删诗,《三百篇》也不像出于孔子那样的圣人之手,乃是由于人们爱好诵习而自然流传的。其实这种怀疑也是太不注意当时的史实所致。古代学在官府,除了贵族王官,私人没有什么学术文化可言。周室东迁,文物遭到破坏,只有鲁国还保存着周室礼乐。政权愈益下移,贵族愈益没落,王官们才逐渐转化为职业学者,从事私人讲学。首先,脱离王官的职业学者便是所谓"邹鲁之士缙绅先生"的儒者。他们是学术文化的保存者和传播者,贵族的学术——诗书礼乐,怎能不经过他们之手?我们认为,古代诗歌经过瞽师蒙瞍等乐官的采集编唱,到季札观乐时,在鲁国已经有一个初步结集的本子。孔子恰好又是首创儒家学派的鲁国学者,他将其拿来转教学生,虽不一定全部改编,也不一定毫无意见加入其内,这是异常分明的事。因此,删诗之说虽不一定如《史记》说的那样具体,但逸诗所存无多,不能以古籍所引为断。季札观乐时,"国风"的次序与今本不同。颂诗没有提到周、鲁、商的区别,"鲁颂""商颂"是否在内?当时乐工只能演唱其中一部分,其余未演唱的部分是否全与今本无别?这些都不得而知。何况先秦古籍大部分是历代结集而成的,很难肯定季札以后《三百篇》的本子毫无变动。其次,古代诗乐不分,正乐与删诗本没有绝对不同的地方。礼乐虽颁自王室,但在孔子时代,私学已兴,由《袄歌》《祈招》《辔之柔矣》《茅鸱》《新宫》《狸首》等篇不见于今诗,说明礼乐所用都不一定全被保留,何况其他?至于孔子深恶郑声,是他施教时对学生说的话。不删郑诗,正如顾炎武说的"志淫风也"。最后,《史记》所载自相矛盾,那是并存异说,等后世论定,这正是《史记》记载的慎重。《史记》中虽有很多被窜乱的地方,但删诗之说,还找不出证据证明是后人窜入的,只能说这话有些语病而已。事实上,古代诗歌经过孔子等邹鲁儒者的整理论定,是无可怀疑的了。

《三百篇》的编排,据今本《诗经》,分风、雅、颂三种。但也有在这三者之外另加赋、比、兴三者,并称六诗的。这是因为《周礼》大师之职下面有这么一段话:"教六诗:曰风,曰赋,曰比,曰兴,曰雅,曰颂。"因而郑玄、王质及近人章炳麟等都相信它,认为古诗原有六种,赋、比、兴不能歌,故被删去了。《周礼》是战国秦汉间人搜罗了许多古官名称而编成的一部理想的政书,不能当作真实的史料。季札观乐时,风、雅、颂的编次与今本《诗经》已无大异,可见古诗只分风、雅、颂,本无六诗之说。至于赋、比、兴,不过是汉人眼中《三百篇》的修辞学而已,与《三百篇》原来的分体无关。因此,这里专谈风、雅、颂。

风、雅、颂三体的区别,荀卿曾有论列,《毛序》所说大都本此。其后如孔颖达、程大昌、郑樵、朱熹、章潢、顾炎武、阮元,及近人章炳麟、梁启超、王国维、郭沫若等,各据所见,说法很多,大别言之,约有下面几种:

一、以关系事件的大小来分。认为风咏风化是一国之事,雅言王政是天下之事。政有大小,故雅分"大雅""小雅"。至于颂,则是告神明的盛德,当然更异于个别地方风土的歌咏了。

二、以讽刺或歌咏的程度来分。认为风刺风化的美恶,雅述王政的得失,颂美盛德之形容,则风、雅都有美有刺。但天下有道,庶人不议,等到王道衰,礼义失,国异政,家殊俗,便要产生"变风""变雅"。那么,王道盛时,除了歌颂天子的正风而外,别无所谓风。只要是各国的风诗出现,便都是讽刺。雅,有美有刺,意含讽刺的叫"变雅"。颂则有美无刺。

三、以风格的雅俗纯杂来分。认为风之体,其意虽远,其言则浅近重复,轻松和谐,微言示意,"二南"尤其像南风一样含蓄温柔。雅之体,纯厚典则,昌大畅达。纯属于雅的是"大雅",杂有风的风格的是"小雅"。颂之体,言简意远,庄严有节。

四、以作者的身份贵贱来分。认为风是闾巷男女小夫贱隶之词,雅是朝廷公卿大夫之作,颂是宗庙祀神之乐。

五、以音乐的形制、用途来分。认为风是民谣,是徒诗,是方俗土乐。

其中"二南"是房中乐、乡乐，是乐终合唱的音乐，也是南籥之舞、南夷之乐，是由一种名叫南的乐器孳乳出的乐曲。所谓"南"，就其形象及读音来看，即后世的"铃"字。雅是朝廷之乐，是燕射之乐。"大雅"用之王室，"小雅"用之诸侯。雅又是万舞、箭舞，是一种歌呼呜呜的周秦之音，是中原正声，是一种状如漆筒，其中有椎，名叫雅的乐器，为筑地节行之乐。颂是宗庙之乐，是祭祀之乐，也是舞乐，即《酌》舞、《象》舞、《大武》之舞，是以一种名镛的大钟为主的舞乐。至于三者在声音上的区别，如乐曲之在其宫，如言"仲吕调""大石调""越调"之类，"大雅""小雅"如十二律有"大吕""小吕"。

以上对风、雅、颂区别的说法，虽各有所见，但都不够全面。因为任何一首诗歌都具有多方面的属性，很难执其一端以概括其余。例如《采薇》与《东山》同是征夫还归之词，并无大小之别，但一在"小雅"，一在"豳风"。风、雅既同具美刺，单就其刺的浅深，岂能判断出二者的分别是什么？至于风格的纯杂，亦不可执一而论。"邶风"的《谷风》与"卫风"的《氓》，何尝浅近重复？"小雅"的《巷伯》《何人斯》又何尝纯厚典则？关于作者贵贱的说法，似乎要具体些。"小雅"的《黄鸟》《我行其野》，并非卿大夫之作。"邶风"的《燕燕》和"鄘风"的《载驰》也不是民间歌谣。此外，天子房中用"二南"，乡饮酒与燕礼，同歌"小雅"，同以"二南"合乐。两君相见歌《文王》，天子视学用《清庙》，可见"二南"不独用于乡饮，"小雅"不独用于诸侯，"大雅"不独用于王室，颂诗不独用于宗庙。因此用乐制来解释，仍不能区分清楚。近人多以为风、雅、颂的区别应当溯源于所用的乐器。当然，特殊的乐器是构成音乐特色的重要因素，风、雅、颂三种诗是当时历史的产物，岂能狭隘地认为某种诗就是某种乐器的诗，而不顾及其他条件？我们认为，风、雅、颂的区别，还是以这些诗歌产生地区在政治上的性质来分的。这样，诗歌的作者、歌唱的内容、作品的风格、音乐的特色，都可以得到解释。大别言之：

风是诸侯之国的地方性的诗，自然其中民歌很多，大部分是男女言情之作，故其风格浅近活泼，代表着各地的土风谣俗。

雅是周王朝的全国性的诗,自然很多是士大夫阶层颂扬或讽谏其统治主子的作品,记述了王政的得失。由于它的风格整齐矜持,绅士气很重,故被称为正声,意思是说,这是全国的标准音。

颂是统治阶级的宗教性的诗,自然王室有,诸侯也有。宗教祭祀最早始于人类对自然的崇拜。阶级产生以后,便成为统治阶级颂扬自己的祖先、统治群众思想的工具。它是一种巫术表演,有一定的周旋起讫,故其风格庄严有节。

关于三者命名的含义,过去也是众说纷纭。大要说来,风的解释约有四种:

一、风是风化。

二、风是风刺。

三、风是风土。

四、"风"与"赋"音近,不歌而诵叫作赋。故风是讽颂。

雅的解释约有五种:

一、雅者正也。

二、雅言王政。

三、"雅"与"乌"古同声,乌乌之音。

四、雅即"讯疾以雅""春牍应雅"之雅,是乐器的名称。

五、"雅"与"夏"通,即中夏之音。

颂的解释约有四种:

一、颂者美也,意言赞美。

二、"颂"也读"容",是形容、容态,即后世所谓样子。

三、"颂"与"诵"通,是诵说诵读。

四、"颂",古文为"庸"或作"镛",大钟名"镛"。

这些解释,与风、雅、颂分期的解释是分不开的,虽各有所见,却不够全面。既然知道了三者真正的分别,则其命名的含义也可迎刃而解了。因此,风的解释,风土一说较为概括。风诗来自诸侯之邦,有其独特的地方色彩,故名风土。各地风土习俗是当地政教的反映,故也可说是风化。

风诗很多是民间歌咏,对政治不无批评,故曰讽刺。风多徒诗,未被管弦,故又曰讽诵。雅的解释,以夏声一说较为具体。雅是王室的诗,周都丰镐,东迁后秦人据有其地。季札闻"歌秦",曾说:"此之谓夏声,其周之旧乎?"是说秦声是周室旧有的中原之音,故曰夏声。秦声被称为乌乌之音,故又曰与"乌"同声。都城的歌唱是全国的标准,故曰正声。雅多卿大夫之作,与王政直接相关,故又曰政也。至于乐器名雅,这又是很自然的事了。颂的解释,以形容一说较为贴切。颂是舞诗,其中有一定的容态,故谓之形容。颂扬盛德,必须诵说而赞美之,故曰诵曰美。舞以钟磬为节,故亦名之为镛。

下面的说法,我们并不认为完善。颂是舞诗,宗教活动中跳舞是戏剧的萌芽,因而颂也可以叫作剧诗。雅言王政,讲的都是些历史大事,故也可以叫作史诗。风诗是诗人感情的自我抒写,是最单纯的"歌",也可以叫作抒情诗。自亚里士多德以来,诗歌就分为抒情诗、史诗、剧诗三种。我国古诗分为风、雅、颂三种,向来没有一定的解释,其实就是抒情诗、史诗、剧诗三种的区别。首先提出这种说法的是近人章炳麟。他认为风是空气的激荡,气自口出就是风。当时所谓的风,只是口中所讴唱的罢了。雅,古作"疋",足也,一训记也;取义于足迹,今字作"迹"。孟子言:"王者之迹熄而《诗》亡,《诗》亡然后《春秋》作。""王者之迹"即是"小雅""大雅",意思是说雅是记事之诗。颂者,"美盛德之形容",可见古人的颂是要"式歌式舞"的。章氏此说,今人有些在采用,追叙起来,《毛序》之说已含有此意,其序言:"是以一国之事,系一人之本,谓之风。言天下之事,形四方之风,谓之雅。……颂者,美盛德之形容,以其成功,告于神明者也。"话虽有些含混,却已指出三者的区别,就是抒情诗、史诗、剧诗的区别。可见对古代诗歌的这种分类,我们的祖先并没有弄错。但是我们何以不直接将其用作风、雅、颂的正式解释呢?这只是一种简单的文体分类,虽不能断然地说《三百篇》的编定与《春秋》一样,有什么"尊王"之义,但东迁以后,王室没落,诸侯强大,正名审实成为春秋人士共有的思想意识。《三百篇》的编定,自然也会不自觉地注入这种时代精神。王室名雅,侯国名风,一点也不容杂越。天子名不副实,王城一带的诗只代表地方风谣,失去了全国性的意义,只好名风。反之,宋、鲁等国参与齐桓公伐楚,夸耀功德,大作其颂诗,虽然有似僭越,但也在追步王迹,编诗者自然也要重视他们这份成绩了。故风、雅、颂的分类带有深刻的时代烙印。犹如马克思说的:"正像耶和华的选民的额上写着他们是耶和华的财产一样,分工在工场手工业工人的身上打上了他们是资本的财产的烙印。"(《资本论》)因此,我们也不能离开历史条件,把风、雅、颂简单地说成抒情诗、史诗、剧诗。因为这仅是一般文体的分类,还不足以说明风、雅、颂三者所包含的具体内容。

此外,风诗中"周南""召南"之"南",也有几种解释:

一、南是说王化自北而南。

二、南是指南土、南国。

三、南是南音,即南夷之乐。

四、南是钟镈一类的乐器,即后世的铃。

我们既然知道风是地方性的诗,而"二南"又都是江、汉、汝、沱一带的产物,自然以南土一说为是。南北声乐不同,故曰南音。南音之南,可能起源于乐器之南,既成为乐歌,而这种乐歌又是南方的产物,则"二南"仍指的是南方的诗,乐器不过是其中一个要素罢了。至于南化一说,则是汉儒附会春秋攘夷之义,不愿把"二南"看作真正的南方的诗,故曰王化自北而南。其实"二南"乃是楚诗。宋郑樵及近人章炳麟都提到过。只因楚国到文王熊赀时始强,侵凌江汉间小国,约与齐桓公同时,"二南"产生的时代比这早些,所以不叫作楚风,而叫作"周南""召南"。

自宋王质、程大昌以来,清顾炎武、崔述及近人梁启超等,见《三百篇》有"以雅以南",《礼记》有"胥鼓南",《左传》有"舞象箾节南籥",乡饮酒、燕礼又都以"二南"合乐,便以为南与风有区别,"二南"与雅、颂是乐诗,风是徒诗,南应该独立,与风、雅、颂并称四诗;甚至说古无"国风"的名目,乃是荀卿根据季札称卫诗为"卫风"、称齐诗为"泱泱大风"的话追加进去的。这是因为他们只把见用于礼仪的诗叫作乐诗,把不见用于礼仪的叫作徒诗。如果这样,可以采用顾炎武的主张,认为豳也与风有别,南、豳、雅、颂为四诗。其实季札观乐,鲁国乐工既然对他遍歌风、雅、颂,则列国之诗都已经入乐。一样是根据《左传》,为什么只相信舞南籥的话,而不相信卫诗称"卫风"、齐诗称"泱泱大风"的话?"二南"与列国之诗在声乐方面有分别,与列国之诗相互间在声乐上有分别是一样的,无法否认"二南"是地方性的诗。因此,《三百篇》只分为风、雅、颂三种,南乃是风的一种,与风并无区别。

  《三百篇》的年代,在原书中很容易看出来。汉儒说诗,常常以为排列在前的便是初盛之世的和平颂美之音,在后的便是衰微之世的怨怒讥刺之音,因而以美为刺,以刺为美,以先为后,以后为先,不一而足。《毛序》既多臆测,郑玄作《诗谱》,排列世次,也未见有什么修正。后来何楷作《诗经世本古义》,打破风、雅、颂的界限,全以世次排列,虽然确有些精到的见解,但穿凿附会的地方也不少。再后来经过姚际恒、崔述、魏源等不断考辨,对有些诗歌勉强可以肯定产生的时代,但一般还表现出一种褊狭粗疏的倾向:有的旧说本无错误,却故意翻案;有的旧说确有问题,只因没有人提出过,大家也就放过去不管了。要了解《三百篇》的年代,还需要从鉴别作品入手。结合历史记载,对每篇作品加以仔细鉴别,才不至于以耳代目,为人所蔽。同时,这对了解《三百篇》的具体内容来说,也是一个必不可少的过程。大略说来:

  "周颂"《时迈》一篇,《国语》认为是周文王之颂,《左传》以为是武王所作。同时,《左传》还以为《武》《桓》《赉》各篇也是武王之作。朱熹认为,篇中有武王之谥,当作于武王以后。据王国维、郭沫若考知,谥法是后世产物,文武成康都是生时称号,这几篇很可能是当时的作品。同样,还有几篇提到成康称号的,也可能是成康时的作品。班固有句话:"成康没而颂声寝。"说明"周颂"很多是周初的作品。此话大致不差。

  "商颂",《毛序》和《诗谱》认为是殷诗,韩诗和《史记·宋世家》认为是宋诗。《史记·宋世家》以为是正考父美襄公之作。清魏源、皮锡瑞及近人王国维等举出很多证据,力主"商颂"为宋诗之说,可说已成为定案。不过魏、皮以"商颂"为正考父美襄公之词,王国维以为是西周中叶宋人祀先王之作。就《殷武》一诗言"奋伐荆楚"来看，就"商颂"的文字那样畅达来看，魏、皮之说有理，是不是正考父写的倒无关紧要。"奋伐荆楚"指的是宋襄公参加齐桓公召陵攘楚之事，在鲁僖公四年（前656），《殷武》当作于此后不久，将及春秋中叶。

"鲁颂"，汉人都以为是公子奚斯美僖公之作，《閟宫》一诗也有内证。但《毛序》独以为是史克所作。奚斯是闵、僖时人，史克是文、宣时人，《左传·文公二年》已引《閟宫》之诗，则"鲁颂"成于史克以前，必为奚斯之作无疑。

"大雅"《文王》一篇，《吕览》以为是周公旦所作，虽不可靠，但就篇中言文王受命之事来看，是周初之诗无疑。其余《江汉》《崧高》《烝民》《韩奕》《常武》等篇，铺张宣王时征讨经营的功勋，当是宣王时之诗。《瞻卬》《桑柔》，言及女色亡国、周室东迁之事，当作于平王初年。依据《国语》，即是卫武公九十五岁时所作的《懿戒》，也应在东迁前后。

"小雅"中《采薇》《出车》《六月》《采芑》《黍苗》，也是叙宣王时征讨经营之功，当是宣王时之诗。《常棣》，《国语》以为是周文公之诗，《左传》以为是召穆公之诗。诗言"丧乱既平，既安且宁"，与厉王失国、宣王中兴之事甚合，不像咏周初管蔡叛乱的事，当从《左传》定为召穆公之诗，在宣王时代。《十月之交》言"朔月辛卯。日有食之"，前人认为写的是幽王六年（前776）的一次日食，日人平山清次独说写的是平王三十六年（前735）的日食。诗中所言是西周乱亡前夕的景象，应以旧说为是，作于西周末年。《正月》《雨无正》言及西周亡国之事，当是平王时作。《宾之初筵》据韩诗说是卫武公饮酒之作，也应作于东迁前后。《节南山》言"家父作诵"，"家父"见《左传·春秋桓公十五年》记载，在桓王之世，则此诗当作于东迁以后。

"国风"中最早的是"豳风"，《破斧》言"周公东征，四国是皇"，当是周初成王时所作。《鸱鸮》，《尚书·金縢》说是周公所作，近人不大相信。实则"既取我子，无毁我室"和"今此下民，或敢侮予"的话，无法移在别处。何况还有《破斧》一诗可以证明"豳风"中既有周初的诗，也有东迁后的诗。如《七月》一诗，旧说以为是"周公陈王业也"，诗中记叙时令，杂用两种历法。据日人新城新藏的研究，古代历法在春秋中叶鲁国文、宣时代曾有很大的变革，因而引起学者们的注意，逐渐产生了"三正"的说法。《七月》一诗，可能作于这以后不久。

周室东迁后，豳地归秦，"秦风"《黄鸟》据《左传》是秦穆公初死不久的诗，当在春秋中叶。《无衣》据《左传》是秦哀公为申包胥所赋，已到春秋末期了。关于此诗有几种说法。由于它出现的时代很晚，在季札观乐以后，因而一般都认为秦哀公所赋的是秦国旧有的诗。其实诗言"王于兴师"，又言"与子同袍"，分明是对楚国的口气，移他处不得。也可见《三百篇》的编定在季札以后。季札所听到的，不过是初步整理出来的一个唱本而已。

犬戎之乱后，西周之地依次归秦，王室局促于雒邑王城一隅。"王风"《扬之水》中有"戍申""戍甫""戍许"的话，可能是指东迁后预防楚国北进的事。其余各篇，虽不知其确切年代，但多是亡国之音，可能都作于东迁初年。

近邻王室东边的国家是郑国。郑国原是西周王畿内的国家，犬戎之乱后，才和周室一道东迁。它是灭了桧国，迁国于桧地的。故桧诗和郑诗实际上是同一地区的作品，不过时间有先后，内容有新旧而已。"桧风"《匪风》中有"顾瞻周道，中心吊兮"和"谁将西归？怀之好音"的话，似乎在关心王室变乱的消息，可能作于东迁前夕，桧国未亡之前。至于郑诗，据《左传》的记载，《清人》一诗是郑人咏高克之作，将近春秋中叶了。

王室西北是唐叔所封的晋国。春秋初年，唐并于近支曲沃，"唐风"《扬之水》中有"从子于沃"的话，可能就是唐人叛从曲沃时的歌谣，当作于春秋初期。

晋献公十六年（前661）灭魏以封毕万，子孙遂以为氏。后人以为魏诗都是魏亡以前之作，这是上了《毛序》的当。《汾沮洳》一诗言及"公路""公行""公族"，朱熹怀疑是晋国官名，何楷更指出这是讥刺晋成公宦卿之嫡子以为"公族"，又宦其余子以为"余子"，其庶子以为"公行"之事，则可知此诗作于春秋中叶以后。

王室东北是卫国。卫诗分隶于邶、鄘、卫三风中,过去以为邶在纣城之东,鄘在南,卫在西,是三个国家。实则春秋时不见邶、鄘二国的活动,二国之诗又都是卫诗,可知二国不过是地理上的名词而已。《硕人》一诗,据《左传》说是卫人咏庄姜之作,在周室东迁之初。《燕燕》,《毛序》以为是庄姜送归妾之作。《二子乘舟》,《毛序》以为写的是卫宣公二子争死之事。《河广》,《毛序》以为是宋桓夫人思宋之词。这些都是春秋初期的诗。后人多不信,这是过分反对《毛序》所致,实则诗中有很多内证,证明《毛序》之说不错。《载驰》据《左传》是狄人灭卫,许穆夫人伤悼母家之作。《泉水》《竹竿》,何楷、魏源以为与《载驰》情事相同,用语又很一致,断定也是许穆夫人之作,将及春秋中叶。《定之方中》中有"作于楚宫"的话,当是卫文公初迁楚丘时所作,已达春秋中叶。《击鼓》言"从孙子仲,平陈与宋",姚际恒以为这是指卫穆公平陈宋之难,事在春秋中叶以后,诗当作于其时。

卫国东北是齐国。《南山》《敝笱》《载驱》都是讽刺文姜的诗,当作于春秋初期。

晋、鲁之间是曹国。《候人》言"三百赤芾",据《左传》,晋文公入曹,责备曹共公不用僖负羁而乘轩者三百人,诗言可能指此,已达春秋中叶。《下泉》言"四国有王,郇伯劳之",何楷、马瑞辰、陈乔枞都认为这是曹人歌颂晋荀跞纳王于成周而作,在春秋末期,也在季札观乐以后。

宋、郑南方是陈国。"陈风"《株林》是讽刺陈灵公君臣淫乱生活的诗,在春秋中叶。

陈国还在南北之交,真正的南方的诗便是"周南""召南"。《甘棠》歌颂的召伯,过去以为是周初的召公奭,实则周人立功江汉,只有宣王时方叔、召虎诸人,则诗言之召伯是召虎可知。大概作于召虎死后,是东迁前后的诗。《汝坟》言"王室如毁",崔述以为指骊山乱亡之事,当作于东迁初年。《何彼襛矣》提到"王姬之车",又提到"平王之孙,齐侯之子",即春秋庄公十一年(前683)王姬归于齐之事。齐侯即齐襄公,王姬即桓王之女,在春秋中叶以前。

　　以上所述,都是有具体史事可征的诗,其时间性异常明确。我们虽不能据此把其余很多无史事可征的诗也认为是同时期的诗,但把这些当作了解《三百篇》年代的诗篇是不无理由的。归纳上面所述,《三百篇》中"周颂"最早,作于周初。"二雅"次之,有周初作的,但西周末年厉、宣、幽三朝诗最多,也有周室东迁后之诗。风诗最晚,除豳、桧、"二南"中偶有西周作品外,大部分作于周室东迁以后,甚至有春秋末期的诗。"鲁颂""商颂"则全是周室东迁后模仿"周颂""二雅"写成的。这是因为周人自太王、王季、文王,逐步东下,建立城邦国家。其后克殷践奄,大量奴役殷民,正式走上奴隶社会。过去氏族的血缘纽带并没有解除,而是变为宗法保留了下来。故周人在周初和殷人一样,很重视宗庙祭祀。"周颂"和一部分追述祖先功德的雅诗,便是这一时期的作品。西周盛世并不长久,昭王南征不返,穆王更是作靡费的周游,昭、穆以后颂声不作,大概是无可歌颂了。到了厉王,便被镐京的群众驱逐。宣王用武力恢复了政权,带来一度所谓中兴。这时距离周初已远,颂声废绝已久,诗人便由歌颂祖先转向记述当时主子的功勋,"二雅"大部分作于此时。周室东迁以后,王室日卑,政权下移。过去学在官府,礼不下庶人,礼乐是贵族阶级的装饰品。这时礼坏乐崩,除了宋、鲁等国强支门面,模仿王朝当年的盛况作有颂诗外,真正的雅、颂已随贵族的没落而逐渐销声匿迹。各地民歌,随着诸侯的强大、奴隶的解放、文化的普及而逐渐露头。从此,《三百篇》中便有很多风诗了。风诗大部分是周室东迁后的作品,便是这个缘故。

　　此外,《三百篇》中除了寥寥几篇可以约略知道作者姓名外,大部分都无从稽考。这虽然是由于时代过早,记载失传,实际上也是古代诗歌的一般现象。因为古代的诗即是歌,大部分是口头创作,辗转传唱,很难确知歌者是谁。虽然前面提到了部分作品作者的姓名,但也不能将其与后世诗篇同等看待。因为后世的诗,一经写出便成定本,而古代的诗活在歌者的口头,由于长期的传唱,难保不会有歌者为了适应当时的环境,根据自己的意见增减或修改的地方。因此,为了了解《三百篇》所反映的一定阶级的历史真相,对它们的年代不能不加以考证。至于作者,不是重要问题,因为《三百篇》已经是我们古代全民族的歌唱,是集体的创作。那时只有群众性的歌者,还没有专门的诗人。

## 第二节 《诗三百篇》的现实内容

《三百篇》由于来源不同,时代不同,歌咏的内容也各有区别。

首先,最早的"周颂"是周人克殷以后用于宗庙祭祀的舞乐,其中大部分是歌颂祖先的丰功伟绩。要注意的是,殷人所崇拜的"帝"或"上帝",据王国维、郭沫若考知,是祖先神"高祖夒",即是殷人的远祖帝喾,并非指的是天。到了周人那里,便不然了。

思文后稷,克配彼天。(《思文》)

昊天有成命,二后受之。(《昊天有成命》)

不显成康,上帝是皇。(《执竞》)

这是说祖先的功德能够配天,周室能有天下,是受了天命。这种天或天命观念的产生,便是超自然权力观念的产生,说明祖先已由氏族长转化为社会的统治者。这是周人由部族发展到国家时期所产生的支配阶级的思想意识。

至于祖先的功德,在"周颂"中说得较具体的,便是文舞所用的《维清》和武舞所用的《赉》《桓》《武》等篇。武有六成,据《左传》中楚庄王的话,这仅是《武》之首章,其余是哪几章,后人说法不一。先看这两种舞诗究竟说了些什么。

维清缉熙,文王之典。(《维清》)

于皇武王!无竞维烈。允文文王!克开厥后。嗣武受之,胜殷遏刘,耆定尔功。(《武》)

前者说周人到了文王时与殷人一样,有册有典,昭示后世。后者说武王有无比的威武,能继承文王,克殷定乱。可知周初两个开国君主所以叫文王、武王,主要是这个缘故。文舞的表演如何,不得而知。关于武舞,孔子对宾牟贾说过一段话，保存在《礼记·乐记》里：

> 夫乐者，象成者也。总干而山立，武王之事也。发扬蹈厉，大公之志也。武乱皆坐，周召之治也。且夫武始而北出，再成而灭商，三成而南，四成而南国是疆，五成而分周公左、召公右，六成复缀以崇，天子夹振之而驷伐，盛威于中国也。分夹而进，事蚤济也。久立于缀，以待诸侯之至也。

演述武舞的周旋起讫，倒很威武热闹。

这是文化武功方面的表现。周人能够克殷践奄，凭借的社会基础是什么？"周颂"中有好几首用于籍田、社稷的诗，如《臣工》《噫嘻》《丰年》《载芟》《良耜》等，这些诗说的都是周人在农业方面的成就。《思文》一诗谈到后稷的功德，已有"贻我来牟，帝命率育"的话，这几篇中说得更详细：

> 噫嘻成王，既昭假尔。率时农夫，播厥百谷。骏发尔私，终三十里。亦服尔耕，十千维耦。（《噫嘻》）

诗中写成王亲自督率农夫从事耕种，说明氏族长还没有完全脱离过去共同体下所从事的生产劳动。同时也说明了不但在文化武功上，而且在生产劳动上，由于族人为了共同利益而委权力于个别人身上，氏族长逐渐转化为统治主子的具体过程。

还应该注意的，便是"周颂"中一些诗所描写的耕作现象与后世的大有不同。前举《噫嘻》一诗中已言"终三十里""十千维耦"，再看下面的诗句：

> 丰年多黍多稌，亦有高廪，万亿及秭。（《丰年》）
>
> 载芟载柞，其耕泽泽。千耦其耘，徂隰徂畛。侯主侯伯，侯亚侯旅，侯强侯以。……载获济济，有实其积，万亿及秭。（《载芟》）
>
> 获之挃挃，积之栗栗。其崇如墉，其比如栉，以开百室。（《良耜》）

这里提到的耕种面积起码是"三十里"。一万人配成五千对在耦耕，族人室家全部出动，有万亿的收获，必须打开高廪百室来储藏，说明周人的土地是氏族所公有的,劳动力是族人室家全部成员。这正是周人克殷后还保留着氏族公有的过时制度,同时又指挥大批氏族集团的奴隶从事大规模耕作的现象。换句话说,即是在氏族贵族共同掌握生产手段,与氏族奴隶劳动力相结合的生产关系下的一种生产方式,说明周人能够吸收大量奴隶从事生产劳动。所以周人能够克殷践奄,是有一定社会基础的。这些诗既然用于籍田、社稷之礼,可能也有一定的舞蹈表演。周人很早就是农业部族,则这种舞蹈又可能源于他们豳地旧有的播种舞或收获舞。故有人怀疑这些诗便是《周礼》中所说的"豳颂"。这是后世帝王举行的籍田等典礼的萌芽,表面上是劝农,实际上是欺骗群众。历来统治者都有这套戏法。结果,做戏者既然因袭旧章,作诗者也只好敷衍塞责。故事相沿,毫无新意。在"周颂"中却还有一定的历史内容,我们得另眼看待。

其次,"二雅"是整个西周王朝从开国鼎盛一直到衰乱灭亡全部过程的纪事诗。其中有记述英雄事迹的史诗,有装饰贵族生活的礼仪诗,有反抗政治黑暗的讽刺诗。这里虽有初盛与衰微的区别,有军国大事与生活细节的不同,实际上是周人各个不同历史阶段真相的反映,都可以叫作史诗。其中第一部分最能显出史诗的特色,一般人把这部分叫作史诗。我们为了方便研究,暂时也如此区分。

先谈记述英雄事迹的诗。这是"二雅"所构成的史诗的最重要部分。约十六节,篇目为《生民》《公刘》《绵》《皇矣》《思齐》《文王有声》《文王》《大明》《崧高》《烝民》《韩奕》《江汉》《常武》《出车》《六月》《采芑》等。前八篇记述后稷、公刘、古公亶父、太伯、王季、文王、武王几个主要人物的事迹,并提到后稷母姜嫄、太王妃太姜、王季妃太任、文王妃太姒等几个女性,及伐纣时的重要人物师尚父等。后八篇则全是记述宣王命方叔、召虎诸臣征讨经营之事。东迁以前,周室大事略备于此。《三百篇》中有所歌咏,史籍中也有所记载。其余昭、穆以后,夷、厉以前,《三百篇》中无歌咏,史籍中记载得也很简略。可知西周史料大部分出于这些史诗和《尚书·周书》各篇。从这些史诗中,我们可以很清楚地看出周人发展过程中每个阶段的历史特色。例如:

>厥初生民,时维姜嫄。生民如何?克禋克祀,以弗无子。履帝武敏歆,攸介攸止。载震载夙,载生载育,时维后稷。(《生民》)

这是说周人的始祖后稷,是他母亲姜嫄践上帝足迹而生的。说明周人最初也经过了一段母权制的过程。再看:

>笃公刘,匪居匪康。乃场乃疆,乃积乃仓。乃裹糇粮,于橐于囊,思辑用光。弓矢斯张,干戈戚扬,爰方启行。(《公刘》)

>古公亶父,来朝走马。率西水浒,至于岐下。爰及姜女,聿来胥宇。(《绵》)

这是说公刘背着干粮,拿起武器,率领族人寻觅新居。古公亶父也赶着马到岐山下,与姜女一道选择合适的住处。说明周人最初也过着迁徙生活,没有定居之所。再看:

>挚仲氏任,自彼殷商。来嫁于周,曰嫔于京。乃及王季,维德之行。大任有身,生此文王。

>有命自天,命此文王。于周于京,缵女维莘。长子维行,笃生武王。保右命尔,燮伐大商。(《大明》)

前举《绵》之诗,已谈到古公亶父到岐山下与姜女婚配之事。这里更说到王季与太任生文王,文王与太姒生武王之事。说明周人是如何与别的氏族互通婚姻,结成氏族联盟的。

此外,《绵》之诗提到太王修德而却混夷。《皇矣》一诗提到文王伐密伐崇。《大明》一诗提到武王伐纣。《江汉》《常武》《出车》《六月》《采芑》诸篇,记述宣王命方、召诸臣南征北伐的战功。这些都是历史事件,用不着在此多说。应注意的是,在这些史诗中,最突出的是关于太伯王季以来筑城作邦的记载。《公刘》一诗曾提到公刘徙居于豳以后的种种规划。《绵》之诗也提到了古公亶父迁到岐山以后经营构筑之事。那还是处于辟草莽启山林的开荒阶段,再往后便不同了。试看:

>帝省其山,柞棫斯拔,松柏斯兑。帝作邦作对,自大伯王季。(《皇矣》)

文王受命,有此武功。既伐于崇,作邑于丰。……考卜维王,宅是镐京。维龟正之,武王成之。武王烝哉!(《文王有声》)

这是说太伯王季受到了上帝的眷顾,文王、武王能够受命为王,主要表现在作邦作邑一事上。因为在古代,城市是诸侯的营垒,是阶级统治的萌芽,城邦的产生更是国家的形成,所以诗人的歌颂中,对筑城与作邦都有清楚的记载。再看宣王时的诸诗:

　　亹亹申伯,王缵之事。于邑于谢,南国是式。王命召伯,定申伯之宅。登是南邦,世执其功。

　　王命申伯,式是南邦。因是谢人,以作尔庸。王命召伯,彻申伯土田。王命傅御,迁其私人。

　　申伯之功,召伯是营。有俶其城,寝庙既成。既成藐藐,王锡申伯。四牡蹻蹻,钩膺濯濯。(《崧高》)

　　仲山甫出祖,四牡业业,征夫捷捷,每怀靡及。四牡彭彭,八鸾锵锵。王命仲山甫,城彼东方。(《烝民》)

　　溥彼韩城,燕师所完。以先祖受命,因时百蛮。王锡韩侯,其追其貊。奄受北国,因以其伯。实墉实壑,实亩实籍。献其貔皮,赤豹黄罴。(《韩奕》)

　　王命南仲,往城于方。出车彭彭,旂旐央央。天子命我,城彼朔方。赫赫南仲,玁狁于襄。(《出车》)

将筑城池营垒以及与别的部族作战的功勋,说得更有声有色了。西周王朝直到宣王时,还处在由部族向地域的转化中。史诗是氏族制度解体时的产物,是氏族战争中英雄人物的传记,是氏族建国过程的实录。在"二雅"的这些史诗中,这一点可说已得到了充分的说明。它与希腊史诗的不同之处在于:希腊史诗是经过若干伟大诗人,像荷马及其后代们的组织整理,而成为完整的长篇的;周人的史诗却无人整理,仅是些短篇的素材而已。

　　再谈装饰贵族生活的礼仪诗,其在"二雅"中占很多篇幅。约略言之,天子燕诸侯用《湛露》,赐有功诸侯用《彤弓》,两君相见用《文王》之三,燕群臣嘉宾用《鹿鸣》之三,燕兄弟用《常棣》,燕朋友故旧用《伐木》,《楚茨》《信南山》用于烝尝,《甫田》《大田》用于祭祀祝祷,《凫鹥》用以宾尸,《既醉》用以酬主,《无羊》用以祝畜牧,《斯干》用以庆宫室落成。无论是朝会燕飨还是给赐祝颂,差不多都有一定的礼乐设施。那些出于特殊需要因时制宜而产生的礼仪乐歌,还不能在数,可见汉儒所谓"礼经三百,威仪三千"的话实在不是夸大。而燕乐、乡饮酒礼中,工歌《鹿鸣》三章,笙奏《南陔》三章,然后间歌《鱼丽》三章,笙奏《由庚》三章,合乐"周南""召南",最后全奏《陔夏》,不过是经过简化了的一套上下通用的乐歌程序而已。这种现象,一般都认为是夏、商、周三代的风尚不同,周制尚文,故有许多仪节。实际上,这说明当时贵族统治阶级从奴隶的劳动中取得了盛大的收获,才能拥有这种充满繁文缛节的生活方式。因此,这些诗的产生,大约在成康盛世或宣王中兴以后。就《常棣》一诗的作者是召穆公这一点来看,后者的可能性尤大,因此我们把它放到史诗后面来谈。

应注意的是,社稷烝尝所用的一些记述农业的诗中反映的农业现象,与"周颂"有显著的区别。在"周颂"中,奴隶耕种的是氏族的公田,甚至国王也以氏族成员的身份参加耕作;在这里便不同了,试看:

> 信彼南山,维禹甸之。昀昀原隰,曾孙田之。我疆我理,南东其亩。
>
> 疆埸翼翼,黍稷彧彧。曾孙之穑,以为酒食。畀我尸宾,寿考万年。(《信南山》)
>
> 倬彼甫田,岁取十千。我取其陈,食我农人,自古有年。今适南亩,或耘或耔,黍稷薿薿。攸介攸止,烝我髦士。
>
> 曾孙来止,以其妇子,馌彼南亩,田畯至喜。攘其左右,尝其旨否。禾易长亩,终善且有。曾孙不怒,农夫克敏。(《甫田》)
>
> 大田多稼,既种既戒,既备乃事。以我覃耜,俶载南亩。播厥百谷,既庭且硕,曾孙是若。
>
> 有渰萋萋,兴雨祁祁。雨我公田,遂及我私。彼有不获稚,此有不敛穧。彼有遗秉,此有滞穗,伊寡妇之利。(《大田》)

这里将"甫田"或"大田"与"南亩"对举,表示"甫田"或"大田"指的是公田,"南亩"指的是私田。所以又说:"雨我公田,遂及我私。"说明土地已逐渐分割,因而那些指挥耕种的已不是国王,而是"曾孙"。毛传、郑笺都以为"曾孙"指的是成王,这是他们把这些诗与"周颂"同样看待而产生的说法。实则这个"曾孙"既有他自己的南亩私田,则可知他只是一个贵族子孙,而非成王。朱熹虽也有此见,但他把"曾孙"解作公卿有田禄者,也不算正确,因为这里只称"曾孙",而未著其氏族。据《左传》,无骇卒后羽父为之请族氏,故不称氏之例,还无法证明他究竟是国王还是卿大夫。私田的产生,便是贵族内部起了分化,王室趋向没落的征兆。

再看那些燕饮兄弟、宗族所用的诗,如:

　　脊令在原,兄弟急难。每有良朋,况也永叹。

　　兄弟阋于墙,外御其务。每有良朋,烝也无戎。(《常棣》)

　　有頍者弁,实维在首。尔酒既旨,尔殽既阜。岂伊异人,兄弟甥舅。如彼雨雪,先集维霰。死丧无日,无几相见。乐酒今夕,君子维宴。(《頍弁》)

　　此令兄弟,绰绰有裕。不令兄弟,交相为瘉。

　　雨雪浮浮,见晛曰流。如蛮如髦,我是用忧。(《角弓》)

《常棣》一诗是召穆公纠合宗族之作。其余虽无记载,实际上也是为了宗族的团结而说教,可见当时贵族内部的矛盾已渐趋深化。由此可知,周人除了保持宗族与支庶、王室与诸侯之间的界限,制定了种种礼仪以示区别而外,又为了团结宗族上下,举行了种种燕乐。这是一种矛盾的统一,周人礼乐的妙用便在于此。所以说:"乐者为同,礼者为异。同则相亲,异则相敬。"这都是贵族内部的事,所以又说:"礼不下庶人。"我们把这些诗叫作装饰贵族生活的诗,便是这个道理。

最后谈反抗政治黑暗的讽刺诗。这类诗的产生,又在礼仪诗的后面。周室盛世并没有维持到底,西周末年,厉王曾被国人驱逐,出现了短期的共和行政局面。其后宣王一度中兴。到了幽王,便被犬戎所灭,西周亡国了。这些讽刺诗便是周室由盛到衰具体过程的真实记述。我们在上述的一些燕饮诗中已经看到,在西周鼎盛时期,统治者内部已出现本质上的矛盾,这便是公田制度被破坏,私有制产生。这种矛盾后来愈益扩大,整个朝廷简直成为一个分赃的集团。诗人们实在看不惯了,便说:

  抑此皇父,岂曰不时?胡为我作,不即我谋?彻我墙屋,田卒汙莱。曰予不戕,礼则然矣。

  皇父孔圣,作都于向。择三有事,亶侯多藏。不憖遗一老,俾守我王。择有车马,以居徂向。(《十月之交》)

  人有土田,女反有之。人有民人,女覆夺之。此宜无罪,女反收之。彼宜有罪,女覆说之。

  ……如贾三倍,君子是识。妇无公事,休其蚕织。(《瞻卬》)

  佌佌彼有屋,蔌蔌方有谷。民今之无禄,天天是椓。哿矣富人,哀此茕独。(《正月》)

这是说贵族们都依恃权势,互相侵夺。不但贫者变富,富者变贫,贫富倒转,甚至于一些非公族的小人也有房有谷,成为富室了。"皇父"即《常武》一诗中的"大师皇父"。金文中的函皇父,当初还是南征大将,如今竟成如此败类,则其他可知了。再看:

  皇父卿士,番维司徒,家伯维宰,仲允膳夫。聚子内史,蹶维趣马,楀维师氏,艳妻煽方处。(《十月之交》)

  君子屡盟,乱是用长。君子信盗,乱是用暴。盗言孔甘,乱是用餤。匪其止共,维王之邛。(《巧言》)

  或燕燕居息,或尽瘁事国。或息偃在床,或不已于行。或不知叫号,或惨惨劬劳。或栖迟偃仰,或王事鞅掌。或湛乐饮酒,或惨惨畏咎。或出入风议,或靡事不为。(《北山》)

  东人之子,职劳不来。西人之子,粲粲衣服。舟人之子,熊罴是裘。私人之子,百僚是试。(《大东》)

这是说宫廷之内被皇父等败类所把持,被褒姒等妖妇所煽惑,结果是非不明,劳逸不均。再加上一些宗派意识作祟,西人与东人之间命运也各不相同了。这样分赃不均,只有加重赋役,在人们身上盘算。有远见的人便认

为这是一种危机,所以说:

> 瞻卬昊天,则不我惠。孔填不宁,降此大厉。邦靡有定,士民其瘵。蟊贼蟊疾,靡有夷届。罪罟不收,靡有夷瘳。(《瞻卬》)

> 民亦劳止,汔可小康。惠此中国,以绥四方。无纵诡随,以谨无良。式遏寇虐,憯不畏明。柔远能迩,以定我王。(《民劳》)

> 池之竭矣,不云自频。泉之竭矣,不云自中。溥斯害矣,职兄斯弘。不灾我躬!(《召旻》)

> 天之方懠,无为夸毗。威仪卒迷,善人载尸。民之方殿屎,则莫我敢葵。丧乱蔑资,曾莫惠我师!(《板》)

这是说贵族们不要只听少数人奉迎的话,应该考虑到人民的负担,不然便会酿出变乱。但贵族们还在那里自欺欺人,认为天命有归,不会有什么灾害降临到自己身上。其实不然,试看:

> 四牡骙骙,旟旐有翩。乱生不夷,靡国不泯。民靡有黎,具祸以烬。于乎有哀,国步斯频!(《桑柔》)

> 旱既大甚,则不可推。兢兢业业,如霆如雷。周余黎民,靡有孑遗。(《云汉》)

> 旻天疾威,天笃降丧。瘨我饥馑,民卒流亡。我居圉卒荒!(《召旻》)

这是说人民受不了压榨,相率逃亡,致使土地荒芜,一遇灾旱便无法抗御了。于是,只好哀告祖先,祈祷上帝。结果呢?

> 瞻彼中林,侯薪侯蒸。民今方殆,视天梦梦。既克有定,靡人弗胜。有皇上帝,伊谁云憎?(《正月》)

> 浩浩昊天,不骏其德。降丧饥馑,斩伐四国。昊天疾威,弗虑弗图。舍彼有罪,既伏其辜。若此无罪,沦胥以铺。(《雨无正》)

> 旱既大甚,蕴隆虫虫。不殄禋祀,自郊徂宫。上下奠瘗,靡神不宗。后稷不克,上帝不临。耗斁下土,宁丁我躬!(《云汉》)

祖先、上帝已呼唤不应,人们自然对天命也产生怀疑了。这是西周末年一般人的天道观。后来战国诸子革新的天道观便萌芽于此。这时整个王朝已像一座朽烂的机器,无法再修补了。最后只能亡国失地,流徙东土,同归于尽。所以说:

> 昔先王受命,有如召公,日辟国百里。今也日蹙国百里。于乎哀哉,维今之人,不尚有旧!(《召旻》)

> 忧心惸惸,念我无禄。民之无辜,并其臣仆。哀我人斯,于何从禄?瞻乌爰止,于谁之屋?(《正月》)

> 周宗既灭,靡所止戾。正大夫离居,莫知我勚。三事大夫,莫肯夙夜。邦君诸侯,莫肯朝夕。庶曰式臧,覆出为恶!(《雨无正》)

> 驾彼四牡,四牡项领。我瞻四方,蹙蹙靡所骋!(《节南山》)

至于大多数被压迫的人,对国事原很关心,他们认识到外族的侵略会影响到个人室家不保,所以说:

> 靡室靡家,狁之故。不遑启居,狁之故。(《采薇》)

他们出去打仗,历尽苦辛,统治阶级对此却毫无所知。所以又说:

> 昔我往矣,杨柳依依。今我来思,雨雪霏霏。行道迟迟,载渴载饥。我心伤悲,莫知我哀!(《采薇》)

这还不算,统治阶级是毫不留生路给人民的,只知从他们身上榨取劳动成果,对他们的生活资料却完全不管。所以说:

> 鸿雁于飞,集于中泽。之子于垣,百堵皆作。虽则劬劳,其究安宅?

> 鸿雁于飞,哀鸣嗸嗸。维此哲人,谓我劬劳。维彼愚人,谓我宣骄。(《鸿雁》)

等到赋役频繁,无法安生,只好逃亡。《黄鸟》与《我行其野》二诗便是奴隶不能畜牧,企图逃亡的口吻。这是今人侯外庐的推断。史言,宣王末年败于姜戎,丧南国之师,曾有料民于太原之举,此二诗可作旁证。诗说:

> 黄鸟黄鸟,无集于榖,无啄我粟!此邦之人,不我肯榖。言旋言归,复我邦族!(《黄鸟》)

我行其野,蔽芾其樗。昏姻之故,言就尔居。尔不我畜,复我邦家。(《我行其野》)

但我们应该注意的是,有些奴隶还杂有婚姻的悲剧。奴隶主不但不给他们生活资料,甚至把原来配给他们的女奴夺去,另配给别人。这是何等惨痛之事!这样人民愈不能安生。征调愈益频繁,全国纷扰,已危在旦夕了。试看:

苕之华,芸其黄矣。心之忧矣,维其伤矣!
苕之华,其叶青青。知我如此,不如无生!
牂羊坟首,三星在罶。人可以食,鲜可以饱!(《苕之华》)
何草不黄?何日不行?何人不将,经营四方?
何草不玄?何人不矜?哀我征夫,独为匪民?
匪兕匪虎,率彼旷野。哀我征夫,朝夕不暇。
有芃者狐,率彼幽草。有栈之车,行彼周道。(《何草不黄》)

这是说人民已濒临绝境,统治阶级还驱使他们到处出征,到处搬运,栖栖惶惶,日夜不暇。这时谁还愿意替这批贵族老爷卖命?这种王朝,不亡何待?

这些讽刺诗的作者,无论是贵族士大夫还是一般人,都同情大众的生活,反对暴君的乱政,与命运的危难作斗争,虽然二者的立场不同:前者站在统治集团内部的立场,希图对朝政加以改革;后者为了挣脱自己颈上的枷锁而呼喊,期望一个理想的社会出现。他们的理想与现实之间,存在着极大的矛盾,充其量除了使自己在当时的历史进程中牺牲而外,别无他用。支配自己与环境作斗争而走上牺牲道路的思想,便是悲剧思想。因此今人多把这些讽刺诗叫作悲剧诗。悲剧诗产生在史诗衰落以后,在"二雅"中恰好居于最末的地位。作为悲剧意识的作品来看,是十分合理的。

这些讽刺诗的作者与时代的黑暗作斗争,对统治阶级的罪恶作十分露骨的批评,自然是统治阶级所不乐意听到的。虽然自汉以来的说诗者无法否认这是王道衰、礼义失以后所产生的作品,但他们无法突破时代的局限,来对这些作品进行正确的估计,不但把它们叫作变雅,认为是一种时代的变态,而且把其中充满的斗争意识也予以歪曲或抹杀。像淮南王刘安的话"小雅怨诽而不乱",被到处搬来作为一般讽刺文学的评价准则。《礼记》中"温柔敦厚"四个字,也变成历来文人们遵守的所谓"诗教"。既然认识到这种黑暗统治是一种人为的不合理的现象,自然对统治阶级也用不着什么"温柔敦厚"或"怨而不怒"的好态度。这些诗对当时的黑暗统治进行了无情的鞭挞,负起了唤醒人民觉悟的责任,因而我们认为这是诗歌创作唯一正确的道路。而悲剧艺术在一切艺术中的崇高地位,在所谓变雅的讽刺诗中,也得到了具体的说明。

综上所述,我们便知道周人自开国到乱亡的整个过程,差不多都在"二雅"的记述之内。西周乱亡后,雅诗便告终结,接着便产生了系统的历史记载——《春秋》。这便是墨子所说的周燕齐宋的春秋,孟子所说的"晋之乘""楚之梼杌""鲁之春秋"。"鲁之春秋"是孔子《春秋》的原本,是编年史。其余虽不见书,但就一般都命名为春秋来看,可能也是编年史。据墨子说,周宣王杀杜伯而不辜,后来被杜伯之鬼射死,著在周之春秋。恰好《史记》年表始于共和,可知周之春秋始于此时。鲁惠公请郊庙之礼于周天子,天子命史角前往,恰好鲁之春秋始于隐公元年(前722),在平王东迁后不久。孙伯黡司晋之典籍,辛有二子往董之,晋于是乎有董史,在东迁初年。秦国在文公时始有史记事,亦在东迁之初。由此可知,东迁以前,史官的建置逐渐完备,除了记载并传达王命而外,已有系统的编年史出现。历史记载到那时才由口头转向书面,也就是由史诗转变为正式的历史,由片段的故事传说变为编年的系统记载,这便是后来《国语》《左传》所凭借的各国史料。世界上很多民族都是经过了一段史诗时期,然后才有正式的历史记载出现,我国自然也不例外。孟子所谓:"王者之迹熄而诗亡,《诗》亡然后《春秋》作。"正说明了从史诗到正式的历史记载这个发展过程。而"二雅"在我国古代诗歌中的重要地位也于此可见。至于风诗,其中虽然也有一部分作品涉及各国的历史事件,但其处在历史上所谓的春秋时代,天子微不足道,王城诗歌只能叫作风。齐桓公、晋文公等五霸打着"尊王"的旗号,此兴彼废,谁也没有把霸权维持到底。因此风诗中那些涉及各国史事的诗,只是对局部事件的记述,没有成为史诗的条件。真正的史诗,随着"二雅"的终结,可说也终结了。

风诗是周室东迁后各国的地方风谣,是各地人民由于生活各方面的接触而产生的感情的表露。由于各国社会发展、政治得失、风土人情不同,虽然同样是东迁后的作品,但其中也各有其地方特色。

先看周人发祥地豳地的诗。豳人继承了周先王的传统,一向重视农业,因而豳风中也有与雅、颂同样的歌咏农业的作品《七月》一诗。它与雅、颂有不同之处:雅、颂代表的是抚有天下以后周王朝的乐歌,豳风则仅代表的是豳地的土风而已。周人是由豳岐发展到丰镐,最后才克殷践奄,抚有天下的,因此《七月》一诗的写作虽远较雅、颂为晚,但就诗歌的产生来说,显然豳风先于雅、颂。就歌咏农业这一点来说,显然雅、颂又是继承了豳地旧有的传统。因此"小雅"的《信南山》《甫田》等诗,"周颂"的《臣工》《噫嘻》等诗,也被称为"豳雅"。此外,雅、颂中的农业诗作于周室初盛之世,在最初土地公有的时代,国王曾亲自参加耕作。其后土地虽然分割,但曾孙夫妇还亲自到田间馈食劝农,因而歌咏中也充满喜悦的气氛,阶级矛盾还不很明显。《七月》一诗便不然了,试看:

> 七月流火,九月授衣。一之日觱发,二之日栗烈。无衣无褐,何以卒岁?三之日于耜,四之日举趾。同我妇子,馌彼南亩,田畯至喜。
>
> 七月流火,九月授衣。春日载阳,有鸣仓庚。女执懿筐,遵彼微行,爰求柔桑。春日迟迟,采蘩祁祁。女心伤悲,殆及公子同归。
>
> 七月流火,八月萑苇。蚕月条桑,取彼斧斨,以伐远扬,猗彼女桑。七月鸣鵙,八月载绩。载玄载黄,我朱孔阳,为公子裳。
>
> 四月秀葽,五月鸣蜩。八月其获,十月陨萚。一之日于貉,取彼狐狸,为公子裘。二之日其同,载缵武功,言私其豵,献豜于公。
>
> 五月斯螽动股,六月莎鸡振羽。七月在野,八月在宇,九月

在户,十月蟋蟀入我床下。穹窒熏鼠,塞向墐户。嗟我妇子,曰为改岁,入此室处。

六月食郁及薁,七月亨葵及菽。八月剥枣,十月获稻。为此春酒,以介眉寿。七月食瓜,八月断壶,九月叔苴,采荼薪樗,食我农夫。

九月筑场圃,十月纳禾稼。黍稷重穋,禾麻菽麦。嗟我农夫,我稼既同,上入执宫功。昼尔于茅,宵尔索绹。亟其乘屋,其始播百谷。

二之日凿冰冲冲,三之日纳于凌阴。四之日其蚤,献羔祭韭。九月肃霜,十月涤场。朋酒斯飨,曰杀羔羊。跻彼公堂,称彼兕觥,万寿无疆!

人民终年劳苦,无论是农桑还是射猎所得,全被主人剥夺精光;自己受主人畜养,衣食住都有问题。甚至少女们出去采桑都不敢走人行大道,生怕被公子们发觉,掳去当姬妾。统治者的剥削压迫愈残酷,人民的生活愈痛苦,其反抗情绪也愈趋明显。

周室东迁后据有西周故地的秦国,在历史上出现较晚,长时期保持着游牧生活。秦人的远祖伯翳,近祖非子,便是以养马著名的人物。再加上地处西陲,常与戎人发生冲突,因而秦人渐养成勇武好战的习俗。不但"秦风"中《车邻》《驷驖》《小戎》《无衣》是很好的证明,就后世出土的秦人遗物石鼓文来说,所记载的也全是车马田猎之事。最突出的是《小戎》一诗:

小戎俴收,五楘梁辀。游环胁驱,阴靷鋈续。文茵畅毂,驾我骐馵。言念君子,温其如玉。在其板屋,乱我心曲。

四牡孔阜,六辔在手。骐骝是中,䯄骊是骖。龙盾之合,鋈以觼軜。言念君子,温其在邑。方何为期?胡然我念之。

俴驷孔群,厹矛鋈錞,蒙伐有苑,虎韔镂膺。交韔二弓,竹闭绲縢。言念君子,载寝载兴。厌厌良人,秩秩德音。

这是咏秦国战士的军容,是秦国妇女思念征人之辞。她们所思念的是这种驾着兵车、骑着战马、矛盾在手、弓箭在身的英勇战士,可见秦人对打仗原很习惯。秦人既然好战,再加上豳人重视农耕,便决定了秦国的历史路线。后来商鞅到秦国奖励耕战,实行重农政策,历史上叫作变法,实际上他正是结合了秦国的具体条件来施政的。周室东迁后,中原诸侯的政权不断下移,却还斤斤于过时的"礼教"。等到秦人东下,便像西洋史上马其顿人勃兴,征服希腊全境一样,所向披靡。后来秦人能够统一六国,又很快灭亡,便是这种勇武好战的传统发展到后来必然会产生的结果。

周室东迁后,由于很多人过着流亡生活,再加上大兵之后生产遭到严重的破坏,因而王室所在雒邑一带的诗"王风"充满流浪的痛苦和反战的情绪。如:

> 彼黍离离,彼稷之苗。行迈靡靡,中心摇摇。知我者谓我心忧,不知我者谓我何求。悠悠苍天,此何人哉?(《黍离》)

> 绵绵葛藟,在河之浒。终远兄弟,谓他人父。谓他人父,亦莫我顾!(《葛藟》)

> 中谷有蓷,暵其干矣。有女仳离,慨其叹矣。慨其叹矣,遇人之艰难矣!(《中谷有蓷》)

> 扬之水,不流束薪。彼其之子,不与我戍申。怀哉怀哉,曷月予还归哉?(《扬之水》)

《黍离》是说田园失守。《葛藟》《中谷有蓷》是说兄弟、妻子离散。《扬之水》是说士气衰落。在这种凶年饥馑、人民流离的时期,统治者还要驱迫他们去戍边,他们自然对自己的命运要重新考虑。故云:

> 有兔爰爰,雉离于罗。我生之初尚无为,我生之后逢此百罹。尚寐无吪!(《兔爰》)

这是说统治阶级只知把人民赶上死路,对人民的呼声全不理会,人民只好沉默。这便是古人所谓"天地闭,贤人隐"的时期了。国家失去了群众基础,还如何立国?周室东迁后一蹶不振,原因即在于此。"王风"诸诗大部分是这一时期的作品,根据也在于此。

周室东迁之初,首先遭遇亡国之祸的是桧国。桧亡于郑,其命运与王

室有些相同,因而"桧风"中也有与"王风"《兔爰》一样的诗:

  隰有苌楚,猗傩其枝。夭之沃沃,乐子之无知!

  隰有苌楚,猗傩其华。夭之沃沃,乐子之无家!

  隰有苌楚,猗傩其实。夭之沃沃,乐子之无室!(《隰有苌楚》)

这是说国亡族灭,室家不保,还不如草木那样无知无识,不解忧患。

  建于桧国故地的郑国,其诗大部分是情诗。这些诗自孔子以来即被视为"淫声"。据班固的解释,这是由于郑地"土狭而险",男女容易会面。他不但把这些诗的产生原因简单地归结到自然环境上,甚至把统治阶级的淫乱生活与民间青年男女对爱情的要求混为一谈了。郑国用黄金买通了桧君夫人,灭了桧国,联合畿内商人一道东迁,并与商人结成同盟,世世代代互不侵犯。可知郑国完全是一个商业国家。郑国出现了弦高那样的大商人,郑人的外交辞令也大有可观,这都是商业国家所独具的特色。商业所到之处,便是阶级统治的现有秩序首先遭到破坏的地方。贵族们由于贪求享乐而荒淫堕落,人民也由于自由交易的刺激而开始自我觉醒。郑国的情诗,便是青年男女为获得恋爱自由而产生的反抗社会压抑,要求个性解放的自我觉醒之意识。在男子方面,如《有女同车》写的是奇遇,《东门之墠》写的是访求不见的怅惘,《野有蔓草》写的是无意中会面的兴奋。在女子方面,如《丰》写的是偶然疏远的失悔,《狡童》写的是废寝忘餐的思念,《褰裳》写的是不得已而提出的警告,《山有扶苏》写的是见面时的戏谑,《风雨》写的是最后会合时的欢欣。诗中处处充溢着青年男女在爱情的要求方面所特具的极端的狂热。试看:

  将仲子兮,无逾我里,无折我树杞!岂敢爱之,畏我父母。

  仲可怀也,父母之言亦可畏也。

  将仲子兮,无逾我墙,无折我树桑!岂敢爱之,畏我诸兄。

  仲可怀也,诸兄之言亦可畏也。

  将仲子兮,无逾我园,无折我树檀!岂敢爱之,畏人之多言。

  仲可怀也,人之多言亦可畏也。(《将仲子》)

这是一个少女在告诉她的情人前来幽会时应该注意的。这里仲子的"可怀"与"父母""诸兄""人"之多言，的确是不可调和的矛盾。应注意的是，假如这些责言能阻挠他，使他死了心，便不会有这首诗了。无奈死不了心，别人越是阻挠，他越是千方百计地要和她相见。

郑国北面的卫国情诗也很多，其诗也被人目为"淫声"，与郑国的诗并称为"郑卫之音"。据班固的解释，也因为卫地有桑间、濮上等适宜男女会合的幽隐场所，才会有这种声色之好。其实这是文不对题的话。郑诗不可以目为淫诗，卫诗更无论矣。何况郑诗与卫诗还有一个显著的区别，便是郑诗中不见有悲剧的因素，卫诗所写的则很多是爱情悲剧下所产生的种种痛苦。这就不能不作更具体深入的探讨了。卫地原是纣的亡国都市，卫国的统治阶级，如宣公、夷姜、宣姜、公子顽等，纵情于淫乱的生活，史不胜书。卫诗如《新台》《相鼠》《君子偕老》《墙有茨》，便是讽刺这批丑类的作品。这样相习成风，结果便是一部分人侵夺遗弃，无所不为，给另一部分人的生活带来很多不幸。再加上贵族间的倾轧，政治上的不安，外族的入侵，战争的频繁，卫国的男女在爱情的航程中自然要遇到很多暗礁了。如《桑中》写的是对约会的回味，《静女》写的是对赠品的珍视，这还有些称心。《匏有苦叶》写的是风波中的期望与誓言，《北风》写的是患难中的友情，这便觉得知音难逢了。再看：

  击鼓其镗，踊跃用兵。土国城漕，我独南行。
  从孙子仲，平陈与宋。不我以归，忧心有忡。
  爰居爰处，爰丧其马。于以求之？于林之下。
  死生契阔，与子成说。执子之手，与子偕老。
  于嗟阔兮，不我活兮！于嗟洵兮，不我信兮！（《击鼓》）
  伯兮朅兮，邦之桀兮。伯也执殳，为王前驱。
  自伯之东，首如飞蓬。岂无膏沐，谁适为容！
  其雨其雨，杲杲出日。愿言思伯，甘心首疾。
  焉得谖草？言树之背。愿言思伯，使我心痗。（《伯兮》）

《击鼓》是征夫之词，《伯兮》是思妇之词。男子抛离室家，出去打仗，女子首如飞蓬,膏沐罢施,这种生离死别的痛苦,不言而喻是统治阶级造成的。

此外,卫东北的齐国和郑东南的陈国也和郑、卫一样,情诗很多。在班固看来,齐国由于襄公的淫乱,民间受到习染;陈国因为武王以元女太姬配胡公,"妇人尊贵",便无所顾忌了。其实民间男女对爱情的要求与统治阶级的胡作非为有本质上的区别。两国的诗也很有些不同:齐诗近郑诗,大都是直爽地说爱;陈诗中含有很多烦恼,近于卫风。本来齐国统治阶级的淫乱就超过其他任何国家,甚至把这种淫乱的生活方式输出到鲁、卫等国家了。但因为齐地近海,自太公以来即重视鱼盐工商之利,管仲又建立了货币制度,齐国的商品如衣、履、冠、带等遍于天下。在这种交易繁荣的国家,人民的觉醒自然来得早,对旧礼俗的束缚自然敢于大胆地反抗。至于陈国,人民对爱情的要求虽与他国没有两样,但由于其地介于楚、夏之间,国小势逼,内忧外患不能终日,再加上灵公君臣的淫乱给群众带来许多灾害,这样"陈风"中的情诗便充满无限苦闷的情绪。

先看"齐风":

> 子之还兮,遭我乎峱之间兮。并驱从两肩兮,揖我谓我儇兮。
>
> 子之茂兮,遭我乎峱之道兮。并驱从两牡兮,揖我谓我好兮。
>
> 子之昌兮,遭我乎峱之阳兮。并驱从两狼兮,揖我谓我臧兮。(《还》)
>
> 俟我于著乎而,充耳以素乎而,尚之以琼华乎而。
>
> 俟我于庭乎而,充耳以青乎而,尚之以琼莹乎而。
>
> 俟我于堂乎而,充耳以黄乎而,尚之以琼英乎而。(《著》)

这两篇都是以女子的口吻写的。前篇是说她从一个猎户身边路过,猎户是那样地对她施礼赞美。下文如何虽不可知,但由她对他的描述看来,她对这个猎户有很深刻的印象。后篇是说女子在新婚时听到新郎已迎亲到门,便拿出饰物,戴这戴那,忙个不休。他愈走近,她愈忙乱,愈不知哪一件饰物最为合适。这是何等天真大方!

再看"陈风"：

> 彼泽之陂，有蒲与荷。有美一人，伤如之何！寤寐无为，涕泗滂沱。
> 
> 彼泽之陂，有蒲与蕳。有美一人，硕大且卷。寤寐无为，中心悁悁。
> 
> 彼泽之陂，有蒲菡萏。有美一人，硕大且俨。寤寐无为，辗转伏枕。（《泽陂》）
> 
> 月出皎兮，佼人僚兮。舒窈纠兮，劳心悄兮。
> 
> 月出皓兮，佼人懰兮。舒忧受兮，劳心慅兮。
> 
> 月出照兮，佼人燎兮。舒夭绍兮，劳心惨兮。（《月出》）

这两篇是以男子的口吻写的，说他看上了一个女子，神魂颠倒，昼夜难安。前篇还只说失眠，后篇则简直是说那相思之情如一团乱丝，牵萦纠结，永远无法解开了。

鲁、卫之间的曹国，与陈、郑一样，介于大国之间，随时都有遭受侵伐的危险。但曹国的统治者不知警惕，骄侈无已。这当然会加重人民的负担，人民忍受不住了，便唱出这么一首诗：

> 蜉蝣之羽，衣裳楚楚。心之忧矣，于我归处。
> 
> 蜉蝣之翼，采采衣服。心之忧矣，于我归息。
> 
> 蜉蝣掘阅，麻衣如雪。心之忧矣，于我归说。（《蜉蝣》）

意思是说国小民贫，还要这样讲究排场，那不是如朝生暮死的蜉蝣一样，危亡在即吗？

与"曹风"一样充满劳苦大众反抗压迫剥削呼声的诗，是"唐风"和"魏风"。这两种诗其实是晋诗，"唐风"是晋诗的主要部分，"魏风"则是晋南河曲一带的诗。晋国在春秋初年，经过多年的内争才趋于统一，到献公时逐渐强大。文公以后，很长时期一直维持着中原霸主的地位。因为要长期维持霸局，亲族日益衰落，武人势力日益抬头，不但给后来的分裂埋下祸根，而且屡次勤王，屡次与楚国抗争，人民的负担繁重不堪。只要看一看师旷、叔向、卫彪傒诸人的言论，便可知当时晋国民穷财尽，危机四

伏。这种情况,见于"唐风"的便是《鸨羽》一诗,见于"魏风"的便是《葛屦》《陟岵》《伐檀》《硕鼠》诸诗。试看:

> 肃肃鸨羽,集于苞栩。王事靡盬,不能蓺稷黍。父母何怙?
> 悠悠苍天,曷其有所!(《鸨羽》)

这是前线兵士的悲歌:自己出外打仗,遥想父母生活无依,遥想父母在家中悬念着儿子的生死,如何不令人伤痛欲绝?再看:

> 纠纠葛屦,可以履霜。掺掺女手,可以缝裳。要之襋之,好人服之。好人提提,宛然左辟,佩其象揥。维是褊心,是以为刺。(《葛屦》)

> 坎坎伐檀兮,置之河之干兮,河水清且涟猗。不稼不穑,胡取禾三百廛兮?不狩不猎,胡瞻尔庭有县貆兮?彼君子兮,不素餐兮!(《伐檀》)

这是劳苦大众的呼声。贫女辛苦手缝的衣裳,被好模样的人穿去充大方;有的人成天流血出汗,有的人不劳动却吃用不完,这又是何等不平之事?

在这种黑暗的、无理可讲的环境中,人们无法生活下去,便只好逃亡在外,另觅乐园。所以说:

> 硕鼠硕鼠,无食我黍!三岁贯女,莫我肯顾。逝将去女,适彼乐土。乐土乐土,爰得我所。(《硕鼠》)

这首诗与"小雅"《黄鸟》《我行其野》二诗完全是以同样的口吻写的。西周王朝所遭遇的一切危机,现在一一出现在诸侯之邦了。诸侯的权力又被大夫们所篡夺,战争愈趋激烈,统治愈趋残酷,便进入了所谓战国时期。

上面所谈,都是北方诸夏之国的诗歌。再看与此相对的江、汉、汝、沱一带——周室南方的诗歌"周南""召南"。这一带在西周末年宣王时期,由于方叔、召虎诸人的南征才被纳入周室版图。平王东迁后,镐京遭到破坏,这一带却没有受到多大影响。再加上这一带在当时还是一块新开辟的野生地,地广人稀,火耕水耨即有收获,阶级矛盾还不显著。因此这一带的诗歌有不少是和悦颂美的作品,如《葛覃》《芣苢》咏女巧,《兔罝》《驺虞》美猎户,《关雎》《桃夭》庆新婚,《螽斯》《麟之趾》祝生子,表现出人民

对劳动的热情,对生活的热爱。现在举《三百篇》开卷第一首——很有名的《关雎》一诗为例:

> 关关雎鸠,在河之洲。窈窕淑女,君子好逑。
> 参差荇菜,左右流之。窈窕淑女,寤寐求之。
> 求之不得,寤寐思服。悠哉悠哉,辗转反侧。
> 参差荇菜,左右采之。窈窕淑女,琴瑟友之。
> 参差荇菜,左右芼之。窈窕淑女,钟鼓乐之。

这是庆新婚的诗。先言新郎是如何追求新娘的,次言中途经过多少周折,最后说花烛之夜新郎对新娘如何表示爱,充满喜悦的气氛。说明这一带的人能够安居乐业,因而才有这种歌颂和悦的诗。"二南"被统治阶级拿去用作祭祀祝福的房中乐,孔子特别称道"二南",后儒把"二南"称为正风,便是这个缘故。后来这一带被楚国占领,"二南"便成了楚国文学的先导。因此《三百篇》中虽无"楚风",但就地域来讲,"二南"实际上就是楚地的诗。"二南"的和悦颂美之音,说明楚地那时还处在新生时期。等到楚国走上末运,悲剧诗便兴起,诗歌形式改变。这时的作者便是大诗人屈原,作品便是后世盛称的《楚辞》。

综上所述,风诗是各地人民在不同的环境中生活而产生的感情的自然流露。按理,抒情诗的起源应该很早,人类的第一声歌唱便是抒情诗。自有宗教崇拜,诗歌便被用以赞颂神明、团结宗族。阶级产生以后,诗歌又被统治阶级支配,成为夸耀统治阶级功勋的工具。真正的抒情诗,要待人们对统治阶级丧失信仰,社会组织发生剧变时才能产生。周室东迁以后,王室没落,政出诸侯。同时,诸侯的权力又不断被本国的卿大夫所篡夺,自身不断地在趋向没落。在这种新旧剧变的时代,广大劳动人民既丧失了氏族的庇护,又由于奴隶主间的争夺吞并,族姓时常改变,再加上统治者的剥削压迫加深了他们的愤恨,商业交易的繁荣激发了他们的自由思想,他们的歌唱自然既不是对宗教的礼赞,也不是对帝王训导的宣扬,而完全是在表明自己对生活的要求、对统治者的反抗,象征着王纲的解纽、人民的自我觉醒。抒情诗出现较晚,又都是人民的自由歌唱,便是这个缘故。过去《毛序》解释风、雅、颂,但释"变风",不言"正风"。据孔疏的说明:"王道衰,诸侯有变风;王道盛,诸侯无正风。"意思是说,只要是各国风诗兴起,便都是"变风"。这话有些道理。但《毛序》又认为,"变风发乎情,止乎礼义","发乎情"是"民之性","止乎礼义"是"先王之泽"。把人民的自由歌唱说成统治阶级思想的传声筒,不但抹杀了风诗的反抗意识,而且对风诗特性的认识也是错误的。风诗既然是王纲解纽的产物,便不会再止于帝王的"礼义"了。

## 第三节 《诗三百篇》的艺术特征

《三百篇》的艺术特征,可以分两方面来谈。

### 一、表现方法

《周礼》中有"六诗"之说。《毛序》中叫作"六义"。赋、比、兴三者是汉人眼中《三百篇》的修辞学,它在很长时期支配了中国文人的头脑,历来文人都用这种修辞手法去鉴别诗歌。

所谓赋就是就事实本身尽情直说,兴是用类似的现象引起要说的话,比是全用比喻来影射。

看下面的例子就会明白:

皇父卿士,番维司徒。家伯维宰,仲允膳夫。聚子内史,蹶维趣马。楀维师氏,艳妻煽方处。(《小雅·十月之交》)

这是说周幽王在外被小人包围,在内又受褒姒的迷惑。诗人毫不掩饰地将这批丑类的官爵、姓氏都明指出来,这便是赋。

维鹈在梁,不濡其翼。彼其之子,不称其服。(《曹风·候人》)

这是用不肯下水捕鱼的鹈鹕引起,说到那些衣冠楚楚、不称其职的曹国卿大夫,这便是兴。

鸱鸮鸱鸮,既取我子,无毁我室!恩斯勤斯,鬻子之闵斯!

(《豳风·鸱鸮》)

这首诗相传是管蔡叛乱时周公作来开悟成王的。这里以鸱鸮来比武庚，说他既已煽动管蔡二叔叛离宗族，又欲举兵西向，覆灭周室。全诗都用隐喻，没有露出丝毫真相，这便是比。

纯粹的赋、比、兴还好识别。兴体比较难明。最容易混淆的是比与兴的界限。部分的兴体，起兴的部分有的是很明显的比喻，有的则比喻的意义不很明显，因而引起一部分人的疑惑。像宋郑樵便以为兴句与下文之间"不可以事类推，不可以义理求"。近人顾颉刚则更以为兴句只是一个起头，与下文没有关系。我们知道，"王风"《葛藟》一诗触物兴感，是标准的兴体。《左传》载乐豫的话便说："葛藟犹能庇其本根，故君子以为比。"则兴体起句本是比喻可知。如依郑樵等人的看法，兴体起句与下文无关，势必要把比喻明显的叫作比，结果与纯粹的比无别；把比喻不很明显的才叫作兴，结果又要与赋混淆不清了。何况用赋、比、兴解释诗的修辞，本来始于汉人，我们可以评论这种方法是否合理，却不能用我们的解释去代替汉人的意愿，甚至认为我们的解释才是汉人的意愿。

《三百篇》的表现方法，过去虽这样分为三种，但在具体的作品中，这三种方法常交错使用，很难截然划分。而且用比喻是为了把事情说得更逼真，稍加说明便成兴体。用兴体作为开端，目的是便于说明下文，等于正文的序曲。到了正文，仍然是赋。因此在《三百篇》中，纯粹的比体很少，兴体有些，赋体最多。赋既是据事直陈，《三百篇》的作者为了达到说话的效果，都善于通过形象描写，穷形尽相地描写自己所要表现的事物对象。因此赋体含有铺张罗列、夸大描写的意思，甚至本来是比喻，由于作者过分夸大其词，于是也变成赋体了。例如：

或以其酒，不以其浆。鞙鞙佩璲，不以其长。维天有汉，监亦有光。跂彼织女，终日七襄。

虽则七襄，不成报章。睆彼牵牛，不以服箱。东有启明，西有长庚。有捄天毕，载施之行。

维南有箕，不可以簸扬。维北有斗，不可以挹酒浆。维南有

箕,载翕其舌。维北有斗,西柄之揭。(《小雅·大东》)
这是说西方的统治者高位厚禄,除了榨取东方人民的劳动成果外,实际上毫不顶用。本来全是比喻,因为作者一再铺写,结果成了用赋的手法写出的比喻。所以朱熹把这三章也目为赋体。这样看来,赋、比、兴虽然同样是写诗的方法,但如比、兴写得出色动人,则又成为赋的方法了。因此古人把作诗叫作赋诗。又因为文学是通过具体事物的形象表达作家对世界的认识的一种艺术,我国古代所谓的赋正含有这种用意,因而赋的方法有日益发展的趋势。战国以后《楚辞》兴起,《三百篇》作者三言两语、微言示意的作品,屈原、宋玉便用十行八行,力尽其所言。《三百篇》中还有比兴,《楚辞》则充满形象的描写,几乎全成赋体。再发展下去,便产生了后来的所谓汉赋,更成为夸大过分、没有内容的空架子了。《三百篇》演变为《楚辞》、汉赋,可说是赋体日益发展的结果。因此班固给自己的《两都赋》作序也说:"赋者,古诗之流也。"说明赋的发展即是形象描写的发展,也就是作为文学的特质的形象描写的发展。文学本身自有其一定的发展规律,这是绝好的说明。

在《三百篇》中,形象描写随处可见。例如写鸳鸯并栖,说:"鸳鸯在梁,戢其左翼。"(《小雅·鸳鸯》)写游鱼从容自在,则说:"鱼在在藻,有颁其首。"(《小雅·鱼藻》)写蜉蝣虽小,衣裳却整齐鲜明,则说:"蜉蝣之羽,衣裳楚楚。"(《曹风·蜉蝣》)写老狼身体肥重,进退困难,则说:"狼跋其胡,载疐其尾。"(《豳风·狼跋》)对事物的形象,都能作极精确的描写。

我们再举些较完整的篇章来看:

葛之覃兮,施于中谷。维叶萋萋,黄鸟于飞。集于灌木,其鸣喈喈。(《周南·葛覃》)

这是写自然风景。写葛覃,如见其在谷中生长。写黄鸟,当然不能不注意其动态,因而先指出黄鸟在飞,再指出它们飞上了树,最后写传来一阵叫声,它们似乎在说:我们都上了树,你们已无可奈何了。

似续妣祖,筑室百堵,西南其户。爰居爰处,爰笑爰语。
约之阁阁,椓之橐橐。风雨攸除,鸟鼠攸去,君子攸芋。

如跂斯翼,如矢斯棘,如鸟斯革,如翚斯飞,君子攸跻。

殖殖其庭,有觉其楹。哙哙其正,哕哕其冥,君子攸宁。

(《小雅·斯干》)

这是写宫室建筑,从方位勘察、构筑经过,写到殿阁式样、堂室明暗。这种秩序井然、形象生动的描写,便是后来咏灵光、景福等宫殿的赋的萌芽。

谁谓尔无羊?三百维群。谁谓尔无牛?九十其犉。尔羊来思,其角濈濈。尔牛来思,其耳湿湿。

或降于阿,或饮于池,或寝或讹。尔牧来思,何蓑何笠,或负其餱。三十维物,尔牲则具。

尔牧来思,以薪以蒸,以雌以雄。尔羊来思,矜矜兢兢,不骞不崩。麾之以肱,毕来既升。(《小雅·无羊》)

这是写牛羊等家畜,诗中不但可以看到它们的各种形态,而且或合或分,人物夹杂,极尽错落变化之能事。后来杜、苏诸人许多题画马的诗便是从此悟出。

溱与洧,方涣涣兮。士与女,方秉蕳兮。女曰观乎?士曰既且。且往观乎。洧之外,洵訏且乐!维士与女,伊其相谑,赠之以勺药。

溱与洧,浏其清矣。士与女,殷其盈矣。女曰观乎?士曰既且。且往观乎。洧之外,洵訏且乐!维士与女,伊其将谑,赠之以勺药。(《郑风·溱洧》)

这是写男女偕游。由"溱洧涣涣""士女秉蕳"等字面来看,这是暮春踏青时的景色。不但写出了他们的行踪,而且写出了他们问答的口吻、欢欣的情态,令人如闻其声,如见其人。这些都是对客观现象的描绘。再看对主观心理的抒写:

东门之墠,茹藘在阪。其室则迩,其人甚远。

东门之栗,有践家室。岂不尔思,子不我即。(《郑风·东门之墠》)

这是写男子访求情人不遇后的怅惘。对会面时的地点、景物记得那样清楚,则情人的一切在他心目中的印象可想而知。这样才能说明他对她的确没有忘怀。而整个诗篇也不觉得空洞无物了。

> 谁谓河广？一苇杭之！谁谓宋远？跂予望之！
> 谁谓河广？曾不容刀！谁谓宋远？曾不崇朝。(《卫风·河广》)

这首诗据说是宋桓夫人归卫思宋之作。宋桓夫人即襄公之母,生襄公后被出归卫。在古代,女子被出是终身恨事,何况自己的儿子已长大成人却不能相见。由于思念之殷,望不见的宋国山川也宛在目前。这里是虚事实写,也是文学作品不可缺少的重要手法。

> 采采卷耳,不盈顷筐。嗟我怀人,置彼周行。
> 陟彼崔嵬,我马虺隤。我姑酌彼金罍,维以不永怀。
> 陟彼高冈,我马玄黄。我姑酌彼兕觥,维以不永伤。
> 陟彼砠矣,我马瘏矣,我仆痡矣,云何吁矣！(《周南·卷耳》)

这是征妇思夫之词。作者不说自己如何在想他,而说他在天那边如何在盼望自己,绘影绘声,呼之欲出。实际上全是虚构的。这样深一层去设想,写出来后自然显得曲折深入、幽恨无穷。

> 陟彼岵兮,瞻望父兮。父曰:"嗟！予子行役,夙夜无已。上慎旃哉,犹来无止！"
> 陟彼屺兮,瞻望母兮。母曰:"嗟！予季行役,夙夜无寐。上慎旃哉,犹来无弃！"
> 陟彼冈兮,瞻望兄兮。兄曰:"嗟！予弟行役,夙夜必偕。上慎旃哉,犹来无死！"(《魏风·陟岵》)

这是征人思家之词。由家人对自己的怀念,说明自己如何在怀念家人,与《卷耳》用的是同一手法。但《陟岵》有超过《卷耳》之处:《卷耳》所写的是自己丈夫一人的行动,《陟岵》却按不同的情况,把家中每个人的心理和行动都描绘出来;《卷耳》中只说明丈夫无法回来,《陟岵》中还想到父母兄长的隐忧,自然更令人感到伤痛。抒情诗写到这种境地,可以说无出其右了。

上面所举的诗,只是着重于登场人物的描写,对于人物活动所不可缺少的场景还不很注意。下面的例子便不同了:

  我徂东山,慆慆不归。我来自东,零雨其濛。我东曰归,我心西悲。制彼裳衣,勿士行枚。蜎蜎者蠋,烝在桑野。敦彼独宿,亦在车下。

  我徂东山,慆慆不归。我来自东,零雨其濛。果臝之实,亦施于宇。伊威在室,蠨蛸在户。町畽鹿场,熠耀宵行。不可畏也,伊可怀也。

  我徂东山,慆慆不归。我来自东,零雨其濛。鹳鸣于垤,妇叹于室。洒扫穹窒,我征聿至。有敦瓜苦,烝在栗薪。自我不见,于今三年。

  我徂东山,慆慆不归。我来自东,零雨其濛。仓庚于飞,熠耀其羽。之子于归,皇驳其马。亲结其缡,九十其仪。其新孔嘉,其旧如之何?(《豳风·东山》)

这首诗写的是出征将士还归时悲喜交集之情。由初归的感触,假想到家中的萧条;再由妻子的怨叹,转叙到重逢的欢乐。随着情节的展开,不断地变换着场景,不但暗示出人物的心理活动,而且促成了整首诗歌的气氛,增强了感染力,使读者也不觉沉浸到里面去了。比这更重要的是对紧密地联系着人物的周围环境的描写,这样才能说明人物的行动不是脱离现实世界的孤立的行动。如:

  氓之蚩蚩,抱布贸丝。匪来贸丝,来即我谋。送子涉淇,至于顿丘。匪我愆期,子无良媒。将子无怒,秋以为期。

  乘彼垝垣,以望复关。不见复关,泣涕涟涟。既见复关,载笑载言。尔卜尔筮,体无咎言。以尔车来,以我贿迁。

  桑之未落,其叶沃若。于嗟鸠兮,无食桑葚!于嗟女兮,无与士耽!士之耽兮,犹可说也。女之耽兮,不可说也!

  桑之落矣,其黄而陨。自我徂尔,三岁食贫。淇水汤汤,渐车帷裳。女也不爽,士贰其行。士也罔极,二三其德。

三岁为妇,靡室劳矣。夙兴夜寐,靡有朝矣。言既遂矣,至于暴矣。兄弟不知,咥其笑矣。静言思之,躬自悼矣!

及尔偕老,老使我怨。淇则有岸,隰则有泮。总角之宴,言笑晏晏。信誓旦旦,不思其反。反是不思,亦已焉哉!(《卫风·氓》)

这是商妇被夫遗弃后自叙悔恨之词。由于篇首提出的反面人物是一个"抱布贸丝"的蚩蚩之氓,便可知女主人公的命运中已经埋藏了不幸的种子。由于对方原是她的竹马朋友,更可知这种不幸的命运,她无可避免地要亲自经历。故事的开端已暗示了这种巨大的矛盾,再加上古代婚礼的束缚,迫使她不得不向对方提出一定的婚姻手续,这是在当时礼俗下不得已之举。这对那个迫不及待的氓来说,简直是向狐狸讨信用,使他愈加狡猾狠恶,因而后来虽勉强结合,但女主人公颜色少衰便被遗弃。再加上舆论的压力,自己的兄弟也无法同情她了。回忆总角时的天真无邪,对照后来的种种变化,简直是一场无法解释的噩梦。其心里是够痛苦、够愤慨的了。女主人公在商人的无情与亲友的讥笑中,不但虚掷了自己的爱情,而且葬送了自己的一生。她是一个典型的痴心女子。但朱熹却板起道学面孔,认为这是淫妇的狡计不遂,不但将恶毒的口吻加在这个弱女子身上,也没有认识到这是当时现实环境的产物。由于作者找出了这种促使人物行动的环境中的矛盾因素,再加上真实的细节叙述,女主人公那种被侮辱、被损害的面目神情便很突出地呈现于读者的眼前。由于这首诗充满了现实主义因素,我们说它是我国爱情悲剧诗中最早而且最成熟的典范作品也不为过。

此外,由于作者对现实现象所持的态度不同,在作品中也表现出自己的爱和憎,形成了作品的歌颂或讽刺两种类型。这不过是大致的区分,事实上世间万事千差万别,由于爱情的程度有深有浅,歌颂或讽刺的成分也有多有少。试看:

瞻彼淇奥,绿竹猗猗。有匪君子,如切如磋,如琢如磨。瑟兮倜兮,赫兮咺兮。有匪君子,终不可谖兮。

瞻彼淇奥,绿竹青青。有匪君子,充耳琇莹,会弁如星。瑟兮倜兮,赫兮咺兮。有匪君子,终不可谖兮。

瞻彼淇奥,绿竹如箦。有匪君子,如金如锡,如圭如璧。宽兮绰兮,猗重较兮。善戏谑兮,不为虐兮。(《卫风·淇奥》)

这首诗相传是卫人歌颂卫武公之作。首言卫武公的道德修养,次言卫武公的服饰威仪,最后总述他高尚的人格。这是古代理想的贵族人物的形象,是后世士大夫阶层所向往的虚伪矫饰的大人物风度的最古的范本。不过卫武公还不是那种不近人情的神秘偶像,因而末尾又提到他"善戏谑兮,不为虐兮",变得平易可亲了。这是典型的歌颂。

再看:

宾之初筵,温温其恭。其未醉止,威仪反反。曰既醉止,威仪幡幡。舍其坐迁,屡舞仙仙。其未醉止,威仪抑抑。曰既醉止,威仪怭怭。是曰既醉,不知其秩。

宾既醉止,载号载呶。乱我笾豆,屡舞僛僛。是曰既醉,不知其邮。侧弁之俄,屡舞傞傞。既醉而出,并受其福。醉而不出,是谓伐德。饮酒孔嘉,维其令仪。

凡此饮酒,或醉或否。既立之监,或佐之史。彼醉不臧,不醉反耻。式勿从谓,无俾大怠。匪言勿言,匪由勿语。由醉之言,俾出童羖。三爵不识,矧敢多又。(《小雅·宾之初筵》)

这首诗据说是卫武公止酒之作。他对当时朝廷里一批腐化分子的狂饮不以为然。他用诙谐的口吻,把那些饮客醉后的狂态与醉前伪装的礼貌对比了一番。此外他还责备那些劝酒者不应该顺从醉人之意,使他们在狂饮中失去威仪。意在讽刺,却来得异常轻松微妙。《淇奥》一诗说他善于戏谑,可能指的是这些地方。这是幽默的指责。

再看:

谓山盖卑,为冈为陵。民之讹言,宁莫之惩!召彼故老,讯之占梦。具曰"予圣",谁知乌之雌雄!

> 谓天盖高，不敢不局。谓地盖厚，不敢不蹐。维号斯言，有伦有脊。哀今之人，胡为虺蜴？（《小雅·正月》）

这是讽刺西周亡国前一般贵族士大夫昏庸无知的诗。朝政日非，谣言四起，他们还自以为是，不听劝谏。作者揭穿了这种形式与内容相脱离的矛盾现象，把他们比作互争雌雄，在别人看来却是一般的老鸦，又把他们比作狡诈多端、无从捉摸的变色蜥蜴，用语深切，情绪激扬。这是尖刻的讽刺。

再看：

> 荏染柔木，君子树之。往来行言，心焉数之。蛇蛇硕言，出自口矣。巧言如簧，颜之厚矣。（《小雅·巧言》）

> 为鬼为蜮，则不可得。有靦面目，视人罔极。作此好歌，以极反侧！（《小雅·何人斯》）

> 彼谮人者，谁适与谋？取彼谮人，投畀豺虎。豺虎不食，投畀有北。有北不受，投畀有昊。（《小雅·巷伯》）

> 哲夫成城，哲妇倾城。懿厥哲妇，为枭为鸱。妇有长舌，维厉之阶。乱匪降自天，生自妇人！匪教匪诲，时维妇寺。（《大雅·瞻卬》）

这些都是指斥西周末年把持朝政、陷害忠良的一批谗谄小人的诗。前三首指斥的是一般小人，后一首指斥的是褒姒一流的长舌妇。诗人把他们斥为"厚颜"，斥为"鬼蜮"，斥为"枭鸱"，恨不得把他们投到荒郊野外去喂狼虫虎豹吃。说明他们的罪恶已暴露无遗，人们对他们再也不存有一丝希望或者幻想，除予以无情的斥责外，自然也用不着什么讽刺的方式。讽刺的对象大都含有喜剧性的矛盾，等到这种矛盾已达无法解决的地步，人们的情绪便会由喜剧的变为悲剧的。恰好这种阻挠、毁灭所有善良人意图的黑暗统治，已经远超过讽刺的范围而成为悲剧的重要主题了。因而这些诗不再是喜剧性的讽刺，而是充满了作者沉痛绝望的悲剧的反抗。在所谓"变风""变雅"中，这类作品多不胜数。

## 二、篇章形式

有人把《三百篇》中的诗称为四言诗。其实"四言诗"不过是一个极简单而又笼统的概念。在《三百篇》中,每句字数的多寡,句末语助的有无,章节的排列,用韵的变化,不但种类繁多,而且在风、雅、颂三体中各有不同。

先看"周颂":

> 猗与漆沮,潜有多鱼。有鳣有鲔,鲦鲿鰋鲤。以享以祀,以介景福。(《周颂·潜》)

全篇都是四言,比较整齐,用韵也还规律,没有语助。

> 于穆清庙,肃雍显相。济济多士,秉文之德。对越在天,骏奔走在庙。不显不承,无射于人斯!(《周颂·清庙》)

大体上是四言,但也杂有五言。除末句用了一"斯"字外,没有语助。最不易辨认的是它的用韵,可说它是无韵诗。

> 昊天有成命,二后受之。成王不敢康,夙夜基命宥密。于缉熙,单厥心,肆其靖之。(《周颂·昊天有成命》)

除了两个"之"字勉强可当作语助,"密""熙"声调不同,勉强可认为有韵外,全篇三、四、五、六言都有,可说极不整齐。

这些诗有一个共同之处,便是每首都只有一章。或者以为这都是些短诗。事实上,如《载芟》一诗,全长三十一句,一百二十四字,也是一气到底,不分章节,自然也不会有章节排列的变化了。

总之,"周颂"最大的特色是不分章节,没有语助,用韵不完全,句子不整齐。

再看"二雅":

> 夜如何其?夜未央。庭燎之光。君子至止,鸾声将将。
> 
> 夜如何其?夜未艾。庭燎晣晣。君子至止,鸾声哕哕。
> 
> 夜如何其?夜乡晨。庭燎有辉。君子至止,言观其旂。

(《小雅·庭燎》)

有三言,有四言,有奇韵,有偶韵,不很整齐。末章"晨""辉""旂"不谐。但这是极少数。

  营营青蝇,止于樊。岂弟君子,无信谗言。
  营营青蝇,止于棘。谗人罔极,交乱四国。
  营营青蝇,止于榛。谗人罔极,构我二人。(《小雅·青蝇》)

句子虽有参差,用韵却很整齐,都是隔句一谐。

  鱼在在藻,有颁其首。王在在镐,岂乐饮酒。
  鱼在在藻,有莘其尾。王在在镐,饮酒乐岂。
  鱼在在藻,依于其蒲。王在在镐,有那其居。(《小雅·鱼藻》)

句子很整齐,用韵也很有规律。

  这些诗也有一个共同点,便是全诗都分作几章,每章都是用同一式样的话开端。但这些还是短篇。如《民劳》一诗,可说是长篇了。除了每句都是四言,用韵很规律,都是隔句一谐外,全诗五十句,分为五章,每章十句。各章开端处都是用"民亦劳止,汔可小康,惠此中国"等一式的话,可说形式再整齐不过了。

  最奇特的是"大雅"《下武》《既醉》《文王》三篇。

  下武维周,世有哲王。三后在天,王配于京。
  王配于京,世德作求。永言配命,成王之孚。
  成王之孚,下土之式。永言孝思,孝思维则。
  媚兹一人,应侯顺德。永言孝思,昭哉嗣服。
  昭兹来许,绳其祖武。于万斯年,受天之祜。
  受天之祜,四方来贺。于万斯年,不遐有佐。(《大雅·下武》)

这首诗与上举各篇的不同之处在于,有三章末尾与下章开端处重复。上举各篇是各章平列,这首诗是各章衔接。这首诗只有六章,每章只有四句,不算很长。像《大雅·文王》一诗,全诗七章,每章八句,不但各章首尾衔接,而且每章前四句末尾、后四句开端也互相衔接。假如按四句一节计算,全诗十四节,节节衔接。这种形式,即后世所谓蝉联体,一直被后人沿用,不能不说是作者有意安排的。但这些诗与"周颂"一样,都没有语助。有语助的如:

　　白华菅兮,白茅束兮。之子之远,俾我独兮。
　　英英白云,露彼菅茅。天步艰难,之子不犹。
　　滮池北流,浸彼稻田。啸歌伤怀,念彼硕人。
　　樵彼桑薪,卬烘于煁。维彼硕人,实劳我心。
　　鼓钟于宫,声闻于外。念子懆懆,视我迈迈。
　　有鹙在梁,有鹤在林。维彼硕人,实劳我心。
　　鸳鸯在梁,戢其左翼。之子无良,二三其德。
　　有扁斯石,履之卑兮。之子之远,俾我疧兮。(《小雅·白华》)

首末两章都有语助,其余各章没有,而且各章语式也不一致。

　　幡幡瓠叶,采之亨之。君子有酒,酌言尝之。
　　有兔斯首,炮之燔之。君子有酒,酌言献之。
　　有兔斯首,燔之炙之。君子有酒,酌言酢之。
　　有兔斯首,燔之炮之。君子有酒,酌言酬之。(《小雅·瓠叶》)

此诗不但用了很多语助,而且各章语式也极一致。与此同一形式的还有"小雅"《渐渐之石》一诗,但在"二雅"中为数不多。

　　因此,雅诗的特色是句子整齐,章节分明,用韵规律,语助不多。而风诗最显著的特色是语助较多。宋末洪迈曾有所论,不过他是就整个《三百篇》来说,事实上这种现象主要见于风诗。除常见的"兮"字外,如:

　　参差荇菜,左右流之。窈窕淑女,寤寐求之。(《周南·关雎》)
　　陟彼砠矣,我马瘏矣,我仆痡矣,云何吁矣!(《周南·卷耳》)
　　汉之广矣,不可泳思。江之永矣,不可方思。(《周南·汉

广》)

亦既见止,亦既觏止,我心则降。(《召南·草虫》)

我心匪石,不可转也。我心匪席,不可卷也。(《邶风·柏舟》)

日居月诸,照临下土。(《邶风·日月》)

其虚其邪,既亟只且!(《邶风·北风》)

母也天只,不谅人只!(《鄘风·柏舟》)

怀哉怀哉,曷月予还归哉?(《王风·扬之水》)

叔善射忌,又良御忌。抑磬控忌,抑纵送忌。(《郑风·大叔于田》)

缟衣綦巾,聊乐我员。(《郑风·出其东门》)

女曰观乎?士曰既且。且往观乎。(《郑风·溱洧》)

俟我于著乎而,充耳以素乎而,尚之以琼华乎而。(《齐风·著》)

彼人是哉,子曰何其。(《魏风·园有桃》)

坎坎伐檀兮,置之河之干兮,河水清且涟猗。(《魏风·伐檀》)

椒聊且,远条且!(《唐风·椒聊》)

嗟行之人,胡不比焉?人无兄弟,胡不佽焉?(《唐风·杕杜》)

舍旃舍旃,苟亦无然!(《唐风·采苓》)

恩斯勤斯,鬻子之闵斯!(《豳风·鸱鸮》)

计有"之""矣""思""止""也""居""诸""只且""只""哉""忌""员""乎""乎而""其""猗""且""旃""然""斯"等二十种。

风诗的句子也极参差,除常见的四言外,如:

十亩之间兮,桑者闲闲兮,行与子还兮!

十亩之外兮,桑者泄泄兮,行与子逝兮!(《魏风·十亩之间》)

全是五言。

> 卢令令,其人美且仁。
> 
> 卢重环,其人美且鬈。
> 
> 卢重鋂,其人美且偲。(《齐风·卢令》)

这是三、五言相间为用。

> 君子阳阳,左执簧,右招我由房。其乐只且!
> 
> 君子陶陶,左执翿,右招我由敖。其乐只且!(《王风·君子阳阳》)

这是三、四、五言间用。

> 扬之水,不流束薪。彼其之子,不与我戍申。怀哉怀哉,曷月予还归哉?
> 
> 扬之水,不流束楚。彼其之子,不与我戍甫。怀哉怀哉,曷月予还归哉?
> 
> 扬之水,不流束蒲。彼其之子,不与我戍许。怀哉怀哉,曷月予还归哉?(《王风·扬之水》)

这是三、四、五、六言相间为用。

> 缁衣之宜兮,敝予又改为兮。适子之馆兮,还予授子之粲兮。
> 
> 缁衣之好兮,敝予又改造兮。适子之馆兮,还予授子之粲兮。
> 
> 缁衣之席兮,敝予又改作兮。适子之馆兮,还予授子之粲兮。(《郑风·缁衣》)

这是五、六、七言相间为用。

> 坎坎伐檀兮,置之河之干兮,河水清且涟猗。不稼不穑,胡取禾三百廛兮?不狩不猎,胡瞻尔庭有县貆兮?彼君子兮,不素餐兮!
> 
> 坎坎伐辐兮,置之河之侧兮,河水清且直猗。不稼不穑,胡取禾三百亿兮?不狩不猎,胡瞻尔庭有县特兮?彼君子兮,不素

食兮！

坎坎伐轮兮，置之河之漘兮，河水清且沦猗。不稼不穑，胡取禾三百囷兮？不狩不猎，胡瞻尔庭有县鹑兮？彼君子兮，不素飧兮！（《魏风·伐檀》）

这首诗中四、五、六、七、八言都有，句子的参差变化可说是很多了。

风诗的章节与雅诗一样，每篇分好几章，排列分明，各章多是同一样式的话，上举各篇是很好的例子。它与雅诗的不同之处是：雅诗多长篇，每章都有好几句；风诗多短篇，每章只寥寥几句。故雅诗前后章不显得重叠，风诗便不同了。如：

麟之趾，振振公子。于嗟麟兮！

麟之定，振振公姓。于嗟麟兮！

麟之角，振振公族。于嗟麟兮！（《周南·麟之趾》）

每章只有三句，重叠处很显著。

采采芣苢，薄言采之。采采芣苢，薄言有之。

采采芣苢，薄言掇之。采采芣苢，薄言捋之。

采采芣苢，薄言袺之。采采芣苢，薄言襭之。（《周南·芣苢》）

这首诗过去分为三章，事实上全诗的基调只有两句，其余都是重叠部分，是古今无比的短诗。由于分章多，每章只有两句，重叠处自然也更显著了。

风诗用韵与雅诗一样，很有规律，比雅诗又多了一些变化，雅诗所有，风诗都有。又因为风诗多是短篇，因而用韵的变化特别显著。除常见的隔句一谐的偶句韵外，如：

彼采葛兮，一日不见，如三月兮。（《王风·采葛》）

这是奇句韵。

终风且暴，顾我则笑。谑浪笑敖，中心是悼。（《邶风·终风》）

这是逐句韵。

>式微式微,胡不归? 微君之故,胡为乎中露?(《邶风·式微》)

这是逐步转韵。

>溱与洧,方涣涣兮。士与女,方秉蕳兮。女曰观乎? 士曰既且。且往观乎。洧之外,洵訏且乐! 维士与女,伊其相谑,赠之以勺药。(《郑风·溱洧》)

这是数韵交错。

以上都是常见的用韵形式。

>我心匪石,不可转也。我心匪席,不可卷也。威仪棣棣,不可选也。(《邶风·柏舟》)

这是隔句协韵。

>荟兮蔚兮,南山朝隮。婉兮娈兮,季女斯饥。(《曹风·候人》)

这是句中韵,比较奇特。更奇特的如:

>予手拮据,予所捋荼,予所蓄租,予口卒瘏,曰予未有室家!(《豳风·鸱鸮》)

这可说是经纬韵,不但每句用韵,甚至各句中位置相当的字也自相为韵。这本是假托鸟语来抒情的诗,故尽量模拟鸟语。后来唐人用"钩辀格磔"来模仿鹧鸪,宋人好作禽言诗,大都本于此。但比起这篇,都未免显得太拙劣了。

此外,有些句子在本章中好像不入韵,但各章合起来看,还是有韵的。如:

>彼茁者葭,壹发五豝。于嗟乎,驺虞!
>
>彼茁者蓬,壹发五豵。于嗟乎,驺虞!(《召南·驺虞》)

这可说是联章韵。每章末尾都有"于嗟乎,驺虞"一句,可能是章末和声。它是从原始的劳动呼声演变来的。它与上文的"葭""豝""蓬""豵"都不谐,却能自相为韵,可知任何韵的散句只要有这种和声,都能前后相谐。这是《三百篇》中最普遍、最寻常的形式,而在风诗中尤占多数。

总之，风诗的特色是语助较多，句子参差，章节重叠，用韵整齐变化、无所不有，显得自然活泼，优美动听。

综上所述，《三百篇》的艺术形式，从"周颂""二雅"到各国国风，显然在逐步发展。"周颂"的作者，不能剪裁字句，使其趋于整齐；不能熟练地用韵，以增加和谐；不能利用语助，来区别语气；不知划分章节，来构成体段。显然，当时人们的语言技巧有局限。到了雅诗便不同了，可以看出作者技巧的成熟。颂诗的缺陷，在雅诗中差不多得到了弥补。但雅诗因过于要求整齐变化，又显得人为的地方太多，缺乏自然生动之美。技巧最成熟，又显得自然美妙的，要算风诗。它的长短句是曲调的自由。它用韵不拘一格是节奏的变化。它的章节能使读者感到反复重叠之美。它善用语助，能使读者体会出作者说话时的神情。这些固然是愈后起的诗，经验愈加丰富，技巧也愈加成熟的缘故，也与三者歌唱的形式有关。因为在古代诗与乐不分，孔子及其门徒子夏等所追念的古乐，实即王室的雅、颂；所反对的今乐，实即各国的风诗。郑卫之音最受人欢迎，也最遭他们反对，原因是古乐"进旅退旅，和正以广"，今乐"进俯退俯，奸声以滥"。至于古乐中最古的"周颂"，据说"清庙之瑟，朱弦而疏越，一倡而三叹，有遗音矣"。今乐中的郑卫之音，据说"郑音好滥淫志，卫音趋数烦志"。简言之，古乐的特色是整齐舒缓，今乐的特色是曲折繁复。据近人许之衡的研究，前者所用的即是所谓拖音法，后者所用的即是所谓转腔法；其中"周颂"最舒缓，句末都有余声，郑卫之音转腔最多，显得最华丽。"周颂"字音拖得很长，再加上句末很长的余声，没有章节也显得有章节，没有韵脚也显得有韵脚。这是颂神诗庄严肃穆的本色，自然字句不一定要求整齐，句末也不一定完全用韵。到了雅诗，诗歌的形式已发展成为有节奏的结构，余声已失去其效用，句末就非用韵不可了。再加上它是燕飨用乐，要典丽堂皇，自然字句需要整齐，章节也需要分明。至于风诗简短重叠，参差变化，则更是地方色彩、民间风味、男女情调、自由放歌的充分表现。还应该注意的是，在本章章首我们提到风、雅、颂的区别即是抒情诗、史诗、剧诗的区别。古希腊戏剧的源头酒神颂歌，原先并不见得十分复杂，既没有音乐性的变化,也没有艺术性。至于史诗,都是完整的英雄体。史诗的末期,产生了所谓抑扬体和挽歌体两种格律。前者用于讽刺,后者用于哀挽。更进一步,便演变出正式的抒情诗。史诗与抒情诗格律上的不同之处是:史诗是一种便于叙事的吟诵调,重在节奏,而不在旋律;抒情诗是一种发抒自我狂想的自由调,除节奏的变化外,更重要的是它的旋律。故史诗显得整齐,而抒情诗显得自由活泼。回顾《三百篇》的形式,"周颂"中看不出什么艺术的变化。雅诗主要是四言,雅诗晚期出现了很多讽刺和哀挽的作品,如:

彼月而食,则维其常;此日而食,于何不臧!(《小雅·十月之交》)

哀哉不能言!匪舌是出,维躬是瘁。哿矣能言!巧言如流,俾躬处休。(《小雅·雨无正》)

谋之其臧,则具是违。谋之不臧,则具是依。(《小雅·小旻》)

维此圣人,瞻言百里。维彼愚人,覆狂以喜。

维此良人,弗求弗迪。维彼忍心,是顾是复。(《大雅·桑柔》)

以及:

烨烨震电,不宁不令。百川沸腾,山冢崒崩。高岸为谷,深谷为陵。哀今之人,胡憯莫惩!(《小雅·十月之交》)

有冽氿泉,无浸获薪。契契寤叹,哀我惮人。薪是获薪,尚可载也。哀我惮人,亦可息也。(《小雅·大东》)

何草不玄?何人不矜?哀我征夫,独为匪民!

匪兕匪虎,率彼旷野。哀我征夫,朝夕不暇!(《小雅·何草不黄》)

天之降罔,维其优矣。人之云亡,心之忧矣!天之降罔,维其几矣。人之云亡,心之悲矣!(《大雅·瞻卬》)

这些诗的格律如何,不得而知。但就前几首全用对比的方式对两种矛盾的现象加以抑扬来看,可知其格律也是抑扬体。后几首全是哀挽的口吻,从内容与形式须一致来看,可知所用格律是挽歌体。在叙事中有所抑扬哀挽,便是不自禁的感情流露。抒情诗由晚期的史诗衍生而来,于此益发可信。到了风诗,几乎完全成为毫无拘束的自由体。由"周颂"是舞诗,"二雅"是史诗,"国风"是抒情诗来看,世界上任何民族的文学发展历史,虽由于其自身的条件不同而有差别,但大体上却又遵循一个共同的规律。

# 第三章 《春秋》《左传》《国语》《国策》的史传文

## 第一节 散文的分化与史传文的演进

《尚书》以后,散文由于用途的不同,逐渐分为记事与说理两种类型。代表前者的是《春秋》《左传》《国语》《国策》等史传文,代表后者的是《论语》等说理文。

散文分为记事与说理两种,与诗歌分为叙事和抒情两种是一样的,因为情感与理智是人类在认识客观事物的过程中两个不同阶段的心理反应。人类与外物接触,最初只有感性认识,因而对事物的态度也是感性的。等到有了理性认识以后,对事物的态度又会成为理智的。正因为二者同是认识过程中的产物,因而经常彼此交融,互为因果。情感的冲动未必不杂有是非的判断,而经过理智洗礼的情感常常更纯洁、更深厚,因此二者之间并无绝对不同之处。诗歌是即兴唱出的,只能道出歌者朴素的感想;散文是普通的语言,自然可以很从容地剖析疑难问题。因此诗歌有叙事、抒情之分,散文有记事、说理之分。

散文出现这种明显的分化,虽然是《尚书》以后的事,但反观《尚书》,却已经有此趋向。《尚书》大部分是统治者的文告,采取的是说理的方式,但如《盘庚》《康诰》《多士》《多方》等篇,于训诰之外,往往还有简短的记事。至于《顾命》一篇,差不多全是记事。这便是后来散文逐渐分化的基础。汉儒动辄说:"古之王者,世有史官。左史记言,右史记事。事为《春秋》,言为《尚书》。"这其实是很不合事实的话。清人章学诚已予驳斥。在此再申述三点:

一、《尚书》与《春秋》是不同时代的两种产物,不可相提并论。

二、《尚书》不单是记言,《春秋》也并非纯粹记事。如《左传》《国语》所根据的史料是各国史记。各国史记,大部分都叫作春秋。《左传》《国语》中载有很多人物的言论对话。

三、古史中没有所谓左右二史分掌记言、记事的事实。掌记言的大半是内史,掌记事的大半是太史,这可由周襄王命内史叔兴父策命晋文公为侯伯、齐太史书"崔杼弑其君"二事得知。至于左史,《左传》中仅有两处;右史除宋衷注《世本》有周右史武一人外,别无所见。虽然后人如卢辩、熊安生、黄以周等认为左右二史即内史和太史,但《左传》于内史和太史之外别有左史,则此说亦不可靠。此外,周礼五史之职,乃是综合春秋战国以来各国的史官制度而编造出来的一个理想的史官建置方案,更不能机械地据以解释古史。

总之,散文的这种分化,可以说在《尚书》中就已经萌芽,在周室东迁后各国的史记中逐渐加深,到了孔子的《春秋》和孔门的《论语》,记事和说理才独立发展成为两种不同类型的文字。这既是由于社会发展,人事日繁,记载的方式不能随之作多方面的分化,也是由于周室东迁后王室衰落,诸侯强大,许多原始的部族先后发展而建立国家,王室的畴人子弟分散,给诸侯的文化散布了种子。再后贵族没落,文化下移,学者脱离王宫,学术得到解放,文字记载自然也更由于需要的不同而产生分化。但真正的原因还应该归结到生产的变化。我们知道"秦风"有《驷驖》的诗篇。管仲对齐桓公提到"美金以铸剑戟,试诸狗马;恶金以铸锄夷斤斸,试诸壤土"的话。晋赵鞅曾在国都征收"一鼓铁"的军赋,以铸刑鼎,铸范宣子所为刑书。墨子与其弟子禽滑釐等的谈话中,还提到很多铁制的战争工具。孟子问陈相,其师许行是否也用铁耕。可知春秋以来,铁被人重视。战国以后,更加普及。起先用作鼎彝兵器,后来用以制造生产工具。由于生产工具的改造,生产力的提高,生产有了大规模的分工,观念家自然也要与事业家分工而单独发展了。在社会分工的基础上,文化学术同样要分工。进一步,文字记载由于需要的不同而逐渐分化是很自然的事。当然,《尚书》以后的散文并不限于史传文和诸子之文两种,如章学诚说的:"后世之文,其体皆备于战国。"(《文史通义·诗教上》)但主要的、突出的散文著述,确实只此两种。

那么,《春秋》《左传》《国语》等史传文是怎样脱离《尚书》而独立发展的呢?我们知道,古代散文记载只有《尚书》一种,后世出土的鼎彝上的刻辞虽也是古代重要的文献,但就其性质来说,除去其中的箴铭祝颂近于雅、颂,应视作"诗"而外,其余大部分仍应归入"书"类。但绝不是除"书"以外便无别种记载。如墨子提到周宣王冤杀杜伯,后来被杜伯之鬼射死,著在周之春秋,可见《尚书》还未终结就已产生了名为春秋的记载。再由申叔时告士亹的话可知,古代记载亦有春秋、世语、故志、训典等种种不同。训典指书;故志即《左传》《国语》《孟子》常提到的"志"或"前志";世语是后来"世本""帝系""国语"一类记载的祖先,《史记》常提的世家语也跟世语是一类。《国策》原名《事语》,也应该属于"语"类。至于春秋,便是申叔时所论的羊舌肸所习韩宣子所见的春秋,墨子提到的周、燕、齐、宋的春秋,百国春秋,孟子所谓"晋之乘、楚之梼杌、鲁之春秋",汲冢出土的夏殷春秋、鲁春秋。不过,"书"是一个大名,在千百年传统观念的影响下,虽有不同的记载,一时还不能自成一类,故一概以"书"名之。因而周春秋记有宣王死事,鲁春秋始于周室东迁之初,而《尚书》却终于《秦誓》。再往后各种记载发展成熟,不能全包括在"书"中,自然要独立出来。这种成熟的记载,便是孔子《春秋》及《左传》《国语》《国策》等几种巨著。名称及内容虽有差别,大致都可以算作史传。此外,各国春秋及《左传》《国语》中所提到的《国志》《郑书》,有名无书,可能都吸收在《左传》《国语》二书中了。至于《世本》《帝系》,虽可说是古代史传的一个旁支,但已残缺不全,而且在写作方面也没有什么贡献。

## 第二节 《春秋》正名的时代意义

我国第一部史传性的散文,是孔子所写的《春秋》。周室东迁以后,各国史记出现,《尚书》中《费誓》《秦誓》是绝好的证明。但名为《春秋》或性质与《春秋》相近的,却是各国春秋。各国春秋今不可见,但由申叔时论春秋的话,就孟子所谓"晋之乘、楚之梼杌、鲁之春秋,一也"来看,可能相去不远。孔子是鲁人,他的《春秋》便是根据鲁史春秋写成的,因而也叫作《春秋》。之所以命名为《春秋》,一则因为它是编年体的历史记载,故杜预说:"年有四时,故错举以为所记之名也。"一则因为记事当中寓有褒贬之义,故也有人说:"赏以春夏,刑以秋冬,一褒一贬,若春若秋。"实际上,孔子作《春秋》以前,各国史记已多名为春秋,也是为了"耸善而抑恶焉,以戒劝其心",则刑赏一说也未尝讲不通。

孔子生于桓、文等五霸尊王攘夷以后,受传统的贵族学术影响很深,因此他写《春秋》除了采用编年体,"以事系日,以日系月,以月系时,以时系年"而外,主要是为了正君臣内外的名分,因而在记事时很注意一字的褒贬。例如晋献公宠爱骊姬,骊姬谗害世子申生,申生出奔自杀,《春秋》将这事记作:

五年,春,晋侯杀其世子申生。(《春秋·僖公五年》)

这里指明死者是晋国的世子,不言自杀而言晋侯杀之,含有下面三种意义:

一、首恶是晋侯,不是别人。

二、申生是名正言顺的晋国世子,无罪而被杀。

三、晋侯杀自己的儿子,有失父子亲亲之道。

又如晋文公召周襄王到河阳出席他所召开的温之会,《春秋》记作:

二十八年,冬,天王狩于河阳。(《春秋·僖公二十八年》)

这里把晋文公召王书作周襄王自狩,意思是"以臣召君,不可以训"。这又很明显是为了维持当时阶级统治的现有秩序。故孟子说:"孔子作《春秋》,而乱臣贼子惧。"后世一般封建士大夫把《春秋》当作忠臣的教科书,作为指导自己行动的无上权威,便是这种缘故。

但《春秋》绝不是反动透顶的东西,也有它光辉进步的一面,这便是一般今文春秋家爱讲的"异内外"与"张三世"之义。所谓"异内外",是说《春秋》记事完全站在国家与民族的立场上,录内略外,尊内别外,"内其国而外诸夏,内诸夏而外夷狄"。所谓"张三世",是说《春秋》记事具有发展、进化的观点,详近略远,褒文贬野,"所见异辞,所闻异辞,所传闻异辞"。虽然前者是就空间而言,后者是就时间而言,实际上当如皮锡瑞所说,二者并无绝对不能相通之处。

在《春秋》中,凡书侵伐灭取,都有疾恶之义,灭同姓尤甚。故"卫侯毁灭邢"特著其名,以显其恶。但绝不因此而奖励对夷狄实行侵略,相反,假如中国诸侯行诈于夷狄,不但不讳其侵伐,甚至将其与夷狄同样看待。故将晋荀吴因假道而伐鲜虞书作"晋伐鲜虞",以夷狄书之,毫无例外。此外,在《春秋》中,夷狄无爵,君臣同辞,赤狄潞氏,赤狄甲氏、留吁、铎辰,戎蛮子赤,虽有爵号,仍标戎狄,说明他们原为夷狄。但邲之战,楚庄有礼,黄池之会,夫差尊王,故皆书其爵。至于召陵之盟,因为屈完不辱使命,表现了高度的爱国精神,虽据内外之义书作"楚屈完来盟于师",但特尊屈完以当桓公。

总之,内外之义,完全就古今文野来说,实际就是三世之义。庄、僖以前,对夷狄一概书国;宣、成以后,对夷狄或爵或否;定、哀之际,夷狄进至于爵,与诸夏没有什么区别。相反,中国诸侯如果蛮不讲理,《春秋》反去其爵号,以狄书之。故韩愈说:"诸侯用夷礼则夷之,夷而进于中国则中国之。"后人不明三世之义,认为《春秋》外夷狄是狭隘的种族主义。这是不顾《春秋》事实本身的一种歪曲。

最值得注意的是《春秋》对统治者的态度:凡书弑君,都是大恶。但如:

> 十有八年,冬,十月,莒弑其君庶其。(《春秋·文公十八年》)

> 十有八年,春,王正月,庚申,晋弑其君州蒲。(《春秋·成公十八年》)

《公》《谷》二传都说:"称国以弑者,众弑君之辞",是"君恶甚矣"。左氏有同样的论调,可见《春秋》正名并不是没有看到下面的群众,因此子夏有"《春秋》重民"的话,董仲舒更说《春秋》"贬天子,退诸侯,讨大夫"。甚至像《史记》说的,"桀、纣失其道而汤、武作,周失其道而《春秋》作,秦失其政而陈涉发迹,诸侯作难"。把《春秋》与汤武革命、陈涉起义看作一般,可见《春秋》正名,不限于正尊卑之名,同时也正善恶之名,于尊亲之外还有客观的是非在内。后人因《左传》解释《春秋》的书法有"凡弑君,称君,君无道也;称臣,臣之罪也"的话,又因杜预对此略有发挥,便群起攻击,认为《左传》中有阿附权臣的邪说,杜预在为孔子掩护。杜预为人是有可议之处,但不能因此而无视孔子笔诛暴君之意。因为孔子明说:"知我者,其惟《春秋》乎? 罪我者,其惟《春秋》乎?""知我者"是指与他同道的人,"罪我者"是指有些被谴责的统治者。如果他专为统治者宣传,有统治者支持他,还有谁敢问罪于他呢? 这当然是由于孔子生在那个剧变的时代,一方面,君臣易位,贵贱倒置,他有些不惯;另一方面,这种局面的形成,统治者本人也应自负其责。这样责备统治阶级的罪恶,便在客观上起了唤起人民的作用。何况孔子倡导人道主义的"仁",其目的虽在调和两个阶级的矛盾,但同时也是因为对矛盾有所认识。时代的矛盾成为他世界观中的矛盾因素,也影响了他的著述实践,这是异常明显的事。

《春秋》文字简短,似乎没有什么值得注意之处。但孔子作《春秋》是为了正名,因而也很注意语法与修辞,几乎一字不苟。例如:

> 十有六年,春,王正月,戊申,朔,陨石于宋五。是月,六鹢退飞,过宋都。(《春秋·僖公十六年》)

这里"陨石于宋五"是记耳闻,故先记陨石,次记陨地,再记石数。"六鹢退飞,过宋都"是记目见,故先记鹢数,次记方向,再记过地,秩序井然。而且陨石出现是一瞬间的事,不一定全在一处,故特记其日而不记其地。鹢飞可能很久,过宋都时才被人发现,故有月无日,但地点却很确定。董仲舒说:"圣人于言,无所苟而已矣。"《史记》说:孔子作《春秋》,"笔则笔,削则削,子夏之徒不能赞一辞"。后世史家遵循《春秋》的书法,有是有非。《春秋》这种谨严的写作态度,很值得我们取法。

此外,便是中国古史一般都推《尚书》,其实《尚书》只是一批互不连属的官府档案。古代的历史,实际上都保存在雅、颂中的一些史诗内。西周盛时,这些史诗是否已连缀成完整的长篇不可得知。但周室东迁后,礼乐崩坏,文物丧失,史诗不再出现,《春秋》却从此开始。自有了《春秋》,我国才有了一部正式的历史记载。故孟子说:"《诗》亡然后《春秋》作。"试考察世界上各民族历史记载演进的公例,便知孟子此言含有至理。这是因为《春秋》是我国第一部编年体史书,以年代作为记事的纲领,历史事件才有本末可寻,才有因果可求。这在现在看来,原是极平常的事,但在当时却是划时代的创举。因此我们读《春秋》,应该把它当作一个整体来看,应该重视它这种整全一贯的记事方法。至于像王安石辈片面、割裂地看《春秋》,拿后世眼光来苛求古人,武断地说《春秋》是"断烂朝报",不能算是正确的态度。

## 第三节 左氏的史才

孟子曾说《春秋》"其事则齐桓、晋文,其文则史",但《春秋》记事太简略了,只能算作春秋二百四十余年的大事记或历史提纲。要看丰富的记载、生动的描写,不能不取《左传》与《国语》二书。《左传》是编年体史书,是就《春秋》为书。《国语》是分国史史书,可能是抄自各国的史记。除了《国语》中《周语》远从周穆王开始外,大体上二书所记都是春秋时代的事。有了二书的详细记载,《春秋》也容易读了。一般都认为《左传》是给《春秋》作注,《国语》是逸文别说,都有辅翼《春秋》之功,因而把《左传》叫作内传,把《国语》叫作外传。

但《左传》和《国语》的作者及成书的时代,直到如今还是一个争论未决的问题。司马迁认为,作者左氏就是与孔子同时的左丘明,著有《国语》,又"因孔子史记具论其语,成左氏春秋","左氏春秋"似乎就是《左传》,是给孔子《春秋》作的传。这里说左氏著《国语》问题不大,说其著《左传》便不然了。《春秋》绝笔于鲁哀公十四年(前481),《左传》却续经到鲁哀公十六年(前479),续传到鲁哀公二十七年(前468),最后续入悼公四年(前464),还提到了赵襄子与韩、魏共亡智伯的事。此外,书中预言到很多后事,杂有很多后世的名物制度及学说思想,书中叙晋、楚事最详,对三晋之祖多溢美讳恶,对魏事造饰尤多。《左传》与《国语》比较,大致相同,而互有详略,因而留给后人很多疑难。

大致说来,啖助、赵匡认为《左传》成于左氏或孔子的门人后学。其后王安石、叶梦得、林栗、项安世、朱熹、郑樵、王应麟等便认为作者是六国时晋、楚之人,甚至认为还有汉人附益之辞。再后姚鼐、章炳麟、钱穆、郭沫若把观点集中到吴起身上,刘逢禄、康有为、崔适、钱玄同把观点集中到刘歆身上。姚鼐等人认为《左传》经吴起附益,甚至说是吴起作的。刘逢禄等人认为左氏只作了《国语》,刘歆将一部分史记附于《春秋》,名"左氏传",想来与今文春秋家争席。

至于左氏这个人,或以为是孔子的前辈,或以为是孔子的后辈,或以为是孔子的弟子,甚至有人以为即是居西河丧明的子夏。或以为左氏与丘明并非一人,甚至以为左氏是左史倚相或吴起,因为吴起是卫左氏中牟人,故题作左氏。

《左传》是附有儒家经说的一部编年体史书,显然,这部书的完成分三个步骤:一、汇编史料;二、贯串成书;三、附以儒说。

《左传》一书,在司马迁以前既已出现,则此书的成书过程应该是在司马迁以前的事。《别录》曾说:"左丘明授曾申,申授吴起,起授其子期,期授楚人铎椒,铎椒作钞撮八卷授虞卿,虞卿作钞撮九卷授荀卿,荀卿授张苍。"吴起的老师是曾申,其父曾子疾恶"足恭而口圣""巧言令色"一流人,与孔子所称道的左丘明为人一样。吴起本人,如刘师培、章炳麟所举出的,曾对魏武侯讲过:"《春秋》之意,无年之志。"其后铎椒因为楚威王"不能尽观《春秋》",曾"采取成败",为《铎氏微》——很明显是采用左氏

《春秋》，写成有关《春秋》微旨的解说。再后虞卿"上采《春秋》，下观近世"，为《虞氏春秋》，分明又是附益后事，来说明史事的因果关系。最后张苍"明律历""历谱五德"，当然也是就左氏的记载为说。

因此，《左传》一书最初确是就孔子《春秋》并采撷各国史记写成的。孔子《春秋》，可能如《左传》的记载，终于获麟后二年孔子死时。绝笔于获麟后是符瑞家的谰言，可不必管。至于左氏，当如班固所说，是鲁太史。他是与孔子同时的人，死在孔子之后，故能续传到鲁哀公二十七年，距孔子死只十一年。其后吴起、铎椒、虞卿屡有修补，故《左传》叙晋、楚事最详，还涉及很多后事，如悼公四年一节可能就是虞卿的手笔。不待说，很多说解也出于《铎氏微》《虞氏春秋》。至于天文占验、五德终始，更不待说又是张苍所窜入的。

至于《国语》，最初可能是各国史记，原书大部分已吸收在《左传》中，其余逸文别说，或虽被吸收而原文仍值得保留的，都保留了下来，才成为如今这个样子。与其说《左传》是从《国语》中分化出来的，不如说二书分用了同一史料。《左传》分得多半，又经过了作者的补充剪裁；《国语》分得少半，仅是史料原文而已。

因此，把《左传》的编写归于一个人，认为是吴起所为，已经不很妥当。更甚的，像康有为等说《左传》成于刘歆，因而把《史记》中涉及《左传》的记载或与《左传》相同的地方，都说是出于刘歆伪窜，认为不可信；把异于《左传》的，却说是根据原本《国语》，认为可信。他还说原本《国语》即据《汉志》所载的刘向所分的《国语》五十四卷，被刘歆分出三十卷为《左传》，余下有二十一卷为《国语》，原书遂不可见，云云。他没有注意到《史记》与《左传》相同之处很多，假如认为伪窜而全部删去，不但不成文章，恐怕很多史事也要脱节了。何况《左传》的记述，荀卿、韩非、《国策》已经引过，难道说也是出于刘歆的伪窜吗？至于刘向所分的《国语》五十四卷，应当如钱穆说的，是《国语》二十一卷与《国策》三十三卷的总数。《国策》又叫作《事语》，可以附在《国语》后面，仍名《国语》，是刘向从很多史料中分出来的，内容可能与今存的二书略有出入，分剩的材料便是《说苑》《新序》《列女传》《世说》等书。后来因为《国语》《国策》二书分别流行,故刘向所分的原书不传。这与后世孔衍重编《国语》《国策》,萧常、郝经重编《三国志》,何良俊重编《世说新语》一样,改编成书,叠床架屋,没有什么新的内容,当然不为人所重,也不能够流传了。

《左传》《国语》二书虽然出于同一史料,但因其中重要的记载大都吸收在《左传》一书中,而且经过了作者的精心剪裁,因而最能够反映当时的历史真相及作者的艺术水平的,还应该首推《左传》,尤其是其叙事部分。其余一些与《春秋》后事有关的安排,一些史论如"君子曰"之类,大都出于后人增添,不能算数。至于那些"书曰""凡例"之类,完全是就事解经,只能算作后世儒家某些人的经说,是后人对这书的应用。因此我们只把《左传》看作传记,只取它的史材而已。

春秋时代,是一个由未脱尽氏族外衣的奴隶制,通过私有财产的形成,开始向后世的封建制转化的时代,是由古代的贵族政治,通过私门富室,开始向后世官僚政治转化的时代。一方面有齐桓公、晋文公等五霸的尊王攘夷,狐突、华元等世卿的忧心公室;另一方面恰又因此而造成"礼乐征伐自诸侯出""禄去公室""政逮于丈夫""陪臣执国命"的陵夷局面。因此,当时的人物一方面据古论今,言必称先王,动辄用维持贵族统治的礼来作为判断是非的标准;另一方面又有"民欲天从""鬼神惟德是依"的民本思想,以及为了利社稷、为了救世而"弃礼征书"的刑治,甚至有类似"民贵君轻"的大胆言论。例如:

> 卫庄公娶于齐东宫得臣之妹,曰庄姜,美而无子,卫人所为赋《硕人》也。又娶于陈,曰厉妫,生孝伯,早死。其娣戴妫生桓公,庄姜以为己子。公子州吁,嬖人之子也,有宠而好兵,公弗禁,庄姜恶之。石碏谏曰:"臣闻爱子,教之以义方,弗纳于邪。骄、奢、淫、佚,所自邪也。四者之来,宠禄过也。将立州吁,乃定之矣。若犹未也,阶之为祸。夫宠而不骄,骄而能降,降而不憾,憾而能眕者,鲜矣。且夫贱妨贵,少陵长,远间亲,新间旧,小加大,淫破义,所谓六逆也;君义,臣行,父慈,子孝,兄爱,弟敬,所

> 谓六顺也。去顺效逆，所以速祸也。君人者，将祸是务去，而速之，无乃不可乎？"弗听。其子厚与州吁游，禁之，不可。桓公立，乃老。(《左传·隐公三年》)

这是说卫庄公宠爱州吁，破坏贵贱之别，使他得寸进尺，产生了后来弑君的恶果。这便是维持"亲亲尊尊"的贵族统治的所谓"周道"。

又如：

> 师旷侍于晋侯。晋侯曰："卫人出其君，不亦甚乎？"对曰："或者其君实甚。良君将赏善而刑淫，养民如子，盖之如天，容之如地；民奉其君，爱之如父母，仰之如日月，敬之如神明，畏之如雷霆，其可出乎？夫君，神之主而民之望也。若困民之主，匮神乏祀，百姓绝望，社稷无主，将安用之？弗去何为？天生民而立之君，使司牧之，勿使失性，有君而为之贰，使师保之，勿使过度。是故天子有公，诸侯有卿，卿置侧室，大夫有贰宗，士有朋友，庶人、工、商、皂、隶、牧、圉皆有亲昵，以相辅佐也。善则赏之，过则匡之，患则救之，失则革之。自王以下，各有父兄子弟，以补察其政。史为书，瞽为诗，工诵箴谏，大夫规诲，士传言，庶人谤。商旅于市，百工献艺。故夏书曰：'遒人以木铎徇于路，官师相规，工执艺事以谏。'正月孟春，于是乎有之，谏失常也。天之爱民甚矣。岂其使一人肆于民上？以从其淫，而弃天地之性？必不然矣！"(《左传·襄公十四年》)

这虽然是说君权出于神权，但也是为了养民。君不能养民，便是弃天之性，则所谓君权，也失去了它神圣的尊严。

又如：

> 赵简子问于史墨曰："季氏出其君，而民服焉，诸侯与之；君死于外而莫之或罪，何也？"对曰："物生有两，有三，有五，有陪贰，故天有三辰，地有五行，体有左右，各有妃耦，王有公，诸侯有卿，皆有贰也。天生季氏，以贰鲁侯，为日久矣。民之服焉，不亦宜乎！鲁君世从其失，季氏世修其勤，民忘君矣。虽死于外，其

谁矜之？社稷无常奉，君臣无常位，自古以然。故诗曰：'高岸为谷，深谷为陵。'三后之姓，于今为庶，主所知也。在易卦，雷乘乾曰大壮，天之道也。"（《左传·昭公三十二年》）

这不但说出鲁君屡失人心，被逐在外，无人怜悯，是咎由自取，而且从物生有两有三的根据、陵谷变迁的记载、雷乘乾曰大壮的卦象，说明臣弑君，君臣易位，也合乎所谓"天道"。这在当时无疑是一种骇人听闻的革命理论。

因此，贾逵认为左氏义深君父，后世却有人认为《左传》载有邪说。关于同一书有两种相反的论调，当然是新旧交替的社会中应有的现象。这也说明作者认识了时代的得失而能够据事直书的现实主义的写作精神。

由于左氏叙事的忠实，再加上《左传》是一部编年体史书，有年月作为纲领，因而在春秋二百四十年复杂的局面中，我们能够认清每一事件的本末因果，因而刘知几说：

> 且当秦、汉之世，左氏未行，遂使五经、杂史、百家诸子，其言河汉，无所遵凭。故其记事也……或以先为后，或以后为先，日月颠倒，上下翻覆。古来君子，曾无所疑。及《左传》既行，而其失自显。语其弘益，不亦多乎？（《史通·申左》）

我们只要往后看一看战国近二百六十年间的事，由于没有左氏这样的能手加以整理，直到如今还是充满纠纷舛误，不易爬梳，就可知左氏组织剪裁的能力了。

由于左氏叙事的忠实，再加上一定程度的形象描写，因而《左传》能够逼真地写出当时千差万别的人物和事象。如：宋万多力，杀宋闵公，"遇仇牧于门，批而杀之"。宋公族来讨，他奔陈，"以乘车辇其母，一日而至"。陈人解他归宋，"使妇人饮之酒，而以犀革裹之。比及宋，手足皆见"。又如，邢、卫被狄攻入，齐桓公助其迁国，财帛器用一无所私，因而"邢迁如归，卫国忘亡"。又如，晋文公入曹，优礼僖负羁之族，魏犨与颠颉不服，放火去烧僖负羁的家，不小心魏犨自己受了伤。晋文公想杀他，爱才不忍杀。魏犨束胸出见,"距跃三百,曲踊三百",终被赦免,只有颠颉被杀。又如,秦穆公派兵远道袭郑,蹇叔哭谏,不听。路过王城北门时,"左右免胄而下,超乘者三百乘"。王孙满认为秦师轻而无礼,一定会失败。果然,秦师返回时被晋国伏击,三帅被俘。又如,楚庄王伐萧,时值冬天,很多人感到冷,但经过他一番抚慰之后,"三军之士,皆如挟纩"。楚庄王使申舟聘于齐,命他事先不必假道,直接过宋。华元认为这是楚国鄙视宋国,等申舟走近,把他强留杀了。楚庄王听到这个消息,"投袂而起,屦及于窒皇,剑及于寝门之外,车及于蒲胥之市",立即出兵围宋。又如,士会做了晋卿,因为是善人在上,没有人忍心为非,因而"晋国之盗,逃奔于秦"。又如,楚郤宛得人心,费无极嫉恶他,在令尹子常面前设计陷害他,并激怒了子常。子常告鄢将师,围攻郤氏,强迫群众放火去烧他。群众"或取一编菅焉,或取一秉秆焉"投之于地,都不肯烧。描写得都很生动,语言也很简括。

左氏的描写生动形象,充分刻画出当时人物的典型性格。例如人人熟知的,一开卷就接触到的《郑伯克段于鄢》:

> 初,郑武公娶于申,曰武姜,生庄公及共叔段。庄公寤生,惊姜氏,故名曰寤生,遂恶之。爱共叔段,欲立之,亟请于武公,公弗许。及庄公即位,为之请制。公曰:"制,岩邑也,虢叔死焉,他邑唯命。"请京,使居之,谓之京城大叔。祭仲曰:"都城过百雉,国之害也。先王之制,大都不过参国之一,中五之一,小九之一。今京不度,非制也,君将不堪。"公曰:"姜氏欲之,焉辟害?"对曰:"姜氏何厌之有?不如早为之所,无使滋蔓。蔓,难图也。蔓草犹不可除,况君之宠弟乎?"公曰:"多行不义必自毙,子姑待之。"既而大叔命西鄙、北鄙贰于己。公子吕曰:"国不堪贰,君将若之何?欲与大叔,臣请事之;若弗与,则请除之,无生民心。"公曰:"无庸,将自及。"大叔又收贰以为己邑,至于廪延。子封曰:"可矣,厚将得众。"公曰:"不义不暱,厚将崩。"大叔完聚,缮甲兵,具卒乘,将袭郑。夫人将启之。公闻其期,曰:"可矣。"命子封帅车

二百乘以伐京。京叛大叔段，段入于鄢，公伐诸鄢。五月辛丑，大叔出奔共。书曰："郑伯克段于鄢。"段不弟，故不言弟；如二君，故曰克；称郑伯，讥失教也；谓之郑志。不言出奔，难之也。遂置姜氏于城颍，而誓之曰："不及黄泉，无相见也。"既而悔之。颍考叔为颍谷封人，闻之，有献于公，公赐之食，食舍肉。公问之，对曰："小人有母，皆尝小人之食矣。未尝君之羹，请以遗之。"公曰："尔有母遗，繄我独无。"颍考叔曰："敢问何谓也？"公语之故，且告之悔。对曰："君何患焉？若阙地及泉，隧而相见，其谁曰不然？"公从之。公入而赋："大隧之中，其乐也融融。"姜出而赋："大隧之外，其乐也泄泄。"遂为母子如初。君子曰："颍考叔，纯孝也。爱其母，施及庄公。《诗》曰：'孝子不匮，永锡尔类。'其是之谓乎！"（《左传·隐公元年》）

郑庄公母弟共叔段，由于母亲姜氏的偏爱，几乎被立为世子，这已埋下日后庄公对他的猜疑，他还骄纵成性，一再扩充力量。郑国群臣对他的异图忧虑异常，他还招兵买马，阴谋袭郑。最后终于罪恶昭著，被庄公消灭了。段的贪昧固是事实，但郑庄公呢？在姜氏替段请求制邑的时候，他未尝没有预料到这会养成段的野心。后来段经营京城，侵夺边邑，野心已露，祭仲、公子吕（子封）等再三提醒庄公，庄公不但不加管教，反而压制众议，不许声张，等到时机成熟，便派子封一鼓把段荡平了。这是何等阴险毒辣！最无人性的是，母亲姜氏偏爱段，庄公先是曲意应付，等段失败后，却与之断绝母子关系。假若不是颍考叔的讽劝，他真要对母亲禁锢终身了。但后来啖助竟以为庄公纵容母弟是为了避恶名，因而他不相信庄公禁锢母亲的事。实则庄公的行为，在私有制兴起后的古代贵族氏族瓦解的过程中，自有其存在的必然性。试看春秋二百四十余年中，为了互相吞并，贵族内部哪里不充满骨肉相残的悲惨局面？则左氏对庄公的刻画，真可说已经达到集中表现的程度了。此外，像宋襄公的愚妄，秦穆公的宽厚，楚灵王的贪侈，鲁昭公的优柔，屈完的不辱使命，华元的从容多谋，申公巫臣的争妻泄愤，子产的精明强干，也都是通过对他们的具体行动以及促成这种行动的周围环境的描述,生动地呈现出来,使读者如见其人,如临其事。

首先,左氏最擅长的是写战争。东迁以后,周室政令不行,诸侯互相攻伐。虽有桓、文等五霸尊王攘夷,存亡继绝,但许多小的部族仍不断被并吞消灭,而灭国最多的,恰好又是齐、晋、秦、楚等几个大国。从此,古代氏族林立的现象逐渐消失,并为七国,最后统一于秦。整部《左传》正是对这种灭国战争的详细记载,因此写战争的地方特别多,也特别熟练。孟子说:"春秋无义战。"魏禧把《左传》叫作"相斫书",正是春秋这一时代的历史及《左传》这部历史记载的最概括的说明。例如秦晋韩之战、殽之战,晋楚城濮之战、邲之战、鄢陵之战,齐晋鞌之战、平阴之战,吴楚柏举之战,都是春秋有名的战役。《左传》的文字也极生色。兹举吴楚柏举之战为例:

> 沈人不会于召陵,晋人使蔡伐之。夏,蔡灭沈。秋,楚为沈故,围蔡。伍员为吴行人以谋楚。楚之杀郤宛也,伯氏之族出,伯州犁之孙嚭为吴太宰,以谋楚。楚自昭王即位,无岁不有吴师。蔡侯因之,以其子乾与其大夫之子为质于吴。冬,蔡侯、吴子、唐侯伐楚。舍舟于淮汭,自豫章与楚夹汉。左司马戌谓子常曰:"子沿汉而与之上下,我悉方城外以毁其舟,还塞大隧、直辕、冥阨。子济汉而伐之,我自后击之,必大败之。"既谋而行。武城黑谓子常曰:"吴用木也,我用革也,不可久也。不如速战。"史皇谓子常:"楚人恶子而好司马,若司马毁吴舟于淮,塞城口而入,是独克吴也。子必速战,不然不免。"乃济汉而陈,自小别至于大别。三战,子常知不可,欲奔。史皇曰:"安求其事,难而逃之,将何所入?子必死之,初罪必尽说。"十一月庚午,二师陈于柏举,阖庐之弟夫概王晨请于阖庐曰:"楚瓦不仁,其臣莫有死志。先伐之,其卒必奔,而后大师继之,必克。"弗许。夫概王曰:"所谓臣义而行不待命者,其此之谓也。今日我死,楚可入也。"以其属五千,先击子常之卒。子常之卒奔,楚师乱,吴师大败之。

子常奔郑。史皇以其乘广死。吴从楚师,及清发,将击之。夫概王曰:"困兽犹斗,况人乎?若知不免而致死,必败我。若使先济者知免,后者慕之,蔑有斗心矣。半济而后可击也。"从之,又败之。楚人为食,吴人及之,奔。食而从之,败诸雍澨。五战,及郢。

己卯,楚子取其妹季芈畀我以出,涉睢,针尹固与王同舟。王使执燧象以奔吴师。庚辰,吴入郢,以班处宫。子山处令尹之宫,夫概王欲攻之,惧而去之。夫概王入之。左司马戌及息而还,败吴师于雍澨,伤。初,司马臣阖庐,故耻为禽焉。谓其臣曰:"谁能免吾首?"吴句卑曰:"臣贱,可乎?"司马曰:"我实失子,可哉!"三战皆伤,曰:"吾不可用也已。"句卑布裳,刭而裹之,藏其身,而以其首免。楚子涉睢济江,入于云中。王寝,盗攻之,以戈击王,王孙由于以背受之,中肩。王奔郧,钟建负季芈以从,由于徐苏而从。郧公辛之弟怀将弑王,曰:"平王杀吾父,我杀其子,不亦可乎?"辛曰:"君讨臣,谁敢仇之?君命,天也。若死天命,将谁仇?诗曰:'柔亦不茹,刚亦不吐,不侮矜寡,不畏强御。'唯仁者能之。违强陵弱,非勇也。乘人之约,非仁也。灭宗废祀,非孝也。动无令名,非知也。必犯是,余将杀女。"斗辛与其弟巢以王奔随。吴人从之,谓随人曰:"周之子孙,在汉川者,楚实尽之,天诱其衷,致罚于楚。而君又窜之,周室何罪?君若顾报周室,施及寡人,以奖天衷,君之惠也。汉阳之田,君实有之。"楚子在公宫之北,吴人在其南。子期似王,逃王,而己为王,曰:"以我与之,王必免。"随人卜与之,不吉,乃辞吴曰:"以随之辟小,而密迩于楚,楚实存之。世有盟誓,至于今未改。若难而弃之,何以事君?执事之患不唯一人,若鸠楚竟,敢不听命?"吴人乃退。炉金初官于子期氏,实与随人要言。王使见,辞曰:"不敢以约为利。"王割子期之心以与随人盟。

初,伍员与申包胥友,其亡也,谓申包胥曰:"我必复楚国。"

申包胥曰:"勉之。子能复之,我必能兴之。"及昭王在随,申包胥如秦乞师,曰:"吴为封豕、长蛇,以荐食上国,虐始于楚。寡君失守社稷,越在草莽,使下臣告急,曰:'夷德无厌,若邻于君,疆场之患也。逮吴之未定,君其取分焉。若楚之遂亡,君之土也。若以君灵抚之,世以事君。'"秦伯使辞焉,曰:"寡人闻命矣。子姑就馆,将图而告。"对曰:"寡君越在草莽,未获所伏,下臣何敢即安?"立,依于庭墙而哭,日夜不绝声,勺饮不入口七日。秦哀公为之赋《无衣》,九顿首而坐,秦师乃出。

申包胥以秦师至。秦子蒲、子虎帅车五百乘以救楚。子蒲曰:"吾未知吴道。"使楚人先与吴人战,而自稷会之,大败夫概王于沂,吴人获薳射于柏举,其子帅奔徒以从子西,败吴师于军祥。秋七月,子期、子蒲灭唐。九月,夫概王归,自立也,以与王战,而败,奔楚,为棠谿氏。吴师败楚师于雍澨。秦师又败吴师。吴师居麇,子期将焚之。子西曰:"父兄亲暴骨焉,不能收,又焚之,不可。"子期曰:"国亡矣,死者若有知也,可以歆旧祀,岂惮焚之?"焚之,而又战,吴师败,又战于公壻之谿。吴师大败,吴子乃归。囚闉舆罢,闉舆罢请先,遂逃归。叶公诸梁之弟后臧从其母于吴,不待而归。叶公终不正视。

冬十月,楚子入于郢。初,斗辛闻吴人之争宫也,曰:"吾闻之:'不让,则不和;不和,不可以远征。'吴争于楚,必有乱;有乱,则必归,焉能定楚?"王之奔随也,将涉于成白。蓝尹亹涉其帑,不与王舟。及宁,王欲杀之。子西曰:"子常唯思旧怨以败,君何效焉?"王曰:"善。使复其所,吾以志前恶。"王赏斗辛、王孙由于、王孙圉、钟建、斗巢、申包胥、王孙贾、宋木、斗怀。子西曰:"请舍怀也。"王曰:"大德灭小怨,道也。"申包胥曰:"吾为君也,非为身也。君既定矣,又何求?且吾尤子旗,其又为诸?"遂逃赏。王将嫁季芈,季芈辞曰:"所以为女子,远丈夫也。钟建负我矣。"以妻钟建,以为乐尹。王之在随也,子西为王舆服以保路,国于脾泄。闻王所在,而后从王。王使由于城麇,复命。子西问高厚焉,弗知。子西曰:"不能,如辞。城不知高厚,大小何知?"对曰:"固辞不能,子使余也。人各有能有不能。王遇盗于云中,余受其戈,其所犹在。"袒而示之背,曰:"此余所能也。脾泄之事,余亦弗能也。"(《左传·定公四年》《左传·定公五年》)

这次战役,人物众多,情节复杂,左氏却能整理出头绪,毫无遗漏地将其叙述出来。起先,楚国将帅意见不一致,子常误听武城黑和史皇的话,破坏了左司马戌的既定计划,致使吴师长驱直入,国都沦陷,昭王出奔。楚人遭此大败后,患难相顾,人人用命,史皇、司马陷阵身亡,王孙由于以身御盗,斗辛护送昭王,子期准备替死,炉金与随人约誓,拒绝吴人的要求,申包胥如秦乞师。到这里,战局已渐见转机。等秦师一出,楚师军心复振,便转败为胜。吴国最初有伍员、伯嚭的不断扰楚,夫概王的奋勇争先。但入郢后因夫概王与子山争宫,发生内乱,因此吴师追击昭王到随后,由于有后顾之忧,便不能更进一步,使楚人得以从容恢复。其后秦人出师,吴人一面虽在御敌,一面却还发生着内乱。最后夫概王叛变奔走,吴人才力尽班师。两国情势恰恰前后相反。这虽是因为事实如此,故不能不如此叙述,但也可见左氏叙事手法的优异,他能找出胜败的主要原因,在两两对比中,选择典型的事件,将战争的转捩关键极有组织地陈述出来。这虽不是小说,不能过分地刻画人物,但其中像夫概王的见利生心、左司马戌的从容就死、王孙由于的奋不顾身、申包胥的痛哭乞师,一一活现在作者的笔下,成为一串极生动的人物画面。此外,他还插入一些琐碎的故事,增加趣味。像针尹固以燧象惊吴师,叶公诸梁不正视其弟,钟建与季芈的婚事,子西与王孙由于的问答,使庄严紧张的场面中有了轻松幽默的插曲,起了调节气氛、增加平衡的作用。

其次,左氏善于记述辞令。在春秋时代,一般人物都很重视说话。在礼节场合或私人相处时,无论是劝善规过,还是答复问难,都能够适当、美妙地说出应该说的话。如果说不出,或说得不合时宜,便会被讽为失礼或不祥,甚至由此可以预断其人日后的休咎。辞令应对既是当时人生活的主要部分，《左传》记述当时人的辞令应对几乎触目皆是。像富辰谏请滑，展喜退齐师，王孙满答问鼎，魏绛论好田，季孙行父论舜十六相，子产说高辛二子，蔡墨言虞夏畜龙，郯子言少皞鸟官，祝佗说苌弘长卫，伍员谏夫差许越平，等等。美妙的辞令往往能阻止暴君的乱政，能取得外交的胜利。他们的历史知识，虽然杂有神话传说，但能够从古到今系统地引来作为借鉴。他们的宇宙认识，虽然杂有迷信，但能够从天道到人事，思辨地来论断是非。《左传》能够把这些辞令曲折明白、生动流利地记述出来。试看：

楚子狩于州来，次于颍尾，使荡侯、潘子、司马督、嚣尹午、陵尹喜帅师围徐以惧吴。楚子次于乾溪，以为之援。雨雪，王皮冠，秦复陶，翠被，豹舄，执鞭以出。仆析父从。右尹子革夕，王见之，去冠、被，舍鞭，与之语，曰："昔我先王熊绎与吕伋、王孙牟、燮父、禽父并事康王，四国皆有分，我独无有。今吾使人于周，求鼎以为分，王其与我乎？"对曰："与君王哉！昔我先王熊绎，辟在荆山，筚路蓝缕，以处草莽。跋涉山林，以事天子。惟是桃弧棘矢以共御王事。齐，王舅也；晋及鲁、卫，王母弟也。楚是以无分，而彼皆有。今周与四国服事君王，将惟命是从，岂其爱鼎？"王曰："昔我皇祖伯父昆吾，旧许是宅，今郑人贪赖其田而不我与，我若求之，其与我乎？"对曰："与君王哉！周不爱鼎，郑敢爱田？"王曰："昔诸侯远我而畏晋，今我大城陈、蔡、不羹，赋皆千乘，子与有劳焉，诸侯其畏我乎？"对曰："畏君王哉！是四国者，专足畏也。又加之以楚，敢不畏君王哉？"工尹路请曰："君王命剥圭以为鏚柲，敢请命。"王入视之。析父谓子革："吾子，楚国之望也。今与王言如响，国其若之何？"子革曰："摩厉以须。王出，吾刃将斩矣。"王出，复语。左史倚相趋过，王曰："是良史也。子善视之！是能读三坟、五典、八索、九丘。"对曰："臣尝问焉，昔穆王欲肆其心，周行天下，将皆必有车辙马迹焉。祭公谋父作《祈招》之诗以止王心，王是以获没于祇宫，臣问其诗而不知也。若问远焉，其焉能知之？"王曰："子能乎？"对曰："能。其诗曰：'祈

> 招之愔愔,式昭德音。思我王度,式如玉,式如金,形民之力,而无醉饱之心。'"王揖而入,馈不食,寝不寐,数日。(《左传·昭公十二年》)

子革对灵王的虚夸先假意附和,使灵王更加得意忘形。然后指出左史倚相算不得什么良史,无形中转移了灵王的信仰。最后给灵王读祭公谋父所作《祈招》之诗,说明穆王能听从谋父之言,才得到善终。简直是冷水浇背,令人猛省,无怪乎灵王好几天吃不下饭,睡不着觉。欲擒故纵,机智如见。

再看:

> 二年春,郑公子归生受命于楚,伐宋,宋华元、乐吕御之。二月壬子,战于大棘。宋师败绩。囚华元,获乐吕,及甲车四百六十乘,俘二百五十人,馘百人。狂狡辂郑人,郑人入于井,倒戟而出之,获狂狡。君子曰:"失礼违命,宜其为禽也。戎,昭果毅以听之之谓礼。杀敌为果,致果为毅。易之,戮也。"将战,华元杀羊食士,其御羊斟不与。及战,曰:"畴昔之羊,子为政;今日之事,我为政。"与入郑师,故败。君子谓:羊斟非人也,以其私憾,败国殄民,于是刑孰大焉?《诗》所谓"人之无良"者,其羊斟之谓乎!残民以逞。宋人以兵车百乘,文马百驷,以赎华元于郑。半入,华元逃归。立于门外,告而入。见叔牂,曰:"子之马然也?"对曰:"非马也,其人也。"既合而来奔。宋城,华元为植,巡功。城者讴曰:"睅其目,皤其腹,弃甲而复。于思于思,弃甲复来。"使其骖乘谓之曰:"牛则有皮,犀兕尚多,弃甲则那?"役人曰:"从其有皮,丹漆若何?"华元曰:"去之!夫其口众我寡。"
> (《左传·宣公二年》)

华元出战时,被羊斟陷害,逃回后又被城者讽刺。但他并没有替自己掩饰而只责怪别人。十年后楚人围宋,城内"易子而食,析骸而爨",竟没有一个人通敌出降,不能不说是华元宽容得众的结果。最妙的是他与城者一问一答全用诗歌。故事很幽默,口吻也逼肖,足见《左传》语言艺术的高超。

再看：

> 十四年春，吴告败于晋。会于向，为吴谋楚故也。范宣子数吴之不德也，以退吴人。执莒公于务娄，以其通楚使也。将执戎子驹支。范宣子亲数诸朝，曰："来！姜戎氏！昔秦人迫逐乃祖吾离于瓜州，乃祖吾离被苫盖、蒙荆棘，以来归我先君，我先君惠公有不腆之田，与女剖分而食之。今诸侯之事我寡君不如昔者，盖言语漏泄，则职女之由。诘朝之事，尔无与焉，与将执女。"对曰："昔秦人负恃其众，贪于土地，逐我诸戎，惠公蠲其大德，谓我诸戎是四岳之裔胄也，毋是翦弃。赐我南鄙之田，狐狸所居，豺狼所嗥。我诸戎除翦其荆棘，驱其狐狸、豺狼，以为先君不侵不叛之臣，至于今不贰。昔文公与秦伐郑，秦人窃与郑盟，而舍戍焉，于是乎有殽之师。晋御其上，戎亢其下，秦师不复，我诸戎实然。譬如捕鹿，晋人角之，诸戎掎之，与晋踣之。戎何以不免？自是以来，晋之百役，与我诸戎相继于时，以从执政，犹殽志也，岂敢离逷？今官之师旅无乃实有所阙，以携诸侯，而罪我诸戎！我诸戎饮食衣服不与华同，贽币不通，言语不达，何恶之能为？不与于会，亦无瞢焉。"赋《青蝇》而退。宣子辞焉，使即事于会，成恺悌也。（《左传·襄公十四年》）

范宣子不许姜戎参加向之会，但戎子驹支指出戎人自惠公以来替晋人拓荒实边，自文公以来与晋人并肩作战的种种功绩，理由很充足，比喻很生动，侃侃而谈，辞不少屈。他虽是戎子，却熟悉诸夏诗书，与范宣子那种蛮不讲理的态度恰好形成鲜明的对比。这不但说明许多兄弟民族从古以来就与汉族事业上合作、文化上交流的事实，也说明当时人重视语言的风气是何等普遍。

这当然是由于远古以来，人民用歌唱来表达感情的遗风曾被周人搬入宫廷，作为培养贵族子弟的"诗教"。周室东迁以后，"诗教"又被保留下来，成为当时人赋诗或用诗歌辅助说话的风尚，使语言更加艺术化。同时,周室东迁后诸侯纷争,交涉频繁,实际的应用促进了语言的发展。此外便是周室东迁后社会剧变,民智日开,人们逐渐能够摆脱神的束缚,能够思辨地从人本身考虑问题,思想有了出路,言论也不至于枯竭了。《左传》中诗歌的语言发展下去,便成为后来屈原、宋玉等的《楚辞》;外交辞令发展下去,便成为苏、张的纵横;思辨的议论发展下去,便酝酿出诸子的学说,从而孕育出我国历史上文化艺术的黄金时代。

《左传》一书的价值,不单是善于记述战事和辞令。如前所述,由于作者记述的真实性,不可避免地会形成书中的矛盾观点,这种矛盾观点又正是时代矛盾的深刻反映,因而《左传》一书在渲染战争场面中,也暴露了战争的残酷及其带给人民的灾害。在记述当时士大夫忧时的言论,或对其主子善意的规谏中,也反映出统治者的罪恶。如邲之战,楚师进迫晋师,晋师仓促渡河,"中军、下军争舟,舟中之指可掬也"。楚人围宋九月,城内"易子而食,析骸而爨"。平阴之役,楚师想偷袭晋师,不巧遇到大雨,"楚师多冻,役徒几尽"。陈哀公会楚伐郑,"当陈隧者井堙木刊,郑人怨之"。这都是何等的惨景! 又如晏婴使晋,叔向问他齐国的情形,他说:"国之诸市,屦贱踊贵。"叔向告诉他晋国的情形,也是"庶民罢敝,而宫室滋侈。道殣相望,而女富溢尤"。晋国有石言的谣传,晋平公问师旷,师旷说"宫室崇侈,民力雕尽,怨讟并作,莫保其性",因而石头也说话了。吴侵陈,楚大夫都很怕,子西说:"今闻夫差次有台榭陂池焉,宿有妃嫱嫔御焉,一日之行,所欲必成,玩好必从,珍异是聚,观乐是务,视民如仇,而用之日新,夫先自败也已,安能败我?"这样压榨人民,来扩大自己的享乐资本,人民怨愤日积,不免要产生各种古怪的谣传或尖刻的讽刺,当然更不愿意为统治者的胡作非为卖命了。这固然是对统治者的警告,但也不能不说是对统治者罪恶的揭露,以及人民对于国家的重要性这一事实的有力说明。作者记述的思想内容,与其说是倾向于对贵族礼治的强调,不如说是对贵族礼治的无能为力的嘲讽,对新时代将要到来的预言。这便是《左传》作者现实主义写作精神的具体表现。同时也可知《左传》一书的完成,确有吴起等人的贡献在内,其与后来司马迁的《史记》前后辉映,成为我国古代历史传记中具有现实主义优良传统的两部巨著。近人或认为《左传》作者的观点,与吴起、司马迁不同。综合上面所谈来看,这种论调不见得完全合乎事实。

与《左传》相辅而行的《国语》,由于与《左传》是根据同一史料选择编排,又与《左传》出于同一人之手,因而所表现的人物与《左传》一样,有旧制度的维护者,也有新事物的说明者。如鲁武公以括与戏见王,王立戏,樊仲山父认为是"教逆""诛命",与石碏谏宠州吁的口吻无别。晋人弑厉公,里革认为是君之过,与师旷对晋悼公说的话是同一种见地。再综合书中很多民本思想的言论和尚贤使能的主张来看,显然,《国语》对统治者罪恶的憎恨、对人民利益的关怀与《左传》一样,充满现实主义精神。

《国语》所收事件,大部分已包括在《左传》之内,而且最后也终于智伯之亡。不同之处是,《左传》经过了作者的精心结撰,《国语》大都是各国史记原文,因而二书叙事各有偏重。近人钱玄同、徐炳昶、孙海波、刘节等先后都作过详密的比较。大体说来,《左传》记事很丰富,《国语》所载仅是一些有关兴亡大端的谋议或谏诤。但因《国语》特载了很多谋议、谏诤,因而像桓文的霸业、吴越的兴亡,《左传》虽然详于人物活动及战争场面,至于政治方面的措施或军事方面的谋划,不但不如《国语》所载那样周详深入,有的甚至毫无记载。至于二书同记一桩谋议或谏诤,不待说《左传》仅略举大纲,《国语》往往引很多历史典据,从远古说起。像内史过论神、富辰谏纳狄后、卫彪傒论戚周、里革论晋人杀厉公、胥臣劝纳怀嬴,《国语》的记载都比《左传》来得翔实。范宁说"左氏艳而富",韩愈说"左氏浮夸",这两句话用以形容《左传》当然再恰当不过。但在《国语》中,这种风格尤显得突出。因此二书比较,《左传》中可以看出作者的剪裁能力,《国语》中可以看出史料的原始面目。各有其一定的效用,不可偏废。

由于《国语》是各国史记的原文,文字虽不如《左传》那样简洁,叙事也不如《左传》那样前后衔接,但因为它是分国为书,每一件事自具起讫,再加上它特详于兴亡大端的谋议、谏诤,因而我们读后不但能够总览一国或一事的终始全局,而且能够深入事件内部,洞察其中的细节,反觉得《左

传》的记载太简略,不如《国语》引人入胜。兹举历史上有名的勾践灭吴一事为例,《左传》是这样记载的:

十三年冬,吴及越平。

十七年三月,越子伐吴,吴子御之笠泽,夹水而陈。越子为左右句卒,使夜或左或右鼓噪而进。吴师分以御之。越子以三军潜涉,当吴中军而鼓之,吴师大乱,遂败之。

十九年春,越人侵楚,以误吴也。

二十年秋,吴公子庆忌骤谏吴子,曰:"不改,必亡。"弗听。出居于艾,遂适楚。闻越将伐吴,冬,请归平越,遂归。欲除不忠者以说于越。吴人杀之。十一月,越围吴。

二十二年冬,十一月丁卯,越灭吴,请使吴王居甬东。辞曰:"孤老矣,焉能事君?"乃缢。越人以归。

寥寥数语,分记在好几年中。但在《国语》中便不然了。试看:

吴王夫差还自黄池,息民不戒。越大夫种乃唱谋曰:"吾谓吴王将遂涉吾地,今罢师而不戒以忘我,我不可以急。日臣尝卜于天,今吴民既罢,而大荒荐饥,市无赤米,而囷鹿空虚,其民必移就蒲蠃于东海之滨。天占既兆,人事又见,我蔑卜筮矣。王若今起师以会,夺之利,无使夫悛。夫吴之边鄙远者,罢而未至,吴王将耻不战,必不须至之会也,而以中国之师与我战。若事幸而从我,我遂践其地,其至者亦将不能之会也已,吾用御儿临之。吴王若愠而又战,奔遂可出;若不战而结成,王安厚取名而去之。"越王曰:"善哉。"乃大戒师,将伐吴。楚申包胥使于越,越王勾践问焉,曰:"吴国为不道,求残我社稷宗庙,以为平原,弗使血食。吾欲与之徼天之衷,惟是车马、兵甲、卒伍既具,无以行之。请问战奚以而可?"包胥辞曰:"不知。"王固问焉,乃对曰:"夫吴,良国也,能博取于诸侯。敢问君王之所以与之战者?"王曰:"在孤之侧者,觞酒、豆肉、箪食,未尝敢不分也。饮食不致味,听乐不尽声,求以报吴,愿以此战。"包胥曰:"善则善矣,未可以战也。"王曰:"越国之中,疾者吾问之,死者吾葬之,老其老,慈其幼,长其孤,问其病,求以报吴,愿以此战。"包胥曰:"善则善矣,未可以战也。"王曰:"越国之中,吾宽民以子之,忠惠以善之,吾修令宽刑,施民所欲,去民所恶,称其善,掩其恶,求以报吴,愿以此战。"包胥曰:"善则善矣,未可以战也。"王曰:"越国之中,富者吾安之,贫者吾与之,救其不足,裁其有余,使贫富皆利之,求以报吴,愿以此战。"包胥曰:"善则善矣,未可以战也。"王曰:"越国南则楚,西则晋,北则齐,春秋皮币、玉帛、子女以宾服焉,未尝敢绝,求以报吴,愿以此战。"包胥曰:"善哉,蔑以加焉,然犹未可以战也。夫战,智为始,仁次之,勇次之。不智,则不知民之极,无以铨度天下之众寡;不仁,则不能与三军共饥劳之殃;不勇,则不能断疑以发大计。"越王曰:"诺。"越王勾践乃召五大夫曰:"吴为不道,求残吾社稷宗庙,以为平原,不使血食。吾欲与之徼天之衷,惟是车马、兵甲、卒伍既具,无以行之。吾问于王孙包胥,既命孤矣。敢访诸大夫,问战奚以而可?勾践愿诸大夫言之,皆以情告,无阿孤,孤将以举大事。"大夫舌庸乃进对曰:"审赏则可以战乎?"王曰:"圣。"大夫苦成进对曰:"审罚则可以战乎?"王曰:"猛。"大夫种进对曰:"审物则可以战乎?"王曰:"辩。"大夫蠡进对曰:"审备则可以战乎?"王曰:"巧。"大夫皋如进对曰:"审声则可以战乎?"王曰:"可矣。"王乃命有司大令于国曰:"苟任戎者,皆造于国门之外。"王乃命于国曰:"国人欲告者来告,告孤不审,将为戮不利。及五日必审之,过五日,道将不行。"王乃入命夫人。王背屏而立,夫人向屏。王曰:"自今日以后,内政无出,外政无入。内有辱,是子也;外有辱,是我也。吾见子于此止矣。"王遂出,夫人送王不出屏,乃阖左阖,填之以土,去笄侧席而坐,不扫。王背檐而立,大夫向檐。王命大夫曰:"食土不均,地之不修,内有辱于国,是子也;军士不死,外有辱,是我也。自今日以后,内政无出,外政无入,吾见子于此矣。"王遂出,大夫送王不出檐,乃闾左闾,填之以土,侧席而坐,不扫。王乃之坛列,鼓而行之。至于军,斩有罪者以徇,曰:"莫如此以环填通相问也。"明日徙舍,斩有罪者以徇,曰:"莫如此不从其伍之令。"明日徙舍,斩有罪者以徇,曰:"莫如此不用王命。"明日徙舍,至于御儿,斩有罪者以徇,曰:"莫如此淫逸不可禁也。"王乃命有司大徇于军曰:"有父母耆老而无昆弟者以告。"王亲命之曰:"我有大事,子有父母耆老,而子为我死,子之父母将转于沟壑,子为我礼已重矣。子归,殁而父母之世。后若有事,吾与子图之。"明日徇于军,曰:"有兄弟四五人皆在此者以告。"王亲命之曰:"我有大事,子有昆弟四五人皆在此,事若不捷,则是尽也。择子之所欲归者一人。"明日徇于军,曰:"有眩瞀之疾者以告。"王亲命之曰:"我有大事,子有眩瞀之疾,其归若已。后若有事,吾与子图之。"明日徇于军,曰:"筋力不足以胜甲兵,志行不足以听命者归,莫告。"明日,迁军接和,斩有罪者以徇,曰:"莫如此志行不果。"于是人有致死之心。王乃命有司大徇于军曰:"谓二三子归而不归,处而不处,进而不进,退而不退,左而不左,右而不右,身斩,妻子鬻。"于是吴王起师,军于江北,越王军于江南。越王乃中分其师以为左右军,以其私卒君子六千人为中军。明日将舟战于江,及昏,乃令左军衔枚溯江五里以须,亦令右军衔枚逾江五里以须。夜中,乃命左军、右军涉江,鸣鼓中水以须。吴师闻之大骇,曰:"越人分为二师,将以夹攻我师。"乃不待旦,亦中分其师,将以御越。越王乃令其中军衔枚潜涉,不鼓不噪以袭攻之,吴师大北。越之左军、右军乃遂涉而从之,又大败之于没,又郊败之,三战三北,乃至于吴。越师遂入吴国,围王台。吴王惧,使人行成,曰:"昔不穀先委制于越君,君告孤请成,男女服从。孤无奈越之先君何,畏天之不祥,不敢绝祀,许君成,以至于今。今孤不道,得罪于君王,君王以亲辱于弊邑。孤敢请成,男女服为臣御。"越王曰:"昔天以越赐吴,而吴不受。今天以吴赐越,孤敢不听天之命,而听君之令乎?"乃不许成。因使人告于吴王曰:"天以吴赐越,孤不敢不受。以民生之不长,王其无死。民生于地上,寓也。其与几何?寡人其达王于甬句东。夫妇三百,惟王所安,以没王年。"夫差辞曰:"天既降祸于吴国,不在前后,当孤之身,实失宗庙社稷。凡吴土地人民,越既有之矣,孤何以视于天下?"夫差将死,使人说于子胥,曰:"使死者无知则已矣。若其有知,吾何面目以见员也。"遂自杀。越灭吴,上征上国,宋、郑、鲁、卫、陈、蔡执玉之君皆入朝。夫惟能下其群臣,以集其谋故也。

(《国语·吴语》)

这里除了笠泽之战在《左传》中略有叙述外,其余事迹在《左传》中竟只字未提。从这段记载中可以看出,勾践如何危心深虑,淬砺人心;越国人如何竭智尽忠,为雪耻报仇而作出最大的贡献。而作者记述文种的料敌,申包胥对勾践的测验,勾践对五大夫的召问,与夫人分别时的告诫,以及最后在军中斩除有罪、简选死士的命令,也是由浅及深,由近及远,层层推进,步步深入,无一不是经过严密的考虑和揣度才着手的。当初勾践打了败仗,向夫差求和时,伍员再三引后羿少康的故事向夫差提出警告,夫差不听,后来果然被伍员言中,吴国覆亡,越国再兴。从此吴越兴亡之事永远成为荡漾在人们脑海中的最鲜明生动的历史前鉴。后来《吴越春秋》《越绝书》等西汉以后的著作,便是根据《国语》的这些记述推演而成的。再看书中其余部分,如夫差罢兵远征、伍员反对伐齐、勾践生聚教训、范蠡顺应天时,无一不显示出国之兴亡主要在能否争取人民大众的同情。夫差不顾民命,造成自己的毁灭;勾践刻苦自励,得到人民的支持:这是何等深刻的教训!这是《国语》作者的写作思想中最宝贵的部分,我们应该特别予以关注。

## 第四节 《国策》的艺术及古代史传文的记述趋势

记述春秋时事的史传名著是《左传》《国语》,记述战国时事的史传名著便是《战国策》一书。这书的编订，最后虽由汉代刘向完成，但其中所载却都是一些战国策士的后学所述他们祖师言行的原文。近人或以为这书的编录者是汉初蒯通，这是因为《汉书》曾说："通论战国时说士权变，亦自序其说，凡八十一首，号曰《隽永》。"遂以为《国策》即是《隽永》。两书的材料来源可能一样，汇集成书却各有不同。《隽永》只八十一篇，可能是策士说辞的选集，其分量绝不会有如今《国策》这样重。如今《国策》从任何方面来看，都是史料原文的汇编。《汉志》载春秋家的著作有《战国策》，纵横家的著作有《苏子》《张子》《蒯子》，其中的材料必有重复之处。不能说《苏子》《张子》《蒯子》是《战国策》，自然也不能说《国策》就是《隽永》。《国策》自《国策》，《隽永》自《隽永》，《隽永》可能早就亡失了。

　　这些记述，原来有《国策》《国事》《短长》《事语》《长书》《修书》等种种不同的名称。刘向认为，其中所记都是战国游士献给所辅各国诸侯的策谋，遂取《国策》一称，定名为《战国策》。但刘勰和刘知几却都认为"谓之策者，盖录而不序，故即简以为名"。古代的著述大都以写作或编次的形式命名，如缀简名经，六寸簿为传，比竹成册叫作论，本是事实。但这乃仅就古代记载的原始的名称为说。春秋以后，各种学术思想已经萌芽，历史记载同样有训典、故志、春秋、世语的分别，岂能执一为说，认为这些记述的名称与其内容无关？如前所述，《国语》所记大都是些谋议、谏诤，可知《国语》名"语"，即指的是那些谋议、谏诤；那么《国策》名"策"，显然指的是策士的策谋。何况《国策》原来也叫作《事语》，与《国语》性质相近，可能因为《国语》记述范围较广，故用通名为"语"；《国策》中则全是些策谋，不再是春秋人物征引诗书或历史典据的那种彬彬有礼的辞令，故用专名为"策"。刘知几在《史通·六家》中把《国策》列入《国语》家，已是看清楚了这一点。既是对《国策》的命名，却又如此解释，不但有些自相矛盾，而且忘记"名从主人"这个最寻常的原则了。

　　《国策》所记载战国策士对所辅各国所献的策谋，即是前面屡次提到的苏秦、张仪等人的纵横之说。主张山东诸侯南北联合、共同抗秦的，叫作合纵；主张秦国远交近攻、分散诸侯力量，以便达到吞并天下的企图的，叫作连横。当时的策士奔走于诸侯之间,主谋定计,变诈多端,但其陈说,总不出纵或横这两种范畴,故他们的说辞叫作纵横,他们这些人叫作纵横家。这类人物大都朝秦暮楚,顺应风势,没有一定的国家立场。因此他们的说辞中也看不出一定的政治主张或思想学说,全是利用各国的矛盾投机倒把,从中取利。这当然是春秋人士重视辞令促进了语言技巧的发展,也由于各国诸侯为了图强,竞相求士,抬高了策士的身价。此外,由于商业的发达,商业城市的兴起,商人以贱市贵、以母求子手法的普遍应用,造成策士的政治投机。更由于贵族没落,政权下移,氏族羁绊的解体,造成"士无定主"的倾向。最主要的是铁器的使用日益普遍,生产日益发达,公田制逐渐绝迹,个体经济逐渐形成,奴隶逐渐得到解放,"人的发现"也逐渐成为人们意识中最值得注意而需要解答的新命题。诸子"皆务为治"的哲学思想从此萌芽,而策士们的个人利己主义也从此形成。他们掉其三寸之舌,都想立谈而致富贵。而《国策》各篇的作者,不但将这类人物的言论委曲尽致地记述下来,就连他们的心理面貌也刻画得栩栩如生,例如:

> 甘茂亡秦,且之齐,出关遇苏子,曰:"君闻夫江上之处女乎?"苏子曰:"不闻。"曰:"夫江上之处女,有家贫而无烛者,处女相与语,欲去之。家贫无烛者将去矣,谓处女曰:'妾以无烛,故常先至,扫室布席,何爱余明之照四壁者?幸以赐妾,何妨于处女?妾自以有益于处女,何为去我?'处女相语以为然而留之。今臣不肖,弃逐于秦而出关,愿为足下扫室布席,幸无我逐也!"苏子曰:"善。请重公于齐。"乃西说秦王曰:"甘茂,贤人,非恒士也。其居秦,累世重矣。自殽塞溪谷,地形险易尽知之。彼若以齐约韩、魏,反以谋秦,是非秦之利也。"秦王曰:"然则奈何?"苏代曰:"不如重其贽、厚其禄以迎之。彼来则置之槐谷,终身勿出,天下何从图秦?"秦王曰:"善。"与之上卿,以相〔印〕迎之齐。甘茂辞不往。苏代伪谓〔齐〕王曰:"甘茂,贤人也。今秦与之上卿,以相〔印〕迎之,茂德王之赐,故不往,愿为王臣。今王何以礼

之？王若不留，必不德王。彼以甘茂之贤，得擅用强秦之众，则难图也。"齐王曰："善。"赐之上卿，命而处之。(《国策·秦策》)

甘茂本是下蔡人，背楚事秦，因党于魏而被逐。这次又用苏代之谋，高抬身价，取重两国，见用于齐。最后流落楚、魏，而死于魏。这便是他们朝秦暮楚、毫无立场的爬虫作风。又如：

濮阳人吕不韦贾于邯郸，见秦质子异人，归而谓父曰："耕田之利几倍？"曰："十倍。""珠玉之赢几倍？"曰："百倍。""立国家之主赢几倍？"曰："无数。"曰："今力田疾作，不得暖衣余食；今建国立君，泽可以遗世，愿往事之。"秦子异人质于赵，处于聊城。故往说之曰："子傒有承国之业，又有母在中。今子无母于中，外托于不可知之国，一日倍约，身为粪土。今子听吾计事，求归，可以有秦国。吾为子使秦，必来请子。"乃说秦王后弟阳泉君曰："君之罪至死，君知之乎？君之门下，无不居高尊位，太子门下无贵者。君之府藏珍珠宝玉，君之骏马盈外厩，美女充后庭。王之春秋高，一日山陵崩，太子用事，君危于累卵，而不寿于朝生。说有可以一切而使君富贵千万岁，其宁于太山四维，必无危亡之患矣。"阳泉君避席，请闻其说。不韦曰："王年高矣，王后无子，子傒有承国之业，士仓又辅之。王一日山陵崩，子傒立，士仓用事，王后之门必生蓬蒿。子异人，贤材也，弃在于赵，无母于内，引领西望，而愿一得归。王后诚请而立之，是子异人无国而有国，王后无子而有子也。"阳泉君曰："然。"入说王后，王后乃请赵而归之。赵未之遣，不韦说赵曰："子异人，秦之宠子也，无母于中，王后欲取而子之。使秦而欲屠赵，不顾一子以留计，是抱空质也。若使子异人归而得立，赵厚送遣之，是不敢倍德畔施，是自为德讲。秦王老矣，一日晏驾，虽有子异人，不足以结秦。"赵乃遣之。异人至，不韦使楚服而见。王后悦其状，高其知，曰："吾楚人也。"而自子之，乃变其名曰"楚"。王使子诵，子曰："少弃捐在外，尝无师傅所教学，不习于诵。"王罢之，乃留止。间曰："陛下尝轫车于赵矣,赵之豪杰,得知名者不少。今大王反国,皆西面而望。大王无一介之使以存之,臣恐其皆有怨心。使边境早闭晚开。"王以为然,奇其计。王后劝立之。王乃召相,令之曰:"寡人子莫若楚。"立以为太子。子楚立,以不韦为相,号曰"文信侯",食蓝田十二县。王后为华阳太后,诸侯皆致秦邑。(《国策·秦策》)

吕不韦一见异人,便认为可以居奇赢利。这异人便是后来的秦始皇的父亲秦庄襄王。吕不韦不但在庄襄王时做了丞相,到秦始皇时还被尊为相国,号称仲父,家僮万人,门客三千,还有很多学者替他著书,一变而成为大学者,真可谓赢利无数了。这便是他们把商场中的赢利手段用作政治上买空卖空的投机行为了。

由于作者具有一定的刻画能力,因而在这些人物的说辞中,我们不但可以看出他们的饶舌善辩,也可以看出他们的性格和心术。俗语说:人心不同,各如其面。这些说辞,恰是他们的性格和心术的自我暴露。例如:

> 东周欲为稻,西周不下水,东周患之。苏子谓东周君曰:"臣请使西周下水,可乎?"乃往见西周之君曰:"君之谋过矣!今不下水,所以富东周也。今其民皆种麦,无他种矣。君若欲害之,不若一为下水,以病其所种。下水,东周必复种稻,种稻而复夺之。若是,则东周之民可令一仰西周,而受命于君矣。"西周君曰:"善。"遂下水。苏子亦得两国之金也。(《国策·东周策》)

这是他们反复卖国的巧说。

> 张仪之残樗里疾也,重而使之楚。因令楚王为之请相于秦。张子谓秦王曰:"重樗里疾而使之者,将以为国交也。今身在楚,楚王因为请相于秦。臣闻其言曰:'王欲穷仪于秦乎?臣请助王。'楚王以为然,故为请相也。今王诚听之,彼必以国事楚王。"秦王大怒,樗里疾出走。(《国策·秦策》)

这是他们争权夺利的谗毁。

战国人士，其人品、手段和议论、主张大都如此卑劣，但《国策》的作者并非在替这些人物作宣传。这类人物固然都是时代的产物，只不过是时代的副产品，绝不可把他们看作时代的精英。在这类人物之外，还有特立独行、不受当时世俗风气的污染、值得我们特别崇敬的另一种人物。如：放弃高利贷剥削，替孟尝君焚券市义的冯谖；反抗暴力，排难解纷，自己却不愿意安享富贵的鲁仲连；竭智极虑，诡辩却敌，为赵国保全六城的虞卿；为避免风雪病民，谏魏太子更改葬期的惠施；仗义执言，助安陵君守住国土的唐雎；扬人之善，不怕株累而自投悬购的聂政之姊聂嫈；不避艰险，远道去刺杀暴君，为燕国报仇的荆轲。这些人的见地虽然各有其局限，但他们都能够为了自己的人民或国家，不顾自己的利益而作出最大的努力。由于《国策》的作者能够披沙拣金地用适当的篇幅对这些人物予以表现，因而他们的事迹同样脍炙人口，直到如今我们还觉得可歌可泣，恍如身遇。兹举聂政与其姊聂嫈一事为例：

  韩傀相韩，严遂重于君，二人相害也。严遂政议直指，举韩傀之过。韩傀以之叱之于朝，严遂拔剑趋之，以救解。于是严遂惧诛，亡去，游求人可以报韩傀者。至齐，齐人或言："轵深井里聂政，勇敢士也，避仇隐于屠者之间。"严遂阴交于聂政，以意厚之。聂政问曰："子欲安用我乎？"严遂曰："吾得为役之日浅，事今薄，奚敢有请？"于是严遂乃具酒，觞聂政母前。仲子奉黄金百镒，前为聂政母寿。聂政惊，愈怪其厚，固谢严仲子。仲子固进，而聂政谢曰："臣有老母，家贫，客游以为狗屠，可旦夕得甘脆以养亲，亲供养备，义不敢当仲子之赐。"严仲子辟人，因为聂政语曰："臣有仇，而行游诸侯众矣。然至齐，闻足下义甚高，故直进百金者，特以为夫人粗粝之费，以交足下之欢，岂敢以有求邪？"聂政曰："臣所以降志辱身，居市井屠者，徒幸以养老母。老母在，政身未敢以许人也。"严仲子固让，聂政竟不肯受，然仲子卒备宾主之礼而去。久之，聂政母死，既葬，除服。聂政曰："嗟乎！政乃市井之人，鼓刀以屠，而严仲子乃诸侯之卿相也，不远千里，柱车骑而交臣。臣之所以待之至浅鲜矣，未有大功可以称者，而严仲子举百金为亲寿，我虽不受，然是深知政也。夫贤者以感忿睚眦之意，而亲信穷僻之人，而政独安可嘿然而止乎？且前日要政，政徒以老母。老母今以天年终，政将为知己者用。"遂西至濮阳，见严仲子曰："前所以不许仲子者，徒以亲在。今亲不幸，仲子所欲报仇者为谁？"严仲子具告曰："臣之仇，韩相韩傀，傀又韩君之季父也，宗族盛，兵卫设，臣使人刺之，终莫能就。今足下幸而不弃，请益其车骑壮士，以为羽翼。"政曰："韩与卫，中间不远，今杀人之相，相又国君之亲，此其势不可以多人，多人不能无生得失，生得失则语泄，语泄则韩举国而与仲子为仇也，岂不殆哉？"遂谢车骑人徒，辞独行，仗剑至韩。韩适有东孟之会，韩王及相皆在焉，持兵戟而卫侍者甚众。聂政直入上阶，刺韩傀。韩傀走而抱哀侯，聂政刺之，兼中哀侯，左右大乱。聂政大呼，所杀者数十人。因自皮面抉眼，自屠出肠，遂以死。韩取聂政尸于市，悬购之千金，久之，莫知谁子。政姊婪闻之，曰："弟至贤，不可爱妾之躯，灭吾弟之名，非弟意也。"乃之韩，视之曰："勇哉，气矜之隆。是其轶贲、育而高成荆矣。今死而无名，父母既殁矣，兄弟无有，此为我故也。夫爱身不扬弟之名，吾不忍也。"乃抱尸而哭之曰："此吾弟轵深井里聂政也！"亦自杀于尸下。晋、楚、齐、卫闻之，曰："非独政之能，乃其姊者，亦列女也！"聂政之所以名施于后世者，其姊不避菹醢之诛，以扬其名也。（《国策·韩策》）

这件事与《史记·刺客列传》所载大致相同，唯韩傀作侠累，可能如黄丕烈所说"傀"与"累"是"声之转也"。但年表与世家既载烈侯三年（前397）聂政杀侠累之事，又载哀侯六年（前371）韩严弑其君哀侯之事，因而引起后人许多疑误。我们知道，聂政弑韩傀是哀侯时之事，《韩非子·内储说下》可以为证。《国策》又言"严氏之为贼，而阳竖〔坚〕与之"，又言"东孟之会，聂政、阳坚刺相兼君"，恰好古纪年有"韩山坚贼其君哀侯"的记载。

可知《史记》中的韩严即《国策》中的严氏,而《国策》中的阳坚又即古纪年中的韩山坚。主使者是严遂,杀韩傀者是聂政,兼中哀侯者是阳坚,《史记》各就其立义而书之,在年表与世家中将其分为二事,可能是史迁整理各国史记时产生的抵牾,《通鉴》将其书为一事是对的。吕祖谦、吴师道、梁玉绳、黄丕烈及近人钱穆的强辩,未见其是。严遂的生平无考,聂政因为严遂不耻下交而感恩图报,本不值得赞许,不过篇中提到"严遂政议直指,举韩傀之过",可能严遂是一个正人。聂政刺杀韩傀,也可视为韩国诛除佞幸,则对聂政的为人,我们也应该予以公正的估价。这里聂政那种言必信、行必果、投身死所、奋厉无前的勇士形象,固然值得我们崇敬,而聂嫈以一女流,为了不让自己弟弟的姓名埋没,挺身出来,自投悬购,尤令人觉得意气慷慨,感人无已。

在时代风尚的培育下,语言这种工具,人人都能够掌握。说客们可用来投机取巧,倾诈陷害。有为之士也可用来辨析是非,维护正义。这在《国策》中已数见不鲜,兹举鲁仲连破辛垣衍帝秦谬论一说为例:

> 秦围赵之邯郸,魏安釐王使将军晋鄙救赵。畏秦,止于荡阴,不进。魏王使客将军辛垣衍间入邯郸,因平原君谓赵王曰:"秦所以急围赵者,前与齐湣王争强为帝,已而复归帝,以齐故。今齐湣王已益弱。方今唯秦雄天下,此非必贪邯郸,其意欲求为帝。赵诚发使尊秦昭王为帝,秦必喜,罢兵去。"平原君犹豫,未有所决。此时鲁仲连适游赵,会秦围赵,闻魏将欲令赵尊秦为帝,乃见平原君曰:"事将奈何矣?"平原君曰:"胜也何敢言事?百万之众折于外,今又内围邯郸而不能去。魏王使客将军辛垣衍令赵帝秦。今其人在是,胜也何敢言事?"鲁连曰:"始吾以君为天下之贤公子也,吾乃今然后知君非天下之贤公子也。梁客辛垣衍安在?吾请为君责而归之。"平原君曰:"胜请为召而见之于先生。"平原君遂见辛垣衍曰:"东国有鲁连先生,其人在此,胜请为绍介而见之于将军。"辛垣衍曰:"吾闻鲁连先生,齐国之高士也。衍,人臣也,使事有职,吾不愿见鲁连先生也。"平原君曰:

"胜已泄之矣。"辛垣衍许诺。鲁连见辛垣衍而无言。辛垣衍曰:"吾视居此围城之中者,皆有求于平原君者也。今吾视先生之玉貌,非有求于平原君者,曷为久居此围城之中而不去也?"鲁连曰:"世以鲍焦无从容而死者,皆非也。今众人不知,则为一身。彼秦者,弃礼义而上首功之国也。权使其士,虏使其民。彼则肆然而为帝,过而遂正于天下,则连有赴东海而死矣,吾不忍为之民也!所为见将军者,欲以助赵也。"辛垣衍曰:"先生助之奈何?"鲁连曰:"吾将使梁及燕助之,齐、楚则固助之矣。"辛垣衍曰:"燕则吾请以从矣。若乃梁,则吾乃梁人也,先生恶能使梁助之耶?"鲁连曰:"梁未睹秦称帝之害故也;使梁睹秦称帝之害,则必助赵矣。"辛垣衍曰:"秦称帝之害将奈何?"鲁仲连曰:"昔齐威王尝为仁义矣,率天下诸侯而朝周。周贫且微,诸侯莫朝,而齐独朝之。居岁余,周烈王崩,诸侯皆吊,齐后往。周怒,赴于齐曰:'天崩地坼,天子下席。东藩之臣田婴齐后至,则斮之。'威王勃然怒曰:'叱嗟!而母婢也。'卒为天下笑。故生则朝周,死则叱之,诚不忍其求也。彼天子固然,其无足怪。"辛垣衍曰:"先生独未见夫仆乎?十人而从一人者,宁力不胜,智不若邪?畏之也。"鲁仲连曰:"然梁之比于秦若仆耶?"辛垣衍曰:"然!"鲁仲连曰:"然则吾将使秦王烹醢梁王。"辛垣衍怏然不悦,曰:"嘻!亦太甚矣,先生之言也!先生又恶能使秦王烹醢梁王?"鲁仲连曰:"固也,待吾言之:昔者,鬼侯、鄂侯、文王,纣之三公也。鬼侯有子而好,故入之于纣,纣以为恶,醢鬼侯。鄂侯争之急,辨之疾,故脯鄂侯。文王闻之,喟然而叹,故拘之于牖里之库百日,而欲令之死。曷为与人俱称帝王,卒就脯醢之地也?齐湣王将之鲁,夷维子执策而从,谓鲁人曰:'子将何以待吾君?'鲁人曰:'吾将以十太牢待子之君。'夷维子曰:'子安取礼而来待吾君?彼吾君者,天子也。天子巡狩,诸侯辟舍,纳管键,摄衽抱几,视膳于堂下,天子已食,退而听朝也。'鲁人投其籥,不果纳。不得入于鲁,将之薛,假涂于邹。当是时,邹君死,湣王欲入吊,夷维子谓邹之孤曰:'天子吊,主人必将倍殡柩,设北面于南方,然后天子南面吊也。'邹之群臣曰:'必若此,吾将伏剑而死。'故不敢入于邹。邹、鲁之臣,生则不得事养,死则不得饭含。然且欲行天子之礼于邹、鲁之臣,不果纳。今秦万乘之国,梁亦万乘之国,俱据万乘之国,交有称王之名。睹其一战而胜,欲从而帝之,是使三晋之大臣不如邹、鲁之仆妾也。且秦无已而帝,则且变易诸侯之大臣。彼将夺其所不肖,而与其所谓贤;夺其所憎,而与其所爱。彼又将使其子谗妾为诸侯妃姬,处梁之宫,梁王安得晏然而已乎?而将军又何以得故宠乎?"于是,辛垣衍起,再拜谢曰:"始以先生为庸人,吾乃今日而知先生为天下之士也。吾请去,不敢复言帝秦。"秦将闻之,为却军五十里。适会魏公子无忌夺晋鄙军以救赵击秦,秦军引而去。于是平原君欲封鲁仲连。鲁仲连辞让者三,终不肯受。平原君乃置酒,酒酣,起前,以千金为鲁连寿。鲁连笑曰:"所贵于天下之士者,为人排患释难解纷乱而无所取也。即有所取者,是商贾之人也,仲连不忍为也。"遂辞平原君而去,终身不复见。(《国策·赵策》)

辛垣衍劝赵国尊秦为帝,一方面是因为赵军新败于长平,魏王实在不敢进行援助,另一方面也因为这时六国君主一概称王,齐、秦还一度争主为帝,春秋士大夫所斤斤争执的名器到这时已不值分文,他想借此来缓和秦人的急攻,换取一时的苟安。鲁仲连见他时,他还以围城的危险和高士的无求对其进行恐吓和讽刺。但鲁仲连声明自己并非为一己打算,使辛垣衍无法拒绝自己的陈说,然后举齐威王和邹、鲁之君的故事来反激辛垣衍,举帝秦后秦人的贪暴来威恐他,使他羞恶而又畏惧,才停止了劝赵帝秦的计划。恰好这时秦将白起受范雎的谗毁,称病不起,而赵国方面又有毛遂定纵于楚,虞卿通好于齐,魏公子无忌又夺了晋鄙的兵权,前来援助,使赵国反败为胜,转危为安。鲁仲连和一般策士不同的地方在于:一般策士不但专为自己的富贵打算,对各国的陈说也只从目前短暂的利害出发;

而鲁仲连反抗秦国的暴力统治,处处从正义出发,而且功成后谢绝了平原君的封赏,痛骂了当时有着商贾行为的俗士。其人品风格在战国时首屈一指,他也成为中国历史上受人崇敬的侠义人物。唐代诗人李白极为赞赏鲁仲连,其一生无论是做人还是作诗,都处处表现出侠士的正义和热情,主要也是受鲁仲连的影响。

我们看了这些人的侠义行为,回头再看那些游士说客,两者形成鲜明的对比。可知《国策》一书虽然也是一部史书,但它反映了这一历史阶段的特有现象,对策士们的行为、言论记载得很细致,渲染得很生动,表现了他们变诈的心思,暴露了他们丑恶的面貌,比空洞的正面责骂效果要好得多。可说《国策》的写作正是现实主义的。

不过,《国策》一书的记述,毕竟着重在于当时策士对所辅各国的策谋。至于对人物的刻画,大都是通过展示他们的说辞进行的,因而我们也应该注重这些说辞。这种说辞在春秋时已数见不鲜,到战国时更是淋漓尽致;在后世虽不曾绝迹,但都不如战国时那样明白动人。战国的说辞独具特色,不可不加以注意。

第一是机智的辩诘。例如:

> 秦攻赵于长平,大破之,引兵而归。因使人索六城于赵而讲。赵计未定。楼缓新从秦来,赵王与楼缓计之曰:"与秦城何如?不与何如?"楼缓辞让曰:"此非人臣之所能知也。"王曰:"虽然,试言公之私。"楼缓曰:"王亦闻夫公甫文伯母乎?公甫文伯官于鲁,病死,妇人为之自杀于房中者二八。其母闻之,不肯哭也。相室曰:'焉有子死而不哭者乎?'其母曰:'孔子,贤人也,逐于鲁,是人不随。今死,而妇人为死者十六人。若是者,其于长者薄,而于妇人厚!'故从母言之,之为贤母也;从妇言之,必不免为妒妇也。故其言一也。言者异,则人心变矣。今臣新从秦来,而言勿与,则非计也;言与之,则恐王以臣之为秦也。故不敢对。使臣得为王计之,不如予之。"王曰:"诺!"虞卿闻之,入见王,王以楼缓言告之。虞卿曰:"此饰说也。"秦既解邯郸之围,而赵王

入朝,使赵郝约事于秦,割六县而讲。王曰:"何谓也?"虞卿曰:"秦之攻赵也,倦而归乎?王以其力尚能进,爱王而不攻乎?"王曰:"秦之攻我也,不遗余力矣,必以倦而归也。"虞卿曰:"秦以其力攻其所不能取,倦而归;王又以其力之所不能攻以资之,是助秦自攻也。来年秦复攻王,王无以救矣。"王又以虞卿之言告楼缓。楼缓曰:"虞卿能尽知秦力之所至乎?诚知秦力之不至,此弹丸之地,犹不予也,令秦来年复攻王,得无割其内而媾乎?"王曰:"诚听子割矣,子能必来年秦之不复攻我乎?"楼缓对曰:"此非臣之所敢任也。昔者三晋之交于秦,相善也。今秦释韩、魏而独攻王,王之所以事秦必不如韩、魏也。今臣为足下解负亲之攻,启关通敝,齐交韩、魏。至来年而王独不取于秦,王之所以事秦者,必在韩、魏之后也。此非臣之所敢任也。"王以楼缓之言告虞卿。虞卿曰:"楼缓言不媾,来年秦复攻王,得无更割其内而媾。今媾,楼缓又不能必秦之不复攻也,虽割何益?来年复攻,又割其力之所不能取而媾也,此自尽之术也,不如无媾。秦虽善攻,不能取六城;赵虽不能守,而不至失六城。秦倦而归,兵必罢。我以五城收天下,以攻罢秦,是我失之于天下,而取偿于秦也。吾国尚利,孰与坐而割地,自弱以强秦?今楼缓曰:'秦善韩、魏而攻赵者,必王之事秦不如韩、魏也。'是使王岁以六城事秦也,即坐而地尽矣。来年秦复求割地,王将予之乎?不与,则是弃前贵而挑秦祸也;与之,则无地而给之。语曰:'强者善攻,而弱者不能自守。'今坐而听秦,秦兵不敝而多得地,是强秦而弱赵也。以益愈强之秦,而割愈弱之赵,其计固不止矣。且秦,虎狼之国也,无礼义之心。其求无已,而王之地有尽。以有尽之地,给无已之求,其势必无赵矣。故曰:此饰说也。王必勿与。"王曰:"诺!"楼缓闻之,入见于王,王又以虞卿言告之。楼缓曰:"不然,虞卿得其一,未知其二也。夫秦、赵构难,而天下皆说,何也?曰:'我将因强而乘弱。'今赵兵困于秦,天下之贺战者,则必尽在于秦矣。故不若亟割地求和，以疑天下，慰秦心。不然，天下将因秦之怒，乘赵之敝而瓜分之。赵且亡，何秦之图？王以此断之，勿复计也。"虞卿闻之，又入见王曰："危矣！楼子之为秦也！夫赵兵困于秦，又割地为和，是愈疑天下，而何慰秦心哉？是不亦大示天下弱乎？且臣曰勿予者，非固勿予而已也。秦索六城于王，王以五城赂齐。齐，秦之深仇也，得王五城，并力而西击秦也，齐之听王，不待辞之毕也。是王失于齐，而取偿于秦，一举结三国之亲，而与秦易道也。"赵王曰："善。"因发虞卿，东见齐王，与之谋秦。虞卿未反，秦之使者已在赵矣。楼缓闻之，逃去。

(《国策·赵策》)

这里楼缓先引公甫文伯母亲的话，除去赵王对自己的疑心。然后劝赵王以六城与秦，又举秦释韩、魏而独攻赵的事实，疑误赵王，以使赵王疑心韩、魏，交好于秦。最后用天下将贺秦分赵的推断恐吓赵王，使赵王听命于秦，导致天下迁怒于赵，使赵国不得不依附于秦国。危言耸听，使赵王失去了主见。但虞卿对楼缓的阴谋诡辩却洞若观火。他首先指出楼缓用以取信于赵王的话是饰说，割六城与秦的话是助秦自攻。然后指出秦国贪求无厌，赵国割地媾和是自尽之术。最后指出楼缓替秦国说话，想叫赵国割地与秦，从而愈疑天下。以辩应辩，以智破智，料事揣情，画无遗策，说辞之工可说是无与伦比了。

第二是辞赋的语言。例如：

庄辛谓楚襄王曰："君王左州侯，右夏侯，辇从鄢陵君与寿陵君，专淫逸侈靡，不顾国政，郢都必危矣。"襄王曰："先生老悖乎？将以为楚国袄祥乎？"庄辛曰："臣诚见其必然者也，非敢以为国妖祥也。君王卒幸四子者不衰，楚国必亡矣。臣请辟于赵，淹留以观之。"庄辛去之赵，留五月，秦果举鄢、郢、巫、上蔡、陈之地，襄王流揜于城阳。于是使人发驺，征庄辛于赵。庄辛曰："诺。"庄辛至，襄王曰："寡人不能用先生之言，今事至于此，为之奈何？"庄辛对曰："臣闻鄙语曰：'见兔而顾犬，未为晚也；亡羊而补牢,未为迟也。'臣闻昔汤、武以百里昌,桀、纣以天下亡。今楚国虽小,绝长续短,犹以数千里,岂特百里哉?王独不见夫蜻蛉乎?六足四翼,飞翔乎天地之间,俯啄蚊虻而食之,仰承甘露而饮之,自以为无患,与人无争也。不知夫五尺童子,方将调饴胶丝,加己乎四仞之上,而下为蝼蚁食也。夫蜻蛉其小者也,黄雀因是以。俯噣白粒,仰栖茂树,鼓翅奋翼,自以为无患,与人无争也。不知夫公子王孙,左挟弹,右摄丸,将加己乎十仞之上,以其类为招。昼游乎茂树,夕调乎酸咸,倏忽之间,坠于公子之手。夫黄雀其小者也,黄鹄因是以。游于江海,淹乎大沼,俯噣鳝鲤,仰啮薐衡,奋其六翮,而凌清风,飘摇乎高翔,自以为无患,与人无争也。不知夫射者,方将修其碆卢,治其矰缴,将加己乎百仞之上。被礛磻,引微缴,折清风而抎矣。故昼游乎江河,夕调乎鼎鼐。夫黄鹄其小者也,蔡圣侯之事因是以。南游乎高陂,北陵乎巫山,饮茹溪之流,食湘波之鱼,左抱幼妾,右拥嬖女,与之驰骋乎高蔡之中,而不以国家为事。不知夫子发方受命乎宣王,系己以朱丝而见之也。蔡圣侯之事,其小者也,君王之事因是以。左州侯,右夏侯,辇从鄢陵君与寿陵君,饭封禄之粟,而戴方府之金,与之驰骋乎云梦之中,而不以天下国家为事。不知夫穰侯方受命乎秦王,填黾塞之内,而投己乎黾塞之外。"襄王闻之,颜色变作,身体战栗,于是乃以执珪而授之为阳陵君,与淮北之地也。

(《国策·楚策》)

这段说辞主要在说明楚襄王贪图游乐,不顾国政,忘记了秦人垂涎于后的危险。虽没有提出这种游乐会带来人民离叛、国本动摇的必然性,但在战国"邦无定交"的局面下,庄辛的话有一定的事实根据。妙在他先用比喻说起,然后才慢慢说到事实,最后说到楚襄王,使楚襄王在不知不觉中接受了他说话的前提,自然也不得不循着他的推理得出应得的结论,因而也不得不承认自己的过错。但这段说辞的特色,并不单是使用比喻来指陈利害。层累敷陈的方式、流利动听的语言,使它简直就是一首绝妙的朗诵诗,与屈原的《卜居》《渔父》,宋玉的《对楚王问》及《风赋》《钓赋》诸赋,风格极为接近,因而历来选家也把它列入辞赋。可知纵横之辞与辞赋本没有什么严格的分别,不过一个是事实,一个是虚构而已。我们再看看雅、颂中的史诗,春秋士大夫和战国诸子征引的古史,《国语》中《吴语》《越语》及《国策》中一些诗歌般的说辞,《楚辞·天问》《山海经》中有关古史的记载,褚先生补《龟策列传》及有些汉人汇编的古史资料如《说苑》等,便可知古代的历史最先保存在歌唱中,到后来渐渐由歌唱变为诵说,最后才著于竹帛,成为正式的历史记载。在诵说时期,往往未脱尽歌唱的痕迹,因而描述很生动,语言很流利,神话或故事的气味也最浓厚。变为正式的历史记载后,神话或故事的成分便被挤出去,另行发展成为传奇小说。历史记载本身,也逐渐变得枯燥而与文学分家了。这段说辞显得如此美妙动听,虽然原出于庄辛,但它经过了传述者的剪裁润色,这是不可否认的,这便说明了古代史传在文学史上的地位。

第三是俗谚的取材。例如:

> 昭阳为楚伐魏,覆军杀将,得八城,移兵而攻齐。陈轸为齐王使,见昭阳,再拜贺战胜,起而问:"楚之法,覆军杀将,其官爵何也?"昭阳曰:"官为上柱国,爵为上执珪。"陈轸曰:"异贵于此者何也?"曰:"唯令尹耳。"陈轸曰:"令尹贵矣!王非置两令尹也,臣窃为公譬可也。楚有祠者,赐其舍人卮酒。舍人相谓曰:'数人饮之不足,一人饮之有余。请画地为蛇,先成者饮酒。'一人蛇先成,引酒且饮之,乃左手持卮,右手画蛇,曰:'吾能为之足。'未成,一人之蛇成,夺其卮曰:'蛇固无足,子安能为之足?'遂饮其酒。为蛇足者,终亡其酒。今君相楚而攻魏,破军杀将得八城,不弱兵,欲攻齐,齐畏公甚,公以是为名居足矣,官之上非可重也。战无不胜而不知止者,身且死,爵且后归,犹为蛇足也。"昭阳以为然,解军而去。(《国策·齐策》)

陈轸就昭阳个人的利益立说,阻止了楚兵攻齐。但就昭阳个人来说,恰中了陈轸的诡计。后来苏厉说白起勿攻梁,便是袭用了陈轸这个故智。我们应该注意的是,陈轸和苏厉都采用了明白动人的寓言故事作为比喻或陈说的根据。陈轸以画蛇添足为喻,苏厉以养叔息射为喻,取材不同而旨趣则一。此外像连鸡上栖、管庄子刺虎、曾参杀人、百人舆瓢、狡兔三窟、狐假虎威、厉人怜王、虎怒决蹯、服牛骖骥、三人成虎、抱薪救火、喙啄充腹、贱媒求媒、胡越同舟、鹬蚌相持等等,大都取材于民间传说,与春秋士大夫动辄征引《诗经》《尚书》那种风格显然不同。过去一般都认为这是"圣王不作""礼坏乐崩"的结果。在我们看来,这正是因为当时游士从氏族的羁绊下解放出来,知识的范围也扩大到现实生活的每个角落,因而他们的说辞常常取材于民间传说,合情合理,反具有很强的说服力。这正是战国说辞的一个特色,也是《国策》文字较《左传》《国语》文字更形解放,更趋于明朗化、通俗化的说明。

总而言之,《春秋》正名,主要在于维持贵族统治的现有秩序;《左传》《国语》据古论今,迷恋旧制度的残骸;《国策》宣扬苏、张等策士猎取富贵的才能。但《春秋》"贬天子,退诸侯,讨大夫",强调内外夷夏的分别,对暴露统治者的罪恶,抑制野心家的争权夺利,唤起人民的阶级觉悟和爱国之情,却也起到相当的作用。尤其是"严夷夏之辨"这一点,在我国历史上,每遇到外族侵扰,一般爱国志士无不拿《春秋》中的这个道理,作为唤醒人心、抗御外侮的理论根据。《左传》《国语》详述本事,将当时的历史事件无保留地披露于后世,使我们得以认识到当时公室日卑,私富日兴,维持贵族统治的礼制日益解纽的具体过程。至于左氏详述战事和辞令,则是当时战争频繁,统治阶级残酷本性的深刻反映,和后来策士的纵横、诸子的学说、屈宋等的《楚辞》得以产生的具体说明。《国策》所记一般策士立谈而致富的布衣卿相局面的出现,也反映出贵族政治已趋瓦解,私有制度已在完成,新兴贤能之士已经活跃于历史舞台之上的显著事实。总之,古代的氏族国家逐渐消亡,地域国家逐渐形成,贵族逐渐没落,新兴阶级逐渐抬头。历史记载在每个阶段都显出一定的特征,因而《尚书》偏于王室的政典,《春秋》降而为诸侯之史,《国策》更下而成为一批新兴贤能之士的言行录了。到了秦汉以后,宗法制度瓦解,地主政权正式建立,隶属于贵族的各级奴隶都被解放成为具有独立身份的"编户"之民。由于"人"受到重视,个人在历史上的作用也被史家所注意,自然,《史记》《汉书》等以人物为中心的纪传体史传文学也应运而生了。从《尚书》《春秋》《国语》《国策》记述的演变过程来看,这个倾向异常分明。

# 第四章 诸子散文

## 第一节 诸子散文的形成

与《左传》《国语》《国策》等历史散文同时出现的另一种散文,便是晚周诸子的哲理散文。在我国古代,学术文化全部操在贵族统治阶级手中,只有王朝史官的记载,并无学者专门的著述。而史官的记载,最早只能追溯到《尚书》的帝王训诰,范围异常窄狭。其后由《尚书》的记言演变为《春秋》的记事,正式的历史散文才逐渐形成了自己的发展道路。但这并不是说记言的散文从此便没有什么作用了。周室东迁以后,天子衰败,诸侯强大,相应地,帝王训诰逐渐失去了它的意义,而各国士大夫的辞令应对却蔚为大观而被人重视。因而《左传》《国语》诸史,特别是《国语》,虽然都属记事之史,但记言的部分仍占很大的分量。

经过春秋这一时期的转变,贵族日趋没落,原属于贵族王官的知识分子,也脱离王官而变为职业性学者,从事私人讲学。自然,他们的记载不再是国史,而是自己学派的语录。因此,诸子散文虽然和历史散文是两种不同的文学,但追溯其渊源,却与历史散文紧紧相邻,这是因为它们都源于记言之史《尚书》。因而《左传》《国语》载有很多春秋人士的言论,《国策》也被视为纵横家言。而诸子散文最初都是为了记述诸子的言行,甚至于春秋战国的很多时事也多见于诸子的记载之中。其后,各家学说日益完备,体系也日益严密,简短的语录体也不再能满足应用,于是逐渐形成了有一定论题和论证方式的哲理散文。大体说来,最早的《论语》中几乎全是语录;稍后的《墨子》中有语录,也有专论,专论可能是墨家后学祖述师说而写定的;其后《孟子》和《庄子》对一个问题虽然也有较长的阐论,但大部分阐论却是许多对话语录连接而成的;最后到了《荀子》和《韩非子》,虽然偶尔也采用语录的形式,但大体上却是通过严密的逻辑论证构成有首有尾的完篇。晚周诸子哲理散文逐步发展的过程大致如此。

至于诸子思想学说的兴起,说明当时人们已经突破宗教迷信及传统制度的束缚而能够自由地思想。自由地思想这一风气的形成,又与古代社会的分化和人类关系的改变分不开。

在西周末年的厉、幽时代,私有制发展,小人当政,造成政治上的无比黑暗;统治阶级对人民无止境的压榨剥削,又造成劳动人民的逃亡和生产被破坏。等到危机暴露,无法挽救时,对祖先、上天因为呼唤不灵而产生了怀疑。《三百篇》的杂诗中一些贵族士大夫的讽刺诗如《节南山》《雨无正》《云汉》《瞻卬》之类,便是这种怀疑思想的具体证据。

再经过周室东迁后诸侯的争夺兼并,不但很多小的民族部落都被吞并,人们沦为奴隶,而且人民遭受的压榨剥削加重了,各国统治者与本国人民的矛盾日益加深。《三百篇》的风诗中一些具有强烈反抗性的民歌如《伐檀》《硕鼠》之类,便是这一时期大多数人思想的反映。过去开明的贵族士大夫对朝政的讽刺,到这时已发展成为劳动人民与贵族统治阶级的直接斗争。

这种社会分化、新旧异变的时代,自然会使人们突破宗教迷信和传统制度的束缚而自由地思想。像《左传》《国语》所载的史伯、展禽、里革、子产、史墨、晏婴诸人对一些制度和事物的发生逐渐予以人本的解释,便是后来诸子思想的萌芽。

再加上贵族没落,原属于贵族王官的知识分子为了生活,不得不奔走四方,依靠知识技能另谋出路。像《论语》中所谓"天子失官,学在四夷",

所谓"礼失求诸野",《史记》中所谓"畴人子弟分散",便是这个时期的普遍现象。

从此,政治、教育分离,王官变成职业性学者,从事私人讲学。由于学术脱离了王官,思想也得到空前的解放,更由于各人承袭不同,处境不同,各有其立场观点及服务对象,各据所见无限引申,像庄子所说的"天下多得一察焉以自好……天下之人各为其所欲焉以自为方"。孳乳衍化,战国诸子争鸣的局面日渐形成。人的解放决定了人的思想的解放,这是显而易见的事。

在诸侯竞相求士的风气下,在奴隶劳动提供了物质条件的情况下,"不治而议论"的"文学之士"日益增多。他们的议论既然为各国统治阶级所重视,诸子哲理散文便随之日益发展,与历史散文同样成为当时散文中最显著而又最普遍的一支了。

## 第二节 早期的散文《论语》和《墨子》

首先脱离王官身份的职业性学者,便是庄子所谓"邹鲁之士、缙绅先生"的儒。孔子曾言"君子儒""小人儒",可见儒这种人物在孔子以前已经有了。不过主张组织这类人物,构成系统的学说,并形成一种显著学派的,却是孔子。孔子死后,除了他的弟子"七十子之徒"继承了其传统而外,另有一位原出于儒而反对儒的学者墨子,门徒众多,势力约略与儒家相当。两派互相攻讦,形成战国初年的显学。庄子说:"有儒、墨之是非,以是其所非而非其所是。"韩非子说:"世之显学,儒、墨也。"又说:"孔子、墨子俱道尧、舜,而取舍不同。"可知儒、墨两派在战国初期的确是主张相反、旗鼓相当的一对敌手。自有儒、墨的是非,才引出后来道德、名、法、阴阳各家的争鸣,同时,哲理散文也日益发展而呈现出百花齐放的灿烂局面。

《论语》无疑是首先出现的一部古代哲理散文集,它是孔门论学的语录,其中大部分是孔子的言论。虽然也有些弟子的言论在内,但在当时,弟子的言论都经过了孔子的首肯或批判,体现出儒家学派的共同主张。因而,《论语》的文章也有它们一贯的统一风格,我们应把《论语》当作一部完整的论著来看。

孔子的祖先,系出于宋国的统治阶级,后来出奔鲁国,逐渐丧失贵族的身价而降为人臣。孔子自己又周游列国,一无所遇。这时是由春秋向战国过渡的时期,是战祸日惨、兼并日剧的时期,孔子一方面想替没落的贵族挣扎,维持传统的统治秩序,一方面也认识到这批贵族的罪恶行为和人民的痛苦生活,因而他的思想中充满矛盾,他也在极力设法化除矛盾。最后他的折中两可的主张走向了中庸一途。

由于矛盾的立场,孔子对天道也存在着两种不同的看法:一方面认为"天何言哉?四时行焉,百物生焉。天何言哉?"把天道看作自然现象;一方面却又认为"获罪于天,无所祷也",把天看作有人格意志的主宰,认为人应该"畏天命"。但现实的危机不可忽视,因而孔子罕言天命,着眼人事,提出人类起码应该具备的一个道德条件——"仁"来,主张"仁者爱人",主张"为政以德",想借此来沟通上下,化除矛盾。他不但把"仁"的希望寄托在上层君子身上,认为"君子而不仁者有矣夫,未有小人而仁者也",而且认为"仁"的最终目标是"复礼"。孔子的这种主张,显然是不彻底的自上而下的改良主义,是为没落的贵族统治阶级服务的。对广大人民群众来说,这无疑是一种极大的欺骗,再不要说"仁"与"不仁"本是人类的阶级性,而孔子把事实看颠倒了。

当然,"仁"的提出,说明当时有"不仁者"存在,也相对地暴露了当时社会的矛盾。此外,孔子重视古代文化成果的积累,在接受和传播古代的文化遗产上,也有他不可磨灭的贡献。他也很重视人的文化修养,强调文野之分,认为"质胜文则野,文胜质则史。文质彬彬,然后君子"。因而他教育学生,除了重视实践外,也很重视言论文章,认为"有德者必有言"。而且说"不学《诗》,无以言",主张用《三百篇》的语言说话。他认为只有通过适当的有艺术的语言,才能充分表达一定的思想内容,才能起到一定的说服作用。这在我国文学批评史上产生了很大影响。当然,他的这种主张后来发展到极端,造成后世文士重视形式、轻视内容的不良倾向,一些形式主义的文人常常引他的"言之无文,行而不远"替自己辩护。追溯来源,孔子是难辞其咎的。

孔子主张如此,因而《论语》所载孔子的言论虽很简略,却往往具有以文学形象描写的这一特征。如:

为政以德,譬如北辰,居其所而众星共之。(《为政》)

人而无信,不知其可也。大车无輗,小车无軏,其何以行之哉。(《为政》)

子在川上曰:"逝者如斯夫,不舍昼夜。"(《子罕》)

岁寒,然后知松柏之后凋也。(《子罕》)

直哉史鱼!邦有道如矢,邦无道如矢。(《卫灵公》)

割鸡焉用牛刀?(《阳货》)

吾岂匏瓜也哉?焉能系而不食?(《阳货》)

《论语》全书大都是这种简短的语录,但也有较长的片段。至于其他记载,自不待说,也常常出现具体而又生动的描写。如《先进》篇"子路、曾晳、冉有、公西华侍坐"一节,孔子叫这几个弟子大胆地讲出各自的志愿。子路、冉有、公西华三人都说自己愿意做诸侯辅相,使国得到治理。不同处在于子路轻率发言,而且很夸大;冉有比较谦逊,对自己能做到的和做不到的分别提出来了;公西华最谦逊,表示自己并没有怎样的能力,不过愿意学习一下;曾晳则说自己愿意在暮春天气,换上春服,跟五六个大人和六七个小孩到河边沐浴,欣赏农民祈雨的舞蹈,然后歌唱着归来。孔子对子路的话是冷笑,对冉有、公西华的话是默许,最赞赏的是曾晳的话,认为他是自己的同道。最后弟子问孔子,孔子说明"为国以礼",子路不知礼让,冉有、公西华又太谦逊了,对曾晳虽无说明,但就旧注的解释和孔子一贯的主张来看,他赞赏曾晳,是因曾晳能知天命,在不遇的时候能乐道忘忧。《论语》如实地记述了各人的愿望外,还摹写出各人谈话时的神态、语气,甚至连孔子那种周游不遇,对世态感到无能为力的悲愁心情也刻画出来了。

又如《宪问》晨门、荷蒉,《微子》楚狂接舆、长沮桀溺、荷蓧丈人各节,记有这批隐士对孔子的讥笑,他们都认为孔子不知道顺应时势,四体不勤,五谷不分,专会讲道理;而且在天下无道时,不知道隐退,还要"知其不可而为之"。孔子却认为这批隐士脱离现实,与鸟兽同群,自己决不这样做。同样地,这几节中不但简明地表达了这批隐士的见解、主张,而且惟妙惟肖地刻画出他们的声音、姿态。同时从这批隐士对孔子的反面批评和孔子自己的正面申述中,也反映出孔子那种面对现实、不懈不息的改革精神,虽然他的改革主张是不彻底的自上而下的改良主义。

上述这些都是《论语》中极富文学性的记载。后来,诸子散文不但很重视逻辑辩论,而且很重视艺术描写。可以说,上述孔子的主张和《论语》的这些记载是其先声。

墨子是宋人,其生世略后于孔子。孔子是春秋末年的人,墨子是战国初年的人。墨子的出身不容易考察。古代本无"墨"这种姓氏,《墨子》之《贵义》篇载有某日者说他色黑,可能因此呼其为墨子。再从他能耐劳苦,崇尚节俭,熟悉种种下层行业的工作来看,他可能是工徒出身。与他同时的穆贺说他所从事的是"贱人之所为"。荀子批评他的主张是"役夫之道"。他自己也以"贱人"自居。因此,墨子虽然原在鲁国"学儒者之业""受孔子之术",受儒家影响很大,喜欢引诗书、称先王,但又与儒家所主张的有本质上的差别。孔子主张"博学""亲仁""举贤"。墨子也说"言必有三表",主张"兼爱""尚贤"。但孔子主张的"博学"是"学文",是学传统的典籍;"亲仁"是亲亲有等;"举贤"是举君子之贤者。墨子主张的"三表"是"上本之于古者圣王之事","下原察百姓耳目之实","发以为刑政,观其中国家百姓人民之利",不但要根据圣王的往事,还要搜集群众的意见,最后再用实践来检验然否。"兼爱"是亲疏无别,要"视人之室若其室"。"尚贤"是"虽在农与工肆之人,有能则举之",这样才能做到"官无常贵,而民无终贱"。显然孔子采取调和的立场,墨子却代表工农阶级在说话。最显著的是孔子言"复礼",言"正名",要保存西周以来贵族礼制的传统。墨子则主张"非命",不以先天的贵贱为然;主张"非乐""节葬",认为这都是虚伪靡费的行为。因此孔子的学说虽从"仁"出发,却以"礼"为归。墨子的中心思想是"义",他特别提出"贵义"的主张,而且认为"义"指的是有利的举动,故云"义,利也"。这又与后来孟子抛开利来谈的仅具道德含义的"义"不同。因而,《墨子》各篇处处提到兴利除害,处处注意到国计民生。墨子在《非儒》篇中对儒家大肆攻击,认为儒家的主张只能增加人的虚伪怠慢。至于他自己,的确能行其所言,是一个"腓无胈,胫无毛,沐甚雨,栉疾风""面目黧黑"的苦行之士。墨子因为主张"兼爱",因而又提出"非攻"的主张,曾不辞劳苦,从宋国赶到楚国,说服了公输般,阻止了楚国攻宋的企图。这是历史上有名的义举,也可说是墨子提倡苦行的一个最具体的说明。

但墨子的学说也有严重的缺陷。他虽然为了兴利除害而提出"贵义"的主张,但所谓"义"的标准是由上帝的意志决定的,因而他提出"天志",认为天是有意志的,而不是"欲义而恶不义"的。他又主张"尚同",认为人民应该上同于国君正长;国君正长应该上同于天子三公;至于天子,最后应该上同于天志。这样一来,不但给后世法家及秦汉的君主集权主义开了先河,而且把上天的意志当作一切主张和行为的准绳。这简直是宗教家的论调。尽管有人认为墨子并不相信上天,他不过是将上天作为一种凭借而已;但用宗教迷信来约束统治阶级,使其就范,以便实现自己理想的主张,未免有些天真可笑。墨子的学说中有很大的自我矛盾,是显而易见的。至于他的"兼爱"主张,近人津津乐道,认为比儒家的仁爱来得博大。实际上,它是一种最抽象的超阶级的爱,只能用以麻醉人民,对于统治阶级丝毫不起作用。

墨子的文章,与其为人和主张,大体上是一致的,都质朴无华,但很注意取材于现实生活,因而也常有一些对现实生活丰富而又生动的描写。如《耕柱》篇"为义孰为大务"一节,用以说明道理的事实例证取材于筑墙这种下层行业工作,而且描写得很生动,因而增加了理论的说服力。

墨子熟习种种工艺,懂得一些粗浅的科学知识,因而他的文章条理分明,在诸子散文中是最早具有逻辑性的。如《非攻》篇上,从"入人园圃,窃其桃李"说起,推到杀一人的不义之罪,再推到攻伐灭国的不义之罪,最后由少见和多见推到小为非和大为非并没有本质上的差别,以破一般人认识逻辑上的谬误。这是致密的逻辑推理中的类推法。到后来墨家学派流为辩者,自是意料中事。而诸子散文一般都很重视逻辑辩论,也可说是由墨子开始的。

## 第三节 《庄子》

《论语》《墨子》以后,在诸子散文中艺术成就最高的是《庄子》一书。《庄子》一书,亦可说是道家学说的总汇。道家思想虽然萌始于老聃,传授于关、列,具体应用于杨朱,但《老子》一书仅是一部论纲式的著作,而且成书时代也问题很多。此外今传《关尹子》《列子》《慎子》都出于伪托,杨朱也无书流传,《列子·杨朱》篇当然更不可靠。只有《庄子》,不但是道家学说的总汇,而且就文字来讲,在诸子散文中也是艺术性很强,是对后世影响很深的一部奇书。

庄子和曾在梁惠王那里做相的惠施是好友,他曾经看见惠施之死,故其时代约与孟子相当。道家思想,大体说来,来源于没落的贵族统治阶级不满意当时兼并争夺的局面,而形成的悲观厌世的思想。儒、墨的主张虽有其严重的缺陷,但总算是面对现实,尽量设法来进行改革。至于道家,则认为儒、墨的这种主张不但不能收到预期的效果,而且容易被人利用,作为欺世盗名的工具。道家所向往的,是原始时代那种没有争夺的平静的社会。但这只是一种永远无法实现的空想。因而道家的言论虽有一部分是认识到现实黑暗而提出的大胆评论,但也只是破坏有余,建设不足,并没有提出什么适应时代需要的改革方案。道家人物也由于悲观失望而变为消极保守的个人主义者了。至于庄子,原本就是所谓"亡国之余"的宋人,不幸宋国自襄公称霸未成,兵败身死,其后一直是祸乱相继,更令人感到亡在旦夕。因而战国人士的言谈中,一些愚蠢可怜的事大都托之于宋人;而庄子自己,更由于悲观失望而竭力逃避现实。老、庄的相同处是认识到贵族的没落,对天命不再迷信。老子言:"天法道,道法自然。"又言:"天道无亲,常与善人。"庄子不但把天看作"远而无所至极"的苍苍太空,而且说:"天地与我并生,万物与我为一。"把人类与宇宙万物看成是一体无隔的东西,并无高下贵贱之分。因此,他有一套类似生物进化论的论调,认为"万物皆种也,以不同形相禅,始卒若环,莫得其伦",而且认为:

> 种有几,得水则为继。得水土之际,则为蛙蠙之衣。生于陵屯,则为陵舄。陵舄得郁栖,则为乌足。乌足之根为蛴螬,其叶为胡蝶。胡蝶胥也化而为虫,生于灶下。其状若脱,其名为鸲掇。鸲掇千日为鸟,其名为乾余骨。乾余骨之沫为斯弥,斯弥为食醯。颐辂生乎食醯,黄軦生乎九猷。瞀芮生乎腐蠸,羊奚比乎不笋。久竹生青宁,青宁生程。程生马,马生人。人又反入于机,万物皆出于机,皆入于机。(《至乐》)

庄子在篇中描述了一些生物现象,并由此把一切客观事物看作变动不居、成毁无定的虚幻假象。老子生世较早,新兴阶级还没有完全走上历史舞台,没落贵族还在挣扎,因而老子除了愤世嫉俗的一面外,还有顽固保守的一面,这便是"知雄守雌""柔弱胜刚强""鱼不可脱于渊"等阴柔之道。至于庄子,则完全走上全生避害的道路了。结果,他的类似进化论的观点,反成为他脱离现实、否定现实的理论根据。他说:"山木自寇也,膏火自煎也。桂可食,故伐之;漆可用,故割之。"他认为万物都以求用见灾,人自然应该离开有用而求无用之用,不应该累于世俗而丧其天全。这样,现实世界的善恶是非、得失荣辱,在他已无关轻重,干脆一笔抹杀,专向精神世界中去找遁逃薮了。所以他提出"齐物论",主张"逍遥游",认为只有无视万有的差别、泯除物我的界限,才能够逍遥自得。他要超出物的局限,"独与天地精神往来"。他在濠梁上能体会到鯈鱼出游从容之乐。他还说有一次他梦作蝴蝶,忘了自己是庄周,一会儿醒来,却又是庄周,不知谁梦作谁,他感到他与蝴蝶之间好像没有什么分明的界限。他把自己所谓的理想人物分为三等,即是"至人无己,神人无功,圣人无名"。

不用说，他所向往的是至人这种人。因为圣人还要立功德，神人还执着于自我，至人却连自我的存在都否定了，自然可以超乎一切，"独与天地精神往来"。因此，老子是"无为而无不为"，庄子是真正的"无为"。老子的思想发展而产生了后世阴谋家及韩非、李斯等法术之士，而庄子那种彻底否定现实的主张不过是一种空想，因而只能流为后世神仙思想及魏晋清谈。

　　庄子的全部学说，显然是以他的类似进化论的观点为中心而构成的。单看他的这种论调，必然认为他是个唯物论者。但他的这种思想，与所有道家的一样，即是从没落贵族的立场出发，不满意当时兼并争夺的局面，又不肯放弃原来的立场，对现实提出适当的改革方案，而只是消极地否定一切。因而他的这种论调，既不是什么唯物论，也不是什么进化论，只不过是他一己的主观想象而已，不如用他自己的用语来名之曰"齐物论"。在主观上把"不齐"当作"齐"，这不是承认客观上的"不齐"是合理的吗？至于他所向往的"逍遥自得"，完全建立在这种主观想象之上。试问社会人所不能自外的人类社会既然被否定了，甚至于把人类自身看作与其他生物无别，那还谈什么人的感觉？还谈什么真正的"逍遥自得"？因此他尽管自外于生死哀乐，甚至歌颂死亡，说死者之乐，南面王也不见得如此，实际上，死人的快乐恐怕连庄子自己也无从体会，他依然不能离开人类的现实生活。事实上，他这样诅咒人生，歌颂死亡，同时却大谈其养生要道，认为知道这些养生要道，便"可以保身，可以全生，可以养亲，可以尽年"，这当然又是一个极大的矛盾。有一次他到山中去，看到大木因不材而得终其天年。从山中出来后，又在朋友家看到主人的雁因不能鸣而被杀，弟子问他："先生将何处？"他回答："周将处乎材与不材之间。"因此，他的人生观便是他所谓的养生要道："安时处顺"，逆来顺受，得过且过。后世文人受他这种影响，也都变得在现实困难面前束手无策，不但丧失了与现实黑暗斗争的勇气，而且常常向现实黑暗投降，变成与世俗同流合污的可耻之徒了。这是庄子思想中最有害的部分，我们应特别警惕这一点。

　　不过庄子这种否定现实的主张，对当时的现实黑暗来说，确也有部分道理。首先,在战国时代,新兴阶级已走上历史舞台,他们大部分是在私有制发展的基础上产生的。他们在推翻旧的贵族政治,提出自己的政治要求方面,自有其进步作用。但他们提出的口号,无论是奖励耕战也好,废除贵族也好,尚用贤能也好,甚至于施行仁政也好,只是便利了他们自己。韩、赵、魏这样分晋了,田氏这样代齐了,苏秦、张仪、吕不韦、李斯之流这样富贵了。至于劳动人民,依然呻吟于这些新的统治者的压榨剥削之下,奴隶还是奴隶。庄子看透了这点,向这方面大肆攻击。像他所说的:"窃钩者诛,窃国者为诸侯,诸侯之门而仁义存焉。"不能说没有击中要害。其次,庄子齐物的观点,在当时兼并争夺的局面下、热衷富贵尊荣的世风里,仍不失为一服清凉饮剂。为了正义,自应采取严肃的态度,争执到底。假如是富贵权力或诡辩邪说,你让他争长论短还有什么意义?庄子就是能看清楚这一点,因而把诸侯阵地比作蜗角,把卿相的地位比作腐鼠,把游士的奔竞比作舐痔,把儒、墨的是非比作"离跂攘臂乎桎梏之间"。在庄子看来,他们的争执实在太渺小了。这样便要使人们从世俗的荣利中解脱出来,认识到自己的丑恶。后世很多文人,在黑暗的时代里,对统治阶级采取消极不合作的态度,未尝不是受了庄子这种迈往不羁、藐视一切的精神的影响。最后,庄子把一切客观事物都看作幻灭无定的假象,但也因而指出了一切客观事物变化的现象和相对的关系。他说"无动而不变,无时而不移""彼出于是,是亦因彼",因而他指出"尧舜让而帝,之哙让而绝;汤武争而王,白公争而灭"。庄子的思想主张如此,故其文章也是嘲弄现实,赞扬梦幻的精神世界,爱用生物界的现象比喻人事,而且故意夸大其词。他那种游戏的态度、荒诞的想象、离奇的比喻、诙谐的语言,使他的文章富于诱惑,启发人们敏锐、灵活地观察问题,不固执于什么圣人之言、帝王之事,不为短暂、偶然的现象所蒙蔽。这一点,尤其影响了他自己和后世很多作者。如嵇康、阮籍、陶潜、谢灵运、李白、苏轼等人的艺术创作,无论在形象的构思、情节的安排或语言的运用等方面,都在和谐统一中求变化,用变化来达到和谐统一。因此,庄子的文章在历史上得到很高的称誉,产生过很大的影响。在我们今天的新时代,依然可以批判地吸收他的这一优点。

例如《大宗师》篇"古之真人"一节,把他所谓的"真人"描写成一种超脱一切、独来独往、随随便便、似幻似真的人物。这是他对理想人物的塑造。庄子理想中的人物不止这一种。他理想中的人物是"至人无己,神人无功,圣人无名",把圣人列在最后,最高一等的是至人。这里所谓"真人",便是对至人的另一称呼。这显然是庄子观念的化身,人物虽为乌有,但也足以看到他思想的丰富。

又如《外物》篇"儒以诗礼发冢"一节,写大儒、小儒一起去盗墓,在发掘出死人的时候,还吟着诗歌,对死者露出一副伪善的面孔,最后才很斯文地将死者揪着头发,按着下巴,撑开牙关,小心地取出其口中的珍珠。这是对伪善俗儒的讽刺,再戏谑尖刻没有了。

又如《养生主》篇"庖丁为文惠君解牛"一节,写一位庖丁宰牛时动作很熟练,声音又合乎节奏。据庖丁自白,他最初看到的是整头牛,三年后便不再看到整头牛;别人常常换刀,他的刀一直用了十九年,却依然像"新发于硎"。他在长期的经验中得到的认识是"彼节者有间,而刀刃者无厚;以无厚入有间,恢恢乎其于游刃必有余地矣"。这本是以解牛来说明自己的处世哲学,但就写解牛的工作来说,体会深切,刻画生动,的确是传神之笔。这是对日常事件的描述。

又如《齐物论》篇"大块噫气"一节,写大地上开始刮风时,全是长而有力的怒号。山岩树木的各种各样的窍穴,发出各种各样的声音,前后唱和,大小不同。一会儿大风过去,所有窍穴好像全都空寂无声。这里他主要是写所谓地籁,又由此说明地籁待天籁而著,其间并没有什么得失存在。但就写风来说,短短一节,错落变化,真有万窍怒号,草木皆兵之势。这是对自然景物的摹绘。

最足以代表庄子思想全貌及艺术成就的,自然是历来被人们所公认的名篇《秋水》篇。这是以大小不等的七段对话组成的一篇论文,尽量在阐明他"齐物逍遥"的主张。首段是河伯与海若的问答。秋后水涨,河伯有些自满,顺流游到北海,才知道自己的渺小。于是海若向他指出小与大的区别,并说明小与大是无法穷究的,但同时又是相对的,因而也用不着去穷究它,应该以人合天,听其"自化"。这是全篇的总论。下面六段,便是这个总论的分论。大体说来,次段夔、蚿、蛇、风的问答是说顺天无碍。三段子路与孔子的问答是说知命不忧。四段公孙龙与魏牟的问答是说好辩致穷。五、六、七三段都是庄子自己与别人的问答,是说自己归真返璞之乐。总而言之,整篇文章不外是混同大小、泯除是非,彻底阐发他否定现实的主张。这是一种毒素很大、极为有害的主张。但就他的写作艺术来说,全篇都是通过对话来完成的,而且对话中也不全是抽象的说理,而是用很多事物作形象的比喻穿插其间,奇思妙想层出不穷,大有"大珠小珠落玉盘",令人应接不暇之势。散文的艺术到这种程度,真可说是左右逢源、无往不适了。

《天下》篇说:"以谬悠之说,荒唐之言,无端崖之辞,时恣纵而不傥,不以觭见之也。以天下为沉浊,不可与庄语,以卮言为曼衍,以重言为真,以寓言为广。独与天地精神往来,而不敖倪于万物。不谴是非,以与世俗处。其书虽瑰玮,而连犿无伤也。其辞虽参差,而諔诡可观。彼其充实,不可以已。上与造物者游,而下与外死生无终始者为友。其于本也,弘大而辟,深闳而肆。其于宗也,可谓稠适而上遂矣。虽然,其应于化而解于物也,其理不竭,其来不蜕,芒乎昧乎,未之尽者。"《史记》本传说他:"善属书离辞,指事类情,用剽剥儒、墨,虽当世宿学,不能自解免也。其言洸洋自恣以适己。"闻一多说他"造了一件灵异的奇迹、一件化工"。郭沫若在批判他的思想学说时,说他"文学式的幻想力实在是太丰富了"。这些都足以说明庄子散文独特的风格及其吸引读者的力量。但我们在鉴赏他的这种写作艺术的时候,不能不警惕他掩盖在艺术外衣下面的思想毒素。最后我们引宋代叶适批评庄子的话作结:

> 自周之书出,世之悦而好之者有四焉:好文者资其辞,求道者意其妙,泪俗者遣其累,奸邪者济其欲。

## 第四节 《孟子》

尽管庄子讥讽儒、墨，但儒、墨学派的传授并没有中断。孔子、墨子死后，"儒分为八，墨离为三"，声势相当浩大。不过墨家学派，一部分建立了一种巨子制度，奉巨子为师，形成了一种宗教团体，忘记了墨家最初替奴隶出身的工农群众说话的本旨，反去给本国贵族统治者做死党；另一部分虽也继承墨家学说，但把墨家关于社会问题的大题目放弃了，着眼于思维形式的逻辑法则，产生了所谓墨辩，纯粹是学术问题，无文章可谈。至于儒家学派，则与墨家学派相反，把孔子的学说加以发挥引申，形成了目的相同而主张相反的孟子和荀子两大派。有了孟子，当时风行的杨墨之言才遇到了劲敌。有了荀子，儒家学说才由唯心论转向唯物论，从而引出适应秦汉地主政权的法家主张。法家的罪恶自不待言，但法家的出现，在当时的确起过一定的进步作用。

孟子与庄子同时，都是战国中叶的人。其时布衣卿相的局面出现已久，新兴贤能之士也已取得一定的社会地位，因而孟子认为君臣的关系是相对的。他明告当时的统治者："君之视臣如手足，则臣视君如腹心；君之视臣如犬马，则臣视君如国人；君之视臣如土芥，则臣视君如寇仇。"这简直是对统治阶级的严重警告。但他仍守着儒家"亲亲"的旧见，想调和贵族与新兴贤能之士间的矛盾，既言"贤者在位，能者在职"，又提出"君子"与"野人"、"劳心"与"劳力"的区别；既言"民为贵，社稷次之，君为轻"，又言"未有仁而遗其亲者也，未有义而后其君者也"。因而他对当时风行的杨墨之言大肆攻击。他认为，"杨氏为我，是无君也；墨氏兼爱，是无父也。无父无君，是禽兽也"；而且把孔子的一部分思想发挥引申，使其成为系统的唯心论了。孔子言"天道远，人道迩"，孟子却说："万物皆备于我矣，反身而诚，乐莫大焉。"孔子言"性相近，习相远"，孟子却认为"性善"。孔子主张"博学于文"，孟子却主张扩充人类生来就有的"良知"和"良能"，认为"尽信书，则不如无书"。这是因为孟子没有认识到统治阶级的阶级本性，才提出这种唯心主义的论调，因而在政治上认为有不仁之人，然后才会有"不忍人之政"，意思是只有仁人才能行仁政。政治效果完全出于少数圣君贤相的善良愿望，这是多么主观的看法！至于仁政的具体措施，他说："夫仁政，必自经界始。经界不正，井地不均，谷禄不平，是故暴君污吏必慢其经界。经界既正，分田制禄，可坐而定也。"梦想着古代的井田制。在那个私有制已发展完成，兼并风气很盛行的时代，他企图限制私有制的发展，而且把这种希望寄托在少数有"不忍人之心"的统治者身上，这不是太天真的想法吗？孔、墨喜欢称引先王，其所谓先王，大多是传说中的人物，早被老、庄否定了。孟子还要利用先王来说教，便不能不把先王由传说中的人物具体化为历史上的人物。孔子对先王古制阙疑，而孟子谈到舜之孝、禹之勤，谈到井田班禄，都很确凿。荀子批评他喜欢"按往旧造说"。孟子所言的先王古制，有些的确不是事实，而是他一己的推想。自然，他的一切主张也都迂阔难行，充满理想主义色彩。

不过，孟子出现在古代思想史上自有其重要意义。一是孟子改变了对人民的传统看法。诸子中除法家外，大体上都注意到了劳动人民的痛苦生活而寄予一定的同情。但这种同情是相对的，而君臣上下的关系却是绝对的。孟子首先提出"民贵君轻"的看法，把无视人民利益的统治阶级叫作"暴君污吏"，甚至说："闻诛一夫纣矣，未闻弑君也。"这是何等响亮的口号！不能不说这是思想史上的一次革命。二是孟子的仁政主张尽管充满理想主义色彩，在当时是迂阔难行的，但他所反对的是兼并，所向往的是"制民之产"，是"老者衣帛食肉，黎民不饥不寒"的饱暖社会，而且与老、庄无为而治的主张不同，是要统治阶级有意识地去给人民解决问题。这多少是符合人民大众愿望的，对此我们不应该抹杀不谈。

孟子的主张既迂远无边，充满理想主义色彩，他的文章也就显得虚夸好辩、旁若无人。他自己虽然说"予岂好辩哉？予不得已也"，实际上这正说明他善辩。

例如"齐桓、晋文之事"一章，是孟子与齐宣王的一段对话，目的在劝齐宣王消弭野心，推行仁政。但孟子却先以"见牛未见羊"的事件说明齐宣王原有仁人的心术，以"为长者折枝"比喻推行仁政并无困难，使齐宣王听起来不感到逆耳。最后才提出他的"制民之产"的具体方案。这套理论，很明显是一种迂远而不切实际的论调，不但不能从对动物的仁术推出对人民的仁术，而且不顾时势的变化，把"制民之产"看作像折枝一样容易。显而易见，他的这套理论不过是一种先验的、武断的、无伦类的比附而已。但孟子的主要用意在于宣传他的仁政主张。他认为只要能够推行仁政，争取人民，便用不着去学齐桓公、晋文公，而直接可以"王天下"了。相对地照顾到人民的利益，是其中光辉不可磨灭之处。此外，他常常借用比喻来说明事理，而且所用比喻都很明白生动。再加上他词锋骏快，口若悬河，因而令人感到说服力很强，不能不惊服于他的辩才。

最有声有色的是"寡人之于国也，尽心焉耳矣"一章。这也是一段对话，是全书中最早论到仁政与非仁政的差别的一章。梁惠王自以为比邻国国君能用心忧民，孟子立即指出，这是以五十步笑百步，算不了什么。然后说明施行仁政是要使人民不饥不寒，而梁国的情形却与此相反，完全是"狗彘食人食而不知检，涂有饿莩而不知发"的世界。孟子理直气壮，藐视一切，不客气地指出梁惠王对梁国的这种现象应负的责任。他又用鲜明的对比，指出梁国"庖有肥肉，厩有肥马，民有饥色，野有饿莩"，简直是"率兽食人"。"率兽食人"者当然不配做人民的父母之君了。这是何等光明的态度和严厉的指责！春秋时，叔向等人已有这种说法，但不如孟子说得斩截有力。后来唐代诗人杜甫有名句"朱门酒肉臭，路有冻死骨"，白居易认为在杜甫的所有作品中，像这样的作品不过三四十首。但这种文字早在战国时的《孟子》中就已经出现了。

总之，孟子的文章，缺点在于迂远夸大，空想比较多，但他议论正大，很有些辩才，因而他的文章如长江大河，一泻千里。孟子自己说："我知言，我善养吾浩然之气。"又说："其为气也，配义与道；无是，馁也。是集义所生者，非义袭而取之也。"说明文章的气势来源于正大的理由，意识到了内容决定形式。的确，孟子的文章很有气势。后世谈文章气势的人，大都是祖述孟子的这种主张，可见其影响之大了。

## 第五节 《荀子》《韩非子》

荀子是赵人,十五岁便游学于齐,曾三为祭酒。后来到楚国为春申君所用,做兰陵令。春申君被杀后,废居兰陵。其活动时代为战国末期大半个世纪。这时各国已先后设立郡县,政权操在新兴阶级手中,贵族成为时代的赘疣,无关轻重。再加上秦国已席卷大半个西部中国,各国危亡在即,从远古相沿下来的贵族政治也要全部结束了。因而,荀子对天命也不再相信。另外,在学者中已形成对道家自然天道观的普遍信仰,荀子当然也不能例外。故荀子说:"天行有常,不为尧存,不为桀亡。"先王也没有什么神秘之处。为了避免荒唐无稽、不好追步,荀子主张法"后王",曾言:"欲观圣王之迹,则于其粲然者矣,后王是也。"所谓"粲然",即是具体可行的意思。这样,荀子的思想便不像孟子那样全凭空想而来,而是实事求是的。至于他对人性的看法——"性恶"说,一方面是孟子"性善"说的反对论调,一方面是因为他在各国变法之后重视后天人为的力量。所以他说:"人之性恶,其善者伪也。"又说:"性者,本始材朴也;伪者,文理隆盛也。无性则伪之无所加,无伪则性不能自美。"认为善良的品性不是生来就有的,而是环境和教育培养出来的。这自然是唯物论的看法。他又提出"劝学"和"隆礼"的主张,企图用来矫饰自然之性,使之向善。但荀子太重视环境的作用,因而他所谓的"礼"已不尽是前此儒家所说的主观的礼意,而是客观的"度量分界"。孔子曾言:"礼,与其奢也,宁俭;丧,与其易也,宁戚。"又言:"礼云礼云,玉帛云乎哉!乐云乐云,钟鼓云乎哉!"孟子曾把"礼之端"推源到"辞让之心",可见前期的儒家都很重视礼的精神。到了荀子,便很重视礼的仪节条目,《荀子》中《礼论》一篇便是这个论点的充分阐说。这样,他所谓的"礼",实际上已成为法度刑名的总称,所以说:"礼者,法之大分,类之纲纪也。"在此以前,礼与法是绝然分开的。到了荀子,二者的界限便有些模糊不清了。他所倡导的理想政治"王制",已含有法家强制主义的倾向在内。他的弟子韩非和李斯,一个成为法家代表人物,一个成为秦始皇的助手,不是偶然的。

总之,荀子为了强调学习与教育的功效,强调环境对人的作用,提出"劝学隆礼"的主张,提出"性恶"的人性论,但除去"其善者伪也"一句话而外,"性恶"说本身并没有什么真实可靠的根据,因而与孟子的"性善"说同样充满唯心论的色彩。他把人看成生来性恶,过分强调人为的力量,不但把儒家过时的礼拉回来为新的统治者服务,而且由于他把礼的作用看成与法无别,引导出弟子韩非、李斯的法术主义,帮助了秦汉帝国的独裁统治。秦汉君主相信刑罚的威力,把人看作动物,认为只能用鞭子抽,其流毒之殷,古今人都有一定的认识。这可以说是荀子"性恶"说的应用。但荀子提出"天行有常,不为尧存,不为桀亡",对过去的贵族统治,在理论上给予彻底的摧毁。对贵族统治的摧毁,便是对人民的解放。人民不再是贵族奴隶主的附属物,人民的地位得到了改变。他还强调后天人为的力量,不但不相信什么天生圣人,而且认为只要努力学习,任何人都可以达到圣人的程度。而且他说:"大天而思之,孰与物畜而制之!从天而颂之,孰与制天命而用之!"主张人应该与自然斗争,相信人定胜天,充满乐观进取的精神。在奴隶社会逐渐变为封建社会的历史进程中,他的这些主张是有一定的促进作用的。

荀子既强调后天积学的功效,又很注意对法度刑名的本源的探讨,再加上他年寿很高,所以他在诸子中是一位最有阅历、最博学的"老师",他的文章也形成了一种广博密察的风格。例如他的代表作《天论》一篇,首先说明天道是按照它自己的规律自然运行的,与人无关,人应该发挥自己的主观能动性。因而认为天不能决定人的吉凶,人应该尽其事,不应该要求知天;即使知天,也主要是敬事守常,而不是放弃应尽的人事,来贪慕什么天功。其次说明天灾不足畏,可畏惧的是人祸。祭禳卜筮,主要是为了文饰,而不是为了求神。人应该利用自然,征服自然。最后说明只有修明礼义,才能够知贯不乱,才算是知道不偏,依然归结到他的礼治主义上来。词义精炼,逻辑周密,于诸子散文中,可说是一篇带有规范性的论文。诸子散文到了荀子,才围绕一个论题进行系统的论证,构成相对完整的论文形式。古代的哲理散文，逐渐发展为纯粹的学术论文，逐渐与文学作品分家，可说是从荀子开始的。归根到底，这与荀子精密的思维、好学的态度、实事求是的学说主张分不开。

到了荀子，诸子的学说主张逐渐从空想变为实际，逐渐找到一条能够具体实施的道路。体现这一点的具体人物，便是荀子的弟子韩非。

韩非是战国末期韩国的诸公子，与李斯同师荀卿。这时贵族政治行将结束，土地已全变为私有，先王天命之说已完全不再灵验，应运而生的，自然是不殊贵贱、一断于法的法家思想。再加上韩非是荀卿的弟子，荀卿提出"性恶"之说，强调人的力量，虽然主张"隆礼"，实际上是把礼的作用看成与法无别。有了他的这套理论，韩非的法治主张更有深刻的依据了。韩非身处战国末期，百家学说争鸣已久，韩非不能不受其影响。大概说来，后人除法治主张继承了法家学说外，还有功利主义渊源于墨子兴利除害的主张及管仲、李悝、吴起、商鞅诸人的经济政策。法术思想，出自商鞅、申不害所言法术之治，老子反圣智、无为的思想，以及墨子尚同的主张。名家思想，本源于孔子的正名主张和惠施、公孙龙及墨家后学的名辩学说。法家的任务，主要是保护私有财产，摧毁已成为时代赘疣的残余贵族的势力，因而他们主张"法不避亲"，主张"刑过不避大臣，赏善不遗匹夫"，在政治上的确做了很多改革工作。但那时的贵族还要作垂死的挣扎，与法家势不两立。因而法家人物差不多都是悲剧人物，都做了时代的牺牲者。如吴起、商鞅、韩非和李斯，皆不得其死。韩非书中《孤愤》《说难》各篇，便是他自己这种悲剧命运的呼声。

韩非打击贵族，虽有其一定的进步意义，但他身为韩国的诸公子，因而依然要站在统治阶级的立场说话。因为他的目的并不单是为智术之士吐气，更谈不上为了人民的利益，而主要是帮助当时的人君实行集权统治。因而他除了主张法治而外，同时也强调势治和术治。他不但认为治国要任其势，曾提出"以义则仲尼不服于哀公，乘势则哀公臣仲尼"，而且认为"君操术，臣守法"，缺一不可，所以说："术者，因任而授官，循名而责实，操杀生之柄，课群臣之能者也，此人主之所执也。法者，宪令著于官府,刑罚必于民心,赏存乎慎法,而罚加乎奸令者也。此臣之所师也。君无术则弊于上,臣无法则乱于下,此不可一无,皆帝王之具也。"意思是说:臣下都应该遵从法令,君主可以处于超然的地位,用权术来控制臣下。他的这套理论,显然不是真正的法治,而是极端残酷的个人独裁。后来他的同门李斯及秦始皇和秦二世所行的,正是这套把戏。

韩非的思想既是如此,其文章风格也是如此。例如《说难》一篇,再三说明人君心理的变化多端和爱憎无常,自己进说的困难和安危的不可预料。可见韩非确已察觉自己在贵族集团中所处的孤危的地位。但他总想不择手段,在不触犯对方忌讳的情况下委曲求进,以达到帮助当时人君实行集权统治的目的。这不能不说是他的矛盾了。因而,这篇文章虽是说理,实际上却充满愤慨不平。再就写作技巧而论,这篇文章对统治阶级所作的心理分析,暴露出统治阶级残酷疑忌、患得患失的特性,几乎是发人所未发,因而语气显得精练深刻,毫发不遗。法家的深于文辞,于此可见。

又如《五蠹》一篇,从古今时势的变化说起,认为古代地广人稀,人类的生活也很简单,人与人之间没有什么争端,因而也用不着什么刑赏,有仁义礼让就够了。后世情况已变,不能再守株待兔,非用厚赏重罚不易为治。进一步对当时人们所重视的儒家的仁义、侠士的勇敢、说客的谈辩、近臣的纳贿、商贾的赢利,分别予以严厉的批评,认为这五种人是国家的五种蠹虫,应该一并清除,专门奖励耕战之士。这显然是他狭隘的功利主义思想。不过韩非能结合时势的变化,具体地看待问题,而且他批评所谓"五蠹",的确也击中了当时社会上的种种弊端,我们对其不应该一概否定。至于他观察的敏锐、文字的精到,在诸子中真可说是难得其偶。

此外,如郭沫若特别提到的《亡征》一篇,所谈足以造成亡国的征象,无论是君臣上下、宫闱左右、敌国内外、战争权谋、法令刑赏、爵禄任用、车服制度、仁义智术、商贾耕稼等等,差不多没有一处不存在灭亡的危机,这显然还是他的老师荀卿"性恶"说的极端应用。加上他自己为独裁君主帮凶的立场,因而把一切事物都看得阴暗面多于光明面,处处危心极虑,防患未然。这在他的《五蠹》《八说》《八奸》《备内》及《奸劫弑臣》等篇中都有精详的说明,但不如这篇包罗得丰富。就文章而论,一口气举出四十多个亡国的征象,条分缕析,像用一根细丝贯串着一大堆珠玑一样,往复回环,不见痕迹;又如大海中的风涛,一波未平,一波又起,层见叠出,令人目眩心惊,应接不暇。从其眼光的犀利、文字的峭刻来看,这的确是一篇奇文。

到了荀卿、韩非,诸子争鸣已久,大有冶于一炉之势,再下去秦汉统一局面逐渐形成。由于实行君主集权,过去残存下来的所有大小贵族奴隶主失去了千百年相沿下来的种种特权,再加上各地交通无隔,商贾可自由往来,给财物的集中提供了有利的条件,反映在学者头脑中的,自然是兼采诸家之说的所谓杂家的思想。其代表论著便是《吕览》和汉代的《淮南子》。前者成于吕不韦的门客之手,后者成于淮南王刘安的门客之手,都是奉命集体编写的。所谓杂家,可能与此有关,但主要却是指它兼采诸家之长而不能自树一说这一点。它完全是一种要什么有什么的适应主义,其功用在保存了很多先秦遗说。各家书籍已散亡,有此二书,还可以得知大概。但就作者本人来说,除了抄掇而外,谈不上什么创造性的见解。因而二书的文章有些像百科全书,看似博洽,实际上并没什么中心内容。后来《昭明文选》以"沉思翰藻"的标准选文章,只选后世的单篇,不取经传子史。章炳麟反诘萧统:"沉思孰若庄周、荀卿?翰藻孰若《吕氏》《淮南》?"(《国故论衡·文学总略》)眼光比萧统的确扩大了。这里庄周、荀卿无愧为作者,至于《吕览》《淮南子》,实在不能算作独立著述。因而我们也不能片面地、形式地去欣赏二书的"翰藻"。在诸子散文中,为了溯源,不能不提及《论语》和《墨子》。至于真正的著述,我们可以说,孟文锋利,庄文恣肆,韩文深刻,可以称为三足鼎立了。

# 第五章　大诗人屈原和《楚辞》

## 第一节　《楚辞》的形成

### 一、《楚辞》的诗歌渊源

继《三百篇》而起的战国时期诗歌的代表是《楚辞》。

《楚辞》究竟是一种什么样的文学？这与它的产生、发展有关。概括言之，《楚辞》是《三百篇》更高的发展，汉赋是《楚辞》僵化后的形态。我们截取从诗到赋这一发展阶段来看，显而易见，《楚辞》是从诗到赋这个过渡时期的产物。

《三百篇》的修辞有赋、比、兴三种，三者虽然不同，实际上是诗歌修辞的三个阶段。只要夸大地去描述，比、兴也就成为赋了。因此，诗歌的语言在古代叫作赋，作诗也叫赋诗。《楚辞》便是古诗中赋之一体特别发展的产物。继续发展，成为没有生命的僵尸，便是后来的汉赋。《文心雕龙》说汉赋是"六义附庸，蔚成大国"（《诠赋》），其实，把这话移来说明《楚辞》的形成也很恰当。但这仅是粗略的说明。

《汉书·艺文志》把赋分为屈原赋、荀卿赋、陆贾赋、杂赋四类。其中除杂赋是不名一体、无可归类的作品外，一般都认为屈原言情，陆贾骋辞，荀卿咏物。其中屈原一派的赋，即屈原诸人的《楚辞》，前面已谈到其产生的根源。下面我们来看荀卿与陆贾的赋。

荀卿赋即今存《荀子·赋篇》，分咏"礼""知""云""蚕""针"等物，多方形容，不肯指明，等于说谜，这渊源于前此的隐语，或直名曰谲。谲的产生，又渊源于一般士大夫对统治者的讽谏。他们为了达到言者无罪，闻者足戒的功效，才假物托喻，微言相感，发展下去便成为后来的隐语。像伍举谏楚庄王，说了一个不飞不鸣的鸟的隐语，楚庄王大悟，便发奋图治。战国时期，士的地位提高了，对统治者说话日益放肆，便产生了淳于髡等滑稽之徒的诙谐之谈。表现在作品中，便成为荀卿一派的咏物之赋。只要看《荀子·赋篇》附有"佹诗"，就可明其来路了。

陆贾赋今不可见，但陆贾是一个策士，他的赋当然近于苏、张纵横。苏、张纵横却又渊源于前此行人的应对，故《汉志》说："纵横家者流，盖出于行人之官。"行人出使，为了外交胜利，很讲求说话的技巧，便造成了春秋以来对辞令的重视。像子产坏晋馆垣，晋人不但未归罪于他，反而把接待宾客的馆舍扩修了一番。因而叔向说："子产有辞，诸侯赖之。"发展下去，只争口舌，不顾道义，便成为苏、张等策士的纵横之说。再后来，秦汉统一，策士的利口无所施展，只好用文章来表现自己的辩才。这样便产生了陆贾一派的骋辞之赋。

讽谏与应对作用不同，最后都发展为赋，这是由于二者的表现方式与诗歌的修辞有共同之处。同时，诗歌的实际应用，也不外讽谏与应对两种。在古代，诗歌是人与人沟通情感的唯一媒介。由于说话场合不同，说话的方式也不能不有所偏重。据事直陈的叫作赋，依类设喻的叫作比。前者多用于礼仪唱酬，后者多用于讽刺得失，二者合并应用，便是兼有比、赋的兴。这是一般诗歌抒情的方式。后来"诗亡"了，它的应用却未尝间断。因此，孔子论诗歌的效用是"事父""事君"，又说是"专对"。事实上，由讽谏而产生的隐语，便是讽刺的应用；由应对而产生的巧说，便是唱酬的应用。在当时，登高能赋便可以为大夫，诗与讽刺应对，不可分离，成为趋势，最后自然要结合发展而成为赋了。至于屈、宋等的《楚辞》，我们说它是古诗赋之一体的特别发展，这仅是对《三百篇》来说。假若拿它与荀、陆的作品比较,还可说"去《诗》未远"。换言之,还保有一般诗歌的抒情方式——兴体,还未由于过分追求技巧而显出比、赋的畸形发展。《史记》说屈原"娴于辞令",替楚王"接遇宾客,应对诸侯",至屈原死后,宋玉、唐勒、景差之徒却"皆好辞而以赋见称,然皆祖屈原之从容辞令,终莫敢直谏"。可见屈原的作品,与他应对讽谏的生活是分不开的。这固然是《楚辞》流为汉赋,与《三百篇》有了距离的主要因素,但同时也可见屈原的作品仍不失诗人严肃的态度。至于荀、陆,便流于恣肆,尤其到了陆贾,纯粹以骋辞为能,才确定了汉赋的发展方向。

综合上面所谈,可以看出,屈宋、荀、陆虽分为三派,但它们的形成有一个共同的因素,这便是语言艺术的演进。诗歌与讽谏应对结合,古诗才流为赋体,才产生了屈、宋诸人的《楚辞》,与《三百篇》分了家。同时,讽谏、应对也片面发展而成为滑稽之谲及纵横之说,又派生出荀卿与陆贾之赋。无论是讽谏还是应对,都是辞令范围以内之事。因此,我们的结论是:《楚辞》是诗歌与辞令结合,促成古诗中赋之一体的特别发展后,诗歌艺术更高一级的表现形态。这自然是由于春秋末期,事业家与观念家日趋分工,谈辩之风渐甚,诗歌不能不受其影响。但也由于周室东迁以后,除了民间的风诗以外,贵族由于避免认清现实,智力贫乏,所谓"雅颂之音"久已废绝,诗歌创作纯粹成了一种相互应接时的装饰品,形成了春秋士大夫赋诗的风尚,因而孔子说:"不学《诗》,无以言。"但从此诗歌与辞令不复分离,辞令反而成为诗歌艺术必需的工具。经过屈、宋诸人的组织锤炼,便产生了战国诗歌的代表——《楚辞》。《史记·货殖列传》提到"南楚好辞,巧说少信"的话,《汉书·地理志》便引来作为《楚辞》形成的原因。这种"巧说少信"指的是当时楚人的一般作风,不能用来诬蔑屈原。但屈、宋《楚辞》的形成是由于好辞,则是绝对真实的事,不过还没有发展到纯以骋辞为能的汉赋的阶段。因此扬雄说:

诗人之赋丽以则,辞人之赋丽以淫。(《法言·吾子》)

前者指的是屈原的作品,后者指的是宋玉以下陆贾一派邹、枚、司马、东方之赋。《文心雕龙·辨骚》也说:

>《楚辞》者,体宪于三代,而风杂于战国,乃雅颂之博徒,而词赋之英杰也。

这便是将《楚辞》与《三百篇》、汉赋比较而得出的结论,与我们的考察完全一致。

## 二、《楚辞》的发声特质

以上所谈,是《楚辞》的形成及其与《三百篇》、汉赋的区别,换言之,是《楚辞》"辞"的界义的说明。至于它为什么叫《楚辞》,《隋书·经籍志》说:"屈原楚人,故曰《楚辞》。"这种解答不足以说明问题,我们应作进一步的考察。

首先,《汉书·地理志》所记汉初传《楚辞》的吴王刘濞、枚乘、邹阳、严忌、淮南王刘安、严助、朱买臣等,都是楚人或久居楚地之人,可知《楚辞》有它特殊的地方色彩,不易为外地人所领会。这种地方色彩,宋黄伯思曾有所见,但他所说"屈、宋诸骚,皆书楚语,作楚声,纪楚地,名楚物,故可谓之《楚辞》",却又嫌宽泛、不切实际。

其次,汉武帝时,朱买臣以能言《楚辞》得亲幸。汉宣帝时,曾召见九江被公诵读《楚辞》。据《北堂书钞》及《太平御览》的记载,"被公年衰母老,每一诵,辄与粥"。直到隋代,还有僧道骞能为楚声,音韵清切,其后传《楚辞》的都祖"骞公之音"。可知自汉代武、宣以来,《楚辞》诵读已成专门之学,同时也可知它的发声与别种诗歌不同。

楚声在古代即别具风味,《诗经·小雅·鼓钟》篇有"以雅以南"一语,旧注认为"南"指南夷之乐,"以雅以南"是说华夷并奏,四夷之乐不可备举,故举南以概其余。这里既以南音代表四夷之乐,则南音在当时必很出色。再看楚钟仪被俘,晋人命他鼓琴,他"操南音"。齐晋平阴之战,晋人闻有楚师,师旷说:我唱了北方的歌,又来唱南方的歌,南音不振作,有些死声,楚师一定无功。孟子斥南言为"南蛮鴃舌"。荀子言:"君子居楚而楚,……居夏而夏。"说明楚、夏声音不同。项羽被围垓下,夜闻汉军中尽唱楚歌,大惊,以为汉已得楚。汉高祖最喜欢楚声,唐山夫人所作的《安世房中歌》便是楚声。汉高祖晚年想换太子未成,在戚夫人面前愁叹,最后说:你给我跳楚舞,我给你唱楚歌。由这些事实来看,楚声自来与夏声不同,《楚辞》既是诗歌性的文学,无怪乎汉以来传《楚辞》的尽是楚人,而且《楚辞》的诵读也成为专门之学。可知《楚辞》名"楚",主要是声音的关系。屈、宋作品中有很多当时楚国的方音字,如"汩""冯""羌""謇"等都可以说明。有些人看到《楚辞》多用"兮"字,便以为这是《楚辞》的特色,甚至把《楚辞》叫作"兮字体"。《楚辞》用了很多"兮"字,固是事实,不过这仅代表诗歌末句的余声,不但《三百篇》中有很多"兮"字,即使在战国时期,像赵武灵王梦见的处女鼓琴之歌,荆卿易水之歌,也用"兮"字。因此,《楚辞》中虽多"兮"字,但《楚辞》的特色,主要还是"兮"字代表的声音,更主要的是它整个歌唱的声律节奏中所表现的感情特质。不过古乐已失传,我们已无从领略这种特质。我们只看屈、宋作品中有些当时楚国的方音字,也可推想《楚辞》是一种怎样的楚声诗歌了。

最后,楚声兴起,主要的原因自然是周室东迁后,诸侯各自为政,王室的礼乐被破坏,列国的风诗便继之而起。但战国以后,其他各国诗歌无闻,只有《楚辞》独露头角,这自然又要推溯到各国的环境,像《文心雕龙》所说的:

> 方是时也,韩、魏力政,燕、赵任权,五蠹六虱,严于秦令,唯齐、楚两国,颇有文学。(《文心雕龙·时序》)

这里的齐国文学指的是稷下谈者的诙辩。这当然是由于齐地近海,易生迂怪之谈。自威王以来,齐国稷下一直是学者辩士的培育所。学者们由于对现实束手无策,遂走向主观的、精神的骄傲一途,产生了玩弄概念的滑稽谈辩。它虽然影响了诗歌,成为汉赋的来源之一,但在当时仅是散文的一支,又不在本内容之内,故不必多谈。至于楚国文学,便是指屈、宋等的《楚辞》。这是由于楚国地大物博,很多地方是新开辟的野生地,自楚灵王以来崇尚巫音,民间的巫歌走进宫廷,丰富了一些诗人的精神养料。像屈原的《九歌》,便是楚地民间巫歌的改本。但最主要的原因却是,这时楚国历史已走上现实考验的最后关头,国家、人民的命运成为作者最关切的问题,加上屈原个人独特的性格及战斗意识,便产生了这种继《三百篇》而起的映照千古的伟大的诗歌艺术。《楚辞》的特质,应从这方面认识才是。

## 三、《楚辞》的发展过程

《楚辞》的艺术形式及声音特质,已如上述。其声音特质,我们已无从领略。今日我们只能从文学艺术,即辞赋的艺术方面去认识它。但所谓赋,也只能代表它的艺术形式,至于整个作品的生命及其在文学史上的价值,则与作品的时代及作者的认识有关。兹按时代将《楚辞》发展过程中的重要作品介绍如下,以见屈、宋的出现不是偶然的。

最早的南音诗歌,据《吕览》说是涂山氏之女所作的《候人歌》。据说禹巡省南土,涂山氏之女令其妾候禹于涂山之阳,自己唱道:

候人兮猗。

这歌据说被周公、召公采去作为"二南"之乐。这里"兮"与"猗"是一个字的两种读法,《尚书》"断断猗",《礼记》引作"断断兮"可证。因为楚地多用"兮"字,《吕览》遂把它看作南音的首唱。这种看法也还近情,不过它的时代距《吕览》成书时约两千年,可靠性实在有限,因此只能看作一种悬测。真正的南音诗歌自然是《三百篇》中的"二南"。

"二南"提到江、汉、汝、沱等地名,无疑是最早的楚诗。像:

摽有梅,其实七兮。求我庶士,迨其吉兮。(《召南·摽有梅》)

南有乔木,不可休思。汉有游女,不可求思。汉之广矣,不可泳思。江之永矣,不可方思。(《周南·汉广》)

便是充满南方情调的恋歌,不但用韵方式与《楚辞·九章》中《橘颂》及《涉江》《怀沙》二篇的"乱辞"相近,单就"游女"的故事来看,也与《楚辞·九歌》中《湘君》《湘夫人》的神话类似。

其后便是《说苑》所载《楚人诵子文歌》《楚人为诸御己歌》及楚译《越人歌》。《楚人诵子文歌》是楚成王国人歌颂令尹子文至公无私之作,歌云:

子文之族，犯国法程。廷理释之，子文不听。恤顾怨萌，方正公平。（《说苑·至公》）

《楚人为诸御己歌》是楚庄王时楚人歌颂诸御己敢谏之作。由于诸御己敢谏，楚庄王才罢筑层台。楚人感激他，歌之曰：

薪乎菜乎，无诸御己，讫无子乎！菜乎薪乎，无诸御己，讫无人乎！（《说苑·正谏》）

《楚人诵子文歌》与《楚人为诸御己歌》两篇歌辞，去"二南"不远，故为四言，与"二南"一样。楚译《越人歌》便不同了，据说鄂君子皙去泛舟，越人拥楫唱歌，子皙不懂，召通越语的人将其译成楚歌，歌辞云：

今夕何夕兮，搴舟中流。今日何日兮，得与王子同舟。蒙羞被好兮，不訾诟耻。心几顽而不绝兮，得知王子。山有木兮木有枝，心说君兮君不知。（《说苑·善说》）

子皙是楚共王之子，在公子弃疾作乱时自杀，事见《左传》及《史记》，"鄂君"可能是他的封号。至于拥楫的越人，从歌辞的口气来看，可能是陪这位王子划船的女性。这歌不但形式很像《楚辞·九歌》，甚至"山有木兮"两句也被《九歌》袭用，改作"沅有芷兮澧有兰，思公子兮未敢言"。它无疑是《楚辞》的先驱。有人因为《说苑》成于汉代刘向之手，诸御己谏楚庄王引到"吴不用子胥而越并之"的话，便认为这些歌都不可信。其实《说苑》的原始材料大部分来自先秦杂记，与《左传》《国语》及诸子散文出入之处很多。诸御己所引吴越之事，可能是记事者无意中附入的。这在先秦古籍中是极普遍的事，岂能因此而怀疑原来的歌辞？再往后便是孔子听到的接舆《凤兮歌》与孺子《沧浪歌》。

《凤兮歌》见于《论语》。据说有个叫接舆的楚狂从孔子的车旁经过，唱道：

凤兮凤兮，何德之衰！往者不可谏，来者犹可追。已而已而，今之从政者殆而！（《论语·微子》）

孔子下车，想跟他谈谈，他却很快避开不见了。后来庄子也引到这歌，比这篇多出好几句，可能是后人传唱附加的。据《史记》说，这是孔子在楚时听到的。

《沧浪歌》见于《孟子》。据说有个孺子,在沧浪水边唱了这么一首歌:

沧浪之水清兮,可以濯我缨。沧浪之水浊兮,可以濯我足。

孔子曾引来让弟子警惕。歌中"沧浪之水",即汉水下游,可能也是孔子去楚途中听到的。这两首歌都充满逃避现实的消极意绪。《论语》载前歌,作为与孔子人格的对比;《楚辞》引后歌,作为与屈原人格的对比。可见当时楚人的思想如何复杂多样。同时也可见屈原的斗争意识是如何强烈。

再下去便是《楚辞·九歌》,它是楚地民间的巫歌。到了《九歌》,《楚辞》的艺术已发展成熟。接着便产生了最伟大的作家、中国第一个大诗人屈原。不过,今存《九歌》是经过屈原剪裁而成的改本,应该把它列为屈原的作品,一起介绍。

《楚辞》的前驱作品谈到这里,暂告结束。

## 第二节　大诗人屈原的产生

### 一、屈原生平考辨

屈原是《楚辞》的作者中独一无二的人物,离了屈原,《楚辞》便会失去光彩。虽然今传最古的王逸注本中收罗屈原、宋玉以下直到刘向、王逸等十人的作品,但其中屈原、宋玉的作品占一大半,而且除了屈原、宋玉、贾谊、淮南小山的作品外,其余都是些没有真实内容的拟作。据王逸说,原书编集始于刘向,共十六卷,他又作十六卷章句。但后面附有他自己的作品,而且是他自己作注,可知他有意标榜,不过是拿刘向作为借口。刘向若编有《楚辞》,《汉书·艺文志》岂能不载?因此《隋书·经籍志》《郡斋读书志》认为这书的编集出于王逸,这是很合理的推断。王逸既急于自表,自然在去取之间难以客观。后来的皮日休就认为,不该把扬雄《广骚》、梁竦《悼骚赋》漏掉。到了朱熹,更删去了东方朔诸人之作,加入贾谊《吊屈原赋》《鹏鸟赋》二赋,另行改编。后来还有人随意改编。这样虽然有些胡闹,也可见原书的编集不令人满意,同时也可见屈原以后,实在没有什么作家能及他。因此,我们今日谈《楚辞》,当然应以真正的战国时楚人屈原、宋玉,尤其是以屈原的作品为主。屈原以后,宋玉以下,只能像前面把接舆、孺子诸歌作为《楚辞》的前期作品一样,对贾谊、淮南小山诸人之作略加论列,说明它们是《楚辞》的余波就够了。

屈原的事迹主要见于《史记》,其后《新序》《风俗通》及王逸《楚辞章句》中也谈到些,但大部分是《史记》记载的复述,偶有出入,也未见其是。据《史记》的记载:

> 屈原者,名平,楚之同姓也。为楚怀王左徒。博闻强志,明于治乱,娴于辞令。入则与王图议国事,以出号令;出则接遇宾客,应对诸侯。王甚任之。上官大夫与之同列,争宠而心害其能。怀王使屈原造为宪令,屈平属草稿未定。上官大夫见而欲夺之,屈平不与,因谗之曰:"王使屈平为令,众莫不知,每一令出,平伐其功,以为'非我莫能为'也。"王怒而疏屈平。屈平疾王听之不聪也,谗谄之蔽明也,邪曲之害公也,方正之不容也,故忧愁幽思而作《离骚》。离骚者,犹离忧也。夫天者,人之始也;父母者,人之本也。人穷则反本,故劳苦倦极,未尝不呼天也;疾痛惨怛,未尝不呼父母也。屈平正道直行,竭忠尽智以事其君,谗人间之,可谓穷矣。信而见疑,忠而被谤,能无怨乎?屈平之作《离骚》,盖自怨生也。《国风》好色而不淫,《小雅》怨诽而不乱。若《离骚》者,可谓兼之矣。上称帝喾,下道齐桓,中述汤武,以刺世事。明道德之广崇,治乱之条贯,靡不毕见。其文约,其辞微,其志洁,其行廉,其称文小而其指极大,举类迩而见义远。其志洁,故其称物芳。其行廉,故死而不容。自疏濯淖污泥之中,蝉蜕于浊秽,以浮游尘埃之外,不获世之滋垢,皭然泥而不滓者也。推此志也,虽与日月争光可也。屈平既绌,其后秦欲伐齐,齐与楚从亲,惠王患之,乃令张仪详去秦,厚币委质事楚,曰:"秦甚憎齐,齐与楚从亲,楚诚能绝齐,秦愿献商、於之地六百里。"楚怀王

贪而信张仪，遂绝齐，使使如秦受地。张仪诈之曰："仪与王约六里，不闻六百里。"楚使怒去，归告怀王。怀王怒，大兴师伐秦。秦发兵击之，大破楚师于丹、浙，斩首八万，虏楚将屈匄，遂取楚之汉中地。怀王乃悉发国中兵，以深入击秦，战于蓝田。魏闻之，袭楚至邓。楚兵惧，自秦归。而齐竟怒不救楚，楚大困。明年，秦割汉中地与楚以和。楚王曰："不愿得地，愿得张仪而甘心焉。"张仪闻，乃曰："以一仪而当汉中地，臣请往如楚。"如楚，又因厚币用事者臣靳尚，而设诡辩于怀王之宠姬郑袖。怀王竟听郑袖，复释去张仪。是时屈平既疏，不复在位，使于齐，顾反，谏怀王曰："何不杀张仪？"怀王悔，追张仪不及。其后诸侯共击楚，大破之，杀其将唐昧。时秦昭王与楚婚，欲与怀王会。怀王欲行，屈平曰："秦，虎狼之国，不可信，不如毋行。"怀王稚子子兰劝王行："奈何绝秦欢！"怀王卒行。入武关，秦伏兵绝其后，因留怀王，以求割地。怀王怒，不听。亡走赵，赵不内。复之秦，竟死于秦而归葬。长子顷襄王立，以其弟子兰为令尹。楚人既咎子兰以劝怀王入秦而不反也。屈平既嫉之，虽放流，眷顾楚国，系心怀王，不忘欲反，冀幸君之一悟，俗之一改也。其存君兴国而欲反覆之，一篇之中三致志焉。然终无可奈何，故不可以反，卒以此见怀王之终不悟也。人君无愚智贤不肖，莫不欲求忠以自为，举贤以自佐，然亡国破家相随属，而圣君治国累世而不见者，其所谓忠者不忠，而所谓贤者不贤也。怀王以不知忠臣之分，故内惑于郑袖，外欺于张仪，疏屈平而信上官大夫、令尹子兰。兵挫地削，亡其六郡，身客死于秦，为天下笑。此不知人之祸也。《易》曰："井泄不食，为我心恻，可以汲。王明，并受其福。"王之不明，岂足福哉！令尹子兰闻之大怒，卒使上官大夫短屈原于顷襄王，顷襄王怒而迁之。屈原至于江滨，被发行吟泽畔，颜色憔悴，形容枯槁。渔父见而问之曰："子非三闾大夫欤？何故而至此？"屈原曰："举世混浊而我独清，众人皆醉而我独醒，是以见放。"渔父曰:"夫圣人者,不凝滞于物而能与世推移。举世混浊,何不随其流而扬其波? 众人皆醉,何不铺其糟而啜其醨? 何故怀瑾握瑜而自令见放为?"屈原曰:"吾闻之,新沐者必弹冠,新浴者必振衣,人又谁能以身之察察,受物之汶汶者乎! 宁赴常流而葬乎江鱼腹中耳,又安能以皓皓之白而蒙世俗之温蠖乎!"乃作《怀沙》之赋。……于是怀石,遂自投汨罗以死。屈原既死之后,楚有宋玉、唐勒、景差之徒者,皆好辞而以赋见称;然皆祖屈原之从容辞令,终莫敢直谏。其后楚日以削,数十年竟为秦所灭。自屈原沉汨罗后百有余年,汉有贾生,为长沙王太傅,过湘水,投书以吊屈原。

　　…………

　　太史公曰:余读《离骚》《天问》《招魂》《哀郢》,悲其志。适长沙,观屈原所自沉渊,未尝不垂涕,想见其为人。及见贾生吊之,又怪屈原以彼其材,游诸侯,何国不容,而自令若是。读《鹏鸟赋》,同死生,轻去就,又爽然自失矣。

由于《史记》对屈原的被疏和被放交代不明,对《离骚》的写作时间分两处叙述,对屈原的死未说明究竟在何时;又由于屈原在《离骚》中说到自己的生辰,在《九章》的《抽思》中提到在汉北,在《涉江》中提到在江湘,在《哀郢》中提到楚国大迁徙及自己到陵阳,因而引起后世很多争论,甚至有人怀疑屈原的存在,推测《离骚》为秦汉人之作。他们的争论,我们无暇细谈。在此,只把问题的症结所在及我们的初步意见略作说明如下:

第一,《史记》虽然叙次不明,但绝不影响屈原的存在。假若屈原本无其人,汉初贾谊也不会渡过湘水去凭吊他。至于廖平说,秦始皇三十六年(前211),命博士作仙真人诗,如今不传;《离骚》提到很多神仙之事,可能就是秦博士所作仙真人诗,篇首"帝高阳之苗裔",可能就是始皇自述。廖平的言论,晚年日趋怪诞,不能轻易引为依据。高阳是秦、楚两国共祖,始皇可以说,屈原也可以说。屈原是批判自己的出世思想,与现实黑暗作斗争的人,当然可以提到神仙之事。最主要的是,《离骚》是怨怒讥刺之作,秦博士在始皇面前不会有这种勇气。此外，有人看到《汉书》曾言武帝命淮南王刘安作《离骚传》，"旦受诏，日食时上"。荀悦《汉纪》及高诱《淮南子注·叙》写作赋，《文心雕龙》中也有"淮南崇朝而赋《骚》"的话，因而认为《离骚》是刘安的作品。其实这种怀疑，王引之已提出过，王氏疑心安才虽敏，岂能一个早晨完成全部《离骚》的训诂解说？因而他以为"传"当作"傅"，与"赋"通，作《离骚赋》是约其大旨为赋，尚未认为传世之《离骚》是刘安的作品。我们认为《史记》赞《离骚》语，即出于刘安《离骚传》。班固、刘勰言之甚明。刘勰虽又提到刘安作赋，可能是对班、荀二说无法抉择，遂兼而用之。至于荀悦致误之由，可能是与王引之的看法一样，认为刘安不能在仓促间完成《离骚传》，因而漫改为赋。实则刘安受诏作传，当如近人杨树达之说，是泛论大意，并不是训诂文字。不过杨树达说荀悦不全面地看"传"字的变迁，便大改起来，这不但太浅视荀悦，似乎竟认为刘安作传全与训诂之体不同了。我们知道，刘安是当时的《楚辞》专家，受诏作传，固然是泛论大意，但也不能说他别无训诂之传，何况他说"五子"为伍子胥，范文澜已明言这是安传训诂。总之，刘安所作是传不是赋。屈原其人本无可疑，《离骚》更不是刘安的作品，否则贾谊在刘安之前，岂能预读刘安之作？司马迁与刘安同时，又岂有不知之理？

第二，屈原是楚国贵族，《离骚》《史记》都可以证明。《渔父》中称他为三闾大夫，也就是说他是楚国王族三姓的大夫，与鲁之三桓、郑之七穆一样，异于异姓大夫或羁旅之臣。有人因为《九章·惜诵》中有"思君其莫我忠兮，忽忘身之贱贫"二语，遂以为屈原出身平民。更有人因为屈原常在作品中谈到自己的服饰，常以美人香草自喻，怀疑屈原是近幸弄臣，因而认为屈原是委质事人的奴隶的子孙。其实，贫穷是文士惯用的处境，即使屈原真的贫穷，在贵族政治将要结束的战国末期，也是极寻常的现象。至于贵贱，有些地方是相对的。屈氏一族虽出于楚国王族，但比继承王统的国君，却又有宗支亲疏的区别。在古代，支庶对于宗族都以低贱自处，否则便被认为是"祸阶"，是"乱本"，屈原当然不能例外。何况屈氏自春秋以来，如屈完、屈瑕、屈荡、屈建等一直在楚国担任重职，屈原时代还有将军屈匄,屈原本人也很早就做了左徒。我们岂能漫然说他出身平民?至于把屈原看作近幸弄臣,因而说他出身奴隶,这不但不足以增加人们对他的崇拜,反而会使人们把他看成单纯地给统治者当家奴,甚至把统治者的家奴与生产奴隶混为一谈。在古代,士大夫的地位本与统治者家里的保傅妾侍无别,都是统治者的家奴,故"臣""妾"二字常常并举,自然也容易把君臣关系比作主人与妾侍的关系。历来文人,大都如此。不能否认,屈原作品中也带有这种时代的烙印。但我们要问的是屈原的出身阶层,是否贵族或平民,是否单纯地给统治者当奴才,还是还有几分人民与国家的意识。我们认为,屈原并非曲意奉承之徒。他的为人和作品,处处表现出他为了人民,为了国家,决不向腐朽势力妥协的精神。岂能把他看作贱奴,轻加诬蔑?

第三,《史记》虽然一面说"王怒而疏屈平",一面又说屈平"虽放流……不忘欲反",但"疏"字当依屈复的解释,只是不与其议国事;"放流"当依郭沫若的解释,是放浪。自从《新序》把"疏"当作"放",便产生了屈原被放两次的说法,认为怀王时被放,立即召回,顷襄王时再放,便永不得返了。我们认为,《史记》明言:"屈平既疏,不复在位,使于齐,顾反。"又明言秦昭王欲与怀王会,屈平谏王不如毋行。然则屈原在怀王时一直未离开朝廷,这是很明白的。不过这次被疏,是促成他悲剧思想产生的一个关键,因而《史记》把他后来作《离骚》之事接叙在下面。至于《离骚》是何时完成的,虽无明文,但据下文"虽放流……不忘欲反""一篇之中三致志焉""子兰闻之大怒",再看《离骚》本文,呼怀王为"灵修",说明怀王这时已死,可能《离骚》即成于顷襄王时屈原被迁之初。屈原被放,既然只有一次,则《九章》谈到汉北,谈到江湘,谈到陵阳,这些都是被放后流亡所经的地方,可能他还到过其他地方,不过没有证据罢了。如果武断地把这些作品分为两期,认为怀王时被放在汉北,顷襄王时被迁于江南,不免过于穿凿。何况怀王时屈原一直在朝,岂能把自己比作远集之鸟,说是"独处异域"?

第四,《史记》虽没有说明屈原死于何时,但我们根据《九章·哀郢》

"民离散而相失兮,方仲春而东迁"的话,知道顷襄王二十一年(前278),白起入郢,顷襄王东保于陈,屈原之死,在迁陈以后。过去,由于《史记》叙完屈原在顷襄王时被迁以后,即接叙他与渔父问答及投水自杀的事,因而有人认为屈原死于顷襄王时被迁之初。甚至像王懋竑,根据《新序》认为屈原被放是在怀王十六年(前313);又根据《哀郢》"九年不复"一语,认为屈原死于怀王二十四年(前305)、二十五年(前304)之间;又根据《楚世家》,认为谏阻怀王入秦的是昭睢,而非屈原。其实这种看法,是把《哀郢》单单认为是屈原悲叹自己流放之作,没有看出《哀郢》的主题思想何在。《哀郢》明言"民离散而相失",明言"哀故都之日远",明言"曾不知夏之为丘兮,孰两东门之可芜",全是国破民流、宗社丘墟的景象,岂是单指自己被放之事?因此,我们同意王夫之的话:《哀郢》是"哀故都之弃捐,宗社之丘墟,人民之离散,顷襄之不能效死以拒秦,而亡可待也",与后世庾信《哀江南赋》是同一类命题。这样我们便断然相信,屈原是死于顷襄王二十一年(前278)白起入郢以后。屈原临死以前,还写了一篇《怀沙》。据《怀沙》"浩浩沅湘,分流汩兮"一句,这时他已到沅湘入洞庭之口,去汨罗死地不远,证明《怀沙》是他的绝笔不误。另从《怀沙》"进路北次"一句来看,他还是从南方来的。据《九章·涉江》,他曾上溯沅水,深入到今湘西辰溆之地。这一带在当时是楚国黔中郡。史载,顷襄王二十二年(前277)秦复拔楚巫、黔中。可知屈原跑回长沙汨罗,原是不愿被秦兵俘去做阶下囚,这与他至死不愿离开祖国的誓言是一致的。这次从沅水顺流而下,过了沅湘入洞庭口,自投汨罗以死,很可能就是顷襄王二十二年(前277)之事。再据宗懔、吴均诸人的记载,五月五日屈原投汨罗而死,楚人为了凭吊他,以角黍投水,并举行竞渡之戏。这在屈原的作品中也有内证。《怀沙》言"陶陶孟夏兮,草木莽莽",时令很接近。此外,他还常提到彭咸、申徒狄、介子推、伍子胥诸人,这几位都是直言极谏、不畏一死的忠介之士,其中像彭咸、申徒狄是投水死的,介子推、伍子胥恰好又死于五月五日。屈原选择这个日子,显然是追步他们的遗迹了。总之,屈原之死在顷襄王二十二年(前277)五月五日,大概不成问题。至于《楚世家》所载昭睢谏阻怀王入秦,与《屈原传》不同,这当然是由于二人同谏,彼此各随录之,这一点《索隐》言之甚明。至于固执于屈原死于顷襄王时被迁之初或怀王入秦之前,因而否认《哀郢》是屈原的作品,这是抹杀证据的强词,用不着驳斥。

第五,《离骚》篇首有"摄提贞于孟陬兮,惟庚寅吾以降",说明作者的生辰是寅年寅月寅日。干支的巧合,很引起一般学者的兴趣。这里"庚寅"是生日,没有异说。"孟陬"是正月,但是否为夏正正月,还待说明。问题最多的是关于"摄提"的解释,有待下文探讨。这里,首先应该注意的是,屈原生年应该在什么阶段去找。我们知道,屈原被疏,张仪至楚,是怀王十六年(前313)的事,则为怀王左徒,得怀王信任,应在这以前。据《九章·惜往日》:"惜往日之曾信兮,受命诏以昭时。奉先功以照下兮,明法度之嫌疑。国富强而法立兮,属贞臣而日娭。"说明自己得王信任,国家也很富强。史载怀王世最强在十一年(前318)左右,这时苏秦合纵,山东六国共攻秦,楚怀王为纵约长,则屈原为左徒,得王信任,也应该是这时。再据王夫之的话,《哀郢》是哀郢之亡,事在顷襄王二十一年(前278),则屈原之死应在其后。自顷襄王二十年(前279)逆数至怀王十一年(前318),凡四十年,原为左徒只能在二十年至三十年之间。这样,他的生年也只能在楚宣王二十二年(前348)至楚威王二年(前338)之间。这期间,只有楚宣王二十七年(前343)是戊寅,因而一般都认为屈原应生于这年。至于月日,陈玚、邹汉勋、刘师培诸人都有推算。陈说是正月二十二日,邹、刘说是正月二十一日。我们查看日人新城新藏所制战国长历,庚寅是二十一日,可能是陈玚偶误。但历史纪年的干支,与古籍中所谓岁在某某不完全一致。如《吕览》"维秦八年,岁在涒滩",说明这年是申年。而历史纪年,申年在六年,这年却是戌年。这是因为干支纪年脱胎于太岁纪年,太岁纪年又原本于岁星纪年。原来,古代人观察中星以定四时,逐渐认识了太阳视运动所经历的黄道周天的十二个星次,制出了始子终亥的十二个辰名。又由于岁星年行一次,约十二年一周天,遂又产生了岁星纪年的方式。其后斗建说兴起,察斗建以知岁时,恰好岁星每年顺次有一个月与日同见,因而那年岁星合日之月、斗所建之辰也成为那年特有的岁名。这是战国、秦、汉人所谓"太阴""岁阴""天一""太岁",名称不同,其实一也。太岁既是岁星合日之月、斗所建之辰,则太岁纪年转化为干支纪年,也是很自然之事。不过我们应该注意的是,岁行一周并不是十二个整年,比十二个整年微速。约八十六年,便要超过一辰,岁星超辰,太岁应与之俱超,欲知太岁,必须在干支中删去一辰,这便是刘向以来所谓岁星的超辰。不过刘向用数不密,谬误丛生。我们既已知道岁星超辰密率,自然也可以略知任何一年的岁星所在。例如汉武帝太初元年(前104)前冬至日,岁星与日同在星纪。这年太岁在子,由此上溯至秦八年(前239),凡一百三十五年,岁星将超二辰,故申年不在六年而在八年。再上溯至楚宣王二十七年(前343),凡二百四十年,岁星约超三辰,故寅年不在二十七年,而在三十年。不过楚宣王二十九年(前341),星在玄枵,于冬至后一个月与日同见,则星在娵訾,与日同见,应在楚威王元年(前339)立春之月,准岁名与月建相应之理,很明显是夏正正月。再查新城氏战国长历,这年正月丁丑朔,庚寅在十四日,这便是屈原真正的生辰。郭沫若根据秦八年(前239)是申年,把屈原生辰也移后两年,即楚宣王二十九年(前341),又因这年去秦八年(前239)共百又二年,岁星已超一辰,遂又移后一年,即楚宣王三十年(前340),方法并无错误。不过他对秦年何以是申年未予说明,又忘记了岁星从玄枵到娵訾与日同见,约需一年又一个月,因而把屈原生年定为楚宣王二十年(前350),与浦江清用德国诺伊革泡欧耳行星表计算的结果不符。浦氏用行星表计算,楚威王元年,星在娵訾,因而认为这年才是寅年,屈原应生于这年。数字可能很精确,但他论证超辰算法,不但有些误用,而且所说古代岁星纪年的两种方式也失之机械,不合事实。我们知道,十二辰脱离天体,其始子终亥的次序却一直未变。春秋中叶以土圭测日,定从冬至到冬至为一年之辰以后,以十二辰配十二月,以包含冬至之月为子月,立春之月为寅月,也固定不移。其后岁星纪年法产生,再牵连斗建,岁名与月建相应,即星在星纪,岁名为子,于包含冬至之月与日同见,星在娵訾,岁名为寅,于包含立春之月与日同见,也没有变更。至于十二岁别名中摄提,如郭沫若所说,原是角宿前身大角的别名,以角宿为首的寿星之次,虽位居第十,但十二次环绕黄道周天,本无始终,换一个起点,前于星纪二次,由于斗所建之辰与岁星运行的方向相反,却与太岁所在之辰一致,因而摄提也成为太岁在寅的专名。历法家虽有周正、夏正之别,但太岁在子,岁名困敦,太岁在寅,岁名摄提格,其相对地位也永无变动。由此我们可知,《汉志》所载太初历的岁名星次,便是这种相对关系的简单说明。《淮南子》《史记》所载太阴或岁阴的岁名星次,不过是一种活用的计算方式。意思是,太岁在寅,岁星可能在星纪,星在星纪,岁名为子,真正的寅应向辰位去求。这又是后来三统历超辰算法的权舆,不过三统数字不密,反不如这种记载简括无弊。钱大昕区别太岁、太阴的不同是他的卓见,但他肯定地说古用太阴,今用太岁,与《吕览》以秦八年(前239)为涒滩的事实不符。浦江清反过来说,战国以星在娵訾为寅,汉代以星在星纪为寅,不知《史记》名太初元年(前104)为阏逢摄提格之岁仅是一种理想,不但未能实行,而且岁名与月建脱节,不能察斗建以知岁时了。最大的错误是误用超辰算法,既从楚宣王二十六年(前344)丁丑移后三年,则楚宣王二十九年(前341)仍是丑年,何以又名寅年?而且楚宣王二十六年(前344)的丁丑,又是从汉武帝太初元年(前104)的丁丑往前追加的,太初元年(前104)的丁丑又是从这年前冬至日星在星纪太岁名字得来的。则浦氏所求已是太岁,何以把它认作太阴,又移后二年?这样连超五辰,不但没有根据,而且把问题弄复杂了。因此,浦氏的论证,我们不取。我们所取于他的,只是他用星表计算出的结果而已。屈原既生于楚威王元年(前339)正月十四日,下至顷襄王二十二年(前277)五月五日自投汨罗以死,一共活了六十三岁。他一生虽然不幸,但结合他那种奋斗到底的精力来看,这个年寿,他是能达到的。

综上所论,我们对屈原便可以有一个比较正确的印象了,知道屈原是楚国贵族,生于楚威王元年(前339),死于顷襄王二十二年(前277),活了六十三岁。他的一生可分三个时期。第一个时期,他在二十多岁时做怀王左徒,从事制法及外交工作。当时楚国富强,六国合纵,怀王为纵约长,可能都是他的贡献。第二个时期,他中谗被疏,怀王为张仪所欺,他的主张不行,楚国的政治也失去了方针,他内心的矛盾逐渐形成,酝酿出《离骚》这一悲剧诗篇。第三个时期,顷襄王听信谗言,把他放逐出去,从此他过着流亡生活,到过汉北,到过江南。顷襄王东迁时,他似乎还到过陵阳。最后,他为了激发楚国人心,恢复失地,跑回故土,在长沙附近的汨罗投水而死。

## 二、屈原所处时代探索

屈原一生,虽遭谗毁流亡,但他与黑暗势力作斗争,至死不肯去楚。这在战国时期那种朝秦暮楚、策士纵横的环境里,的确是一种独特的个性。这种个性,就是我们所谓爱国主义及人民性思想的表现。但如果把这种爱国主义及人民性思想完全认为是屈原个人独具的天赋,不免是唯心主义。实际上,屈原的这种思想性格的形成,在当时的环境里,是有一定条件的。因此,我们也只能从他所处的一定的历史环境和他自己主观方面的承受及认识上去考虑,这样才能对屈原的人格有所了解。

自春秋中叶以后,鲁、郑诸国迫于实际需要,承认私田,实行亩税。生产方式既有变革,政治制度不能不随之改变。故春秋末年,郑用竹刑,晋铸刑鼎,目的在用法律保护私有财产,奖励生产。再加上许多私门如齐之田氏、晋之六卿,为了与公室斗争,尽量争取人民,人民自然也就逐渐得到解放,在社会上扮演着重要的角色。在学者的认识中,对人民的价值不能不重行估定。至于以私富起家的新兴显族,既已在社会上成为实际的权力分子,当然在政治上也要向旧贵族进攻,图谋建立符合他们利益的新的政治制度。不待说,学者们的主张也要转移方向,替他们这些新的社会权力阶层服务了。约略言之,儒家倡导仁,在不违背贵族礼制的条件下,主张举贤举直,实行德政,相当地照顾到人民的利益。墨家主张"兼爱",打破人为的贵贱的界限,比儒家的"仁民"来得更彻底,"尚贤"的范围也比儒家来得更广阔。虽然"非命""尚同"有些集权主义倾向,但对贵族的限制即是对人民的鼓励。道家站在没落贵族的立场上,主张"无为而治",但也因此而摧毁了贵族礼制的束缚。至于"天道无亲""民之难治"的论调,更说明先天贵贱之无据及人民力量之不可忽视。法家代表新兴的显族说话，强调国家至上，其目的即在反对贵族。虽然对人民也用严刑峻法，迫使人民服务，但人民不为一姓服务，奴隶得到解放，因而人民的利益也不被抹杀。总而言之，这些是社会制度逐步改革，人民逐渐抬头的多方面的说明。

此外，由于春秋到战国长期的战争，人民有和平统一的需要。故各家学说又有一个共同点，便是消弭战争，谋取统一。远在孔子幼年时，宋向戌便呼吁弭兵。孔、墨及战国诸子兴起后，和平统一更成为他们努力的目标。如孔子作《春秋》，每一公起始，大书"春王正月，公即位"，汉儒便认为这是大一统之道。这固然与孔子的尊王思想有关，他希望稳定周天子的地位，省得诸侯你争我夺。但如果周世已丧失统一的资格，那只好别求对象了。孔子周游列国，便是这个缘故。再如墨子倡导"非攻"，强调一统天下之义。老子认为"以道佐人主者，不以兵强天下"，主张"以无事取天下"。伪托之作《管子》也说管仲不死子纠之难，是"为社稷也"。甚至驺衍大小九州之说、五德终始之论，也是为未来的统一帝王预立规模。诸家学说可以说无不以天下为己任，以和平统一为唯一的努力目标。

他们之间的不同之处是，儒家采用温和的办法，法家采用强制的手段。道家、墨家与儒家、法家都有相通之处。其后道家企羡神仙，墨家流为辩者，与政治渐少直接关系。只有儒家、法家的主张，成为改革朝政、谋取统一的所谓王道与霸政的两大路线。又因为在战国兼并的风气之下，比较起来，王道迂阔而难行，霸政切近而易施，故当时的诸侯，凡有改革企图的，大都实行霸政，采取变法措施。如魏用李悝，秦用商鞅，都是绝好的说明。至于儒家的主张，有的逐渐变质，有的则仅成为学者的理想了。

屈原出生的楚国，是一个后起的公族国家，在周室东迁前后的若敖、蚡冒时代，还筚路蓝缕地跋涉山川，开辟草莱。但楚国的发展，却不比中原任何一国为缓。自武王熊通吞灭小国，僭号称王以后，楚国立即变为强国。其后北上与晋争霸，成为中原诸侯的劲敌。虽然在昭王时代被吴攻入，几乎亡国，但到惠王以后，又恢复了前此强国的地位。其后吞灭陈蔡，破越败魏,不但统一了江淮以南的广大地区,而且扩地到淮泗之间,与东方的齐、西方的秦互争雄长。在屈原那个时代,楚国以其形势,很可能担负起统一的责任。

但楚国虽然富强,并不足以掩盖其内部的矛盾。在周室东迁后,政权逐渐向私门转移这一风气的浸润之下,楚国也免不了同样的命运。像春秋后期子重、子反杀巫臣之族而分其室,公子围杀大司马芳掩而取其室,春秋末期还有令尹子常蓄聚积实,如饿豺狼。这说明私有制的猖獗在楚国内部已成不可遏止之势。因而在春秋后期康王时代,不能不有芳掩量入修赋的改革措施。到战国悼王时代,又不能不有吴起废除疏远的公族的变法。虽然悼王死后,吴起被贵族射死,但楚国又夷诛因射吴起而兼中王尸的贵族七十余家。这说明那些无功食禄的贵族,对国家、对人民是一种多么庞大而又沉重的负担。可见楚国虽很富强,但在公私之间、上下之间,存在着极严重的实际问题亟待解决。楚国兴亡的关键全系于此时,而诗人屈原正生在此际。

再就楚国的文化及学术思想来看。由于时代的剧变,诸子争鸣的局面在楚国也不例外地展开。楚国虽然自来被中原诸侯目为蛮夷,但从后世出土的楚公逆镈、楚王酓章镈钟、曾姬无恤壶等楚器及《左传》所记左史倚相能读《三坟》《五典》《八索》《九丘》来看,楚人原有很高的自己的文化。再从春秋时期楚国人士如孙叔敖、申公巫臣、声子、芋尹无宇、伍举、左史倚相、白公子张、沈尹戌等称引的诗书语句来看,中原所有的典籍,楚国也有。再加上王子朝率领宗族,携带周室典籍逃奔楚国,更造成一次大规模的文化南移。再后来,孔、墨都到过楚国,吴起替楚国变法,墨者巨子孟胜替楚阳城君守国。孟子时代,有为神农之言的许行、北学于中国的陈良。《庄子·天下》篇记有苦获、已齿、邓陵子等从事名辩的南方之墨者。说明各家学说先后都输入到楚国。至于文史星历等原始的巫祝文化,则是楚国的土产,有唐眛可以代表。道家的老、庄,原来就是楚人。神仙家是巫祝与道家的混合产物。固然在屈原使齐时,可能由齐国输入了一部分,但在楚国本土也可能产生。屈原时代,百家之说在楚国境内可说是无一不有了。

总之,自春秋以来,私有制的发展,贵族政治的逐渐瓦解,新兴阶级的逐渐上升,人民的逐渐觉醒,人们对和平统一的渴望,在屈原所在的战国时的楚国,同样成为迫切需要解答的重要课题。当时诸子争鸣,"皆务于治",只要能够抓住现实问题的重要环节,提出适当的解决方案,便是杰出的思想家,便是站在时代前面的先知者。屈原生在这个新旧剧变、百家腾说的时代,他是否是站在时代的前面?他的主张是否符合历史的要求?他的作品是否反映出当时的现实问题?这就要看他对现实环境的感受和认识如何了。

### 三、屈原的思想

屈原是我国历史上第一个大诗人,他的作品的核心是爱国主义及人民性。他为了楚国的前途,以生命作斗争。除了班固、颜之推偏重个人祸福的观点,认为屈原有些不智及不够沉着外,自司马迁、刘向、王逸、应劭以来从无异词。不过,过去一般人都着眼于合纵抗秦这一点,认为这是屈原爱国主张的具体表现。实际上,合纵连横不过是苏、张等人谋取富贵的投机主张,对当时各国来说,仅是一时的策略,并非根本大计。屈原主张联齐抗秦,对于当时的楚国来说确有必要。但如把屈原看作苏、秦一道的合纵论者,不但无从知道屈原爱国主义作品思想性的内核,就是对屈原至死不肯离开楚国这一点也无法理解。至于屈原作品中的人民性,近些年来才有人注意,但也不过摘取一二提到人民的字句作为证明而已。实际上屈原作品的人民性,只有从他对天命的怀疑上,对贵族政治否定的态度上,对人民的历史作用的重视上,对人民生活的关怀上去了解,才能知道它的具体内容。

试看他的自白:

> 帝高阳之苗裔兮,朕皇考曰伯庸。(《离骚》)

说明自己与楚君同宗共祖,血脉相连,因此他与楚君的休咎也密切相关。他说:

>　　余固知謇謇之为患兮,忍而不能舍也。指九天以为正兮,夫
>　唯灵修之故也。(《离骚》)

这固然是儒家的亲亲观念,但不要以为屈原是在迷恋以往的贵族政治,实则屈原忠君的表现,正在于他与一般把持朝政的贵族作斗争。所以他说:

>　　吾谊先君而后身兮,羌众人之所仇也。专惟君而无他兮,又
>　众兆之所雠也。(《惜诵》)

因为忠君而得罪很多贵族,说明屈原对贵族专政并不以为然。他主张开放政权,举贤授能。他说:

>　　汤禹俨而祗敬兮,周论道而莫差。举贤而授能兮,循绳墨而
>　不颇。(《离骚》)

甚至说:

>　　汤禹严而求合兮,挚咎繇而能调。苟中情其好修兮,又何必
>　用夫行媒。说操筑于傅岩兮,武丁用而不疑。吕望之鼓刀兮,遭
>　周文而得举。宁戚之讴歌兮,齐桓闻以该辅。(《离骚》)
>　　闻百里之为虏兮,伊尹烹于庖厨。吕望屠于朝歌兮,宁戚歌
>　而饭牛。不逢汤武与桓缪兮,世孰云而知之?(《惜往日》)

这里伊挚、傅说、吕望、宁戚、百里奚,都是他认为的贤者,无一不是贱隶出身。这与孔子举贤的原则有别,而与墨子尚贤的主张接近。墨子倡言"虽在农与工肆之人,有能则举之"。屈原说得不是更具体吗?再看:

>　　不任汩鸿,师何以尚之?佥曰何忧,何不课而行之?(《天
>　问》)

赏贤罚暴要以功实为证验,这更是法家的论调了,说明屈原在政治上又兼采法家的办法。这种办法,在怀王初期也曾收到一定的效果:

>　　惜往日之曾信兮,受命诏以昭时。奉先功以照下兮,明法度
>　之嫌疑。国富强而法立兮,属贞臣而日娭。(《惜往日》)

但法家反对贵族,主张君主集权,很容易被执行者歪曲,用来鱼肉人民,往往实效未著,流弊先生。像荀子批评秦国的政治:"其生民也狭厄,其使民也酷烈。"《盐铁论》批评商君之法:"无恩于百姓,无信于诸侯。"后世像王

安石推行新法,因为用人不当,结果也弄得举国滋扰,民不聊生。因此,屈原的法家主张仅限于用人制度上,仅是为了修正儒家亲亲相及政策的偏见。他基本上还是采取儒家德治的主张。这是由于儒家的人道思想,首先突破了贵贱的藩篱,把人看作"性相近"的人,认为对人民应该采取人道主义的"仁"的方式。屈原既反对贵族专政,自然要把眼光转移到人民身上,认为是非善恶的标准应以人民大众的意见为主。所以说:

  瞻前而顾后兮,相观民之计极。夫孰非义而可用兮,孰非善而可服?(《离骚》)

  民好恶其不同兮,惟此党人其独异。户服艾以盈要兮,谓幽兰其不可佩。(《离骚》)

这里"党人"是指以少数人的利益为目的的贵族集团。把党人与人民对比,说明贵族的意见在屈原看来已无考虑的必要。因此,在社会问题上,他时刻不忘民生:

  长太息以掩涕兮,哀民生之多艰。(《离骚》)

国家的设立,他也认为主要是为了人民:

  皇天无私阿兮,览民德焉错辅。夫维圣哲以茂行兮,苟得用此下土。(《离骚》)

理想的政治是三皇五帝那种至德之治:

  彼尧舜之耿介兮,既遵道而得路。何桀纣之猖披兮,夫唯捷径以窘步。(《离骚》)

  望三五以为像兮,指彭咸以为仪。(《抽思》)

  重华不可遻兮,孰知余之从容。(《怀沙》)

  汤禹久远兮,邈而不可慕也。(《怀沙》)

这里所说的三皇五帝,都不单是局促于一国的君主,而是儒家理想中王天下的圣哲。这说明屈原的最高理想是以儒家的王道,达到和治四海的统一局面。

  举贤既是为人民,有了贤德的人,才有理想的德政及统一四海的王者之治,因而屈原很重视培养贤才,重视环境对人民的影响:

>余既滋兰之九畹兮,又树蕙之百亩。畦留夷与揭车兮,杂杜衡与芳芷。冀枝叶之峻茂兮,愿俟时乎吾将刈。虽萎绝其亦何伤兮,哀众芳之芜秽。(《离骚》)

自然也重视个人的道德修养,重视儒家的内省功夫:

>重仁袭义兮,谨厚以为丰。重华不可遌兮,孰知余之从容。(《怀沙》)

>闭心自慎,终不过失兮。秉德无私,参天地兮。(《橘颂》)

>内惟省以端操兮,求正气之所由。(《远游》)

这样从根本着手,根本既立,枝叶自茂。因而他的结论是:

>善不由外来兮,名不可以虚作。孰无施而有报兮,孰不实而有获?(《抽思》)

这不是儒家"修己安人"的伦理观吗?他既如此强调个人好修的恒德,自然也认为吉凶由人而不由天。在他心目中,天已不是自由意志的真宰,而成为万民理念的代表了。上文所引"皇天无私阿"的话就是绝好的证明。再看:

>天命反侧,何罚何佑?齐桓九会,卒然身杀。(《天问》)

>皇天集命,惟何戒之?受礼天下?又使至代之?(《天问》)

>皇天之不纯命兮,何百姓之震愆。(《哀郢》)

>惟天地之无穷兮,哀人生之长勤。(《远游》)

都是说天命是极不可靠且不可穷究的,只有自己的德行才是自己命运的主宰。这本是老子"天道无亲,常与善人"之说,屈原兼采之,作为否定贵族专政、主张贤者德治的依据。但这只是对儒家天命思想的修正,与道家全身免祸的观点也不相同。

他的认识如此,他用以自勉之道也如此。虽然他所遭遇的环境善恶混淆、是非不明,但他却从没有向困难低头:

>民生各有所乐兮,余独好修以为常。虽体解吾犹未变兮,岂余心之可惩?(《离骚》)

>万民之生,各有所错兮。定心广志,余何畏惧兮?(《怀沙》)

这是何等坚决的表示！虽然途穷道绝,他也曾萌生过消极逃避的念头,甚至道家清静无为的主张也侵袭他的思想领域:

> 步余马于兰皋兮,驰椒丘且焉止息。进不入以离尤兮,退将复修吾初服。(《离骚》)

> 超无为以至清兮,与泰初而为邻。(《远游》)

他甚至假想着神仙漫游之乐。除《离骚》中谈到的"就重华""叩帝阍""求淑女""诏西皇"外,《远游》一篇差不多全是这种思想的表达。但念及怀王的昏庸、人民的苦难,他又隐忍下来了:

> 余既不难夫离别兮,伤灵修之数化。(《离骚》)

> 愿摇起而横奔兮,览民尤以自镇。(《抽思》)

虽然他曾假想驾云龙,驱鸾鸟,漫游天地四方,历访神祇列仙、圣哲淑女,但结果不但毫无所获,而且遭到不少阻难惊恐。因此他的结论是:

> 魂兮归来,去君之恒干,何为四方些？舍君之乐处,而离彼不详些。(《招魂》)

这不但是他爱国思想的表现,也是他与老庄的虚无主义作斗争的说明。但故乡呢？依然无可挽救。最后,他无路可走,为了表明与国家、与人民共存亡的忠忱,为了保持自己始终不渝的清白,只得沉江一死。他的遗言是:

> 已矣哉！国无人莫我知兮,又何怀乎故都？既莫足与为美政兮,吾将从彭咸之所居。(《离骚》)

> 新沐者必弹冠,新浴者必振衣。安能以身之察察,受物之汶汶者乎？宁赴湘流,葬于江鱼之腹中。安能以皓皓之白,而蒙世俗之尘埃乎！(《渔父》)

这自然不是班固、颜之推等曲全主义之徒所能了解的。

总之,屈原的思想以儒家人道主义的"仁"为主体,本着人类互爱的精神,构成他"修己安人"的伦理思想。这主要是强调自觉的作用。固然,仁与不仁体现了人类的阶级性。但屈原既强调好修,则其伦理思想与孟子推崇良知之说又绝对有别。我们不能误会他有唯心的倾向。再看他天命顺从民意的看法、无条件举贤的主张,说明他所谓的仁,与孔子所谓的君子之仁有别。这样,他理想的仁政,实与人民大众的要求一致,而非由仁的君子推及不仁的小人的礼治。何况他反对贵族专政,主张实行以功实定赏罚的法治,在政治上已经是根本的改革。我们岂能机械地说屈原在景慕春秋的惠人政治,称之为改良主义,甚至怀疑他在导演喜剧?至于专门抬高法家的身价,因而也认为屈原不够革命,这则是只注意到法家反对贵族的积极主张,而忽视了他们替地主政权服务的本质。在法家的政治主张之下,奴隶的地位可能不是过去那样被认为是命定的,但与儒家自觉地以人民利益为前提的仁政比较,立即显得法家真是严刻少恩了。屈原的思想以儒家为主,主要原因即在于此。他不局限于儒家的君子之仁,也没有法家集权主义的流弊,这便是真正的屈原的人民思想,其伟大即在于此。

至于他由亲亲观念产生的忠君思想,似乎是他思想中最落后的部分,实则这正是他爱国思想的出发点。在古代,国家与宗族并无严格的区别,国家也叫宗邦。战国以后,贵族对于国家已失去其重要性,君主集权的主张便应运而生,不但法家的理论从这里产生,即使儒家的观点也起了变化。从此,君主成为国家的代表人物,忠君即是爱国。所以说,"君与国一体也"。屈原反对贵族,已经把国家与贵族分开,则他的亲亲当然仅限于忠君,也就是为了爱国。再结合他的仁政思想来看,他爱国又是为了人民,不但没有腐旧的宗族观念,与法家的国家至上主义也不同。国家与人民相连,不但不是落后,反而走在思想界的前端了。这又是屈原爱国主义思想的实质。他的爱国思想,既与仁政思想结合,则他的爱国当然不是片面地讲富强之道,而是以人民的利益为前提。尤其在战国的兼并风气之下,更要以全体人民的利益为前提。这便是屈原理想的三皇五帝的王者之治。在当时,齐、秦、楚都想统一。但齐湣王攻伐无厌,国亡身杀,不但不能实行王道,连霸政都失败了。秦国虽独称强,但秦国的政治一向严刻少恩。自商鞅变法后,已经顺利地走上霸政的道路。屈原要实行王道,只能把希望寄托在楚国,可见屈原不肯去楚,主张合纵,固然是挽救楚国危亡,实际上也是反对暴秦,救民于水火。可惜事与愿违,他赍志以殁。秦国居然并吞了六国,实行起历史上无比野蛮的统治。幸而秦统一不久即引起陈胜、吴广领导的农民起义及六国豪杰的复国运动,给人民报了仇。那么,屈原的死,不但关系着楚国的存亡,甚至关系着全体生民的命运,真可说是伟大的悲剧的死亡了。我们承认屈原的死亡是悲剧的,但我们却不以为屈原对人民的关心是非本质的、不自觉的。

至于他的老庄神仙思想,当然应该批判,但从他所追求、访问的对象来看,有些人物,如高辛、重华是先王圣哲,彭咸、子胥是诤臣直士,尤其像彭咸、子胥,正是具有很强的斗争性的人物。屈原的自沉,实际上就是在追步彭咸、子胥。假如他真的把现实世界的一切都否定了,倒也乐得逍遥自在,何苦不肯去楚!何苦要走悲剧的道路!这就不能完全认为是消极逃避,相反,这些正是他的政治理想、社会理想的一部分。当然,离开当前环境而别寻乐园,毕竟是空想。如说屈原有什么消极思想,想遗世高蹈的话,大概就是这些。可是屈原自己都把这些批判了。因而,这不但不是屈原的怯懦,反而更能说明屈原很强的斗争性。

## 第三节 屈原作品研究

### 一、屈原作品的篇目与真伪

屈原作品,《汉志》及王逸都说是二十五篇,故韩愈诗曰"屈原《离骚》二十五"。这似乎已成了定论。据王逸本《楚辞》,二十五篇包括《离骚》一篇,《九歌》十一篇,《天问》一篇,《九章》九篇,《远游》《卜居》《渔父》各一篇。但据《史记》"太史公曰:余读《离骚》《天问》《招魂》《哀郢》,悲其志",似乎屈原作品应包括《招魂》在内。再据王逸的话"《大招》者,屈原之所作也。或曰景差,疑不能明也",说明《大招》原来相传也是屈原之作。古籍记载的出入,引起后世很多争论。除了洪兴祖、朱熹、戴震根据王逸本,认为《渔父》以上已足二十五篇之数外,其余人增减合并篇章,各有计算。据我们考察，他们一般都认为《九歌》应并为九篇，二十五篇应包括《招魂》《大招》在内。虽也有人主张删去《九章》中的《惜往日》，增入《惜誓》或《九辩》，但这只是极少数人的意见。问题症结仍在《九歌》。九是一个极数，数以极言多称九，但《九歌》是具体诗篇，并非不可见或不能有之物，与"九天""九地"或"九折臂""九回肠"不同，不能把它看作虚数。故《九歌》的十一篇，绝非并立，论理应是九篇。不过姚宽根据《文选》不录《国殇》《礼魂》，便认为《九歌》中无此二篇。葛立方只说《九歌》有九篇，没有给出理由。黄文焕、林云铭认为《山鬼》《国殇》《礼魂》非正神，应合为一篇。李光地解《九歌》，不载末后二篇。以上这些分合都有些任意为之，无法跟他们理论。蒋骥、颜成天认为《湘君》《湘夫人》是一类，《大司命》《少司命》是一类，应分别合为一篇。这似乎有些道理。实际上把作品的篇章与类别混为一谈，毕竟有些勉强。比较有见地的，还是王夫之、屈复对末篇《礼魂》的解释，以及近人闻一多等对首篇《东皇太一》的解释。王夫之以《九歌》为十篇，末篇《礼魂》是前十篇所通用的送神之曲。屈复以末篇《礼魂》为前十篇的乱辞。其后王邦采、马其昶、梁启超采用王说，王闿运同意屈说，虽有差别，大致相近。由于王夫之的启示，近人如闻一多等才更进一步认为首篇《东皇太一》是迎神之曲，这样《九歌》是九篇才得到适当的解释。这在后文另谈。在这里，《九歌》既算作九篇，则二十五篇所缺两篇当然非《招魂》《大招》莫属了。前引《史记》和王逸的话是极有力的证据。此外，《史记》还提到宋玉、唐勒、景差皆祖屈原辞令却莫敢直谏的话，则这几人不过是庸俗利禄之徒，对国事不一定怎样关心，史迁所悲当然是屈原，而《招魂》之作也理应是屈原的。此外，《大招》的作者原有屈原或景差二说，只因朱熹认为屈原虽"不知学于北方，以求周公、仲尼之道，而独驰骋于变风、变雅之末流"，而《大招》却"近于儒者穷理经世之学"，又《大言赋》《小言赋》中景差语"平淡醇古，意亦深靖闲退，不为词人墨客浮夸艳逸之态"，于是朱熹便肯定《大招》是景差之作。其实景差语不见得怎样平淡醇古。屈原的思想本属儒家，《大招》穷理经世之学，正好可以作为屈原儒家思想的证明。何况《汉志》中无景差赋，则《大招》一篇可能是景差祖述屈原之辞。王逸并存二说，是阙疑的态度。朱熹以为出自景差，便有些武断了。至于姚宽主张增入《惜誓》，认为《惜誓》尽叙原意，不知王逸本《楚辞》所载汉人诸作无一不是尽叙原意，我们岂能一概看作屈原之作？葛立方、梁启超主张增入《九辩》，葛以为《九辩》列于《渔父》之后，梁以为《九辩》在《释文》中位列第二，仅次于《离骚》，应该是屈原的作品。其实王逸列《九辩》于《渔父》之后、《招魂》之前，正是以《九辩》为宋玉之作。至于《释文》，近人余嘉锡考知是五代宋初所作，并不是什么古本，不能作为依据。这样纠结于二十五篇之数，似乎有些无谓，但我们一看学者们对《尚书》篇目的争论，对《左传》《国语》卷数与刘向所分《国语》卷数所作的比较，便可知这种工作对古代典籍来说，也有其实际需要。

今存屈原作品，已如上述。但这些作品是否都是屈原自己写的呢？简单地说，差不多没有一篇不被人怀疑过，因而最后连屈原这个人物的存在也产生疑问了。《离骚》的写作，与屈原的存在是分不开的。既无法否定屈原的存在，则《离骚》的写作自然非他莫属，这在前面已经提到过。至于《九歌》，原是楚民间巫歌的改本，王逸、朱熹对此已有很合理的说明。近人认为《九歌》与屈原无关，但就楚怀王隆祭祀事鬼神来看，就作者爱以神话作为题材来看，就作品的风格来看，就《山鬼》用到"灵修"的字样来看，无论如何也看不出《九歌》与屈原的其他作品有什么悬殊之处。《天问》一篇，从其中怀疑的思想、愤懑的情绪、广博的知识及对楚国的关怀来看，除了屈原，不会再有其他人能写出这样的奇作。《九章》很明显是屈原一生行径的自记，虽然有人根据扬雄仿《惜诵》至《怀沙》作《畔牢愁》，认为《九章》原无《怀沙》以下四篇，认为《九章》之名是后人所加，认为《惜往日》等四篇文气不类。实际上《九章》非屈原自编，扬雄所见可能与今本不同。《九章》之目，刘向已提到过，纵是后人所加，也不能证明《惜往日》是伪作。文气不类这一点，看似中肯，实际上也是他们的成见。试问《惜往日》四篇与前几篇究竟是怎样不类？前人只说《招魂》是宋玉之作，并没有怀疑是后世所伪托，我们已断定它是屈原之作，用不着再讨论。问题较多的,却是《远游》《大招》《卜居》《渔父》四篇。《远游》全是神仙家言,篇中提到秦始皇时的方士韩众,而且与司马相如《大人赋》雷同,因而后人认为它与屈原的思想不合,可能是《大人赋》的初稿,因为司马相如献《大人赋》的时候,曾对汉武帝说他"尝为《大人赋》,未就"。又有人推断,《远游》可能是抄袭《大人赋》而成,因为司马相如不会抄袭别人。其实屈原一度萌生过神仙思想,《离骚》的后段是很好的证明,《远游》便是《离骚》后段的放大。而且,方士爱用古神人之名,韦昭早已说穿,则韩众也可能是古神人之名,不过被秦始皇时的方士盗用罢了。至于与《大人赋》雷同这一点,在古代更不足为奇。在古代,一个故事或一段名言往往长期被学者们所祖述,所沿用。《远游》与《大人赋》雷同,正说明《大人赋》祖述《远游》,这不但对确定《远游》的写作时代无所影响,即对司马相如来说,也不算抄袭,我们何苦为了回护相如而认为《远游》写作在《大人赋》之后或即《大人赋》的初稿?看来这篇作品即使不是出于屈原本人,也是后人祖述屈原之辞。过去廖平疑心《离骚》是秦博士所作仙真人诗,其实《离骚》不见得是,《远游》倒有些像。因为这篇作品语气舒纵,风格去秦以前人不远。至于《大人赋》,其有些语句显然是扬雄、司马相如、王延寿那种连犿怪愕的汉人风格。《大招》一篇是景差祖述屈原之辞,终非景差一手创作,当然更不是后人之作。近人怀疑《大招》是汉人之作,主要是因为《大招》规仿《招魂》,亦步亦趋,不像是一人之作;又说《大招》所叙国界,非秦以前的情形,对楚国名物都加以楚名,非本国人所应为。这些看似有理,实未必然,作品自相雷同是任何作家都有的现象。《大招》所叙四方所至同样见于《招魂》,因为作者对楚国名物加以楚名,便疑心作者不是楚人,则《九章》"观南人之变态""哀南夷之莫吾知"一类的话该如何解释?最主要的是,汉人之作,如贾谊、淮南小山之作,比起屈原之作,显得贫弱异常,像《大招》这种作品,其余作家谁能追步?当然,我们不能说枚乘、司马相如不能作,但他们二人的风格与《大招》却完全两样呀!对《卜居》《渔父》提出疑问的是刘知几、王若虚和崔述。不过刘、王仅以为渔父本无其人,乃是屈原的设辞。到了崔述,便以为此二篇是后人假托的。我们认为《卜居》中的郑詹尹，非作伪者所能杜撰。《史记》记载屈原与渔父的问答之辞，则《渔父》一篇的出现也不会很晚。王逸说这是楚人所叙屈原之辞，基本上仍认为篇中的言论思想系出于屈原，这是很有道理的。至于这些问题的产生，我们认为，与这些作品流传的过程有关。由王逸本《楚辞》的编选来看，其中汉人诸作虽都是些没有生命的拟作，但对了解屈原作品的流传过程来说，却是一个有力的启示。这些作品大都是叙述屈原的生平、哀挽屈原的遭遇之作。结合《史记》"屈原既死之后，楚有宋玉、唐勒、景差之徒者……皆祖屈原之从容辞令"的话来看，结合王逸叙《渔父》的话来看，我们疑心屈原死后，楚国有一批行吟诗人吟着屈原的诗歌，讲着屈原的故事。直到汉代，流风未歇。宋玉、唐勒、景差是这种人，提出"三户亡秦"口号的南公也是这种人，东方朔、严忌、王褒、刘向、王逸都是这种人。再看朱买臣负薪讴歌道中，他妻子屡次劝阻他不听。朱买臣说《春秋》，言《楚辞》，《春秋》不能歌，则他所歌的可能就是《楚辞》。《招魂》《大招》被后人当作宋玉、景差之作，《远游》与《大人赋》雷同，《卜居》《渔父》像是第三者叙述的屈原的故事，都是在这种情形下形成的。这是先秦古籍共同的经过。我们岂能抓着一二瑕隙，怀疑它与屈原无干？

更应注意的是，这些作品无一不是屈原人格思想的充分表现。分开来说，《招魂》《大招》是眷顾宗国，不忘现实；《九歌》《远游》是企羡神仙，追求幻想；《卜居》《渔父》与《天问》是怀疑思想的自白，不过《卜居》《渔父》所谈的是个人的去就，在《天问》中，则无论是宇宙万物的本原、历史传说的研究、是非善恶的标准，都在他的追问之中。最全面的要算《九章》和《离骚》，从幼志的特异、初政的精明、正义的坚持、幻想的破灭，一直到死前的挣扎，无不有真挚感人的抒写。二者的不同处在于，《九章》是一生行径的记录，《离骚》为斗争的特写。比较起来，《离骚》更显得概括深入。因此，从各方面看，屈原作品都应以《离骚》为代表。其余各篇都可说是《离骚》某一部分的放大。因此，汉以来的人把《离骚》叫作经，把屈原的其他作品叫作传。至于王逸本《楚辞》中，《离骚》题下多一"经"字，可能是王逸以前的人所加，王逸不明，连"经"字也加以解释，真可说是"汉儒之腐者"了。最后要指出,《离骚》固然是屈原的代表作,但其余各篇也各有其独特的艺术成就,不容忽视。因此我们对其他各篇也择要介绍,以见屈原作品无所不包,对后世作家多方面的示范作用。

## 二、民间巫歌的改本——《九歌》

《九歌》是楚民间巫歌的改本,王逸、朱熹的解释无可非议。我们在这里首先介绍《九歌》,主要因为它是对楚民歌的加工,是屈原创作的开始,屈原的艺术风格可以说完全奠基于此。

关于《九歌》的记载,儒家经典与《山海经》不同。从屈原在《离骚》《天问》中提到的《九歌》的性质来看,它是远古神话传说中的《九歌》,应以《山海经》的记载为是。据说它本是夏后启宾天时从天帝那里窃来的乐曲,屈原把当时楚民间巫歌改制后,仍名其为《九歌》,一则因为它本是宗教祭祀时供巫祝演唱的神曲,一则因为其中的主要歌曲一共是九段。《九歌》各篇,大都以所歌之神的名字命篇。东皇太一是天神之尊者。云中君是云神。湘君、湘夫人是互为配偶的湘水之神,即传说中的舜与二女。大司命是主寿夭之神。少司命据王夫之说是主子嗣之神。东君是太阳神。河伯是河神。山鬼据顾成天说是巫山女神,郭沫若、闻一多进一步认为她即是楚国高禖之神。国殇是死于国事的勇士之神。礼魂是祭祀者对神的礼敬。魂是人的精气,魂与神本无严格的区别,节目完了,再歌此曲,以示礼敬,所以叫作《礼魂》。《礼魂》是送神之曲,这一点王夫之早已提出,不但从它的命名及内容可以看出来,王逸的注释似乎已提到这一点。王注"成礼兮会鼓"一句,曾说:"祠祀九神,皆先斋戒,成其礼敬,乃传歌作乐,急疾击鼓,以称神意也。"说明这是各篇通用的送神之曲。至于首篇《东皇太一》,直到近人闻一多等才指出它是迎神之曲。这一则是王夫之的启示,一则是与后世郊祀明堂诸歌比照得知。汉《郊祀歌》首篇《练时日》,末篇《赤蛟》,宋书《乐志》说它们是迎送神曲,因此谢庄作《宋明堂歌》,首尾两章便直题为《迎送神曲》。到了唐代,有些祭歌差不多只有迎送神曲。由后世祭歌的形式推《九歌》的《东皇太一》与《礼魂》是迎送神曲,当然没有什么问题。至于首篇虽是迎神之曲,却题作《东皇太一》,不免要产生疑问。对此,闻一多有很巧妙的解释。他由汉《郊祀歌》"合好效欢虞泰一,九歌毕奏斐然殊"的话,得知《九歌》之祭是为"东皇太一"而设。九神的出场,一面是对"东皇太一"效欢,一面也以"东皇太一"的从属的资格来享受,情形就和近世神庙中演戏差不多。戏是由小神做给大神瞧的,大神只是一尊偶像。因此祭礼虽是为泰一而设,九神却成为其中的主角。就宗教观点来说,首末章是作为祭歌主要项目的迎送神曲,中间九章是其中的插曲。就艺术观点来说,中间九章才真正是《九歌》的精华,首末章不过是没有什么内容的传统形式而已。由闻氏的说明,便可知《九歌》虽然是十一篇,实际上应算作九篇,首末两篇不能算正文,不过是序曲和尾声而已。但我们还要补充说明,《九歌》诸神,除了东皇太一是比较抽象的代表万民理念的至上神外,其余都是含有原始意味的人格化的神,因此中间九篇对各神都有人物形象的刻画。而《东皇太一》和《礼魂》两篇,却只有祭祀时迎送仪式的描述,这更可证明闻说的确切。《九歌》应算作九篇,可以说完全用不着再怀疑了。

　　《九歌》的来源、性质及篇目问题已经明了,现在我们来看它的写作艺术。《九歌》各篇中,最为人所称道的是《湘君》和《湘夫人》两篇,这是男女两方一唱一和的两首情歌。就湘水洞庭的神话传说及篇中"吹参差兮谁思""九嶷缤兮并迎"的话来看,两篇所歌是帝舜与二妃的爱情故事。舜的故事不止这些,二妃归舜是尧的旨意抑或舜的掠夺也不在话下。这里只取他与二妃间的爱情一事加以渲染,这便是所有民歌的一般倾向。试看:

　　　　君不行兮夷犹,蹇谁留兮中洲?美要眇兮宜修,沛吾乘兮桂舟。令沅湘兮无波,使江水兮安流。望夫君兮未来,吹参差兮谁思?驾飞龙兮北征,邅吾道兮洞庭。薜荔柏兮蕙绸,荪桡兮兰旌。望涔阳兮极浦,横大江兮扬灵。扬灵兮未极,女婵媛兮为余太息。横流涕兮潺湲,隐思君兮陫侧。桂櫂兮兰枻,斫冰兮积雪。采薜荔兮水中,搴芙蓉兮木末。心不同兮媒劳,恩不甚兮轻绝。石濑兮浅浅,飞龙兮翩翩。交不忠兮怨长,期不信兮告余以不闲。朝骋骛兮江皋,夕弭节兮北渚。鸟次兮屋上,水周兮堂下。捐余玦兮江中,遗余佩兮醴浦。采芳洲兮杜若,将以遗兮下女。时不可兮再得,聊逍遥兮容与。(《湘君》)

帝子降兮北渚,目眇眇兮愁予。袅袅兮秋风,洞庭波兮木叶下。白薠兮骋望,与佳期兮夕张。鸟何萃兮蘋中,罾何为兮木上？沅有芷兮醴有兰,思公子兮未敢言。荒忽兮远望,观流水兮潺湲。麋何食兮庭中,蛟何为兮水裔？朝驰余马兮江皋,夕济兮西澨。闻佳人兮召予,将腾驾兮偕逝。筑室兮水中,葺之兮荷盖。荪壁兮紫坛,播芳椒兮成堂。桂栋兮兰橑,辛夷楣兮药房。罔薜荔兮为帷,擗蕙櫋兮既张。白玉兮为镇,疏石兰兮为芳。芷葺兮荷屋,缭之兮杜衡。合百草兮实庭,建芳馨兮庑门。九嶷缤兮并迎,灵之来兮如云。捐余袂兮江中,遗余褋兮醴浦。搴汀洲兮杜若,将以遗兮远者。时不可兮骤得,聊逍遥兮容与。(《湘夫人》)

前篇由湘君出场时吹笙扬灵写起,叫人想见他寻求爱侣时热切的心情及焕发的神采。等到几经挫折,所求不遇,徘徊在江皋水渚,面对着流水宿鸦,以眼前的景物表现出内心的寂寞。最后捐玦遗佩,以图后会,才露出一线希望。后篇先写轻风微波,一尘不惊,不但是一幅绝佳的洞庭秋望图,而且帝女降临也不能不有这种安排。下面她期盼湘君同样是爱而不见,搔首踟蹰。不同处在"筑室"一段,这是对她细腻深曲的心思的极精工的刻画。最后湘君来了,她便奋然而起,捐袂遗褋,等候同度佳期,沉郁许久的情怀这下子才开朗,整个歌唱也到此结束。由于结构灵活,情节也显得异常感人。但这不过是以男女间的爱情为题材,意义毕竟不大。试看《东君》一篇的末段：

青云衣兮白霓裳,举长矢兮射天狼。操余弧兮反沧降,援北斗兮酌桂浆。撰余辔兮高驰翔,杳冥冥兮以东行。

这里写东君的英伟神勇,不可逼视。想象中的太阳神自应如此。但应注意的是作者使用这种人物形象的内在企图,这便是戴震说的"狼弧,秦之占星也,其辞有报秦之心焉"。楚灵王与楚怀王都好巫音。但由楚昭王不肯祀河来看,《九歌》全部搬上宫廷可能是怀王时之事。据说怀王隆祭祀,事鬼神,希望得到神的佑助,以击退秦军。再由秦惠文王为了破楚,也在大神巫咸久湫亚驼前进行祈祷来看,两国都有这种破敌的决心。戴氏的话,确属有见,同时也可见作者所描写的虽然是超现实的神的生活,但他主要还是想利用神话艺术美化当时的战争,在想象中完成激励的任务。其写作意义何等重大!再看《国殇》一篇:

> 操吴戈兮被犀甲,车错毂兮短兵接。旌蔽日兮敌若云,矢交坠兮士争先。凌余阵兮躐余行,左骖殪兮右刃伤。霾两轮兮絷四马,援玉枹兮击鸣鼓。天时坠兮威灵怒,严杀尽兮弃原野。出不入兮往不反,平原忽兮路超远。带长剑兮挟秦弓,首身离兮心不惩。诚既勇兮又以武,终刚强兮不可凌。身既死兮神以灵,子魂魄兮为鬼雄。

这是对为国捐躯的壮士的无上礼赞。楚自惠王以来,不曾有过大败,只有怀王连败于秦。汉中之战,据说通侯、执珪死者七十多人,《国殇》的祀典可能由此产生。篇中写战士们坚强不屈,视死如归,充满悲壮。后来楚国虽亡,楚人劲气未泯,才又产生了陈、吴、刘、项的复仇运动。《国殇》恰好是对这种爱国英雄形象的完美塑造。则它的写作代表着当时所有楚国人的敌忾之情,是楚国人的强心剂。作者能通过这种人物形象把它传达出来,并收到预期的效果,这便是他的爱国主义艺术思想的特殊成就,对此我们应大书特书。

### 三、最伟大的悲剧诗篇——《离骚》

屈原的创作中,无疑应特别注意《离骚》。有关"离骚"二字的解释很多,近人游国恩认为"离骚"与"牢骚"是一个词语的转音,这是由扬雄依仿屈原的作品叫《广骚》《反离骚》《畔牢愁》,韦昭读"牢愁"为"牢骚"得知。但我们还应注意的是,"离"亦训"忧",古与"罹"通,不但"离""牢"双声,"骚""愁"同在"幽"部,而且"离"与"骚"、"牢"与"愁"都是同义字。

再就《九歌·山鬼》"思公子兮徒离忧"一语来看,"离忧""离骚""牢骚""牢愁"可能都是当时习用的谜语,其意义都是忧愁,故《史记》说屈原"忧愁幽思而作《离骚》",又说"离骚者,犹离忧也"。若依班固、王逸的话,把"离骚"解作遭忧或别愁,不但《山鬼》"离忧"无法讲通,单就《离骚》的内容来看,也不能概括无遗。因此,我们同意游氏的解释,"离骚"是"牢骚"的转语;至于它的含义,最正确的便是《史记》的说明"忧愁幽思"。此外当然还有其他解释,不过没有很多道理,因此不必赘述。

《离骚》全文有两千四百九十多字,是古代第一首长诗,就整个结构来看,可分为前后两半,十四小节。先逐节来看:

> 帝高阳之苗裔兮,朕皇考曰伯庸。摄提贞于孟陬兮,惟庚寅吾以降。皇览揆余初度兮,肇锡余以嘉名。名余曰正则兮,字余曰灵均。纷吾既有此内美兮,又重之以修能。扈江离与辟芷兮,纫秋兰以为佩。汩余若将不及兮,恐年岁之不吾与。朝搴阰之木兰兮,夕揽洲之宿莽。日月忽其不淹兮,春与秋其代序。惟草木之零落兮,恐美人之迟暮。

首叙自己出身于楚国王族,生辰、名字都具有种种内在的优越,但自己却不因此满足,汲汲好修,常若不及。说明自己禀赋优异,能自奋力。这是第一节。

> 不抚壮而弃秽兮,何不改此度?乘骐骥以驰骋兮,来吾道夫先路。昔三后之纯粹兮,固众芳之所在。杂申椒与菌桂兮,岂维纫夫蕙茝?彼尧舜之耿介兮,既遵道而得路。何桀纣之猖披兮,夫唯捷径以窘步。惟夫党人之偷乐兮,路幽昧以险隘。岂余身之惮殃兮,恐皇舆之败绩。忽奔走以先后兮,及前王之踵武。荃不察余之中情兮,反信谗而齌怒。余固知謇謇之为患兮,忍而不能舍也。指九天以为正兮,夫唯灵修之故也。曰黄昏以为期兮,羌中道而改路。初既与余成言兮,后悔遁而有他。余既不难夫离别兮,伤灵修之数化。

次叙自己愿意引导国君走上大道,虽国君不辨是非,迁怒于己,自己却不因个人的祸福而沉默不语。说明自己志在匡辅,反遭谗妒。这是第二节。

> 余既滋兰之九畹兮,又树蕙之百亩。畦留夷与揭车兮,杂杜衡与芳芷。冀枝叶之峻茂兮,愿俟时乎吾将刈。虽萎绝其亦何伤兮,哀众芳之芜秽。众皆竞进以贪婪兮,凭不厌乎求索。羌内恕己以量人兮,各兴心而嫉妒。忽驰骛以追逐兮,非余心之所急。老冉冉其将至兮,恐修名之不立。朝饮木兰之坠露兮,夕餐秋菊之落英。苟余情其信姱以练要兮,长顑颔亦何伤?擥木根以结茝兮,贯薜荔之落蕊。矫菌桂以纫蕙兮,索胡绳之纚纚。謇吾法夫前修兮,非世俗之所服。虽不周于今之人兮,愿依彭咸之遗则。

再叙自己洁身自好,与那班把持朝政的贵族不同。这里"众皆竞进以贪婪兮"几句,是对那班贵族剥削行为的有力指斥。说明众皆贪索,己独芳洁。这是第三节。

由于党人的贪婪求索,他特别提出"民生之多艰"。这本是当时的危机,而国君却毫无察觉。他申明自己虽见恶于党人,却终不能改变主张,要鞠躬尽瘁,死而后已。所以说:

> 长太息以掩涕兮,哀民生之多艰。余虽好修姱以鞿羁兮,謇朝谇而夕替。既替余以蕙纕兮,又申之以揽茝。亦余心之所善兮,虽九死其犹未悔。怨灵修之浩荡兮,终不察夫民心。众女嫉余之蛾眉兮,谣诼谓余以善淫。固时俗之工巧兮,偭规矩而改错。背绳墨以追曲兮,竞周容以为度。忳郁邑余侘傺兮,吾独穷困乎此时也。宁溘死以流亡兮,余不忍为此态也。鸷鸟之不群兮,自前世而固然。何方圜之能周兮,夫孰异道而相安。屈心而抑志兮,忍尤而攘诟。伏清白以死直兮,固前圣之所厚。

这简直是剖心泣血、沉痛无比的自我申诉。他与这种不幸的命运作斗争,任何人都要被他的倾吐感动得落泪了。说明自己虽遭危难,却志节不变。这是第四节。

> 悔相道之不察兮,延伫乎吾将反。回朕车以复路兮,及行迷

> 之未远。步余马于兰皋兮,驰椒丘且焉止息。进不入以离尤兮,退将复修吾初服。制芰荷以为衣兮,集芙蓉以为裳。不吾知其亦已兮,苟余情其信芳。高余冠之岌岌兮,长余佩之陆离。芳与泽其杂糅兮,唯昭质其犹未亏。忽反顾以游目兮,将往观乎四荒。佩缤纷其繁饰兮,芳菲菲其弥章。民生各有所乐兮,余独好修以为常。虽体解吾犹未变兮,岂余心之可惩?

这是说由于不断遭受挫折,他感到此路不通,可以引退。但对自己的志趣、主张进行反省后,仍觉不能改变。说明自己被疏退居,好修如初。这是第五节。

> 女嬃之婵媛兮,申申其詈予。曰鲧婞直以亡身兮,终然殀乎羽之野。汝何博謇而好修兮,纷独有此姱节?薋菉葹以盈室兮,判独离而不服。众不可户说兮,孰云察余之中情?世并举而好朋兮,夫何茕独而不予听?

不断的挫折引起女嬃对他的担忧,她引历史上是非颠倒、祸福无常的事件劝他改变态度。说明自己行不谐俗,不听女嬃规嘱。这是第六节。

> 依前圣以节中兮,喟凭心而历兹。济沅湘以南征兮,就重华而陈词。启九辩与九歌兮,夏康娱以自纵。不顾难以图后兮,五子用失乎家巷。羿淫游以佚畋兮,又好射夫封狐。固乱流其鲜终兮,浞又贪夫厥家。浇身被服强圉兮,纵欲而不忍。日康娱而自忘兮,厥首用夫颠陨。夏桀之常违兮,乃遂焉而逢殃。后辛之菹醢兮,殷宗用而不长。汤禹俨而祗敬兮,周论道而莫差。举贤而授能兮,循绳墨而不颇。皇天无私阿兮,览民德焉错辅。夫维圣哲以茂行兮,苟得用此下土。瞻前而顾后兮,相观民之计极。夫孰非义而可用兮,孰非善而可服?阽余身而危死兮,览余初其犹未悔。不量凿而正枘兮,固前修以菹醢。曾歔欷余郁邑兮,哀朕时之不当。揽茹蕙以掩涕兮,沾余襟之浪浪。

他无法申辩,只好渡过沅湘,到虞舜那里请求裁决。他也从历史事件中找到了一切成败兴亡的因果和关键。他的结论是"皇天无私阿兮,览民德焉错辅"。他从来没有离开人民大众的公是公非的思维范畴,因而更增加了坚持正义、不屈不挠的精神。说明自己的认识折中前圣,可以自信。这是第七节。

这样他还不以为足,更要驾龙乘凤,到昆仑县圃去叩见上帝。这是《离骚》中很光怪陆离、炫人眼目的一节:

> 跪敷衽以陈辞兮,耿吾既得此中正。驷玉虬以乘鹥兮,溘埃风余上征。朝发轫于苍梧兮,夕余至乎县圃。欲少留此灵琐兮,日忽忽其将暮。吾令羲和弭节兮,望崦嵫而勿迫。路曼曼其修远兮,吾将上下而求索。饮余马于咸池兮,总余辔乎扶桑。折若木以拂日兮,聊逍遥以相羊。前望舒使先驱兮,后飞廉使奔属。鸾皇为余先戒兮,雷师告余以未具。吾令凤鸟飞腾兮,继之以日夜。飘风屯其相离兮,帅云霓而来御。纷总总其离合兮,斑陆离其上下。吾令帝阍开关兮,倚阊阖而望予。时暧暧其将罢兮,结幽兰而延伫。世溷浊而不分兮,好蔽美而嫉妒。

写他日以继夜赶到上帝的门口,请求开门,不料那阍者不但不允,反倚门望着他。这虽是虚构,却把那守门小子的势利嘴脸活塑出来。因而他感到天国也是溷浊不分,蔽美嫉妒。说明自己往叩神明,阻隔难行。这是第八节。

这样只好再把目标转向一批理想的女性。这又是《离骚》中极富浪漫色彩的一节:

> 朝吾将济于白水兮,登阆风而绁马。忽反顾以流涕兮,哀高丘之无女。溘吾游此春宫兮,折琼枝以继佩。及荣华之未落兮,相下女之可诒。吾令丰隆乘云兮,求宓妃之所在。解佩纕以结言兮,吾令蹇修以为理。纷总总其离合兮,忽纬繣其难迁。夕归次于穷石兮,朝濯发乎洧盘。保厥美以骄傲兮,日康娱以淫游。虽信美而无礼兮,来违弃而改求。览相观于四极兮,周流乎天余乃下。望瑶台之偃蹇兮,见有娀之佚女。吾令鸩为媒兮,鸩告余以不好。雄鸠之鸣逝兮,余犹恶其佻巧。心犹豫而狐疑兮,欲自

> 适而不可。凤皇既受诒兮,恐高辛之先我。欲远集而无所止兮,聊浮游以逍遥。及少康之未家兮,留有虞之二姚。理弱而媒拙兮,恐导言之不固,世溷浊而嫉贤兮,好蔽美而称恶。

很难推测他这节内容的用意,但不难看出宓妃美而无礼,只好放弃,简狄犹豫不决,被人抢先,二姚是兴国贤妃,而且待字未嫁,正好是追求的对象,但因没有可靠的媒妁,也难必成。可见他的求女不是什么荒唐的想法,而是在举世无朋的寂寞心情下,求一深明大义、能够理解自己的女性。这在屈原自己,本是无可奈何之举,但对怀王宠信郑袖来说,恰好是极尖刻的讽刺。结果却都失败了。结论仍是"世溷浊而嫉贤兮,好蔽美而称恶"。说明自己求女自适,所求难得。这是第九节。

> 闺中既以邃远兮,哲王又不寤。怀朕情而不发兮,余焉能忍与此终古。索藑茅以筳篿兮,命灵氛为余占之。曰:两美其必合兮,孰信修而慕之。思九州之博大兮,岂唯是其有女?曰:勉远逝而无狐疑兮,孰求美而释女?何所独无芳草兮,尔何怀乎故宇?世幽昧以眩曜兮,孰云察余之善恶?民好恶其不同兮,惟此党人其独异。户服艾以盈要兮,谓幽兰其不可佩。览察草木其犹未得兮,岂珵美之能当?苏粪壤以充帏兮,谓申椒其不芳。

所有遭遇都如此不偶,只好请求灵氛,为占去就。恰好灵氛也劝他去此远游,另求遇合。说明自己孤芳难遇,灵氛劝去。这是第十节。

> 欲从灵氛之吉占兮,心犹豫而狐疑。巫咸将夕降兮,怀椒糈而要之。百神翳其备降兮,九疑缤其并迎。皇剡剡其扬灵兮,告余以吉故。曰:勉升降以上下兮,求矩矱之所同。汤禹严而求合兮,挚咎繇而能调。苟中情其好修兮,又何必用夫行媒。说操筑于傅岩兮,武丁用而不疑。吕望之鼓刀兮,遭周文而得举。宁戚之讴歌兮,齐桓闻以该辅。及年岁之未晏兮,时亦犹其未央。恐鹈鴂之先鸣兮,使夫百草为之不芳。

由于对灵氛的话还有犹豫,因而又请求巫咸降神,希望得到神的指示。结果神的指示又与灵氛的一样,并且劝他及早启行。说明自己临行犹豫,巫咸告故。这是第十一节。

> 何琼佩之偃蹇兮,众薆然而蔽之。惟此党人之不谅兮,恐嫉妒而折之。时缤纷其变易兮,又何可以淹留。兰芷变而不芳兮,荃蕙化而为茅。何昔日之芳草兮,今直为此萧艾也?岂其有他故兮,莫好修之害也。余以兰为可恃兮,羌无实而容长。委厥美以从俗兮,苟得列乎众芳。椒专佞以慢慆兮,樧又欲充夫佩帏。既干进而务入兮,又何芳之能祇?固时俗之流从兮,又孰能无变化?览椒兰其若兹兮,又况揭车与江离。惟兹佩之可贵兮,委厥美而历兹。芳菲菲而难亏兮,芬至今犹未沬。和调度以自娱兮,聊浮游而求女。及余饰之方壮兮,周流观乎上下。

他再三考虑,认识到楚国的环境愈来愈坏,自己又不能与之同流合污,只好抽身远去,进行漫游。说明当时清浊异流,计唯远游。这是第十二节。

下面所写便是他漫游所经的神仙世界:

> 灵氛既告余以吉占兮,历吉日乎吾将行。折琼枝以为羞兮,精琼爢以为粻。为余驾飞龙兮,杂瑶象以为车。何离心之可同兮,吾将远逝以自疏。邅吾道夫昆仑兮,路修远以周流。扬云霓之晻蔼兮,鸣玉鸾之啾啾。朝发轫于天津兮,夕余至乎西极。凤皇翼其承旂兮,高翱翔之翼翼。忽吾行此流沙兮,遵赤水而容与。麾蛟龙使梁津兮,诏西皇使涉予。路修远以多艰兮,腾众车使径待。路不周以左转兮,指西海以为期。屯余车其千乘兮,齐玉轪而并驰。驾八龙之婉婉兮,载云旗之委蛇。抑志而弭节兮,神高驰之邈邈。奏九歌而舞韶兮,聊假日以媮乐。

这与前面叩帝阍、求淑女各节,同样是虚构的幻境,但前面因阻碍多端,都没有达到目标。这里海阔天空,任所欲往,作者超现实的思想、奔放的情感,扩张到了不可控制的地步。说明自己遗世远逝,神游天外。这是第十三节。

但下文呢?

> 陟升皇之赫戏兮,忽临睨夫旧乡。仆车悲余马怀兮,蜷局顾

>而不行。乱曰:已矣哉! 国无人莫我知兮,又何怀乎故都? 既莫足与为美政兮,吾将从彭咸之所居。

这是说自己漫游到无穷远的光明世界中,一旦发现故乡在望,便人马俱困,无法再前进了。远游既非得已,美政又无可为,这种无法解决的矛盾,到这里已发展到极端强烈的程度,其结局自然是自我的牺牲。说明自己守死善道,义难高蹈。这是第十四节,也是全文的终结。

统观《离骚》全文,处处反映出作者的儒法现实思想与老庄超现实思想的斗争。由于这两种思想的起伏消长,全文的重心很自然地分于两处。前半写他现实的斗争,到"伏清白以死直",已达最沉痛的程度,因而也形成前半的顶点。自"悔相道之不察"以下,逐渐降落,由女媭的劝告引出后半就重华、叩帝阍、求淑女、命灵氛、要巫咸等种种幻想。到"奏九歌而舞韶",作者的想象又达到无限扩张的境地,因而又形成了后半的顶点。但我们却不要认为《离骚》全文就是写这两种思想的冲突,因而作者的死亡便是这种思想冲突的结果。作品前半提到他理想的世界是"三后之纯粹",是"尧舜之耿介",后半也提到"汤禹俨而祗敬""汤禹俨而求合",可知后半的幻想,并不是没落阶级用以回避现实而虚构的空中楼阁。在幻想中作者并没有忘记现实世界的一切,说明作者对现实世界采取的是儒家肯定的态度,因而下文中幻想破灭,重返现实。无法冲破现实世界的黑暗桎梏,终于促成作者死亡的悲剧结局。在临近死亡的一刹那间,显示出作者的斗争与命运的压迫已成为无法消解的巨大冲突。可以说,全文真正的顶点到这里才出现,这里才真正是矗立天外、绝人跻攀的最高峰。通篇叙述,不过是通往最高峰的复杂过程。因此,作品全文虽然处处反映出作者现实思想与超现实思想的冲突,实际上这并不是作者生活中的主要冲突。主要冲突是楚国历史已面临绝境,现实的黑暗压住了历史的进程,使作者不但在现实的对策上感到绝望,甚至对历史也看不到光明的远景了。这样,便又说明作品的基调属于现实主义的艺术范畴。其虚构部分,不过是对现实斗争的现象的描写,也可以说是现实主义的浪漫主义的艺术表现。作者虽然执意把它提到显著的地位,但主要冲突并未因此而模糊难认。相反,由于表现这两种思想冲突的尖锐,更显得主要冲突的无法消解,更增加了作品的悲剧气氛。因此,作品前后虽然形成了两个方向相反的顶点,实际上是一个主题思想贯穿下的两种表现方式。前半是实写,后半是虚写。后半幻想世界中的种种冲突,实际上就是现实世界中种种冲突的倒影。最后作者由相反方向的顶点,转回正面方向的真正的顶点,丝毫没有离开主题;对情节的展开来说,却是一百八十度的转向。这是惊人的剧变。作者把它安置在全文的结尾处,才能给予读者一种意外突出、不可忍受的刺激,引起读者一种永远存在的、无法弥补的遗恨。这固然是作者悲剧生活的全部发展过程,但也可见作者艺术方法卓异惊人的成就。世界上最伟大的艺术作品,大多是现实主义与浪漫主义相结合的作品,《离骚》便是真正达到了现实主义与浪漫主义相结合的最高艺术水平的作品。

### 四、《天问》《招魂》及其他

《离骚》以外,我们应该注意的便是太史公与《离骚》都提到的《天问》《招魂》《哀郢》三篇,以及《史记》特别采录的《怀沙》一篇。

《天问》是屈原对天地之间千变万化所发的疑问。据一般的统计,所提问题有一百七十多则。从作品的命题可知,这是屈原怀疑思想的集中表现。怀疑本是人类知识的起源。篇中对宇宙万物的本原、历史传说的究竟、是非善恶的标准,无不一一追问,无怪《史记》说屈原"博闻强志,明于治乱,娴于辞令"。试看:

> 曰:遂古之初,谁传道之?上下未形,何由考之?冥昭瞢暗,谁能极之?冯翼惟象,何以识之?明明暗暗,惟时何为?阴阳三合,何本何化?圆则九重,孰营度之?惟兹何功,孰初作之?斡维焉系?天极焉加?八柱何当?东南何亏?九天之际,安放安属?隅隈多有,谁知其数?天何所沓?十二焉分?月日安属?列星安陈?出自汤谷,次于蒙汜。自明及晦,所行几里?夜光何德,死则又育?厥利维何,而顾菟在腹?

这里除了九天、八柱、汤谷、蒙汜及月中顾菟是初民信仰的传说之物,没有什么真理可寻外,其余有关天体的构造及运行诸问题,是古代天文历法一类学问所由构成的要素,也是古代人对自然现象的朴素的唯物看法,可见作者知识的渊博及头脑的缜密。但《天问》最有价值的地方,是保存了很多不见于其他古籍的史料传说。过去王国维从卜辞记载中得知《天问》中"该秉季德""恒秉季德"一些话,叙述的是殷先王的故事。近时郭沫若又以为"焉有虬龙,负熊以游"及"平胁曼肤,何以肥之"等种种记述,即是关于十二辰中卯、亥二辰的古代传说,与巴比伦十二宫中狮子及射手二宫的星象相类似。此外还有人认为《天问》起始追问宇宙来源一段,即印度《梨俱吠陀》中创造赞歌之意译,认为《天问》中的神话渊源于《旧约·创世记》中生命树的故事。对这些观点,在我们对古代中西交通的研究尚无正确的结论以前,不便轻加可否。但由这些记述可以看出作者知识的广博惊人却是事实。不过我们还应注意的是,《天问》提出很多古史传说中后人所不能解答的疑难。例如禹、汤、文、武在儒家经典中是被崇拜的偶像,在中国两千多年的封建社会中,很少有人敢对他们提出疑问,但《天问》中对这几位圣人却不那样迷信。例如关于殷、周之际的是非,屈原问道:

　　伯昌号衰,秉鞭作牧;何令彻彼岐社,命有殷国?迁藏就岐何能依?殷有惑妇何所讥?受赐兹醢,西伯上告;何亲就上帝罚,殷之命以不救?师望在肆昌何识?鼓刀扬声后何喜?武发杀殷何所悒?载尸集战何所急?

这里"武发杀殷"两句,便是《史记》所载伯夷、叔齐叩谏武王的话。伯夷、叔齐说武王是以暴易暴,太史公又说伯夷、叔齐饿死,文、武不以其故贬王是后人的势利。自汉以来,即认为这是不利于统治阶级的异端思想,但这种思想却早在《天问》中就已出现了。这一则说明屈原追求真理的热忱,一则也说明他对这几位圣人的态度与战国诸子一样,仅是假借其外衣来进行改革,并不真的相信有那么回事,更没有什么对于公族旧制的依恋心理。由于《天问》是屈原在极端苦闷的情况下一肚子愤慨的尽情发泄,又由于问题的意义有所侧重,故杂引古事,不依次序。我们试就通篇用韵及语言的条贯来看,很难看出有什么生硬杂乱之处。相反,由于作者不依成规,自由发问,更显得感情奔沸,有话就说,不假矫饰,这正是这篇作品的特点。后人不察,对此轻加非难。如王逸以为《天问》文义不次;屈复以为内有错简,加以更易。直到近世,还有人认为《天问》文理不通,见解卑陋,想彻底否定它。我们认为,为了帮助读者了解一件史事的原委,不妨把有关问题合并起来探讨。但如认为内有错简或文理不通,随便给屈原改文章,甚至有意抹杀,则未免有些狂妄了。

《招魂》是屈原"眷顾楚国……不忘欲反"的很明显的自白。至于他所招的对象,黄文焕、林云铭、蒋骥都说是屈原自己,我们也同意。近人虽多认为《招魂》是屈原的作品,但对自招的说法却不以为然,主要是文中所言宫室、服御、玩好、游乐之美,不是屈原的身份所该有的,因而一般都认为这是屈原招怀王之辞。我们认为,文中所言楚国的种种享受和娱乐,的确有些夸诞,但"二八侍宿"和"路贯庐江"一类话,除了屈原,与怀王万无相合之处。则这篇作品是屈原所写的自招之辞,确无问题。

《招魂》是一篇结构极分明、抒写极耸目的作品。先写上帝遣巫阳给自己招魂,这是序言。次写四方之害和楚国之美,两相对比,这是正文。最后的乱辞写时序不留,应及早归来,这是结语。试看他写四方之害:

> 魂兮归来,东方不可以托些。长人千仞,惟魂是索些。十日代出,流金铄石些。彼皆习之,魂往必释些。归来兮,不可以托些。魂兮归来,南方不可以止些。雕题黑齿,得人肉以祀,以其骨为醢些。蝮蛇蓁蓁,封狐千里些。雄虺九首,往来倏忽,吞人以益其心些。归来兮,不可以久淫些。魂兮归来,西方之害,流沙千里些。旋入雷渊,麋散而不可止些。幸而得脱,其外旷宇些。赤蚁若象,玄蜂若壶些。五谷不生,丛菅是食些。其土烂人,求水无所得些。彷徉无所倚,广大无所极些。归来兮,恐自遗贼些。魂兮归来,北方不可以止些。增冰峨峨,飞雪千里些。归来兮,不可以久些。魂兮归来,君无上天些。虎豹九关,啄害下人些。一夫九首,拔木九千些。豺狼从目,往来侁侁些。悬人

> 以娱,投之深渊些。致命于帝,然后得瞑些。魂兮归来,往恐危身些。魂兮归来,君无下此幽都些。土伯九约,其角觺觺些。敦脄血拇,逐人駓駓些。参目虎首,其身若牛些。此皆甘人,归来归来,恐自遗灾些。

他把天地四方写得这样凶恶可怕,当然是不愿离开楚国的说明。

他对天皇、地狱的刻画,写天国中有上帝,这是阶级统治的反映。至于地狱,便是郭沫若说的,它是监狱的影子。他把天堂写得与地狱无别,说明天国中也没有好人。这不但是屈原的怀疑思想,同时也是屈原对现实生活肯定态度的说明。我们一再说,屈原作品中尽管有很多想象的描写,但由他对现实生活肯定的态度来看,作品的基调仍属于现实主义,便是这个缘故。至于他写楚国之美,用不着多说。应该一提的是他的描写技巧。例如:

> 川谷径复,流潺湲些。光风转蕙,泛崇兰些。
> 芙蓉始发,杂芰荷些。紫茎屏风,文缘波些。

写景竟如此生动鲜美。

> 二八侍宿,射递代些。九侯淑女,多迅众些。盛鬋不同制,实满宫些。容态好比,顺弥代些。弱颜固植,謇其有意些。姱容修态,絙洞房些。蛾眉曼睩,目腾光些。靡颜腻理,遗视矊些。离榭修幕,侍君之闲些。

> 美人既醉,朱颜酡些。娭光眇视,目曾波些。被文服纤,丽而不奇些。长发曼鬋,艳陆离些。

写宫廷女乐的奢靡妖艳,又如此曲尽其态。这在过去很不得其解。刘勰说它是"荒淫之意",这当然是浅见;后人一味替屈原回护,同样是文不对题。其实这正是屈原所不能解决的内心矛盾。屈原被流放在外,对楚国念念不忘,但反观楚国,却又是如此醉生梦死的荒淫世界,这是屈原不忘欲返却又不能返回,最后还是走上了自我牺牲的悲剧道路的主要原因。与《离骚》末尾"莫足与为美政"的话是同一含义。同时也说明这篇作品是屈原假托巫阳招自己而不是自己招怀王或宋玉招其师之辞。最令人感动的是末尾的乱辞：

> 献岁发春兮汨吾南征，菉蘋齐叶兮白芷生。路贯庐江兮左长薄，倚沼畦瀛兮遥望博。青骊结驷兮齐千乘，悬火延起兮玄颜烝。步及骤处兮诱骋先，抑骛若通兮引车右还。与王趋梦兮课后先，君王亲发兮惮青兕。朱明承夜兮时不可以淹，皋兰被径兮斯路渐。湛湛江水兮上有枫，目极千里兮伤春心。魂兮归来哀江南。

这里无论是写风景、写射猎，都是极新鲜、极活跃的形象刻画。"湛湛江水"以下，情景交融，无限低回，令读者的印象深入绵远，更不待说。这是《招魂》抒写艺术的无上表现，也是屈原生死不能去楚的最深刻的说明。

《哀郢》是《九章》之一，我们同意王夫之的话——它作于顷襄王二十一年（前278）白起入郢楚国东迁之时。《九章》大部分是纪实之作，《哀郢》写当时国破民流、宗社丘墟的景象尤显得惨痛在目，像：

> 皇天之不纯命兮，何百姓之震愆。

由于人民的离散相失，他竟大骂起皇天上帝来，这是对人民何等的重视！像：

> 去终古之所居兮，今逍遥而来东。

对祖先世代居住的祖国是何等的深爱！像：

> 鸟飞反故乡兮，狐死必首丘。

对返回自己的故土又有着何等的决心！屈原对祖国及人民的无限忠爱，在此篇中可以说表现得最明显，却又丝毫看不出有什么无谓的造作或空洞的宣传之处，他的感情都是通过具体事物的形象表现出来的。像：

> 楫齐扬以容与兮，哀见君而不再得。
> 
> 望长楸而太息兮，涕淫淫其若霰。
> 
> 顺风波以从流兮，焉洋洋而为客。
> 
> 曾不知夏之为丘兮，孰两东门之可芜。

故国的社稷人民、山川草木，都染着作者的血泪，呈现在眼前，作者内心的伤痛自然更不言而喻了。

《史记》特别采录的屈原的绝笔《怀沙》,也是《九章》之一。根据篇中"滔滔孟夏兮,草木莽莽"的话,知道这与屈原死于夏历五月五日的传说相合,又据篇中"浩浩沅湘,分流汩兮"的话,知道这时屈原已抵沅湘入洞庭之口,特别是湘水下游,去汨罗不远,则这篇是屈原的绝笔毫无疑问了。也有人见《九章·惜往日》末尾有"不毕辞而赴渊兮,惜壅君之不识"的话,认为屈原真正的绝笔是《惜往日》,而不是《怀沙》。其实《惜往日》中的这话,意思是不为国君所识,死了太无代价。这类的话,在作者的其他篇章中不知出现过多少。这是由于屈原死志早决,为了激励国君,故不惜用生命作斗争。岂能因为他自己说马上要跳河,便真以为这是他临跳河时说的话?何况《怀沙》本文中有许多内证,《史记》也明言屈原作《怀沙》之赋,"于是怀石,遂自投汨罗以死",足以说明这是屈原的绝笔。至于《怀沙》的命名,却不能根据东方朔和《史记》的这段话,认为"怀沙"是"怀沙石"。我们应采李陈玉、钱澄之、蒋骥的解释:"《怀沙》之名,与《哀郢》《涉江》同义。沙本地名,即今长沙之地。"这是因为长沙的地名早见于《战国策》,与丹阳同是楚先君熊绎始居之地,郢都已陷,自己不能抛离故土,只好归死长沙,从先君于地下。同时,古所谓江南指的正是如今的长沙之地,则《怀沙》的命名,也就是《招魂》末句"魂兮归来哀江南"之意了。

《怀沙》因为是屈原的绝笔,故语气也显得最为急迫。试看:

刓方以为圜兮,常度未替。易初本迪兮,君子所鄙。章画志墨兮,前图未改。内厚质正兮,大人所盛。巧倕不斲兮,孰察其拨正?玄文处幽兮,蒙瞍谓之不章。离娄微睇兮,瞽以为无明。变白以为黑兮,倒上以为下。凤皇在笯兮,鸡鹜翔舞。同糅玉石兮,一概而相量。夫惟党人之鄙妒兮,羌不知余之所臧。任重载盛兮,陷滞而不济。怀瑾握瑜兮,穷不知所示。邑犬之群吠兮,吠所怪也。非俊疑杰兮,固庸态也。文质疏内兮,众不知余之异采。材朴委积兮,莫知余之所有。

一口气写了三四十句,全是在说楚国当时的环境是是非不明,贤愚混淆,一切都令人绝望、无法忍受了。直到如今,我们读了,也能感到他沉痛的心情，不可遏止的倾吐令人如见其人，如闻其声。这便是班固、颜之推所谓"显暴君过"，刘知几所谓"怀襄不道，其恶存于楚赋"。班、颜二氏为了向统治者讨好，对屈原表示不满，恰好充分说明了屈原的现实主义写作精神。对统治者的指斥，便是代表了人民的喉舌，负起了唤醒人民觉悟的责任。屈原的艺术思想如此，其不可企及的伟大之处也在于此。

屈原作品的重要篇章，已如上述。此外《九歌》及《九章》中的其他各篇虽各有特色，但我们已经举了几篇作为代表。《远游》写他神仙漫游的幻想，同样也见于《离骚》。《卜居》《渔父》二篇中，假托自己与太卜郑詹尹及江滨渔父的对话，写自己内心的犹豫，内容简单，描写也不如上述各篇那样用力。《大招》是屈原招怀王之辞，无论思想内容还是艺术技巧，都有相当可取之处，但大部分与《招魂》相同，不必一一介绍了。

## 第四节　宋玉及其他

### 一、宋玉及其作品《九辩》

屈原死后，据《史记》说，"楚有宋玉、唐勒、景差之徒者，皆好辞而以赋见称"。据汉人记载，这三人都是顷襄王时人。景差赋，《汉志》不载，可能遗失得很早。《大招》原来一说是景差之作，这很不可信。唐勒赋，《汉志》说是四篇，不幸一篇也没有保存下来，无从知其究竟。宋玉赋，《汉志》说有十六篇，现在称为宋玉作品的，除《招魂》《九辩》外，《文选》还录有《风赋》《高唐赋》《神女赋》《登徒子好色赋》《对楚王问》五篇，《古文苑》录有《笛赋》《大言赋》《小言赋》《讽赋》《钓赋》《舞赋》六篇。《渚宫旧事》引有《襄阳耆旧记》所载宋玉答楚王问高唐神女事一则，后人名为《高唐对》。与上共十四篇。其中《招魂》是屈原之作，已在前辨明。《舞赋》是傅毅之作，见于《文选》。《古文苑》所录其余诸篇，当如张惠言所说，都是后人"聚敛假托"成的。《文选》所录，虽无以知其真伪，但都有汉赋骋辞的风格，与《楚辞》的言情，尤其是《离骚》那种忧愁幽思的风格不合。应该注意的,便是《楚辞》所载的《九辩》一篇。

　　宋玉无正式的传。据《韩诗外传》和《新序》说,他事楚襄王,未被重视。据王逸说,他是楚大夫,而且是屈原的弟子。就他的作品来看,这些零星记载勉强还可相信。此外,宋玉不但是一个贫士,而且是异乡羁旅之臣。由于他在襄王那里不很得意,除了悲叹自己的身世而外,对楚国朝政颇有指斥,不但说襄王"骄美而伐武",襄王左右是"猛犬狺狺",而且说:

　　　　农夫辍耕而容与兮,恐田野之芜秽。事绵绵而多私兮,窃悼
　　后之危败。

可知他对国家的危机也有相当的认识。但他与屈原的不同处在于,他没有屈原那种为了国家和人民的利益而用生命作斗争的精神。因此他虽然不满于现实,却没有对现实提出什么改革的要求,仅是说:

　　　　尧舜皆有所举任兮,故高枕而自适。谅无怨于天下兮,心焉
　　取此怵惕?乘骐骥之浏浏兮,驭安用夫强策?谅城郭之不足恃
　　兮,虽重介之何益?

这虽然类似儒家的王道思想,但屈原主张王道的目的在于防御暴秦的霸道,宋玉却变为不抵抗主义了,这是何等懦弱迂腐!因此,在当时强邻压境的情况下,他最多只能学申包胥向邻邦乞师,甚至连乞师也感到气馁。例如他说:

　　　　窃美申包胥之气盛兮,恐时世之不固。

最后他唯一的出路是逃避现实,故在《九辩》末章,他同样幻想着神仙漫游。但他与屈原的不同处是,屈原在幻想破灭后并没有向现实的黑暗妥协,而他却说:

　　　　赖皇天之厚德兮,还及君之无恙。

重向他的主子讨好,说明他所关心的不过是个人的得失。故其作品的主要内容,不过是借秋气的萧条说明自己的身世零落之感。试看:

　　　　悲哉秋之为气也!萧瑟兮草木摇落而变衰。憭栗兮若在远
　　行,登山临水兮送将归。泬寥兮天高而气清,寂寥兮收潦而水
　　清。憯凄增欷兮,薄寒之中人。怆怳懭悢兮,去故而就新。坎廪

> 兮贫士失职而志不平。廓落兮羁旅而无友生,惆怅兮而私自怜。燕翩翩其辞归兮,蝉寂漠而无声。雁廱廱而南游兮,鹍鸡啁哳而悲鸣。独申旦而不寐兮,哀蟋蟀之宵征。时亹亹而过中兮,蹇淹留而无成。

充满悲观失望,一点奋发的志气都没有了。这当然是没落的士大夫阶层在现实的困难面前束手无策的典型表现。太史公对他不甚推重,说他"终莫敢直谏",可能就是这个缘故。但就写作艺术来说,《九辩》的成就却很值得重视。例如上举的一章,用同样的句子从头写下来,长短错落,丝毫不显得重复单调。他写自己的身世零落之感,全是通过周围的景物形象表现出来的,让人丝毫不觉得是孤立的自白。至于写景,同样与人物的心情交织在一起,丝毫不显得生拉硬凑、毫无生气。这在屈原作品中时常出现,但在《九辩》中却显得特别突出。他用了许多联绵词,像"萧瑟""憭栗""寂寥""憯凄增欷""怆恍忼慨"等,不但增加了语言的音节之美,对事物形象的刻画也增色不少,使读者看了更感到事物形象的突出。上举的一章已是如此,再看:

> 皇天平分四时兮,窃独悲此凛秋。白露既下百草兮,奄离披此梧楸。去白日之昭昭兮,袭长夜之悠悠。离芳蔼之方壮兮,余萎约而悲愁。秋既先戒以白露兮,冬又申之以严霜。收恢台之孟夏兮,然欲傺而沉藏。叶菸邑而无色兮,枝烦挐而交横。颜淫溢而将罢兮,柯仿佛而萎黄。萷櫹槮之可哀兮,形销铄而瘀伤。惟其纷糅而将落兮,恨其失时而无当。揽骐骥而下节兮,聊逍遥以相佯。岁忽忽而遒尽兮,恐余寿之弗将。悼余生之不时兮,逢此世之俇攘。澹容与而独倚兮,蟋蟀鸣此西堂。心怵惕而震荡兮,何所忧之多方。卬明月而太息兮,步列星而极明。

读到这里,看到"奄离披""离芳蔼""余萎约""收恢台""然欲傺""叶菸邑""枝烦挐""颜淫溢""柯仿佛""萷櫹槮""形销铄"等描写,谁都会感到作者此时对一切的绝望,周围景物都带着哭丧的脸,预示着死神的来临,都不禁要可怜这个穷愁文人太软弱无能了。这种描写在屈原所写的《九章·悲回风》中大量出现,但不如这段显得锤凿刻削。后人沿着这个方向发展下去,便出现了所谓汉赋。汉赋后来流于形式臃肿、内容空洞,也是过分追求这种描写方式的缘故。所幸宋玉《九辩》恰到好处。这当然更是由于《九辩》是作者激情的真实流露,与汉赋那种没有生命的拟作不可同日而语。

## 二、汉代作家略说

《楚辞》的文字,到屈原、宋玉,已达绝人跻攀的最高峰;到了汉代,便盛极而衰了。王逸注本虽还收有贾谊《惜誓》、淮南小山《招隐士》、东方朔《七谏》、严忌《哀时命》、王褒《九怀》、刘向《九叹》及王逸本人的《九思》,但其中除贾谊、淮南小山之作外,其余诸作大都被读者摈弃不顾,因而后人每有增补改编之举。其实,《楚辞》到了汉代已发展成汉赋,王逸本所录固不令人满意,但后人漫无界限地任意增补,也未见其是。严格地讲,真正保持了《楚辞》原来的情调,作者的生活也有些与屈原相似的,只有贾谊一人。

贾谊的作品,《楚辞》仅收有《惜誓》一篇,《史记·贾生传》还载有《吊屈原赋》《鵩鸟赋》,说明这两篇作品也可以上继屈原。贾谊为汉之博士,提出过很多建议,一年中便超迁为太中大夫,终因更定法令,防范诸侯,被绛、灌、东阳侯、冯敬之属所短,出为长沙王太傅,从此意不自得,常自伤悼。后来虽复为梁王太傅,但梁王堕马死后,他哭泣年余也死了。他的一生,与屈原很有些相似,因而他对屈原的遭谗放逐特别感到不平。像他说的:

> 呜呼哀哉,逢时不祥!鸾凤伏窜兮,鸱鸮翱翔。阘茸尊显兮,谗谀得志。贤圣逆曳兮,方正倒植。世谓伯夷贪兮,谓盗跖廉。莫邪为顿兮,铅刀为铦。于嗟默默兮,生之无故。斡弃周鼎兮宝康瓠,腾驾罢牛兮骖蹇驴,骥垂两耳兮服盐车。章甫荐屦兮,渐不可久;嗟苦先生兮,独离此咎。(《吊屈原赋》)

他名为吊屈原,实际上却是自我伤悼。他认为在黑暗的时代里,仁人贤士

为小人所困,古今是一样的,所以说:

> 方世俗之幽昏兮,眩白黑之美恶。放山渊之龟玉兮,相与贵夫砾石。梅伯数谏而至醢兮,来革顺志而用国。悲仁人之尽节兮,反为小人之所贼。比干忠谏而剖心兮,箕子被发而佯狂。水背流而源竭兮,木去根而不长。非重驱以虑难兮,惜伤身之无功。(《惜誓》)

不过屈原最后投水而死,他则认为,黄鹄后时,制于鸱鸮;神龙失水,困于蝼蚁;最好像鸾凤高翔,俟时而下。因此他在长沙遭到鹏鸟入舍,虽然认为不祥,却写了一篇《鹏鸟赋》来宽解自己。他的结论是:

> 且夫天地为炉兮,造化为工;阴阳为炭兮,万物为铜。合散消息兮,安有常则?千变万化兮,未始有极。忽然为人兮,何足控抟;化为异物兮,又何足患!小智自私兮,贱彼贵我;达人大观兮,物无不可。贪夫徇财兮,烈士徇名;夸者死权兮,品庶每生。怵迫之徒兮,或趋西东;大人不曲兮,意变齐同。愚士系俗兮,窘若囚拘;至人遗物兮,独与道俱。众人惑惑兮,好恶积亿;真人恬漠兮,独与道息。释智遗形兮,超然自丧;寥廓忽荒兮,与道翱翔。乘流则逝兮,得坎则止;纵躯委命兮,不私与己。其生兮若浮,其死兮若休;澹乎若深渊之静,泛乎若不系之舟。不以生故自宝兮,养空而浮;德人无累兮,知命不忧。细故蒂芥兮,何足以疑!(《鹏鸟赋》)

这很有些太史公所谓"同生死,轻去就"的达观思想。但不要认为他真的遗世达观了。实际上他的这种达观,正如朱熹说的,"伤悼无聊之故,而借以自诳者"。愈自宽解,愈见其内心的痛苦无法解除。因此,他这样"同生死,轻去就",仍是不为利禄而改变初衷,不愿意与那批庸俗小人同流合污的很彻底的自白。太史公先怪屈原为什么不肯去楚,等读了《鹏鸟赋》,才明白自己不了解屈原,才爽然自失。可见贾谊的志趣与屈原殊途同归,并无二致。贾谊的作品是他人格精神的升华,因而在文采方面虽远逊于屈原的作品,但与其余汉人那些无病呻吟之作相比,却高出甚多。屈、宋以后,只有他可算《楚辞》的殿军,便是这个缘故。

贾谊之外,勉强可以追步屈原作品的便是淮南小山的《招隐士》。小山不知为何人,王逸说是八公之徒。《文选》题作淮南王刘安,可能别有依据。不过刘安的书很多是门客所作。再就八公与刘安一道仙去的传说来看,纵是小山之流所为,起码也是刘安的旨意。刘安首先给《离骚》作传,对传扬《离骚》贡献很大。虽然他的谋反代表着贵族对官僚的斗争,与屈原有本质的差别,但由他对汉廷黑暗统治的反抗来说,确也表现出一定的历史作用。因此,他的这个作品表面上是号召隐士出仕,实际上是自伤不遇,与屈原、贾谊的歌唱有着共鸣。像:

> 桂树丛生兮山之幽,偃蹇连蜷兮枝相缭。山气巃嵸兮石嵯峨,溪谷崭岩兮水曾波。猿狖群啸兮虎豹嗥,攀援桂枝兮聊淹留。王孙游兮不归,春草生兮萋萋。岁暮兮不自聊,蟪蛄鸣兮啾啾。

便是《离骚》"时暧暧其将罢兮,结幽兰而延伫"之意。像:

> 攀援桂枝兮聊淹留,虎豹斗兮熊罴咆。禽兽骇兮亡其曹。
> 王孙兮归来,山中兮不可以久留。

便是《招魂》"天地四方,多贼奸些"之意。由于作品具有一定的写作意义,故刻画景物也显得与作者内心的苦闷相呼应,对读者产生的感染力也显得特别深入。

此外,不在王逸采录之内,勉强可以继承《楚辞》的作品,便是汉武帝的《瓠子歌》与《秋风辞》。《瓠子歌》是在宣防塞河时的祀神之作,情感上多少顾虑到民生,歌辞艺术也多少充溢着《九歌》的遗志。《秋风辞》是在汾阴祀后土时的纪行之作,乐极生悲。文中子说他是"悔心之萌",还有些感人的情致。先看《瓠子歌》:

> 瓠子决兮将奈何?浩浩洋洋兮虑殚为河。殚为河兮地不得宁,功无已时兮吾山平。吾山平兮钜野溢,鱼弗郁兮柏冬日。正道弛兮离常流,蛟龙骋兮放远游。归旧川兮神哉沛,不封禅兮安知外。为我谓河伯兮何不仁,泛滥不止兮愁吾人。啮桑浮兮淮

泗满,久不返兮水维缓。(其一)

　　河汤汤兮激潺湲,北渡回兮迅流难。搴长茭兮湛美玉,河伯许兮薪不属。薪不属兮卫人罪,烧萧条兮噫乎何以御水。隤林竹兮楗石菑,宣防塞兮万福来。(其二)

再看《秋风辞》:

　　秋风起兮白云飞,草木黄落兮雁南归。兰有秀兮菊有芳,怀佳人兮不能忘。泛楼船兮济汾河,横中流兮扬素波。箫鼓鸣兮发棹歌,欢乐极兮哀情多。少壮几时兮奈老何。

　　这几篇作品勉强可看作《楚辞》的余波;但比起屈、宋的作品,显然是强弩之末,力不足以穿鲁缟,无法再继续下去了。在这个时期,《楚辞》的变体——汉赋,恰好已壮大成熟,枚乘、司马相如相继登坛,《七谏》《九怀》《九叹》《九思》迭相仿效,毫无推陈出新之意,也就被世人遗忘了。

下 编

两汉文学

# 第六章　司马迁的《史记》与汉代散文

## 第一节　秦汉散文概说

秦自商鞅废井田设郡县以来,从社会经济基础上看,彻底废除了氏族贵族掌握生产手段的公田制度,在法律上承认自西周末年以来逐渐产生并发展而成的各级奴隶主掌握生产手段的土地私有制度。再经过秦始皇和汉代的统一,政权集于君主一身,一般的奴隶主逐渐失去了对奴隶的人身所有权,劳动力也由分属于各级奴隶主的奴隶,转变为附着于土地的解放了的农民。简单地说,在古代,劳动力是以室家为单位的氏族奴隶集团,如鲁国的所谓"殷民六族"、卫国的所谓"殷民七族"、晋国的所谓"怀姓九宗"。而秦汉以后的劳动力,是附着于土地的解放了的农奴。所谓"编户之民",即是由氏族制度束缚下的古代奴隶制度变为中古的封建制度下的平民。因此,秦汉的统治者在经济方面很重视农桑,在政治上就实行巩固地主政权的法术之治。

但秦统一不久即亡,一切措施为汉代所继承,所谓"汉承秦制"是也。但在秦末,由于陈胜、吴广等所谓"甿隶之人"的农奴大起义,造成六国豪杰再起的局面。更由于楚汉相争及景帝时吴楚七国叛乱的影响,先秦思想的余绪及战国策士的遗风又一次死灰复燃,当时人的思想呈现多元化。如张苍明律历,陆贾好纵横,叔孙通用鲁儒,盖公言黄老。而文学写作也带有战国时诸子论难及策士游说的习气。这个阶段的散文作家,汉初有陆贾,文、景时有贾谊、晁错。景、武之际,便出现了先秦思想的杂糅者、诸子论文的结束者——淮南王刘安。到了武帝时期,政治统治及经济剥削达到极限,随之在思想上也出现了一个统治之举,这便是历史上有名的罢黜百家,独尊儒术。这是董仲舒、公孙弘献策,被武帝所采用。公孙弘说武帝:"(仁义礼知)四者……皆当设施,不可废也。"董仲舒献策,便直截了当地主张罢黜百家,独尊儒术。从此学术思想全被禁锢。崇儒而儒学反衰,发展而成经学上的笺注主义。学术变成教条,一般学者但守旧说,不问是非。再加上董仲舒以阴阳五行附会经义,刘向继之,便形成了经学上的神学主义,与欧洲中世纪经院学风毫无区别。思想上既重传统,文学上也开了因袭之风。因此这时作家都缘饰经说,很少有卓见。武帝时有董仲舒,元、成时有匡衡、刘向,哀、平时有刘歆、扬雄。他们除了替统治阶级宣传或粉饰门面外,别无用途。最突出的是哀、平之际,谶纬渐兴,以迷信符瑞说经,诸经成了推背图、烧饼歌。学术堕入五里雾中,不再能拨云雾、见青天了。在这种野蛮政策之下,人们不堪重重剥削而不断地出现像南阳梅免、白政,楚地殷中、杜少,齐地徐勃,燕赵之间的坚卢、范生等的农民起义(天汉二年,即公元前99年,事见《史记·酷吏列传》)。思想方面,一部分头脑清醒的学者因不甘桎梏而产生了反对思想。他们在著述里程度不等地暴露了社会的矛盾、地主政权的腐朽,因为不合汉廷的旨趣,被视为异端。但在我们今天看来,这正是中国思想史,同时也是文学史上的优良传统。这方面的作者有武帝时的司马迁、宣帝时的桓宽、元帝时的贡禹。刘歆的经说做了王莽篡权的工具。王莽事事复古,一有不便,就朝令夕改。从此全国大扰,群雄并起,二百多年的西汉统治被王莽断送,接着王莽把自己也断送了。

　　刘秀利用符瑞迷信及一部分地主的人心思汉,完成了统一,恢复了刘氏一姓的统治。相应而生的为统治阶级服务的文人中,便有班彪和班固父子。但中兴大都是名不副实的喜剧,光武帝时农民起义并未消灭,和、顺后危机便露,再加上安、顺以后,在外不断与羌族作战,在内又有外戚宦官的互相争夺,都加重了农民的负担。农民忍无可忍,便又爆发了规模浩大的黄巾大起义。接着镇压黄巾军,形成了军阀混战的分裂局面,东汉帝国也就告终。班彪父子的官方著述,自然也引起与其相异的反对论调。这批作家继承了西汉淮南小山、司马迁的优良传统,在中国思想史、文学史上更放异彩。东汉初期的是桓谭、王充,晚期的便是王符、崔寔,再后便是荀悦、仲长统,他们都是具有独见的不可磨灭的作者。

总之,汉代散文以汉武帝时期为分水岭。武帝以前策士纷纭,而贾谊、晁错较有卓识。武帝以后学术思想定于一尊,而司马迁、桓宽与之异趣。到了东汉,班彪父子为汉廷说教,而王充、王符、仲长统能不同俗,独抒己见。思想上的分歧,反映了矛盾的两个方面。我们要介绍的自然是这些被统治阶级目为异端的作家。但与《淮南子》比肩的《吕览》是诸子论文的殿军,班固《汉书》追步《史记》,是历史传记巨著,也得一并介绍。其余无甚可取的一般论著暂时从略。

贾谊的学术大体上本于荀卿,是儒学而近于法家之学。他屡次上书陈策自用,不免策士习气。曾在河南守吴公门下,与吴公一道在荀卿那里学习。谪长沙,后来作《鵩鸟赋》,悲观厌世,接受了老庄的消极思想。这显然是汉初人思想的混杂,实也是环境转变带给他们的影响。贾谊的作品只见于《史记》《汉书》本传,以及《史记·秦始皇本纪》《汉书·陈胜项籍传》《汉书·食货志》及王逸注《楚辞》。世传《新书》,乃后人杂凑伪托其议论而成,本不可信。散文以《过秦论》《治安策》为代表。前者是论古,后者是议今。前者暴露了秦时两个阶级的矛盾,后者暴露了当代统治阶级内部的矛盾,动机实际上是一致的。

《过秦论》是千古名论,《史记》曾录为《秦始皇本纪》的结论,《汉书》又录为《陈胜项籍传》的结论,左思诗中也有"著论准《过秦》"的话,可见后人对这篇作品是如何推重。后来曹植、陆机、苏辙都有论六国秦汉得失的文章,但皆未能触及问题的中心。只有贾谊,认为秦之统一是凭借休养已久的优势,败亡是因为不能争取人民。这还不足为奇,最特出的是他拿陈胜、吴广和六国诸侯对比,秦能灭六国而不能制止陈、吴;陈、吴力量远不及六国，却能使秦覆亡。因此他的结论是"仁义不施而攻守之势异也"。他认为秦国以前对外可以因利乘便，用武力来侵夺；统一以后，还要严刑峻法，诛戮剥削，自然会造成人心离散。重视人民的力量，而且能在不同时间、地点、条件下有所区别地看问题，这是他的独见，在汉人中是少有的。《过秦论》言：

> 且夫天下非小弱也，雍州之地，殽函之固自若也；陈涉之位，非尊于齐、楚、燕、赵、韩、魏、宋、卫、中山之君；锄耰棘矜，非铦于句戟长铩也；谪戍之众，非抗于九国之师；深谋远虑，行军用兵之道，非及乡时之士也。然而成败异变，功业相反也。试使山东之国与陈涉度长絜大，比权量力，则不可同年而语矣。然秦以区区之地，千乘之权，招八州而朝同列，百有余年矣。然后以六合为家，殽函为宫。一夫作难而七庙隳，身死人手，为天下笑者，何也？仁义不施而攻守之势异也。

《治安策》主张众建诸侯、灭匈奴、禁游惰、制礼节、教太子、重德育、礼大臣，主要是为了解决统治阶级内部的矛盾而提出的。重德育是儒学的仁政思想，禁游惰是减少剥削、增加生产的根本要素，相对地照顾到人民的利益。不过他主张以风化下，要从教养太子着手，太子得教，自然能够施行仁政。这本是儒家修己安人的伦理观，但把这种希望寄托于未来的统治者，显然有些主观的空想——他不知道统治阶级与人民的利益是永远矛盾的。因而他走上了屈原的老路，抑郁终生。他在汉初可说是一个悲剧人物。他以屈原自喻，到汨罗投赋吊屈原。《史记》把他与屈原合起来作传，是很有道理的。他既有相当的政见，再加上年少气锐，所以他的文章见解精辟，气势雄俊，真如《文心雕龙》所说："贾生俊发，故文洁而体清。"作者的个性、形象，在作品中反映得异常清楚。

晁错好申商刑名之术，是为了维护地主政权的利益。他劝景帝削藩，是对残余的贵族政治的最后一次斩除。但汉廷惹不起这些宗支，把晁错杀了，使他做了统治阶级内部矛盾的牺牲品。

晁错的作品亦见《史记》《汉书》本传以及《汉书·食货志》。削藩本之于贾谊,后来武帝移民实边又是本之于晁错。他的这种主张在当时相当有远见。他在《论贵粟疏》中阐发的重农抑商的理论,是豪商与地主政权矛盾的反映。后来武帝实行盐铁均输、平准等政策,用孔仅等商人主持其事,汉代政权才成为地主、豪商、官僚三位一体的结合物。不过晁错的这篇文章很注意到农民的痛苦,用对比的方式写出农民与商人的苦乐不均,也多少替劳动人民说了些话。论证深切显明,可说反映了当时社会上剥削阶级与被剥削阶级间的重要矛盾,因此在思想上、文字上都有相当的成就。文中子说:"策莫盛于汉,汉策莫过于晁大夫。"确非虚誉。《论贵粟疏》言:

> 今农夫五口之家,其服役者,不下二人,其能耕者,不过百亩,百亩之收,不过百石。春耕夏耘,秋获冬藏,伐薪樵,治官府,给徭役。春不得避风尘,夏不得避暑热,秋不得避阴雨,冬不得避寒冻,四时之间,无日休息。又私自送往迎来,吊死问疾,养孤长幼在其中。勤苦如此,尚复被水旱之灾,急政暴虐,赋敛不时,朝令而暮改。当具有者半贾而卖,亡者取倍称之息。于是有卖田宅、鬻子孙以偿债者矣。而商贾大者积贮倍息,小者坐列贩卖,操其奇赢,日游都市,乘上之急,所卖必倍。故其男不耕耘,女不蚕织,衣必文采,食必粱肉,亡农夫之苦,有阡陌之得。因其富厚,交通王侯,力过吏势;以利相倾,千里游敖,冠盖相望,乘坚策肥,履丝曳缟。此商人所以兼并农人,农人所以流亡者也。今法律贱商人,商人已富贵矣;尊农夫,农夫已贫贱矣。故俗之所贵,主之所贱也;吏之所卑,法之所尊也。上下相反,好恶乖迕,而欲国富法立,不可得也。

刘安在武帝初谋反被诛,虽说是田蚡的煽惑,实在是封建地主政权下贵族的挣扎。因为秦汉以后,历来统治者都希望在政治上做到绝对的集权统治,而宗室都希望保留贵族的特权。历史上主张封建的大都是宗室贵族,反对者大都是朝廷官吏,这也是他们的出身决定的。刘安的思想意识自不能例外。

刘安的著作，除《淮南子》外，便是《离骚传》，原文已亡。《史记》中赞《离骚》一段，据班固《离骚经章句》及《文心雕龙·辨骚》篇可知它出于《离骚传》，寥寥数语实是了解刘安思想的很重要的依据。

《离骚传》论《离骚》说："国风好色而不淫，小雅怨诽而不乱。若《离骚》者，可谓兼之。"又云："其文约，其辞微，其志洁，其行廉。……推此志也，虽与日月争光可也。"刘安对《离骚》艺术的赞美，差不多成了对屈原的定论。

不过，刘安赞美《离骚》实在是借以自白。他是"汉之同姓"，后人怀疑《离骚》是刘安写的。刘安与屈原的悲剧行径确有些相似。

至于《淮南子》，因出于众手，在诸子中亦属杂家。这是由于秦汉的统一，学术思想趋于调和兼采；更由于武帝崇儒以前，思想异常分歧。不过他的书虽号杂家之作，实际上以老庄、阴阳为主，对儒、墨、名、法采取批判的态度，有时攻诘，有时采取。这是由于他出身贵族。老庄的无为，本是没落贵族思想的反映，但因为刘安还有所凭借，想造反，所以他并非真的无为，乃是无为而无不为。这便是黄老学者所谓人君南面之术。《主术训》讲的就是这个道理，所以说"主术者，君人之事也"。至于阴阳五行，虽然产生于老子对自然的认识，也即为子思的天人合一思想、孟子的循环命定论。它是来自封建社会土地经济的自然意识，是走入中古谶纬迷信的必然过程。他对墨、名、法或攻诘或采取，一方面是他所以成为杂家的本色，另一方面则是对时政的批判。我们要注意的便是他的这些批判：

> 逮至高皇帝存亡继绝，举天下之大义，身自奋袂执锐，以为百姓请命于皇天。……当此之时，丰衣博带而道儒墨者，以为不肖。逮至暴乱已胜，海内大定，继文之业，立武之功，履天子之图籍，造刘氏之貌冠，总邹鲁之儒墨，通先圣之遗教，戴天子之旗，乘大路，建九斿，撞大钟，击鸣鼓，奏咸池，扬干戚。当此之时，有立武者见疑。一世之间，而文武代为雌雄，有时而用也。（《泛论训》）

> 行货赂，趣势门，立私废公，比周而取容，曰"孔子之术也"。

(《泰族训》)

骂得痛快。不过当时墨家已遗在草泽,不尽如他所云。这是他因儒、墨同出于邹鲁,只据源而未按流之故也。又:

> 今若夫申、韩、商鞅之为治也,挬拔其根,芜弃其本,而不穷究其所由生。何以至此也?凿五刑,为刻削,乃背道德之本,而争于锥刀之末,斩艾百姓,殚尽太半……(《览冥训》)

揭露了作为法家末流的文法之吏凿五刑、斩艾百姓的残酷行径。

> 水浊者鱼噞,令苛者民乱,城峭者必崩,岸崝者必陀,故商鞅立法而支解,吴起刻削而车裂。(《缪称训》)

流露出贵族对法家切齿的痛恨。再看:

> 若夫俗世之学也则不然,擢德搷性,内愁五藏,外劳耳目,乃始招蛦振缱物之豪芒,摇消掉捎仁义礼乐,暴行越智于天下,以招号名声于世。此我所羞而不为也。是故与其有天下也,不若有说也;与其有说也,不若尚羊物之终始也,而条达有无之际。(《俶真训》)

甚至对当时据有天下的武帝也大加攻击。更值得注意的是《齐俗训》:

> 法与义相非,行与利相反,虽十管仲弗能治也。且富人则车舆衣纂锦,马饰傅旄象,帷幕茵席,绮绣条组,青黄相错,不可为象;贫人则夏被褐带索,含菽饮水以充肠,以支暑热,冬则羊裘解札,短褐不掩形,而炀灶口;故其为编户齐民无以异,然贫富之相去也,犹人君与仆虏,不足以论之。

对贫富两个阶级生活的悬殊,暴露得很明显。

总之,刘安站在宗室贵族的立场上,他的思想论调在当时实在有些反动。不过,从他的这些批判当中,我们可以看到汉代封建制度下政治及社会的黑暗。他由不满意武帝的统治,转而对贫苦人民寄予部分的同情。这是他的著作中值得肯定的部分。至于他的文章风格,也可由此得知。他既然是杂家,故为文好连类而及,颇似百科辞书;参以阴阳的字句,自然又充满中古宗教迷信的神秘色彩。再加上汉代辞赋盛行,他不能不受其影响。如前所引"招蜣振缱""摇消掉捎",连用很多动词,是辞赋家惯用的语言。所以他的文章很显得富丽,可说是博赡瑰玮。章太炎说:"沉思孰若庄周、荀卿,翰藻孰若《吕览》《淮南》。"把他与先秦诸子相提并论,说《淮南子》文辞华丽、深刻,一点也不错。

## 第二节　司马迁与《史记》

司马迁的生平,主要见于他所写的《太史公自序》一文。后来班固《汉书》为司马迁作传,便是根据这篇自序稍加补充而成。据班书,司马迁是左冯翊夏阳人,生于龙门。先世典周史,后分散。在秦者曰错,与张仪争论。错孙靳,事白起,与起俱赐死于杜邮(在今陕西咸阳东)。靳孙昌,为秦主铁官。昌生毋怿,毋怿为汉市长。毋怿生喜,喜为五大夫。喜生谈,谈为太史公,学天官于唐都,受《易》于杨何,习道论于黄生,仕于建元、元封之间,愍学者之不达其意而师悖,乃论六家要旨。有子即迁,生龙门,耕牧河山之阳。十岁诵古文,二十南游江、淮,上会稽,探禹穴,窥九疑,浮沅、湘。北涉汶、泗,讲业齐、鲁之都,乡射邹、峄。厄因鄱、薛、彭城,过梁、楚以归。于是迁仕为郎中,奉使西征巴、蜀以南,南略邛、筰、昆明,还报命。是岁,武帝始行封禅,父谈留滞周南(今河南洛阳一带),不得与从事,发愤且卒。迁适使返,见父于河、洛之间。谈执迁手而泣,嘱迁后为太史,"无忘吾所欲论著"。迁俯首流涕受命。卒三岁,迁为太史令。绌史记石室金匮之书,五年而当太初元年(前104),汉始改历,迁乃悉论先人所次旧闻。自黄帝始,迄武帝太初年间,为本纪十二,表十,书八,世家三十,列传七十,凡百三十篇。会李陵败陷匈奴,迁上书,以为李陵素与士大夫绝甘分少,能得人之死力,虽古名将不过也;身虽败陷,彼观其意,且欲得其当而报汉。武帝大怒,以迁为陵游说,下迁腐刑。迁以著书草创未就,隐忍苟活,凡四年。太始元年(前96),大赦,出狱,任中书令。故人益州刺史任安,投书于迁,迁报书为述己志。迁死,书稍出。宣帝时,迁外孙平通侯杨

恽祖述其书,遂宣布焉。(见《汉书·司马迁传》)

据上知司马迁是史学家。古代的史,不尽如后世限于历史的记载。在古代,学不下庶人。史乃王官之一,掌理一切学术文物的记载与保管。而古代贵族的官方学术包括六艺全部。战国以后,由于邹鲁儒、墨的传播及时代环境的需要,分裂为诸子百家。故史家在古代大都是博学之士。司马氏既有史家博学的传统,到司马谈时,"天下遗文古事靡不毕集"。而司马谈论六家要旨,又认为百家之旨皆务为治,没有被汉武帝罢黜百家的主张所蒙蔽。至于司马迁自己,十岁诵古文,为太史令后,又"䌷史记石室金匮之书"。因此,他一面保有先秦诸子自由思辨的清醒头脑,一面还保有他父亲对诸子学说批判吸收的态度。此外他年幼时"耕牧河山之阳",从事过劳动实践,二十岁以后又遍游天下名山大川,发现了很多在书本上看不到的历史人物的遗迹故事。其后武帝每次巡幸,他都随行。他自道行迹说:"西至空桐,北过涿鹿,东渐于海,南浮江淮。"如今的内地各省差不多都有他的足迹。因此,他又有实事求是、追求真理的精神。此外,武帝的集权统治,引起下层社会游侠的仇杀犯禁和各地农民的不断起义。他既然幼年种过田,放过牛羊,后来又到处游历,不耻下问,必然会接触这些人,则劳苦人民对统治阶级的仇恨反抗精神,也必然会影响到他。总之,自由思索、批判吸收的传统,实事求是、追求真理的精神,以及政治黑暗、社会矛盾的刺激,使他形成了独特的人格思想,使他与当时曲学阿世之徒不能相容,对武帝的措施感到不平,不甘于在武帝的野蛮统治之下做顺从者。因此,李陵败陷,没有人出来说话,他却担保李陵陷敌是因为势穷力孤,将来若有适当的机会,李陵定会杀敌反正的。这不是突兀的。由于营救李陵触怒了武帝,武帝用极不人道的腐刑来侮辱他。他为了完成自己的著述,只好隐忍苟活下去。具有正义感的他,与法令无度、喜怒无常的武帝相遇,自然要处处龃龉了。因此,他的一生也是一个悲剧的发展过程。这些我们要想具体地知其底蕴,只有看他的著述。他的著述主要是《史记》,其次是《汉书》本传及《文选》所载的《报任安书》。此外《太平御览》卷四〇四引有他的《悲士不遇赋》《与挚峻书》及两条《素王妙论》。

但其议论主张与《史记》无大出入。因此我们主要介绍《史记》。

《史记》一书,汉以来如班彪父子、刘知几、司马贞、张守节等都一致承认它广博(司马贞《史记索隐·序》、张守节《史记正义·序》)。这从以下三个方面可见。

## 一、取材

司马迁父谈做太史公时,"天下遗文古事靡不毕集"。司马迁自己十岁诵古文,后来又"䌷史记石室金匮之书",自然在著述方面有很多依据,因而他说写《史记》是"厥协六经异传,整齐百家杂语"。我们稍一了解,便知他搜讨之广、用力之勤。如五帝及夏、殷、周诸本纪,齐、鲁、晋、楚及韩、赵、魏诸世家,苏、张、原、尝、春、陵、乐、田诸列传,本之《诗》《书》《春秋》《国语》《国策》及《易传》《戴记》。此外像法令、簿录、辞赋、奏议、医方等,他几乎无不采集。

三代十二诸侯、六国诸表,本之牒记、《秦记》。

惠景间侯者年表,本之列传。

三王世家,据封立策文。

《伯夷列传》,据伯夷、叔齐诗传。

《管晏列传》参《管子·牧民》一篇及《晏子春秋》一书。

《老子韩非列传》参老、庄、申、韩诸子之作。

《司马穰苴列传》参《司马穰苴兵法》。

《孙子吴起列传》参《孙子兵法》及《吴起兵法》。

《仲尼弟子列传》全据《论语》中仲尼弟子之问。

《商君列传》参《商君书》中《开塞》《耕战》诸篇。

《孟子荀卿列传》参《孟子》及《终始》《大圣》等。

《屈原贾生列传》参屈原、贾谊骚赋。

《田儋列传》参《蒯通长短说》八十一首。

《郦生陆贾列传》参陆贾《新语》。

《傅靳蒯成列传》据簿录。

《扁鹊仓公列传》据黄帝《扁鹊脉书》及《仓公医药》。

《司马相如列传》据相如辞赋及《自叙》。

《淮南衡山列传》据当时的劾奏。

《儒林列传》据功令。

这些都可说"厥协六经异传,整齐百家杂语",征之故籍,皆可参验。但最令我们惊服的是,他不仅像后世史官那样编排古书,他在个人漫游或随武帝巡幸时,每到一处,每遇一人,对有关的遗文故事都亲自访问。细检《史记》各篇,很多事实都是亲自闻见。其中闻之人言的如:

黄帝、尧、舜之处闻之各长老。(《五帝本纪》)

项羽重瞳闻之周生。(《项羽本纪》)

赵王迁"其母倡也"闻之冯王孙。(《赵世家》)

秦破大梁之事闻之大梁墟中人。(《魏世家》)

孟尝君"招致天下任侠、奸人入薛中"闻之薛人。(《孟尝君传》)

荆轲事,闻之公孙季功、董生,二人与夏无且游,又闻之夏无且。(《刺客列传》)

韩信营母冢事闻之淮阴人言。(《淮阴侯列传》)

萧、曹、樊哙、滕公鼓刀屠狗卖缯之事闻之丰沛遗老及哙孙佗广。(《樊郦滕灌列传》)

朱建事闻之建子某。(《郦生陆贾列传》)

田叔事闻之田叔少子仁。(《田叔列传》)

卫青、霍去病不肯置宾客闻之苏建。(《卫将军骠骑列传》)

汲郑宾客盛衰事,闻之下邽翟公。(《汲郑列传》)

大宛事闻之张骞。(《大宛列传》)

得之亲见者,如:每次追从武帝到各地祭祀封禅,司马迁都"入寿宫侍祠神语,究观方士祠官之意……具见其表里"(《封禅书》)。再如:

> 余南登庐山,观禹疏九江,遂至于会稽太湟,上姑苏,望五湖;东窥洛汭、大邳,迎河,行淮、泗、济、漯洛渠;西瞻蜀之岷山及离碓;北自龙门至于朔方。余从负薪塞宣房……(《河渠书》)

> 吾适齐，自泰山属之琅邪，北被于海，膏壤二千里，其民阔达多匿知，其天性也。(《齐太公世家》)
>
> 适鲁，观仲尼庙堂车服礼器，诸生以时习礼其家……(《孔子世家》)
>
> 至见其图，状貌如妇人好女。(《留侯世家》)
>
> 余登箕山，其上盖有许由冢云。(《伯夷列传》)
>
> 吾尝过薛，其俗闾里率多暴桀子弟，与邹、鲁殊。(《孟尝君列传》)
>
> 吾过大梁之墟，求问其所谓夷门。夷门者，城之东门也。(《魏公子列传》)
>
> 吾适楚，观春申君故城，宫室盛矣哉！(《春申君列传》)
>
> 适长沙，观屈原所自沉渊……(《屈原贾生列传》)
>
> 吾适北边，自直道归，行观蒙恬所为秦筑长城亭障，堑山堙谷，通直道……(《蒙恬列传》)
>
> 吾如淮阴……视其母冢。(《淮阴侯列传》)
>
> 吾适丰沛，问其遗老，观故萧、曹、樊哙、滕公之家……(《樊郦滕灌列传》)
>
> 余与壶遂定律历，观韩长孺之义，壶遂之深中隐厚。(《韩长孺列传》)
>
> 余睹李将军悛悛如鄙人，口不能道辞。及死之日，天下知与不知，皆为尽哀。(《李将军列传》)
>
> 吾视郭解，状貌不及中人，言语不足采者。(《游侠列传》)

所得见闻都成为《史记》各篇最直接、最生动的宝贵史料。有些地方虽未明言，但我们可以推知。他与苏建、田仁、任安善，都曾追随卫青出征过匈奴。而他自己又曾奉使过西南夷，从巡过各地。因此像匈奴之山川形势、风土物产、道里远近，西南夷各小国方里事实，以及各地的始皇纪功刻石，或访问得之，或悉经目验，皆详而无遗。

写一部古代史，单是整理古书已不容易。司马迁不但广搜故事遗文，而且到处参观,到处访问,书本知识与实地见闻互相结合,使自己的写作更正确。这是何等实事求是、追求真理的精神。

## 二、体裁

《史记》百三十篇,计本纪十二篇,年表十篇,书八篇,世家三十篇,列传七十篇。大体说来,其中的区别,班彪父子、沈约、刘勰、刘知几、颜师古、司马贞、张守节等都有过解释。班彪说:"序帝王则曰本纪,公侯传国则曰世家,卿士特起则曰列传。"刘勰说:"本纪以述皇王,列传以总侯伯,八书以铺政体,十表以谱年爵。"但这种解释只说明了现象,并没有历史地说明它的产生、发展及完成的时代意义。下面综要述之。

1. 本纪

以纪名篇的在古代有《禹本纪》《尚书世纪》《世本》和《吕览》十二纪等。诸书或存或亡,就《竹书纪年》《吕览》推之,无不编年纪事。故本纪之作,除纪帝王以外,偏重编年。而编年之史,据《史通·六家》篇说,首属《汲冢琐语》之《夏殷春秋》。孔子《春秋》,犹在其后。唯《夏殷春秋》史公未见,孔子《春秋》传世最显。故《史记》本纪实法《春秋》,班固《汉书叙例》所谓"春秋考纪"是也。纪者纪纲,以帝王为主,编年纪事。在阶级社会,这自然是全书的组织纲领,所以叫作本纪。

因此,本纪一体,名称来源于《禹本纪》,体裁取法于孔子《春秋》。以帝王为记述中心,采取编年叙事的形式,说明它是全书的纲领。之所以名纪,与《春秋》名经用意是一样的。

2. 列传

以传名篇,其源有五:

(1)有详载本事的,像号称孔子所叙的书传。

(2)有疏通大义的,像《公羊传》、《穀梁传》、伏生《尚书大传》、韩婴《韩诗外传》是也。

(3)有训诂字句的,像《毛诗故训传》。

(4)有通论六艺的,像《论语》《孝经》,汉人都叫作传。

(5)有附经而行的,像《孟子》有经及经说,《管子》有经言经解,《韩非子》内外储说有经有传是也。

传之为体,虽分五种,主要的都是解经。《史记》列传,除详一人本末外,主要因为本纪只举一代大事,列传才详述有关各人的本末细节。可见纪如纲纪,传如纲目;纪如《春秋》之经,传如左氏之传。故刘知几说:"《春秋》则以传解经,《史》《汉》则以传释纪。"总之,列传一体,名称来源于群经的传记,取左氏为《春秋》作传的用意,与本纪互相说明。它以历史上各种人物的生平为记述中心。

3. 世家

世家之名始见于《世本》。《史记》中的《卫世家》《管蔡世家》及各国所有的世家,可能就是《世本》的世家。世家除叙侯伯以外,主要取其世代绵延,源远流长。故刘知几给世家下的定义是"开国承家,世代相续"。它与本纪的不同之处在,本纪主要是纪帝王,世家主要是纪诸侯将相。怕与帝王混同,故降为世家,以示区别,这是世家的特点。总之,世家的名称来源于《世本》,取世代相承的意思;体裁与本纪差不多,不过记述的对象是诸侯而不是帝王罢了。

4. 书

书之得名,莫古于《尚书》。《汉书》改书为志,但其内容实与书无别。《尚书》中已有记河渠的《禹贡》、论五行的《洪范》、讲刑罚的《吕刑》。其后《吕览》十二纪中有很多论乐、论兵的文章,《淮南子》中亦有《天文训》《地形训》《兵略训》及《要略》篇,都是《史记》八书的来源。也有人认为《史记》八书,根据《周官》《仪礼》《司马法》《考工记》诸书,其职乃春官、夏官、秋官、冬官之所掌,节目未详,故别为书以记之。实则《周官》晚出,史公未见。而八书所述,仅是各种典制措施的原委,并不徒记名数、器物之详,所以说"笾豆之事,则有司存",与《仪礼》《司马法》《考工记》根本不同。总之,书的名称来源于《尚书》,是纯粹的记事体,重在记载一代的典章制度,可说是政事的本末,与本纪的帝王传统、列传的人物生卒完全不同。

### 5. 表

以表名篇,古籍少见。史公自言,三代世表据牒记,十二诸侯年表据《春秋历谱牒》。据桓谭说:"太史公三代世表,旁行邪上,并效周谱。"班固说:史迁多采《世本》。《隋书·经籍志》中有《世本王侯大夫谱》。可知所谓周谱及王侯大夫谱,可能就是史公所谓牒记、《春秋历谱牒》等古代名谱,《史记》改名为表而已。

表,有"表彰""表列"二义。表彰者,是谱臣下无丰功显过,纪传书不胜书,但其姓名、行事又不容泯灭,只好列于表谱,借以省篇幅。表列者,是其事实纠纷分见各篇,不易得其条理系统,列表于书,一目了然。故刘知几说:"虽燕、越万里,而于径寸之内犬牙可接;虽昭、穆九代,而于方寸之中雁行有叙。使读者阅文便睹,举目可详。"可见表之为用,除表彰隐微而外,又取其会通全书,便于省览也。故表也者,"谱之异名,体本周谱,表彰隐微,会通全书,借悉纤微,而便省览也"。表与谱名称虽不同,实为同一体裁,来源于周谱,除了表彰隐微而外,还兼会通全书,便于观览。

由上可知,《史记》一书实包含古代史传论述体裁的全部。古代的历史记载分为六家,即《尚书》家、《春秋》家、《左传》家、《国语》家、《史记》家、《汉书》家,以记言、记事、编年、分国、通古、断代为别。实则《史记》的八书出于《尚书》,本纪本之《春秋》,列传取法《左传》,世家纪诸侯之事是《国语》一类。故《史通》虽以《史记》为六家之一,实际上《史记》即是古史的总汇,后世之史也都仿效《史记》。故六家名虽并列,但轻重大小实很悬殊,只有《史记》可说是集古史之大成,不是其余各家能比肩的。

## 三、议论

由《论六家要旨》一文来看,司马谈沿袭了汉初以来的黄老"与民休息"思想,以道家为主。但司马迁却以儒家为主,对先秦诸子都有记载,对儒家记载特详。孔子入世家,七十子、孟荀入列传,汉以来传授儒学的又都归入《儒林列传》。其余诸子,则都是好些人同列一传,或附于个别人的列传中。老、庄、申、韩同列一传,驺衍、淳于髡、慎到、环渊、田骈、接子、驺奭、公孙龙、剧子、李悝、尸子、长卢、吁子、墨翟诸人，悉附见于《孟子荀卿列传》中。这虽是由于诸子出于六艺，他为重视源流，不得不详写孔门，但也不无褒贬去取之意。话虽如此，但他对各家论断都舍短用长，从无一味迷信或一概抹杀之处。例如他在《太史公自序》中，把孔子传授古代学术的功绩说得很明显，后来到鲁参观孔子庙堂，更徘徊留恋不能去，说明他对孔子的崇敬。最使他倾倒的是孔子作《春秋》。《太史公自序》中说："孔子知言之不用，道之不行也，是非二百四十二年之中，以为天下仪表，贬天子，退诸侯，讨大夫，以达王事而已矣。"这本是引董仲舒的话，世人不明，认为史公的《春秋》之学出于董子，这话也是《春秋》正名之义，与董仲舒没有什么区别。实际上董仲舒治《春秋》，偏重正名尊王的大一统之义，是替武帝服务的。司马迁所重则是"究天人之际，通古今之变"，换言之，即追寻历史发展的规律和对人类行为的指导作用。所以说："桀、纣失其道而汤武作，周失其道而《春秋》作。秦失其政，而陈涉发迹，诸侯作难……"（《太史公自序》）这是说《春秋》是历史的一面镜子，谁仁谁暴，谁是谁非，无不纤毫毕露。不得人心的统治者，人民尽可以推翻。这与董子岂不正好相反吗？孔子是否真有司马迁所说的旨意暂不必问，但史公对《春秋》所作的这种解释却是耸人听闻的。何况他还说他写《史记》是"继《春秋》"呢！但他对儒家也有很多讽刺的地方：在《老庄申韩列传》中，记有老子教训孔子的话；在《孔子世家》中，记有晏子非毁儒者的话；在《货殖列传》中，说"无岩处奇士之行，而长贫贱，好语仁义，亦足羞也"。这虽是讽刺武帝的专横与叔孙通、董仲舒等俗儒对统治阶级的摇尾乞怜，但可见他对孔子也是取其长而去其短，不是一味迷信。

儒家而外，他对道家亦相当推崇，但亦不无贬词。他以为：

　　李耳无为自化，清静自正。（《老子韩非列传》）

　　然百姓离秦之酷后，参与休息无为，故天下俱称其美矣。
（《曹相国世家》）

　　庄周等又猾稽乱俗……（《孟子荀卿列传》）
意思是说，为政要顺人心之自然，但也不能绝对变为放任自流，故有此不同之论。

对名法家,他说:

> 申子卑卑,施之于名实。(《老子韩非列传》)
>
> 韩子引绳墨,切事情,明是非,其极惨礉少恩。(《老子韩非列传》)

对名法家能结合具体情况,不为高论,给予相当的评价,但对其深文舞弊、刻薄寡恩也明予申斥。

对阴阳家,如驺衍,极言其显赫一时:

> 驺子重于齐。适梁,惠王郊迎,执宾主之礼。适赵,平原君侧行撇席。如燕,昭王拥彗先驱,请列弟子之座而受业,筑碣石宫,身亲往师之。(《孟子荀卿列传》)

但下文却说:

> 故武王以仁义伐纣而王,伯夷饿不食周粟;卫灵公问陈,而孔子不答;梁惠王谋欲攻赵,孟轲称大王去邠(按:"大王去邠"是对滕文公语)。此岂有意阿世俗苟合而已哉!持方枘欲内圆凿,其能入乎?(《孟子荀卿列传》)

则知上文似誉而实讽。所讽者是谁呢?董仲舒大讲天人相应之说以迎合武帝的心理,不正如驺衍之流很见信任吗?

对墨家没有论述。墨家主张强本节用,人给家足,摩顶放踵以利天下,此时已多转入社会下层。《史记》所述货殖、游侠一类人物,正是墨者之流。因此《游侠列传序》对季次、原宪等固穷君子及乡曲间里被流俗的儒墨排摈不载很抱不平。对韩非不加区别地批评"儒以文乱法,而侠以武犯禁"不以为然,故又说:

> 鄙人有言曰:"何知仁义,已飨其利者为有德。"故伯夷丑周,饿死首阳山,而文武不以其故贬王;跖蹻暴戾,其徒诵义无穷。由此观之,"窃钩者诛,窃国者侯,侯之门仁义存",非虚言也。(《游侠列传》)

对世俗的势利眼光何等愤恨切齿!对儒、墨的优良传统与游侠之士何等同情!

综上,知史公于诸子中极推崇儒家孔子,其次是道家老子,对游侠之义湮没无闻极抱不平。对其余各家,亦舍短用长,分别对待。因为诸子百家本由六艺分化演变而来,则未尝不互相涵摄,互为表里。故《汉书·艺文志》说:

> 《易》曰:"天下同归而殊途,一致而百虑。"今异家者各推所长,穷知究虑,以明其指,虽有蔽短,合其要归,亦六经之支与流裔。

又说:

> 其言虽殊,辟犹水火,相灭亦相生也。仁之与义,敬之与和,相反而皆相成也。

只有太史公未受董子的蒙蔽,所以才能分别对待,富于批判精神。

以上三点,于史公之广博详述无遗。但光是广博而无选择并不足取。史公虽极广博,但非毫无系统地去取,一齐搜来凑数。如,学者多称道五帝,他认为"不离古文者近是"。又,学者皆称武王伐纣和定居于洛邑,他申明:"犬戎败幽王,周乃东徙于洛邑。"又"言吕尚所以事周虽异",他认为"要之为文武师"。"苏秦多异",他认为这是由于"异时事有类之者皆附之苏秦"。关于老子,一说是"老莱子",一说是"太史名儋",一时无法决定,他便将其并列,让后人考定。关于荆轲刺秦事,"其称太子丹之命,'天雨粟,马生角'",又"言荆轲伤秦王",他只相信公孙季功、董生所闻于夏无且之言。《禹本纪》言"河出昆仑……",对河源昆仑有很多奇怪的传说,他却说:"今自张骞使大夏之后也,穷河源,恶睹《本纪》所谓昆仑者乎?"仔细分析后才下结论,很少有武断偏信之处。

在体裁形式方面,司马迁差不多集古史之大全,但很有独特的地方。《史通》虽分古史体裁为六家,实即三体:《尚书》《国语》皆纪事体,以事为主;《春秋》《左传》皆编年体,以年为纲;《史记》《汉书》乃纪传体,以人为本。这虽然是记载形式的问题,实则仍不外时代意识的反映。因为《尚书》所载主要是王室政典,《国语》却包罗各国记事。前者说明古代学术出于王官之守，除王官所掌，别无记载；后者说明王室衰落，政权下移，诸侯成为政治舞台上的主要角色。到了《春秋》《左传》，以周正为主，统一记载，而且渗入了作者褒贬予夺的意见。这一方面说明孔子正名的目的，主观上虽是为了维护没落的王权，客观上却为秦汉的集权统治制造了理论依据。所以汉人有《春秋》为汉制法的说法。另一方面便说明学术脱离王官，下于庶人。过去是庶人不议，现在却产生了学者私人对历史事件的是非之见。到了《史记》《汉书》，则又产生了以人物为中心的新的记述体裁。这显而易见是王官失守，文学谈辩之士抬头，出现了布衣卿相的局面。同时秦汉统治者实行集权统治以后，不断打击奴隶主，奴隶逐步解放，附着于土地，取得名籍，靠生产致富起家的大有人在。作者不得不注意到社会上每个角落的各色人物，不能只注意王室的政典或几个贵族了。因此，纪事、编年、纪传三体，实际上是三个时期的时代意识的反映。假如不是史公眼光明锐，谁还能把握住这种历史的重心？

至于《史记》的议论、主张，更值得重视了。前面我们谈到司马迁对各家思想采取批判的态度，这是说他的思想并不局限于某一家范围之内，他有一套完整的思想体系。这表现在对一些历史人物的处理上，《史记》与后来的正统派或官修史书大有不同。在《史记》中，项羽并未完成统一，作者把他列入本纪；陈涉、孔子，一个是农民起义的领袖，一个是周游乞食的学者，都没有世袭的封土，作者把他们列入世家；游侠、刺客是统治阶级异常忌讳的人物，他却特意表彰。这些都是他的有意予夺。他认为项羽将兵灭秦，"政由羽出"，已具有帝王的实质。陈涉虽已死，但"所置遣侯王将相竟亡秦"，司马迁认为事业既有人继承，自然与世家无异。至于孔子，他更说："天下君王至于贤人众矣，当时则荣，没则已焉。孔子布衣，传十余世，学者宗之。"认为王侯子孙多不保其家，孔子的弟子却能世守其业，而且为学者所宗，孔子学说影响了封建社会两千多年。讲到传世，再没有比孔子传得更长更远的了。后来王安石辈硬说孔子不当列入世家，这岂不是太无见识了吗？至于游侠、刺客，章太炎说得好："击刺者，当乱世则辅民，当治世则辅法。"（《检论·儒侠》）。司马迁对这些人赞颂不绝，可见他的正义感与对统治阶级的反抗情绪。

以上都可见司马迁的独特眼光。但最值得我们注意的是《货殖列传》。儒家羞言利,孔子说:"放于利而行多怨。"孟子说:"何必曰利?亦有仁义而已矣。"但《史记》却不是这样。司马迁说:

> 至若诗书所述虞夏以来,耳目欲极声色之好,口欲穷刍豢之味,身安逸乐,而心夸矜势能之荣。使俗之渐民久矣,虽户说以眇论,终不能化。故善者因之,其次利道之,其次教诲之,其次整齐之,最下者与之争。

又说:

> 皆中国人民所喜好,谣俗被服饮食奉生送死之具也。故待农而食之,虞而出之,工而成之,商而通之。此宁有政教发征期会哉?人各任其能,竭其力,以得所欲。故物贱之征贵,贵之征贱,各劝其业,乐其事,若水之趋下,日夜无休时,不召而自来,不求而民出之。岂非道之所符,而自然之验邪?

说明饮食嗜好是本于人类要求的,天生的,自然的。生活的需要促使人类在生产上努力,因而要因势利导,不能等待、阻抑,更不能用官僚资本来操纵。至于说:

> 仓廪实而知礼节,衣食足而知荣辱。
> 
> 天下熙熙,皆为利来;天下壤壤,皆为利往。

则一直探到根本,说明礼乐刑政都建立在经济基础上,若吃饭问题不解决,一切上层措施都无以推行。这是何等深刻透彻的见解与说明!

下面我们谈《史记》的艺术。

如上所述,从《史记》对一些历史人物的处理上,已可以看出司马迁的写作态度。大致说来,他对特立独行、幽隐不彰之士特别同情,对统治阶级及其爪牙特别憎恨。例如,刘邦是汉代统治的创建者,但《史记》对他的流氓性格毫不隐瞒地全部暴露出来。他的岳丈吕公大会宾客,宾客往贺,进不满千钱坐之堂下。他声称贺礼万钱,实不持一钱。吕公大惊,迎之门,高祖因狎侮诸客,遂坐上座。(见《高祖本纪》)这是他的招摇撞骗。

彭城之战,他的父亲太公、妻子吕后被俘,项羽派人告诉他,不快投降就要烹他的父亲。他说:从前我们约为兄弟,我的父亲即是你的父亲;如果你一定要烹你的父亲,希望分我一杯肉汤喝。(见《项羽本纪》)这是他的残忍无人性。

他平时讨厌儒生,有人戴儒冠去见他,他常摘下来便溺其中。(见《郦食其传》)

他既定天下,论功行封,萧何功劳最大。群臣不服。他说:诸君只能捕获走兽,是功狗;萧何能发踪指示,是功人。(见《萧相国世家》)这是他的野蛮无礼。

他以吏的身份到咸阳服役时,别人送他奉钱三百,萧何独送五百,因此他对萧何很有好感。后来定天下,萧何功最盛,主要原因便是萧何比别人多给过他钱。(见《萧相国世家》)

陈豨将赵利守东垣,他攻之不下,还有人辱骂他。后来东垣投降了,他把骂过他的人搜出来斩首,没骂过他的一概赦免了。(见《高祖本纪》)这是他的褊狭小气、睚眦必报。

有一次他喝了酒,夜间走过大泽,有条大蛇挡在路中间,他上前把蛇斩了。后面有人见一个老太婆在那里哭,并且说:我子是白帝子,今被赤帝子斩了。有人把这话告诉他,他心中欢喜。(见《高祖本纪》)

他的妻子吕后告诉他,他所在处的上面常常有云气,只要向着云气所在地去找他,常能找到。他听了又心中欢喜。(见《高祖本纪》)

叔孙通定朝仪后,群臣饮酒,再没有喧哗失礼的情况,他说:"吾乃今日知为皇帝之贵也。"(见《叔孙通传》)

未央宫成,他宴会群臣,亲自起来给父亲太上皇敬酒,并且说:"从前大人总认为我无赖,不能像老二那样治产业。如今你比较比较,我与老二究竟谁的产业多?"群臣呼万岁,都放声大笑,感到热闹有趣。这简直是沐猴而冠,得意忘形,对自己的父母也要夸耀富贵,甚至是恃众威胁了。

既有这种主子,自然就有奉迎他的奴才。例如,萧何对刘邦行过些小惠，后来刘邦便列他功最盛、位第一。此外像《萧相国世家》所载：

> 汉王与项羽相距京索之间，上数使使劳苦丞相。鲍生谓丞相曰："王暴衣露盖，数使使劳苦君者，有疑君心也。为君计，莫若遣君子孙昆弟能胜兵者悉诣军所，上必益信君。"于是何从其计，汉王大说。
>
> 吕后用萧何计，诛淮阴侯，语在淮阴事中。上已闻淮阴侯诛，使使拜丞相何为相国，益封五千户，令卒五百人一都尉为相国卫。诸君皆贺，召平独吊……曰："祸自此始矣。上暴露于外而君守于中，非被矢石之事而益君封置卫者，以今者淮阴侯新反于中，疑君心矣。夫置卫卫君，非以宠君也。愿君让封勿受，悉以家私财佐军，则上心说。"相国从其计，高帝乃大喜。
>
> 黥布反，上自将击之，数使使问相国何为。相国为上在军，乃拊循勉力百姓，悉以所有佐军，如陈豨时。客有说相国曰："君灭族不久矣。夫君位为相国，功第一，可复加哉？然君初入关中，得百姓心，十余年矣，皆附君，常复孳孳得民和。上所为数问君者，畏君倾动关中。今君胡不多买田地，贱贳贷以自污？上心乃安。"于是相国从其计，上乃大说。

以萧何为首的功臣，主要还是由于摇尾乞怜，小心伺候，故能富贵长久，位极人臣。至于为虎作伥的狗腿，则更万恶昭彰，笔不胜诛了。《史记》对这类人的刻画则更深刻。例如《酷吏列传》：

> 杜周者，南阳杜衍人。义纵为南阳守，以为爪牙，举为廷尉史。事张汤，汤数言其无害，至御史。使案边失亡，所论杀甚众。
>
> 其治与宣相放，然重迟，外宽，内深次骨。宣为左内史，周为廷尉，其治大放张汤而善候伺。上所欲挤者，因而陷之；上所欲释者，久系待问而微见其冤状。客有让周曰："君为天子决平，不循三尺法，专以人主意指为狱。狱者固如是乎？"周曰："三尺安出哉？前主所是著为律，后主所是疏为令，当时为是，何古之法乎！"

> 至周为廷尉,诏狱亦益多矣。二千石系者新故相因,不减百余人。郡吏大府举之廷尉,一岁至千余章。章大者连逮证案数百,小者数十人;远者数千,近者数百里。会狱,吏因责如章告劾,不服,以笞掠定之。于是闻有逮皆亡匿。狱久者至更数赦十有余岁而相告言,大抵尽诋以不道以上。廷尉及中都官诏狱逮至六七万人,吏所增加十万余人。
>
> 周中废,后为执金吾,逐盗,捕治桑弘羊、卫皇后昆弟子刻深,天子以为尽力无私,迁为御史大夫。家两子,夹河为守。其治暴酷皆甚于王温舒等矣。杜周初征为廷史,有一马,且不全;及身久任事,至三公列,子孙尊官,家訾累数巨万矣。

杜周深刻狠毒,他最初只有一马,且不全,后来竟然位列三公,子孙系官,家訾累万,不问可知其地位是践踏别人获得的,其家财是勒索别人得来的。而且杜周论杀甚众,奏事便中上意,专以人主意指为狱,诏狱亦益多,大胆捕治,天子以为他尽力无私,可知其敢于胡作非为是由于背后有人支持。《史记》对杜周的罪恶不但一一定案,而且追出罪恶的主使者武帝来了,暴露得何等彻底!

再如《平准书》,简直是一部世代统治者的剥削史,从"铸钱"以至"屯戍""转粟""卖爵""增修""筑卫""穿渠""盐铁""缗钱""均输""畜牧""平准",每一兴作,每一设施,《史记》都指出它的剥削本质及所引起的恶果。如:

> 故吴、邓氏钱布天下,而铸钱之禁生焉。
>
> 宫室列观舆马益增修矣。
>
> 物盛而衰,固其变也。
>
> 江淮之间萧然烦费矣。
>
> 兴利之臣自此始也。
>
> 及入羊为郎,始于此。
>
> 于是见知之法生,而废格沮诽穷治之狱用矣。
>
> 稍骛于功利矣。

故三人言利事析秋豪矣。

是时财匮,战士颇不得禄矣。

稍稍置均输以通货物矣。

天下大抵无虑皆铸金钱矣。

而直指夏兰之属始出矣。

而县官有盐铁缗钱之故,用益饶矣。

入财者得补郎,郎选衰矣。

然兵所过县,为以訾给毋乏而已,不敢言擅赋法矣。

而地主商人因能买爵补郎,与官僚结为一体,故府库空虚,法禁繁兴。同时豪强兼并如故,结果受害的只是劳苦大众。所以他说"民多饥乏""黎民重困""人或相食"。这已不是人的世界。对这些,《史记》都毫不留情地予以斥责和揭露。

综上所述,知《史记》的记叙处处流露出作者对当时统治阶级的不满及对人民的同情。其写作的立场、态度,不待说具有很明确的人民性。他因为有一定的人民立场,因而也就毫无隐瞒地暴露了当时的黑暗现实,将当时统治阶级及其爪牙的狠毒残酷,很具体、很生动地呈现在我们眼前,叫我们认识到当时朝廷的真实面目。此外便是刻画人物,不仅真实生动,而且能把握其最重要的特征,进行集中描写,充分典型化。前举萧何、杜周已是如此,兹再举《叔孙通传》为例:

叔孙通者,薛人也。秦时以文学征,待诏博士。数岁,陈胜起山东,使者以闻,二世召博士诸儒生问曰:"楚戍卒攻蕲入陈,于公如何?"博士诸生三十余人前曰:"人臣无将,将即反,罪死无赦。愿陛下急发兵击之。"二世怒,作色。叔孙通前曰:"诸生言皆非也。夫天下合为一家,毁郡县城,铄其兵,示天下不复用。且明主在其上,法令具于下,使人人奉职,四方辐辏,安敢有反者!此特群盗鼠窃狗盗耳,何足置之齿牙间。郡守尉今捕论,何足忧。"二世喜曰:"善。"尽问诸生,诸生或言反,或言盗。于是二世令御史案诸生言反者下吏,非所宜言。诸言盗者皆罢之。乃赐叔孙通帛二十匹,衣一袭,拜为博士。叔孙通已出宫,反舍,诸生曰:"先生何言之谀也?"通曰:"公不知也,我几不脱于虎口!"乃亡去,之薛,薛已降楚矣。及项梁之薛,叔孙通从之。败于定陶,从怀王。怀王为义帝,徙长沙,叔孙通留事项王。汉二年,汉王从五诸侯入彭城,叔孙通降汉王。汉王败而西,因竟从汉。

叔孙通儒服,汉王憎之;乃变其服,服短衣,楚制,汉王喜。

汉五年,已并天下,诸侯共尊汉王为皇帝于定陶,叔孙通就其仪号。高帝悉去秦苛仪法,为简易。群臣饮酒争功,醉或妄呼,拔剑击柱,高帝患之。叔孙通知上益厌之也,说上曰:"夫儒者难与进取,可与守成。臣愿征鲁诸生,与臣弟子共起朝仪。"高帝曰:"得无难乎?"叔孙通曰:"五帝异乐,三王不同礼。礼者,因时世人情为之节文者也。故夏、殷、周之礼所因损益可知者,谓不相复也。臣愿颇采古礼与秦仪杂就之。"上曰:"可试为之,令易知,度吾所能行为之。"

于是叔孙通使征鲁诸生三十余人。鲁有两生不肯行,曰:"公所事者且十主,皆面谀以得亲贵。今天下初定,死者未葬,伤者未起,又欲起礼乐。礼乐所由起,积德百年而后可兴也。吾不忍为公所为。公所为不合古,吾不行。公往矣,无污我!"叔孙通笑曰:"若真鄙儒也,不知时变。"

据鲁两生说,叔孙通"所事者且十主",可知此人主要还是投机善变、面谀无耻。因此《史记》便抓住他的这个特征集中描写,叫我们一望便知其为人是十足的市侩作风。这是何等充分的典型刻画!

《史记》的写作还有一个特点,就是很注意内容与形式的统一。有了一定的内容,还能选择最适当的形式来表达。例如,伯夷、叔齐事迹渺茫,是非无定,作者便用将信将疑的口气;樊哙、郦商、夏侯婴、灌婴、傅宽、周緤等攻城斩将,件件都有簿录可稽,作者便用极肯定的记载,甚至极确实的数字:

击秦军亳南、开封东北,斩骑千人将一人,首五十七级,捕虏

> 七十三人……又战蓝田北，斩车司马二人，骑长一人，首二十八级，捕虏五十七人。
>
> 别西击章平军于陇西，破之，定陇西六县，所将卒斩车司马、候各四人，骑长十二人。
>
> 凡斩首九十级，虏百三十二人；别破军十四，降城五十九，定郡、国各一，县二十三；得王、柱国各一人，二千石以下至五百石三十九人。（《傅靳蒯成列传》）

至于语言的运用，更是丰富而多变化。例如：

> 富者，人之情性，所不学而俱欲者也。故壮士在军，攻城先登，陷阵却敌，斩将搴旗，前蒙矢石，不避汤火之难者，为重赏使也。其在闾巷少年，攻剽椎埋，劫人作奸，掘冢铸币，任侠并兼，借交报仇，篡逐幽隐，不避法禁，走死地如鹜者，其实皆为财用耳。今夫赵女郑姬，设形容，揳鸣琴，揄长袂，蹑利屣，目挑心招，出不远千里，不择老少者，奔富厚也。游闲公子，饰冠剑，连车骑，亦为富贵容也。弋射渔猎，犯晨夜，冒霜雪，驰坑谷，不避猛兽之害，为得味也。博戏驰逐，斗鸡走狗，作色相矜，必争胜者，重失负也。医方诸食技术之人，焦神极能，为重糈也。吏士舞文弄法，刻章伪书，不避刀锯之诛者，没于赂遗也。农工商贾畜长，固求富益货也。此有知尽能索耳，终不余力而让财矣。（《货殖列传》）

他把这些人的心理面貌恰如其分地刻画出来。至于用语，不过是说他们的活动都是为了钱财，但有"为重赏使也"，有"其实皆为财用耳"，有"奔富厚也"等八九种之多。这是他的语言丰富而多变化的最显明的说明。最特别的是，他不但同情人民，写作注意到社会下层，如《货殖列传》《游侠列传》《日者列传》《龟策列传》《扁鹊仓公列传》等。因为他长期漫游，深入民间生活，他的文字也吸收了不少民间口语，使他的描写更生动有力。例如：

> 陈涉为王后，有一个过去跟他一道佣耕的故人去看他，看见殿屋帷

帐,不禁说:夥颐!陈涉为王了,真了不起,莫测高深。楚人把"多"叫作"夥",因而当时到处传说这件事。(见《陈涉世家》)

刘邦想把太子废了,另立戚姬子如意为太子。大臣争持已经无效,只有周昌还在当众反对,不肯罢休。昌为人口吃,又好愤怒,便说:"臣口不能言,然臣期期知其不可。陛下虽欲废太子,臣期期不奉诏。"(见《张丞相列传》)

司马迁用了当时的口语,使所描写的人物更为酷肖逼真。这里写陈涉故人、周昌,不但不失分寸地记录出他们的话,甚至活现出他们说话时的神情。

《史记》不但爱采用当时的口语,甚至判断是非也引用民间谣谚。如他讽刺佞幸,便说:

> 谚曰"力田不如逢年,善仕不如遇合",固无虚言。非独女以色媚,而士宦亦有之。(《佞幸列传》)

韩非并讥儒侠,他便说:"鄙人有言曰:'何知仁义,已飨其利者为有德。'"(《游侠列传》)反讥这种批评是势利。

扁鹊、仓公为人所忌,不能立足,他便说:

> 女无美恶,居宫见妒;士无贤不肖,入朝见疑。故扁鹊以其伎见殃,仓公乃匿迹自隐而当刑。(《扁鹊仓公列传》)

秦汉以来,商业发达,甚至锥刀之利也有人追逐。他说:"夫用贫求富农不如工,工不如商,刺绣文不如倚市门,此言末业,贫者之资也。"认为投机取巧是商业社会人心的一般趋向。

这里他引用俗谚,与一般汉儒动辄引用六经圣人之言作为判断是非的标准是一样的。但六经圣人之言大半是过时的滥调,而这些谣谚不但代表着人民群众的公是公非,而且因为它们是流传在人民群众口头上的活的东西,所以处处流露出一种简捷明了的新颖意味。

总之,《史记》的论述涉及面颇广,这固然由于司马迁家族世代的史学传统、他个人的努力及天下图书毕集于太史公,实则也是秦汉以来大一统及政治上的集权局面在学术方面的反映,与《吕览》《淮南子》形成于杂家是一样的。此外,《史记》批判的论点、实事求是的精神、以人为中心的记载,虽说是受司马谈的诸子批判思想的影响,司马迁个人实地采访的习惯,以及古史体裁的发展所致,实则也是古代的王官失守以后,在贵族意识支配之外,新产生的学者的贤愚是非之见,以及秦汉统一,社会变革后,奴隶解放取得名籍的国民意识的反映。这两者也可说是矛盾意识的两方面。而这种矛盾意识,也可说是当时矛盾的现实的反映。但这种矛盾并不是主要的。《史记》中的矛盾意识还有最具体、最尖锐的现实背景,那即是天汉二年(前99)泰山徐勃等的农民起义。据《酷吏列传》记载,当时的农民起义范围颇大:"南阳有梅免、白政,楚有殷中、杜少,齐有徐勃,燕赵之间有坚卢、范生之属。大群至数千人,擅自号,攻城邑,取库兵,释死罪,缚辱郡太守、都尉,杀二千石,为檄告县趣具食;小群(盗)以百数,掠卤乡里者,不可胜数也。"可见当时农民的英勇。统治者是怎样应付的呢?"于是天子始使御史中丞、丞相长史督之。犹弗能禁也,乃使光禄大夫范昆、诸辅都尉及故九卿张德等衣绣衣,持节,虎符发兵以兴击,斩首大部或至万余级,及以法诛通饮食,坐连诸郡,甚者数千人。数岁,乃颇得其渠率。"但结果"散卒失亡,复聚党阻山川者,往往而群居"。最后"无可奈何。于是作'沈命法',曰群盗起不发觉,发觉而捕弗满品者,二千石以下至小吏主者皆死。其后小吏畏诛,虽有盗不敢发,恐不能得,坐课累府,府亦使其不言。故盗贼寖多,上下相为匿,以文辞避法焉"。

汉代对当时的农民起义,一直没有镇压下去。后来王莽时新市、平林、赤眉、铜马各路农民起义,未尝不是继承这些起义者的传统。恰好李陵陷敌,司马迁为李陵关说,是在这次农民起义的次年(天汉三年,即公元前98年)。可见《史记》对汉代统治者尖刻露骨的讽刺,对游侠等社会下层人士的歌颂,是有其现实基础的。过去都认为《史记》是司马迁遭受腐刑后的个人不平之鸣,其实是属稿在先,遭腐刑在后。武帝的黑暗统治引起人民群众的大力反抗,《史记》早见及此。故司马迁一开始即是武帝黑暗统治下的一个反抗人物,自然他的《史记》代表着当时被压迫剥削的大多数人的情感和愿望。他的暴露、讽刺针对的是现实的黑暗无理,充满了感愤不平和同情悲悯,是他一生人格思想的集中表现,也是他的成就的真正基础。

自从《史记》出现,散文史上有了传记的形式,对历史人物有了完整的叙述,其创作手法便于结合生活、刻画个性、集中修饰,给后世文学提供了塑造人物形象的完美范例。除后世正史完全遵循它的体例外,甚至于魏晋以后的家传、别传,唐宋的传奇小说,也从《史记》的描写手法中得到启示。

自元、明直到如今,很多表现春秋、战国、秦、汉间历史事件的戏剧,虽说取材于《东周列国志》《后列国志》《楚汉演义》等历史小说,但穷原竟委,这些小说又都是根据《史记》的描述演义而成。假如没有《史记》对《左传》《国语》《国策》《楚汉春秋》等书加以贯穿整理,后世的小说、戏剧也很难概括地集中,从杂乱的史料中剪裁出完美的作品。

## 第三节 《史记》以后的作者

### 一、桓宽与《盐铁论》

桓宽,《汉书》无传,其生平见《车千秋传赞》。据《车千秋传赞》知宽字次公,宣帝时以治《公羊春秋》为郎,仕至庐江太守丞,著作唯传《盐铁论》。原来昭帝始元六年(前81),诏举郡国贤良文学,了解人民疾苦和弊政。贤良文学请求罢除盐铁、酒榷、均输、平准,与御史大夫桑弘羊等互相诘难。到宣帝时,桓宽才搜集当时的对话记录,通过自己的想象增加目录,编撰成书,凡六十篇。可以说一半是实事,一半是推演而成。这书是对话体,是对话双方的自我暴露和互相责难。最后一篇《杂论》,借某客的话,对御史大夫与贤良文学的争论有所批评。这客即是桓宽自己。从这段批评中可以看出桓宽的思想倾向。

他认为贤良文学推原六艺,陈述王道,抒发愤懑,讽刺公卿,不畏强御;御史大夫言利忘义,车丞相两面讨好,阿谀逢迎,全是些斗筲之徒,不值得重视。比较起来,他很重视直言矫俗的贤良文学,这是因为两汉仕进不出郎、吏两途。郎是近臣卫士,大部分是从贵族子弟或州郡阀阅中选举出来。吏是佐治僚属,大部分由将相牧守自行擢用,成分比较复杂。桓宽上世无考,他以治《公羊春秋》举为郎,可能出身于州郡阀阅,都是代表一般地方地主利益的,无怪乎他很同情贤良文学了。

话虽如此,奇怪的是除末篇《杂论》以外,其余五十九篇都是御史大夫与贤良文学的问答。两方除互相诘难外,还有很多尖锐的讽刺,他都无所掩饰地全部记述出来。这可看到他的客观态度。

原来武帝罢黜百家,独尊儒术,仅是为了粉饰表面。至于政治上的一切措施,则全是法术家的一套。这是由于秦汉政权是地主政权,法家正是私有财产的保护者,故秦汉官吏大都是文法酷吏。至于武帝独尊儒术,是由于秦国的速亡使法家的声誉一落千丈。恰好法家的集权主张与儒家的正名主义有相似的地方。用儒术来掩人耳目,在地主集团中,对贵族地主更有利。因此汉代政策是外儒内法,是用儒家的礼乐来装饰法家的法术而已。武帝实行盐铁、酒榷、均输、平准,本是用以抑制豪强兼并的。但豪强之家可以买爵,与官僚勾结一气,所苦的只是一般劳苦人民。由于无限制的剥削,农村破产,影响到封建统治的社会基础,便形成了一般地主与官吏贵族地主的矛盾。代表贵族地主的是朝廷的御史大夫,代表一般地主的是州郡的贤良文学。对现实问题束手无策引起的内部争吵、文学与大夫之争,根究起来,实即地主政权的内部之争。《盐铁论》这部书采用对话体,就是这个缘故。作者桓宽虽然同情贤良文学,但由于他很客观地保存了、展现了两方面的尖锐争论,因而也暴露了汉代统治者外儒内法的破绽。试看:

> 大夫曰:"呻吟槁简,诵死人之语,则有司不以文学。文学知狱之在廷后而不知其事,闻其事而不知其务。夫治民者,若大匠之斫,斧斤而行之,中绳则止。杜大夫、王中尉之等,绳之以法,断之以刑,然后寇止奸禁。故射者因势,治者因法。虞、夏以文,殷、周以武,异时各有所施。今欲以敦朴之时,治抗弊之民,是犹

迁延而拯溺，揖让而救火也。"

文学曰："文王兴而民好善，幽、厉兴而民好暴，非性之殊，风俗使然也。故商、周之所以昌，桀、纣之所以亡也，汤、武非得伯夷之民以治，桀、纣非得跖、蹻之民以乱也，故治乱不在于民。孔子曰：'听讼吾犹人也，必也使无讼乎！'无讼者难，讼而听之易。夫不治其本而事其末，古之所谓愚，今之所谓智。以棰楚正乱，以刀笔正文，古之所谓贼，今之所谓贤也。"（《大论》）

这里大夫把文学看作腐儒，文学把大夫看作酷吏，互相责难，无所遮掩。作者并载两方诘难，无所隐饰，可说是二者并讥了。

在《散不足》篇中，由文学用古今对比的方式，指出了一大堆武帝政策的靡费，结果是：

一杯棬用百人之力，一屏风就万人之功，其为害亦多矣！

统治阶级把自己的享乐建立在人民的痛苦之上。这种对现实的批评，一方面可说是贤良文学刺讽公卿，不畏强御；一方面也可说是作者对统治阶级的憎恨和对人民的同情。再加上武帝时发动了好多次对外族的侵略战争，承担这种徭役赋税的是劳苦大众，即所谓"细民"。过分"刻急细民"，自然要造成细民不堪，流亡远去了。（见《未通》）

最后活路已尽，便被逼上梁山。所以说：

师旅相望，郡国并发，黎人困苦，奸伪萌生，盗贼并起，守尉不能禁，城邑不能止。然后遣上大夫衣绣衣以兴击之。当此时，百姓元元，莫必其命，故山东豪杰，颇有异心。（《西域》）

"山东豪杰"即指《史记·酷吏列传》中所说的以泰山徐勃等为首的汉代第一次农民战争。对统治者来说，这简直是一种威胁。这固然是贤良文学刺讽公卿，但无意中却反映出地主集团内部因对现实问题束手无策而引起争吵的当时社会的主要矛盾——阶级矛盾。

《盐铁论》逼真无失地记述了两方面的问答，一方面是酷吏，一方面是腐儒，故两方面的语言具有不同风格：大夫深刻，切近事情；文学浮夸，斐然成章。但两方面有一个共同风格，即问答都驰骋口说，泛滥无止。这是受了当时辞赋的影响，也是封建社会土地兼并、财富集中意识的反映。不过桓宽与一些赋家写作的不同处是，赋家大都脱离现实，所写仅是些空虚无实之辞；《盐铁论》的写作，则是社会现实的深刻反映。因此后来的王充推崇此书说：

> 两刃相割，利钝乃知；二论相订，是非乃见。是故韩非之《四难》，桓宽之《盐铁》，君山《新论》之类也。

说明用对话体备载两方面争论，从而是非分明的优点。章太炎说：

> 汉论著者，莫如《盐铁》；然观其驳议，御史大夫、丞相史言此，而文学、贤良言彼，不相剀切。有时牵引小事，攻劫无已，则论已离其宗；或有却击如骂，侮弄如嘲，故发言终日，而不得其所凝止，其文虽博丽哉，以持论则不中矣。（《国故论衡·论式》）

说他博丽，这确是汉文的一般风格。说他如骂如嘲，有意贬低，其实这正是《盐铁论》有血有肉的地方。

综上所述，自贾谊、晁错至王符、仲长统诸人，是两汉散文的主要作家，其著作或属政论，或属史传，或属语录，或系杂评，或系史论，但有一个共同点，即对当时统治阶级的罪恶及正统思想采取暴露、批评的态度，不同于一般苟取富贵之徒的面谀，在封建社会为最有性格的清醒的作者。至于代表官方正统思想的作家，最重要的有武帝时与淮南王、司马谈殊论的董仲舒，明帝时与王充背驰的班固，灵帝时与仲长统异操的蔡邕。董仲舒有名的《举贤良对策》，虽然也谈到富者田连阡陌，贫者无立锥之地，但他的主张主要是发挥《春秋》大一统之旨，替武帝完成统一思想的工作，可说为主人作保。蔡邕虽然也有论鸿都门学奏请正定六经文字等事，但其作品大部分是谀墓的碑版。据蔡邕自己说，他作碑铭皆有惭德，唯作郭有道碑铭无愧色。可见他是拿文学做商品，做修饰门面的玩意。作品没有灵魂，便一定是没有什么思想内容的东西，不值得称道。

《史记》以后，在《史记》的直接影响下出现的另一部传记史巨著，便是班固的《汉书》。

## 二、班固与《汉书》

班固,字孟坚,扶风安陵(今陕西咸阳东北)人。父彪,续前史未就。固潜精研思,以就其业。曾有人上书明帝,告固私改国史,诏下狱。其弟超诣阙上书,明帝奇之,召诣校书部,除兰台令史。后迁为郎、典校秘书。探撰前记,缀集所闻,以为《汉书》。起于高祖,终于王莽之诛。为帝纪十二、表八、志十、列传七十,共百卷。当世甚重其书,学者莫不讽诵焉。自为郎后,遂见亲近,每行巡狩,辄献上赋颂。朝廷有大议,使难问公卿,辩论于前。后迁玄武司马。建初中,天子令诸侯同作《白虎通德论》,令固撰集其事。永元初从大将军窦宪出征匈奴,为中护军。晚年因窦宪得罪,他也被牵连,系狱而死,年六十一。班氏一家屡代显贵,父彪又是替汉代贵族作宣传的《王命论》的作者,再加上班固生于光武中兴之后,所以他的思想十足代表了当时的一统思想。他的主要著作是《汉书》,体例全仿《史记》,不过《史记》是通史,《汉书》则断代为界。他的正统思想可由他论《史记》数语得知。他说:

> 司马迁据《左氏》《国语》,采《世本》《战国策》,述《楚汉春秋》,接其后事,讫于大汉。其言秦汉,详矣。至于采经摭传,分散数家之事,甚多疏略,或有抵梧。亦其涉猎者广博,贯穿经传,驰骋古今,上下数千载间,斯以勤矣。又其是非颇缪于圣人,论大道则先黄老而后六经,序游侠则退处士而进奸雄,述货殖则崇势利而羞贱贫,此其所蔽也。(《司马迁传》)

这里他所指出的《史记》的一些谬误,其实正是《史记》见解独特的地方。他要以圣人之言为是非标准,这是何等蔽固的奴婢思想。因此他把陈胜、项羽退居列传,意思是说陈、项称王是潜窃,真正的受命之主是高祖刘邦。这显然是他父亲班彪的王命论的注脚。

此外,《史记》论游侠说:

> 其私义廉洁退让,有足称者。名不虚立,士不虚附。至如朋党宗强比周,设财役贫,豪暴侵凌孤弱,恣欲自快,游侠亦丑之。

班固则说：

> 古者天子建国，诸侯立家，自卿大夫以至于庶人各有等差，是以民服事其上，而下无觊觎。……背公死党之议成，守职奉上之义废矣。……以匹夫之细，窃杀生之权，其罪已不容于诛矣。（《汉书·游侠传》）

这岂不是说，阶级统治是绝对的，绝不允许人民有正义的斗争吗？

还有《史记》论货殖说：

> "仓廪实而知礼节，衣食足而知荣辱。"礼生于有而废于无，……人富而仁义附焉。

班固则说：

> 古之四民不得杂处。……朝夕从事，不见异物而迁焉。……是以欲寡而事节，财足而不争。于是在民上者，道之以德，齐之以礼，故民有耻而且敬，贵谊而贱利。

这更是堵塞人民的耳目，叫人民不知不识，忍受统治阶级压迫剥削的论调。

因此，《汉书》成了正统思想的宣传品、封建忠臣的教科书，读《汉书》也成为一般所谓志士良臣的动人花招。正因此，也就招来了文人的非议。像傅玄便说班固："论国体则饰主阙而抑忠臣，叙世教则贵取容而贱直节，述时务则谨辞章而略事实。"借用班固讽刺《史记》的口吻来讽刺班固。这真可说是咎由自取了。不过西汉以农民起义亡国，至东汉光武帝末年，农民战争才逐渐平息。虽然董仲舒、刘向的五行灾异之说经过光武帝宣布图谶，愈益走向神秘、迷信，但经此震撼，班固的思想也发生了变化。再加上他父亲的学生王充已大张旗鼓地反对谶纬迷信，他也不自觉地变成折中于神人间的二元论者了。因此在《汉书》里，既有备载五行阴阳灾异的《五行志》，也有条列学术源流的《艺文志》。《艺文志》虽根据刘歆《七略》，但《七略》原书已亡，依赖《艺文志》保存下来的，不但没有收入当时流行的谶纬，甚至连一点灾异迷信的气息也没有。古代的学术思想由此可以推知大概。因而《汉书》对学术史、思想史贡献匪浅。《汉书》因为是历史传记,论断假有不同事实的记述,多少还保留着当时的真相。再加上班固是博士学官,为经学思想的结集《白虎通》一书的执笔者,繁琐的经院学风对他不无影响,因此《汉书》的记述很详密。虽然他对人物的处理与《史记》不同,然而由于详密地记述是非善恶,依然昭彰于世。例如《霍光传》描写霍光为人的小心谨慎、矫情饰行:

> 光……出则奉车,入侍左右,出入禁闼二十余年,小心谨慎,未尝有过……

> 光为人沉静详审,长财七尺三寸,白皙,疏眉目,美须髯。每出入下殿门,止进有常处,郎仆射窃识视之,不失尺寸。

还有他与田延年、张安世计废昌邑王刘贺临去时的假慈悲:

> 光谢曰:"王行自绝于天,臣等驽怯,不能杀身报德。臣宁负王,不敢负社稷。愿王自爱,臣长不复见左右。"光涕泣而去。

他在辅宣帝时,连宣帝自己也感到像芒刺在背一样的逼人声势:

> 宣帝始立,谒见高庙,大将军光从骖乘,上内严惮之,若有芒刺在背。后车骑将军张安世代光骖乘,天子从容肆体,甚安近焉。

把一个矫饰伪善、声势煊赫的权臣的面貌刻画得细致入微。此外,《李陵传》描写李陵为人意气慷慨,《王莽传》描写王莽为人虚伪庸妄,《外戚传》中描写李武,《李夫人传》中描写在统治阶级的淫威下以色事人的女子的可怜相,《赵皇后传》中描写赵飞燕姊妹争宠陷害的残酷行为及统治阶级后宫的淫乱生活,都是传神之笔。

因此,《汉书》有一定的优点,这便是华峤所说的:

> 若固之序事,不激诡,不抑抗,赡而不秽,详而有体,使读之者亹亹而不厌,信哉其能成名也。(《后汉书》引华峤语)

缺点如前文傅玄所说。

司马迁、班固因为立场不同,思想亦异,故其表现方式也有区别:《史记》爱用单笔,可以随意变化;《汉书》喜用复笔,自然趋于整密。东汉以后,复笔盛行,开了晋宋骈偶的风气,也可见班固的影响之大。《史记》因为被有些封建士大夫目为谤书(《后汉书·蔡邕传》),不易流通,等到为人注意,已经是唐宋时代的事了。

## 三、王充与《论衡》

王充,字仲任,会稽上虞(今属浙江绍兴)人,活动于明帝、章帝时代,约与班固同时。祖上"以农桑为业","举家檐载","以贾贩为事"。一方面说世代微贱,另一方面却"任气伤杀""勇势凌人",具有不畏强暴的战斗精神。王充性不谐俗,终身潦倒,都与他的出身有关。他到洛阳,师事班彪,受到班彪王命论的影响。但因他的出身及性格,他在这位老师门下可能不很得意,所以他曾一个人在洛阳书肆观书,后来又谢别老师自立门户,实非偶然。因此他的学术思想可以说是出于儒家而又背叛儒家的。

此外,王充思想的形成还有其现实背景。自董仲舒、刘向以阴阳五行附会经说,遂产生了哀、平以来的谶纬。到了东汉光武帝,更假手于宗教迷信,以求统治的合理,于建武中元元年(56)"宣布图谶于天下"(《后汉书·光武帝纪》)。到了章帝,又于建初四年(79)大会博士儒生于白虎观,"讲议五经同异……作《白虎议奏》"(《后汉书·肃宗孝章帝纪》)。《白虎议奏》即《白虎通德论》,简称《白虎通》,执笔者正是班彪的儿子班固。王充既与班彪不合而去,自然与他的这位师兄班固的意见也格格不入了。何况《白虎通》乃是汉代博士学官的正统经学思想,性不偶俗的王充自不能忍受此等思想的蔽固,自然要反对迷信谶纬。这可说是对当时统治思想的一种反抗。

王充的著作据《论衡·自纪篇》有《讥俗》《节义》《政务》《养性》《论衡》五种。今但存《论衡》一书,余皆不传。此外尚传《果赋》"冬实之杏,春熟之甘"两句,无关紧要。今但论《论衡》。

自董仲舒、刘向以阴阳五行灾异说经,哀、平之际又产生了很多谶纬,到了光武帝宣布图谶,章帝论定《白虎奏议》,从此宗教迷信统治了一切。《论衡》所抨击的便是当时宗教迷信统治下形成的虚妄习俗。王充要攻破它,非从根本着手不可。因此他首先主张"自然无为,天之道也"(《初禀

篇》)。《物势篇》进一步说"天地合气,人偶自生",认为人类万物全是自然产生的,毫无天意在内,所以说:

"天地故生人。"此言妄也。(《物势篇》)

又说:

夫天不能故生人,则其生万物亦不能故也。(《物势篇》)

至于物之相胜,他认为完全是器官力量的强弱所致,所以说:

夫物之相胜,或以筋力,或以气势,或以巧便。小有气势,口足有便,则能以小而制大;大无骨力,角翼不劲,则以大而服小。(《物势篇》)

这很明显是进化论的观点。因此他对当时流行的五行生克之说大肆攻击。他说:

人有勇怯,故战有胜负,胜者未必受金气,负者未必得木精也。(《物势篇》)

他既重视人类万物的物质基础,因此便认为:

人有死生,物亦有终始。(《辨祟篇》)

他也反对秦汉以来盛传的神仙不死之说和人死为鬼之说。他说:

形须气而成,气须形而知。天下无独燃之火,世间安得有无体独知之精?(《论死篇》)

人死无知,故厚葬无益,因此他提倡薄葬,认为:

则死无知之实可明,薄葬省财之教可立也。(《薄葬篇》)

所以,他对祭祀鬼神能除祸、得福、免灾的解说加以攻击,认为福祸在人不在鬼,在德不在祀。他既认为人与物无异,自然也认为圣人的"耳目闻见,与人无别;遭事睹物,与人无异",不相信有生而知之的圣人,认为"所谓'圣'者,须学以圣"(《实知篇》)。

他如此不信虚妄,只重实知,因此很重视事实的证验,认为"凡论事者,违实不引效验,则虽甘义繁说,众不见信"(《实知篇》)。但他绝没有陷入经验主义的泥潭。相反,他讥墨子是"不以心而原物,苟信闻见,则虽效验章明,犹为失实"(《薄葬篇》),说明经过逻辑推理得到的知识才不失实。因此他认为知识是以感觉经验为根据,加以逻辑上的推理而已。

> 揆端推类,原始见终,从闾巷论朝堂,由昭昭察冥冥。(《实知篇》)

> 齐部世刺绣,恒女无不能;襄邑俗织锦,钝妇无不巧。日见之,日为之,手狎也。使材士未尝见,巧女未尝为,异事诡手,暂为卒睹,显露易为者,犹愦愦焉。方今论事,不为希更,而曰材不敏;不曰未尝为,而曰知不达,失其实也。(《程材篇》)

万物包括人都是自己生成的,并没有什么上帝的意旨。他主张无鬼薄葬,认为人死无知,厚葬无益;主张据情实知,认为论事应有事实的证验。这简直是实事求是的起源。

总之,王充主张自然无为、无鬼薄葬、据情实知,都是对汉代宗教统治下盛行的谶纬迷信的尖锐批评。再看他从气势、筋力上说明物类相胜的道理,从精神依倚形体上论证鬼神的不存在,从实践的直接经验上指出知识的起源,更处处显示出科学的、唯物的、积极的精神。但王充的思想也有其历史的局限性。他博学不遇,当时农民运动转入低潮,汉廷的统治正值所谓中兴时期,因而他的理论立足在"自然"的观点上,他也正由此形成了自然至上的看法。他说"天地不故生人""人偶自生""物偶自成",又含有宿命论的色彩。因此他虽然认为人与物无异,圣人与人无别,但在偶然决定的现实下,把人类的寿夭富贵归于筋力、才智的不同,而这筋力、才智的不同便是与生俱来的命。所以他说:

> 夫命富之人,筋力自强,命贵之人,才智自高,若千里之马,头目蹄足自相副也。(《命禄篇》)

由于他把自然看作无上的权威,在自然决定一切整体和个体的观点下,便产生了"国命胜人命,寿命胜禄命"(《命义篇》)的说法。至于国命,不问可知是取决于自然的天时了。所以他说:

> 世之治乱,在时不在政;国之安危,在数不在教。贤不贤之君,明不明之政,无能损益。(《治期篇》)

因而结论是"命则不可勉,时则不可力"(《命禄篇》),完全由机械论陷入宿命论了。

因此,他所评论的对象仅是汉代宗教统治下形成的虚妄习俗,并没有勇气对统治者本身提出什么意见。相反,他与一般俗儒一样,对汉代统治极尽歌颂之能事,如《齐世篇》《宣汉篇》《恢国篇》《验符篇》《须颂篇》皆是。这显然是他论著中的污点。不过谶纬迷信是汉代俗儒思想的主体,是汉代统治者的理论根据。经过王充这一批判,汉儒的正统思想发生了根本的动摇。虽然这种批判的思想发端于桓谭,但大张旗鼓、很有体系地反击谶纬迷信是从王充开始的。虽然儒家思想产生动摇,老庄思想被人注意,儒家被玄学濡染,并造成魏晋的清谈,但儒学与谶纬分开,对儒家学说来说也是不幸之幸。

此书初出时中原还没有传本,后来蔡邕入贡,首先弄到它,秘藏起来,当作谈助。王朗在会稽也得到了它,回许下后,"时人称其才进"。可见《论衡》一书对魏晋清谈的助长作用。

魏晋清谈招致亡国,自当别论。但王充反俗儒,反迷信,把儒学从方士怪说中解放出来,号召学者怀疑传统,冲破蔽固,进行自由思考,导引出魏晋名理的论辩。

基于上述内容,王充的文学风格及著作目的亦不难窥知。他说:

> 《论衡》之造也,起众书并失实,虚妄之言胜真美也。故虚妄之语不黜,则华文不见息;华文放流,则实事不见用。故《论衡》者,所以铨轻重之言,立真伪之平,非苟调文饰辞,为奇伟之观也。(《对作篇》)

不过王充毕竟是一个评论家,对问题分析得异常精深,常常为一个道理寻根到底,不肯罢休,因而也无暇顾及艺术形式的完美。正如章太炎说的:"今汉籍见存者,独有王充不循俗迹,恨其文体散杂,非可讽诵。"(《国故论衡·论式》)因此,我们应注意的还是他在文学批评方面的贡献。

王充在《对作篇》中曾说他写《论衡》的目的是"黜虚妄""息华文""用

实事"。"黜虚妄"既是他的目的,其写作方式自然要"息华文"了。他认为著述写作主要是为了辅政,著论与上书是一样的。

> 上书奏记,陈列便宜,皆欲辅政。今作书者,犹书奏记,说发胸臆,文成手中,其实一也。(《对作篇》)

尽管他所谓的政与我们今天所谓的政内容不同,但他主张文章为政治服务,在理论上是一样的。

他又在《自纪篇》中主张文学也应当明白易晓:

> 夫笔著者,欲其易晓而难为,不贵难知而易造;口论务解分而可听,不务深迂而难睹。

他认为文字的作用是代替语言,应该要求一致:

> 夫文由语也,或浅露分别,或深迂优雅,孰为辩者?故口言以明志,言恐灭遗,故著之文字。文字与言同趋,何为犹当隐闭指意?……经传之文,贤圣之语,古今言殊,四方谈异也。当言事时,非务难知,使指闭隐也。后人不晓,世相离远,此名曰语异,不名曰材鸿。浅文读之难晓,名曰不巧,不名曰知明。秦始皇读韩非之书,叹曰:"犹独不得此人同时。"其文可晓,故其事可思。如深鸿优雅,须师乃学,投之于地,何叹之有?(《自纪篇》)

必要时应采用俗语。经传难懂,有时代与地域的限制及人为文的隐闭难知,实在算不上什么高明。

他反对虚妄,看重实用,主张文学为政治服务,主张文字应该明白如话,有很多地方与我们今天所提的文学应该为现实服务,应该走大众化的方向等主张相似。他写《论衡》是在很早的东汉初年,那时他就要实践他的这种主张,所以说:

> 《论衡》者,论之平也。口则务在明言,笔则务在露文。高士之文雅,言无不可晓,指无不可睹。观读之者,晓然若盲之开目,聆然若聋之通耳。(《自纪篇》)

其见解的卓越、方向的正确,值得大书特书。

王充着重在论事。王充以后,东汉后期,王符写有《潜夫论》,着重论政。东汉末年,仲长统写有《昌言》,着重论史。后汉散文著述不少,唯此三家是突破传统且有独立见解的作者,应一并提到。其余一些重复前人或不够完整的篇幅,仅是些零星的杂记,像《风俗通》等,我们便用不着去理会了。

总之,王充是东汉黑暗统治的反抗者,故其著述《论衡》是一部针对现实的评论作品。他要以真实破虚妄,与俗儒作斗争,因此他很注意语言的功效及读者的感受力。从任何方面来看,王充无疑都是一个具有农民思想的评论家。他的文章精确完密而又明白易晓。例如《问孔篇》对孔子言论的诘问:

> 孔子曰:"富与贵,是人之所欲也,不以其道得之,不居也;贫与贱,是人之所恶也,不以其道得之,不去也。"此言人当由道义得,不当苟取也。

《说日篇》对日出入远近问题的剖析:

> 日中近而日出入远。何以验之?以植竿于屋下。夫屋高三丈,竿于屋栋之下,正而树之,上扣栋,下抵地,是以屋栋去地三丈。如旁邪倚之,则竿末旁跌,不得扣栋,是为去地过三丈也。

前者可见他的文字审慎,后者可见他的思维科学。但过分精密便失之繁琐。章太炎说的"恨其文体散杂,非可讽诵"正是这个意思。这也正是农民思想评论家的特色,不足深究。

与王充在《后汉书》中同传,同样淡于仕进,被后人目为"后汉三贤"的另外两个评论家,是王符、仲长统。

## 四、王符与《潜夫论》

王符,字节信,安定临泾(今甘肃镇原县)人,年少好学,与张衡、马融等友善,一生未仕。从他对当时贫富悬殊的愤慨来看,他可能是一个已没落的中小阶层地主出身的知识分子。他生性耿介,这虽然与他因母家来历不明而为乡人所贱的环境压迫有关,也可说是对当时政治及社会黑暗的一种反抗。因此,他不务游宦,自然也不得时,因隐居著书,指评时短。自光武帝建武十六年(40),以度田不实引起的农民暴动被消灭后,建武十七年(41)又有李广据皖城,单臣、傅镇据原武之事。此后历明、章、和三朝,趋于沉寂,史无记载。至安帝永初元年(107),广陵张婴杀刺史、二千石开始,农民战争又趋于高潮。至灵帝初,前后七十二年,共有七十次以上的民变。这种现实的教训,对一生"逢掖"的王符不无影响。因此王符指评时短也可说是代表了当时农民的呼声。

王符的论著是《潜夫论》三十六篇。

他对自然的看法有些混乱。一方面认为宇宙万物是由元气"翻然自化"而产生的,元气有和有乖,和气生人,乖气生灾,一切都受其支配。但另一方面他说:

> 道者,气之根也。气者,道之使也。

认为道先于气,偏于唯心主义的看法了。再看他说:

> 阴阳者,以天为本。天心顺则阴阳和,天心逆则阴阳乖。天以民为心,民安乐则天心顺,民愁苦则天心逆。民以君为统,君政善则民和治,君政恶则民冤乱。(《本政》)

认为天有人格意志,能鉴察善恶,则与董仲舒以来一般俗儒的感应论调无别。

但我们仔细研究,他与董仲舒的认识大有区别。董仲舒认为"受命之君,天意之所予也"(《春秋繁露·深察名号》);他却以为"天以民为心","天之立君"不是为了"役民",而是为了"利黎元也"(《班禄》)。董仲舒认为"道之大原出于天","天不变,道亦不变"(《汉书·董仲舒传》),人只能顺从天命;他则以为天人之间没有绝对的主从关系,人力可以左右天意。所以他说:

> 天道曰施,地道曰化,人道曰为。为者,盖所谓感通阴阳而致珍异也。人行之动天地,譬犹车上御驰马,蓬中擢舟船矣。虽为所覆载,然亦在我何所之可。(《本训》)

可见他虽然还认同传统的天人感应说,但他强调人为的力量,实已突破了神秘的色彩。其唯物主张虽不如王充那样明显,但也没有王充宿命论的缺陷。这是他立论的特色。

他强调民意,强调人为,因此主张使用贤才。他说:

> 是故将致太平者,必先调阴阳;调阴阳者,必先顺天心;顺天心者,必先安其人;安其人者,必先审择其人。是故国家存亡之本,治乱之机,在于明选而已矣。(《本政》)

由此可知他所谓的天道,不过是人为的力量,并不是统治者御用的理论依据。在这点上,他的观点比王充宿命论的观点可取多了。由于他强调人为力量,因而:

> 有利生亲,积亲生爱,积爱生是,积是生贤,情苟贤之,则不自觉心之亲之,口之誉之也。无利生疏,积疏生憎,积憎生非,积非生恶,情苟恶之,则不自觉心之外之,口之毁之也。是故富贵虽新,其势日亲;贫贱虽旧,其势日疏,此处子所以不能与官人竞也。(《交际》)

但在封建统治之下,豪贵把持一切,"以族举德,以位命贤"(《论荣》),结果是非颠倒,用人不当,自然要招致祸败了。所以说:

> 夫众小朋党而固位,谗妒群吠啮贤,为祸败也岂希?三代之以覆,列国之以灭,后人犹不能革,此万官所以屡失守,而天命数靡常者也。(《贤难》)

这也说明成败全在人为,与天命无干。我们更应注意的是《浮侈》篇中对当时封建靡费如游惰、玩好、巫祝、服饰、丧葬等等,暴露讽刺,不遗余力,甚至说:

> 今察洛阳,浮末者什于农夫,虚伪游手者什于浮末。是则一夫耕,百人食之,一妇桑,百人衣之,以一奉百,孰能供之?天下百郡千县,市邑万数,类皆如此,本末何足相供?则民安得不饥寒?饥寒并至,则安能不为非?为非则奸宄,奸宄繁多,则吏安能无严酷?严酷数加,则下安能无愁怨?愁怨者多,则咎征并臻,下民无聊,而上天降灾,则国危矣。(《浮侈》)

公然指斥当时首都洛阳的一批腐化人物,而且说他们的这种腐化享乐完全是建立在剥削劳动人民的基础上,官逼民反,必致危亡。当时农民起义日趋高涨,他这话真可谓大胆的批评。

他反对浮侈,因而他论文章也主张朴素实用,反对虚妄浮诞,很有些与王充相同。他说:

> 夫教训者,所以遂道术而崇德义也。今学问之士,好语虚无之事,争著雕丽之文,以求见异于世,品人鲜识,从而高之,此伤道德之实,而或矇夫之大者也。诗赋者,所以颂善丑之德,泄哀乐之情也,故温雅以广文,兴喻以尽意。今赋颂之徒,苟为饶辩屈塞之辞,竞陈诬罔无然之事,以索见怪于世,愚夫戆士,从而奇之,此悖孩童之思,而长不诚之言者也。(《务本》)

因此他的文章内容很具体,分析很精当,已具魏晋名理辩难的雏形。《四库全书总目提要》说:"符书洞悉政体似《昌言》,而明切过之;辨别是非似《论衡》,而醇正过之。"比较来说,确是如此。

## 五、仲长统与《昌言》

仲长统,字公理,山阳高平(今山东邹城一带)人。统不矜小节,语默无常,人或谓之狂生。可能是受环境刺激,精神失常。后来州郡命召,称疾不就,即对恶劣环境表示消极对抗。最后被荀彧举荐为尚书郎,一度参与丞相曹操的军事,也许是迫不得已。因此他虽出仕,却常发愤太息。他既然对现实不满,自然要逃避现实,卜居清旷。这可能是汉代黑暗统治完全破产,黄巾起义又复失败,军阀割据,长期混战,一般知识分子生活不安而产生的没落思想。此种没落思想不足为重,我们重视的是他愤世嫉俗的言论中所暴露的现实问题。

他的论著《昌言》一书今已不存,《后汉书》录其《理乱篇》《损益篇》《法诫篇》。此外贾思勰《齐民要术》、魏徵《群书治要》、马总《意林》皆有引文。经严可均辑佚得若干条,但多非完篇,合计不过原书的十之一二。

统活动于献帝时代。这时内则曹操专擅,外则军阀割据,汉室已名存实亡,敬天事鬼全无用处。因此他主张"唯人事之尽耳,无天道之学焉"。他说:

> 知天道而无人略者,是巫医卜祝之伍,下愚不齿之民也;信天道而背人事者,是昏乱迷惑之主,覆国亡家之臣也。(《群书治要》)

人事以公德无私为上,若能去私存公,便可支配天道。

> 王者官人无私,唯贤是亲,勤恤政事,屡省功臣,赏锡期于功劳,刑罚归乎罪恶。政平民安,各得其所,则天地将自从我而正矣,休祥将自应我而集矣,恶物将自舍我而亡矣。求其不然,乃不可得也。(《群书治要》)

天道既然顺应人为,他的历史观便否认天命,认为所谓天命不过是豪杰们欺人的把戏,实际上决定成败的是他们的甲兵和勇力。他说:

> 豪杰之当天命者,未始有天下之分者也。无天下之分,故战争者竞起焉。于斯之时,并伪假天威,矫据方国,拥甲兵与我角才智,程勇力与我竞雌雄,不知去就,疑误天下,盖不可数也。(《理乱篇》)

成败既定,尊卑既分,下愚之才居之,亦可作威作福。所以说:

> 豪杰之心既绝,士民之志已定,贵有常家,尊在一人。当此之时,虽下愚之才居之,犹能使恩同天地,威侔鬼神,暴风疾霆不足以方其怒,阳春时雨不足以喻其泽。周、孔数千,无所复角其圣;贲、育百万,无所复奋其勇矣。(《理乱篇》)

但不久就要腐化、沉溺,招致死亡:

> 彼后嗣之愚主,见天下莫敢与之违,自谓若天地之不可亡也,乃奔其私嗜,骋其邪欲,君臣宣淫,上下同恶。……遂至熬天下之脂膏,斫生人之骨髓。怨毒无聊,祸乱并起,中国扰攘,四夷侵叛,土崩瓦解,一朝而去。(《理乱篇》)

这样,他便把历史的发展分为三个阶段:战争取胜、安于尊贵、腐化死亡。

他认为:"存亡以之迭代,政乱从此周复,天道常然之大数也。"但这不过是政治上的现象。他还从经济的因素去观察,认为:

> 至于运徙势去,犹不觉悟者,岂非富贵生不仁,沉溺致愚疾邪?(《理乱篇》)

指出了地主政权随同其阶级本身而产生的剥削性及其所带来的恶果。这是何等深刻的认识!可惜他生在汉末,黑暗统治破产,代之而起的却又是军阀争夺,看不见历史的光明,由此形成了他的悲剧历史观。

> 昔春秋之时,周氏之乱世也。逮乎战国,则又甚矣。秦政乘并兼之势,放虎狼之心,屠裂天下,吞食生人,暴虐不已,以招楚、汉用兵之苦,甚于战国之时也。汉二百年而遭王莽之乱,计其残夷灭亡之数,又复倍乎秦、项矣。以及今日,名都空而不居、百里绝而无民者,不可胜数。此则又甚于亡新之时也。悲夫!不及五百年,大难三起,中间之乱,尚不数焉。变而弥猜,下而加酷,推此以往,可及于尽矣。嗟乎!不知来世圣人救此之道,将何用也?又不知天若穷此之数,欲何至邪?(《理乱篇》)

这简直是认为历史上无所谓治世,而是变乱相继,愈来愈甚了。他对历史持如此看法,自然要认为名不常存,人生易灭,不如卜居清旷,以乐其志。他的《乐志论》便是对这种思想的充分说明。这也是魏晋清谈之士的一般论调。

总之,仲长统认为天道顺应人事,人事可以把握自然。这是重视人的主观能动性的积极的世界观,本是有感于豪杰们的假天伪而发,又由于地主政权的剥削性及单纯再生产的周而复始,形成了他的悲剧历史观。虽然由此而引发了他的逃避现实的思想,但在曹操专擅的当时,敢于揭穿一般所谓豪杰们的欺人之谜,可谓大胆。而且他不否定天命进而怀疑传统,这是追求真理的正途。他既然是怀疑论兼悲观论者,他的文章自然充满分析批判的精神及愤慨不平的情绪。前举《理乱篇》便是显明的例证。章太炎说:"辨事不过《论衡》,议政不过《昌言》。"其实"议政"二字应移给《潜夫论》。在这里,我们可以说:"论史不过《昌言》。"此外《文心雕龙》论

汉末文学的风格曾说:

> 观其时文,雅好慷慨,良由世积乱离,风衰俗怨,并志深而笔长,故梗概而多气也。(《时序》)

《昌言》的风格不能例外,自然也是志深而笔长,梗概而多气了。

# 第七章　汉代辞赋

## 第一节　汉赋的形成

前面讲过的散文,虽然是秦汉文人文学的一部分,但在当时不是上书对策,便是学说论著或历史记载,与实际应用分不开,很少有可当作独立的文人文学作品看待的。当时的文人文学,不能不数到风靡一时的辞赋。因为它是在汉代开始兴起,并且很快发展到高峰的,后人为了标明时代特色,一般都给它冠一个"汉"字,把它叫作汉赋。至于诗歌,除了极少数人如秦丞相李斯所作碑颂,及汉初楚元王傅韦孟所作《讽谏》《在邹》诸诗,模仿《三百篇》的四言旧体外,五言新体还没有形成。就是有些杂有五言的作品,最初也只流行于民间。一般的封建文人一时还没有注意到它。等到辞赋衰落,五言诗才代之而兴,并且成为此后文学的主流。这是后来的事,我们在这里先谈汉赋。

汉赋是汉代文人文学的主要形式,它采用《楚辞》的形式和纵横家的口吻歌颂当时统治阶级的功德。表面上继承了《楚辞》,实际上却与《楚辞》背道而驰。《楚辞》是诗人的抒情之作,汉赋却是策士献技的辞令。班固慨叹"昔成康没而颂声寝,王泽竭而诗不作",对汉以来的辞赋却说是"雅、颂之亚也"。可见这种文学,形式上虽然沿袭《楚辞》,精神实质却与《三百篇》中的雅、颂是一脉相承的。

## 第二节　汉赋发达的原因

据刘勰说："秦世不文,颇有杂赋。"不幸秦赋连一篇都没有存留,我们无法知道它的情况。至于汉赋,便风起云涌,盛极一时。汉赋大多是没有灵魂的僵尸,但就风气的普遍、作者的努力、作品的众多来说,很显然在汉代的文坛上占据着统治地位。因此,汉代最有名的作家,西汉如司马相如、扬雄,东汉如张衡、蔡邕,都是赋家。就是大臣如倪宽、萧望之,学者如董仲舒、刘向,史家如司马迁、班固,妇女如班婕妤、班昭,也都有几篇辞赋流传后世。其中班固还是主要的汉赋作家。汉赋的发达,是武、宣以来的事,到成帝时,不过百年光景,据刘向论定,已经超过一千多篇。再经过西汉末和整个东汉时期,累积下来,篇章数目当然要比这多好几倍。汉赋风靡一时的情况可见一斑。

首先,战国时期诗歌已由《三百篇》那种四言的旧形式,发展成为解放了的《楚辞》的新形式。它虽然最初在楚国兴起,而且楚国接着被秦国灭亡,但因为秦国统一不久,陈胜、吴广领导的农民大起义引起六国豪杰的亡秦运动,不但首义者陈、吴二人是楚人,就是亡秦的主力项羽、完成统一局面的刘邦也都是楚人。随着楚人势力的北伸,楚文化也传播到海内各地,自然屈、宋等的《楚辞》也要普及全国。不但王逸本《楚辞》所收作家一大半是汉代人,汉代赋家如扬雄、班固都是《楚辞》学者,甚至项羽、刘邦及后来的武帝刘彻唱起歌来,也都保留着屈、宋的调子。对《楚辞》的传诵和模仿,促进了汉赋的形成和发达。

其次,战国时期策士游说的风气很盛,他们的说辞在应用夸张的手法上,与《楚辞》极为接近。适逢战国以来的策士在秦汉统一的局面下失去了游说的机会,他们那侈陈形势、铺张利害的利嘴,正好用来歌颂新的统治者,以谋取富贵。纵横与《楚辞》既然是极相近的东西,自然由策士转而作赋正好用其所长。这由汉初赋家陆贾、朱建和文、景时赋家邹阳、枚乘原来都是游说之士这一点,就可以得到说明。

再次,汉代的统治阶级都爱好辞赋。不但汉高祖喜欢楚声,唐山夫人所作《安世房中歌》亦采用楚声。汉武帝召淮南王刘安作《离骚传》,召朱买臣用楚语读《楚辞》给他听。他自己读了司马相如的《子虚赋》,曾自叹"独不得与此人同时"。武帝时的文士如严助、朱买臣、吾丘寿王、司马相如、东方朔、枚皋、严忌,大都是赋家。甚至贵族如吴王刘濞、淮南王刘安、梁孝王刘武,也都招致宾客写作辞赋。上有所好,下必甚焉,辞赋的写作自然蔚成风气。

最后,汉代继承秦代的统一局面,除先后平定诸吕和七国的变乱以外,还伐匈奴、平两越、击朝鲜、征大宛、降诸羌。文士如枚乘、司马相如、王褒、扬雄,又都是当时统治者的帮闲人物、语言侍从之臣,统治者每有巡幸游猎,他们都是后车随行人员。当时府库的充盈、武力的伸张、版图的辽阔、声威的远扬,大帝国的所有一切,都给他们的作品提供了材料。

但最主要的原因,还应该从当时社会的经济基础方面去寻找。自商鞅变法以后,在法律上承认土地私有,任人开垦,产生了秦汉以来新兴的大地主。又由于汉代的几次削藩,诸侯不再保有贵族的一切特权,只能在自己的封域内食取租税,与地主无别。同时,古代的奴隶由于奴隶主的权限在秦汉的集权统治下日益缩小,又由于郡县制和户口制的推行,逐渐变为拥有独立身份的编户齐民。生产制度既有所改变,生产力自然也会得到空前的发展。因此,汉代的政权是建立在封建经济基础上的地主政权。这些变相的地主统治阶级都是以财富相雄长,需要歌颂的已不是古代氏族战争中的英雄,而是大地主们的宫室苑囿、声色犬马之富,服食、赏玩、游观、田猎之乐。而这些又恰是赋家最新颖、最丰富多彩的描写对象。环境的改变和新事物的出现,刺激着作家们趋新好奇的心理,因此汉赋发达的真正原因,又与封建统治者的经济生活是分不开的。

## 第三节 汉赋的主要作家

汉初赋家有陆贾、朱建,但他们的作品早已亡佚。如今我们所能看到的最早的汉赋作品,是文帝时贾谊的《吊屈原赋》《鵩鸟赋》,这是他谪居长沙时的作品。前篇是自叹不遇,后篇是自我宽解,还继承了屈原言情的风格,只能算作《楚辞》的尾声。真正采用纵横家侈陈利言、铺张形势的手法奠定汉赋基础的作者,要推景帝时的枚乘。

枚乘是淮阴(今江苏淮安)人,原来是吴王刘濞的门客。吴王刘濞谋反,他力谏不听,便去吴游梁。他的名作是《七发》,假设楚太子有疾,吴客去问候,陈说了七件动听的事,用来启发太子,故名《七发》。它是就音乐、饮食、车骑、游宴、射猎、观涛、辩说七件事说下去,每说一事,便问太子能否参加,太子总是说"仆病,未能也"。但说到射猎,太子已有起色。最后吴客提出让古来学者、说客、方术之士齐聚一堂,叫他们论说天下的要言妙道,叫孔子和老子做裁判,孟子计分数,问太子能否起来听听。"于是太子据几而起",对吴客说:"涣乎若一听圣人辩士之言。""涊然汗出,霍然病已。"这里虚构了一段理想中的精神治疗术,在夸大王侯的富有而外,也在炫耀自己的辩说能力;但其分类铺叙的手法,实际上是从《楚辞·招魂》得来的。自从《七发》出现,才从屈、宋的抒情变为汉人的骋辞,汉赋的风格才正式形成。再经过东方朔、枚皋等掺入滑稽的成分,到了司马相如,他组织经验,运用才华,便成为登峰造极的汉赋作家。

司马相如是蜀郡成都(今四川成都)人,先也游梁,与邹阳、枚乘、严忌等一同做梁园宾客。梁孝王死后,他回到成都,贫无所依。适逢故人王吉做临邛令,找他到临邛去。当时大富豪卓王孙的女儿卓文君爱上了他,私奔出来跟他一同卖酒为生。卓王孙为了顾全门面,分给他一百万钱、一百个奴仆,从此他也富有起来。汉武帝读了他的《子虚赋》,对他倾慕非常,后来经过狗监杨得意的推荐,便立时召他为郎。他的作品最有名的便是《子虚赋》,它是《子虚赋》《上林赋》的总名,此二赋实为不可分割的上下篇,习惯上以上篇名称名之。赋中叙述楚国子虚公子出使齐国,大夸其云梦所有。齐国乌有先生对他说齐地"吞若云梦者八九,于其胸中,曾不蒂芥"。最后亡是公搬出天子上林之巨丽压倒齐、楚。末尾却说天子并不以这种奢侈生活为然,目的在修治礼乐,做到至治。二人听言怅然若失,只得说"鄙人固陋,不知忌讳,乃今日见教,谨闻命矣"。由小及大,依次类推,极尽夸诞辩博之能事。武帝好大喜功,相如这种文章恰好尽了揄扬威德、润色鸿业的职责。至于赋中广博的知识、丰富的词汇、奇特的想象、生动的描写,的确令人目眩神移。后来扬雄说他的赋"不似人间来",而是"神化所至",可说是倾倒备至了。

相如以后的作者有宣帝时的王褒。

王褒是蜀郡资中(今四川资中县)人,他的《洞箫赋》摹写精妙,开了咏物赋的先声。另外还有一篇《僮约》,虽是嘲笑奴隶,无意中却揭露了当时奴隶的黑暗生活,汉代残余的奴隶制还能在这里窥见,大概是一篇较有现实意义的作品。再后便是西汉末年与司马相如齐名、并称"扬马"的扬雄。

扬雄也是蜀郡成都人,经过成、哀、平三帝,一直为执戟郎。他倾慕相如的文章,写作总是模仿相如,他的《甘泉赋》《羽猎赋》《长杨赋》《河东赋》便是模仿相如的《子虚赋》《上林赋》而成。此外,他还模仿《周易》作《太玄经》,模仿《论语》作《法言》,模仿《尔雅》作《方言》,模仿《凡将》作《训纂篇》,模仿《离骚》作《广骚》,模仿《九章》作《畔牢愁》,模仿《虞箴》作《十二州箴》,几乎所有著作都是模仿而成。后世文人的模拟作风,可说从他开始。因此别人问他作赋的秘诀,他说:"读千首赋,乃能为之。"不过他虽然缺乏创造力,但因为学深思,在刻苦练习下,自然也有一定的成就。例如他的名作《甘泉赋》,是从祀甘泉之作,力追相如,的确也瑰玮可观。桓谭《新论》记载,他作《甘泉赋》倦极小卧,梦五脏出外,醒来后病悸少气。这种传说虽有些夸诞,但也可见他用思之苦。再后便是东汉初明、章时期的班固。

班固是汉代有名的史家,他的名赋是《两都赋》,通过西都宾客与东都主人的对话,比较东西二京的优缺点。班固是关中人,情感上不免眷恋西都,但这篇赋却盛称东都法度之美,主要因为光武帝的故乡在南阳,为了靠近南阳而建都洛阳。班固为迎合当时统治者的旨意,不能不如此措辞。篇中分类铺叙,全是扬、马的故技。不过描写的对象既是首都,便不能不尽量搜罗首都所有,以与题目相称。后世一些描写京都的赋都渊源于此,而搜集故实分类堆砌的作风也从此形成。再后是安、顺时期的张衡。

张衡是南阳西鄂(今属河南南阳)人,也是一个博极群书的学者。他的名作是《二京赋》,与班固的《两都赋》一样,上篇是冯虚公子大夸西京的豪奢,下篇是安处先生说明王者之治在德不在险,东都作为首都,自有其一定的道理。写东都虽不及班固的《两都赋》那样动人,但写西京的雄丽,有时简直超过班固的《两都赋》。不过班固还有些创造,他却完全是模仿。他的创作实际上是不很著名的《归田赋》和《髑髅赋》。《归田赋》抒写消极避世的心情,有些自然景物描写。《髑髅赋》取材于庄子诅咒人生、歌颂死亡,充满悲观厌世的情绪——这是东汉宦官当权、贤士失意的时代里一般知识分子的普遍倾向。读了张衡这篇赋,我们便可知后来党锢之祸是不可避免的事了。因此,这些赋多少还反映了一定的生活真相。而汉赋由颂功的大赋转向抒情的小赋,这也是一个转关。再后是桓帝时的青年作家王延寿。

王延寿是南郡宜城(今湖南襄阳宜城)人,是《楚辞》专家王逸的儿子。他的名作《鲁灵光殿赋》是班固、张衡写建筑物部分的放大。当时两京殿宇多遭毁坏,只有鲁灵光殿岿然独存,他认为这象征着汉室子孙的绵延不绝。显然他对当时摇摇欲坠的汉代统治阶级还存有一定的幻想。不过他很年轻,这篇赋刻画鲁灵光殿的结构布局、雕刻图画灵活生动,处处可见他的创造力,因而在后世很负盛名。《文心雕龙》说它"含飞动之势",确非过誉。汉末最后一个作家是蔡邕。

蔡邕是陈留圉(今属河南杞县)人,是汉末一个博学多能的作者,因而他很有一些描写杂艺的作品,如《笔赋》《琴赋》《弹棋赋》《圆扇赋》等。但较有价值的是《述行赋》,这是他从陈留(今属河南开封)到洛阳的旅途纪行之作。因为秋雨连绵,行路艰难,适逢朝廷正在起筑显明苑,很多苦力冻饿而死,他感到愤慨而作这篇赋。由歌颂统治者的功德转而替人民说话,在汉赋中可说是极稀有的。前此班彪的《北征赋》虽谈道"哀生民之多故",但那不过是写道旁偶见,远不如这篇主题思想明确。此外,他还有一篇《释诲》，模仿东方朔的《答客难》，与扬雄的《解嘲》、班固的《答宾戏》、张衡的《应间》、崔骃的《达旨》一样，都是自我解嘲，陈陈相因，令人生厌。

　　总之，汉赋作者到司马相如已登峰造极，相如以后如扬、班、张、蔡，赋的形式有的似乎比相如赋还要富丽，但也显出他们拼凑的吃力。他们迭相仿效，毫无生气。其中张衡、蔡邕虽有些转变，但还不显著，在当时完全是一种变调。特别值得我们注意的是与蔡邕同时的赵壹。

　　赵壹是汉阳西县（今甘肃礼县）人，恃才傲物，屡次抵罪，几乎把命送掉。灵帝时举郡上计到洛阳，为袁逢、羊陟所推重，十辟公府都不肯就。他的《刺世疾邪赋》，从三皇五帝、春秋战国数到秦汉以后，认为时代愈后，政治的黑暗、社会的污浊愈甚，历史上既然都是"宁计生民之命，唯利己而自足"，自然当时的风气会是"舐痔结驷，正色徒行"。这是何等大胆的现实批评！篇末以秦客与鲁生唱和的诗歌作结。秦客喻自己的耿直，鲁生是假托来宽解自己的人，实则宽解不过是表面的话，藏在宽解后面的是无比的愤怒。汉赋作者大都认为辞赋的作用是讽谏，实则他们只是阿谀，并无讽谏，只有赵壹这篇可说是凤毛麟角。

## 第四节　结　论

　　综上所述，我们知道汉赋的写作有四个显明的特点：一、穷极想象；二、堆砌辞藻；三、虚构问答；四、驰骋辩说。前二者是受《楚辞》的影响，后二者是策士的遗习。由于汉赋作者采用了屈、宋的想象描写和纵横家使用语言的技巧，其铺叙夸张的地方的确与国家的富强相得益彰，为汉帝国的统治增色不少。但汉代的赋家大都是统治者的帮闲文人，脱离了现实生活的真正内容，只好努力于空想或乞灵于抄书。再加上铺叙的内容都是统治者的奢侈生活，只是供统治者娱悦耳目之用，一般人读了并没有什么亲切之感，因而造成了汉赋形式臃肿、内容空虚这一无法挽救的严重缺点。虽然司马相如、扬雄、班固都以为写赋的目的除了是歌颂，也是讽谏，但汉武帝好神仙之道，司马相如作《大人赋》来讽谏，结果武帝读了反飘飘然有凌云之志。扬雄起先也想利用辞赋来讽谏,后来感到旨在讽谏而"不免于劝",因而自悔少作,把赋比作"童子雕虫篆刻",决意不为,专门去草《太玄经》了。但赋家们有此认识的毕竟不多。直到汉末,黄巾起义导致汉帝国政权瓦解,统治阶级从旧的宝座上掉下来,赋家们也失去了歌颂的对象,作品自然由大型的颂功转向小型的抒情。此后虽然还有左思《三都赋》那种典重的作品,但读者喜爱的却是王粲《登楼赋》、向秀《思旧赋》等清新感人的作品。而且这时五言诗已经兴起,赋家们都转去作五言诗了,很少再有人专门作赋。从此辞赋逐渐衰落,纵有人写作,也不过如焦循所说的是"汉赋之余气游魂",在文坛上的影响已无足轻重了。

# 第八章 从民歌到五言诗

## 第一节 汉乐府中民歌的重要地位

两汉文坛虽然全被辞赋所霸占,但辞赋是专门歌颂统治阶级的,广大群众对它并无亲切之感,因而它只能霸占一小群士大夫文人的所谓文坛。在广大人民群众之中,流行着另一种为他们所喜爱、所熟悉的他们自己的创作——民歌。同时,辞赋文学到了汉末已渐趋衰落,代之而兴的是新产生的,而且在此后很长时期都是主要文学形式的五言诗。而五言诗这种新的文学形式,恰好又是从汉民歌中演变而来的。因此,无论是从政治的意义还是艺术的意义来看,汉民歌都是新兴的现实主义文学。

汉民歌绝大部分保存在当时已入乐的诗歌——乐府与未入乐的散见的歌谣中。歌谣虽没有入乐,但它既然是流行于人民口头上的歌唱作品,必然也有它自己的节奏和旋律。入乐不入乐,仅仅是一个手续问题,因而歌谣与乐府并没有严格的区别。历来的学者、文人论述乐府时,绝大部分的论述对象实际上即是民歌。

乐府本是官署的名称。汉代设立乐府,专司采诗制乐之事,这类入乐的诗叫作乐府诗,简称"乐府"。制作乐府之事,汉初已做过一些,不过那仅仅是贵族雅乐。而贵族雅乐当时是由太乐令掌管,只是沿袭前代故事,没有什么值得叙述的地方。至于民间俗乐,是由乐府令掌管。正式设立乐府这个专门机构,大规模采集各地方民间新声,是汉武帝时的事。这虽然是贵族统治阶级为了自己的特殊目的而做的,但汉代的方俗民歌能够存留下来,与武帝设立乐府关系很大。自从武帝设立了乐府,不断采制,到成帝时,经过刘向论定,得三百多篇。后来,虽然因为经济困难或乐人骄纵,甚至因为民歌的流行引起统治阶级的憎恨,在西汉宣、元、哀各帝,东汉安帝时,不断有裁减人员甚至罢撤乐府的事情发生,但始终阻止不了这种民间新声的流传。至今汉乐府中保存有很多东汉的作品,便是这个缘故。

汉乐府来源不同,用途不一。东汉明帝时曾将乐府分为大予乐、雅颂乐、黄门鼓吹、短箫铙歌四种。其后蔡邕虽略有修正,但没有多大出入。再后经过沈约、吴兢、郑樵、郭茂倩等人的不断整理,才略有头绪。后人论列乐府,大体上都是依郭氏的分类。不过郭氏是宋代人,他所论列的包含很多伪造的和后代的东西在内。汉乐府大体说来有八种:

一、郊庙歌辞:来源有古乐,有新声,用于祭祀、演奏,以钟磬为节。《宗庙歌》亡,《房中歌》《郊祀歌》存。

二、燕射歌辞:损益古乐,用于燕飨、大射。

三、舞曲歌辞:雅舞歌辞损益古乐,杂舞歌辞采自方俗;雅舞歌辞用于祭飨,杂舞歌辞用于私宴;演奏不明。雅舞歌辞亡,杂舞歌辞存两种,散舞歌辞存一种。

四、鼓吹曲辞:来源于北狄,朝会、导路、颁赐皆用之,箫笳演奏。但存铙歌十八曲。

五、横吹曲辞:来源于西域,军中马上用之,鼓角演奏。全亡。

六、相和歌辞:来源于街陌讴谣,用于燕会娱乐,丝竹更相和,执节者歌。四引、六引全亡,吟叹曲存一曲,相和五调部分存在。

七、杂曲歌辞:来源不一,用途不一,演奏不明。部分存在。

八、歌谣:来源不一,用途不一,不演奏。部分存在。

前五种是统治阶级在典礼或娱乐场合专用的乐章,后三种是流行于社会各阶层的人民的歌唱。但贵族乐章中也有来自民间的东西,民间歌唱中也有士大夫文人的作品,如舞曲歌辞中的杂舞歌辞便采自方俗,鼓吹曲辞中的铙歌里便杂有不少民歌。而杂曲歌辞与歌谣因为兼收并蓄,自然也有士大夫、文人的作品在内。我们要谈的便是各类乐府中的这些民歌。

大致说来,舞曲歌辞中的公莫舞歌是一篇牧歌,可惜声辞杂写,无法句读了。鼓吹曲辞中的铙歌本是贵族乐章,但其中有些歌辞如《上邪》《有所思》《战城南》,显然都是民歌。这可能是因为它来自边塞,民间喜欢这种曲调,另行填入了自己新制的歌辞。相和歌是采自各地的街陌讴谣,即是所谓"赵代秦楚之讴",后来被之管弦,一人唱,三人和。丝竹更相和,执节者歌,故名相和。其中以宫为主的平调、以商为主的清调、以角为主的瑟调,叫作清商三调。加入楚调和从楚调变化而来的侧调,并称为五调。平、清、瑟三调是周房中曲的遗声,楚、侧二调是汉房中曲的遗声,都是相和中以特殊调式而得名的。就唱奏方式来说,都可叫作相和;就特殊调式来说,这部分相和又叫作清商。保存到现在的汉乐府,以相和歌为最多,是汉乐府的精华。一般所谈的乐府民歌,几乎全指的是相和歌。杂曲来源不一,有部分民歌在内。此外包含大量民歌,几乎与相和歌具有同等价值的便是歌谣。它与相和歌的区别在于,一个有乐器伴奏,一个没有乐器伴奏。

## 第二节 五言诗的产生与发展

自东汉乐府风行以后,产生了五言诗。五言诗究竟是怎样产生的,是在什么基础上产生的呢?

关于五言诗的起源,古今人的说法颇有不同。古人都说它起源很早,近人又说它起源很迟,颇不一致。

一、挚虞《文章流别论》:"古诗率以四言为体……五言者'谁谓雀无角'之属是也……"以为五言诗始于《召南·行露》"谁谓雀无角"。

二、《文心雕龙·明诗》:"《召南·行露》,始肇半章;孺子《沧浪》,亦有全曲;《暇豫》优歌,远见春秋;《邪径》童谣,近在成世:阅时取证,则五言久矣。""又古诗佳丽,或称枚叔,其《孤竹》一篇,则傅毅之词。比采而推,两汉之作乎!"刘勰以为五言诗始于《召南·行露》,成篇者始于春秋,至枚乘已有成熟的五言诗。

三、《诗品·序》:"夏歌曰:'郁陶乎予心。'楚谣曰:'名余曰正则。'虽诗体未全,然是五言之滥觞也。逮汉李陵,始著五言之目矣。"夏歌是《尚书》之《五子之歌》,楚谣是《离骚》。钟嵘认为五言诗始于这些,而且以为《三百篇》之前就有五言,汉李陵诗中有明显的五言诗。

四、徐师曾《诗体明辨》:"论者谓五言之原,生于《南风》,衍于《五子之歌》,逮汉苏李,始以成篇。"比之《诗品》所说,时代更提前了。

五、黄侃《诗品讲疏注》:"《郊特牲》、伊耆氏《蜡辞》'草木归其泽'一句,为诗中五言之始见者。"

六、古直《汉诗辨证》:

> 诗《魏风·十亩之间》、《郑风·鸡鸣》第三章,五言全篇一章如右,不以兮字入句限。求之毛诗,亦有五言。《豳风·九罭》第四章诗有兮者,人辄以骚体,然在毛诗,求无兮字,五言更多。《大雅·绵》第九章、《小雅·北山》第四五六三章,与汉后严格五言诗同。由此观之,五言之演为篇,早在姬周。

这简直以为《三百篇》中就有五言的成篇诗了。

但近人离开乐府而谈五言诗,因为班固《咏史》质木无文,遂不相信西汉有五言诗,而进行苏李之作的辨伪工作。其实苏李之作的真伪与五言诗的起源是两回事,也不能认定五言诗真的始于苏李二人,苏李之作之伪也不能说明五言诗到东汉才有。我们一定要认识到诗歌与音乐的关系极其密切,诗歌形式的变化多半是由于音乐起了变化。五言诗以前的诗歌是四言的《三百篇》,《三百篇》就是当时的乐歌。风、雅、颂的名称都兼有音乐的性质。周室东迁后,王室的礼乐被破坏无余。除了源于方俗民歌的风诗被人重视而勃兴以外,雅、颂之音从此不闻。所谓"王泽竭而颂声衰,幽厉缺而诗不作",这时只有"犹秉周礼""周礼尽在鲁"的鲁国还保存着周室文化传统——礼乐。所以鲁哀公二十九年(前466),吴季札聘鲁,请观周乐,还能听到鲁使乐工对他作《三百篇》的全部演奏。但这时礼乐已成统治阶级敷衍朝事的形式,早已名存实亡。所以孔子很不平地说:"礼云礼云,玉帛云乎哉!乐云乐云,钟鼓云乎哉!"(《论语·阳货》)。孔子一方面聚徒大讲其王室传统的诗、书、礼、乐之学,一方面却又戒弟子歌郑声。可见所谓郑卫之音的民歌已代替贵族的雅颂之音,而发展昌盛下去。到了战国便演变出很多民间新声,像《折杨》是一种,《涉江采菱》《阳春白雪》《阳阿薤露》《下里巴人》《清商流徵》一类的时调被人称道。民间新声如此颇异,仅存的古乐自然也随之起了变化。比如《皇华》,即《小雅·皇皇者华》,这时却成了里巷俗声。所谓"大声不入于里耳,《折扬》《皇华》,则嗑然而笑"(《庄子·天地》)。还有一段有趣的故事,即是魏文侯听见古乐"则唯恐卧",听见郑卫之音的今乐"则不知倦"(《乐记》)。孟子也记载,齐宣王自己说好乐,但"非能好先王之乐也,直好世俗之乐耳"。后来秦二世尤以郑卫之音为娱。把郑卫之音的民歌唤为俗乐,这是汉儒的陋见,其实只有民歌的内容永远在丰富,自然听起来永远是新颖的。这些方俗民歌再发展下去,就是汉代的新声歌唱——乐府。像《折杨》,汉代鼓吹曲辞、相和歌辞中都有,叫作《薤露》,田横的门人曾用作祭歌,成为相和歌辞之一。清商更成为相和歌辞中最重要、最具特色的歌曲。至于《维天之命》,汉代还用于食举,但这可说是仅存的雅音,人民大众已不需要它了。汉乐府中的民歌即是郑卫之音,除汉相和歌辞大半是平民文学而外,还可找到证明,即是武帝立乐府,采诗夜诵,有赵代秦楚之讴,以李延年为协律都尉,多举司马相如等造为诗赋,略论律吕,以合八音之调,作十九章之歌,被班固讥为"以郑声施于朝廷"(《汉书·礼乐志》)。又据《汉书》,至成帝时"郑声尤甚"。后来哀帝因为不好音乐,诏罢乐府。所罢者乃是"不应经法,或郑卫之声"的民间新声。因为其他"郊祭乐及古兵法武乐,在经非郑卫之音者条奏,别属他官",但"豪富吏民湛沔自若",可见这些郑卫之音的民间新声是如何普遍了。

汉乐府主要是来自方俗的所谓郑卫之音的今乐,已如上述,它与所谓雅音的古乐有什么区别呢？这自然牵涉到它的曲调了。

《三百篇》的唱法到魏之末逐渐灭绝。曹操平刘表得汉雅乐，即杜夔。夔老矣，已不肄业。所得于《三百篇》者，唯《鹿鸣》《驺虞》《伐檀》《文王》四篇而已，余声不传。太和末又失其三。左延年所得唯《鹿鸣》一篇，至晋《鹿鸣》又无传，后世遂不复闻诗。

但朱子《仪礼经传通解》（述《学礼》七"诗乐"第二十四）述赵彦肃所传开元十二诗谱，凡《鹿鸣》《四牡》《皇皇者华》《鱼丽》《南有嘉鱼》《南山有台》《关雎》《葛覃》《卷耳》《鹊巢》《采蘩》《采蘋》。每字之下，皆注一律吕字，如黄钟则注一"黄"字，太簇则注一"太"字。论乐者皆谓其来源甚远，非唐代之作，因唐代盛行燕乐，而燕乐用工尺谱，见《辽史》及《宋史·乐志》）。但也有很多人不相信。开元诗谱来源不明，自是可疑，不过我们还得从古人的记载中推测其歌法，看这种诗谱是否合理。

古乐与今乐之别，即雅音与俗乐之别，亦即雅音与郑卫之音之别。就《三百篇》风、雅、颂的产生来说，雅、颂在先，风诗在后。而风诗郑卫之音风靡各地，发展而为汉乐府，是以《三百篇》与汉乐府比，《三百篇》是雅音，是古乐；汉乐府是俗乐，是郑卫之音的今乐。若在《三百篇》本身，则雅、颂是古乐，是雅音；风诗是今乐，是俗乐，而郑卫之音是俗乐之尤者。

古今雅郑的区别究竟在哪里呢？先论所谓雅音的古乐。

《乐记》："今夫古乐，进旅退旅，和正以广。"注："旅，犹俱也。俱进俱退，言其齐一也。和正以广，无奸声也。"（《十三经注疏·礼记正义》）

更具体的例子是"朱弦而疏越，壹倡而三叹，有遗音者矣"，注："朱弦，练朱弦，练则声浊。越，瑟底孔也。画疏之，使声迟也。"

由上面可知雅音整齐简单，重浊迟缓，余声很长。

至于郑声的今乐呢？

《左传·昭公元年》："烦手淫声，慆堙心耳，乃忘平和，君子弗听也。"

《论语·卫灵公》："郑声淫。"

《乐记》："今夫新乐，进俯退俯，奸声以滥，溺而不止。"注："俯，犹曲也，言不齐一也。滥，滥窃也。溺而不止，声淫乱，无以治之。"

又"郑音好滥淫志……卫音趋数烦志",注:"滥,滥窃,奸声也。""趋数,读为促速,声之误也。"

《吕览·音初》:"郑卫之声,桑间之音,此乱国之所好,衰德之所说。流辟诐越慆滥之音出,则滔荡之气、邪慢之心感矣。"

由上面的记载可知,所谓郑声,是繁复的、不齐一的、促速的、有花音的。

近人许之衡很相信开元诗谱,因为一字一音之法必为古法。"黄钟""太簇"等字,古籍中皆谓代表一音,不能代表多音。用律吕者,一字只能一音,与用工尺者一字不止一音有别。可信止于古雅乐。他还说,古今声音协乐的原理不外两种:

一是拖音法。每字拖长其音,但少变音。凡古雅乐皆用此法。《三百篇》及此外各古乐谱多是照此形式,而"黄姑""蕤应"等亦是代表一音,不能代表多音。

二是转腔法。不但有字处用复音,无字处亦用复音。凡后世之乐,若昆曲、二黄、秦腔等均用此法。

开元诗谱不尽可信,而许氏推断则根据前引古籍,描述古今乐的区别,即许氏所谓拖音、转腔之别,确切无疑。

不过,《三百篇》与汉乐府比较,前者是古雅乐,而后者是今俗乐。就《三百篇》本身来说,则雅诗和颂诗是古雅乐,而风诗是今俗乐。郑卫之音则是最后风靡各地的。那么雅、郑的区别,可说是拖音与转腔的区别。

歌诗辞句的长短,不一定代表乐曲的节拍,但乐曲的节拍必然会影响歌诗辞句的长短。而风诗、雅诗的区别在字句上,恰好二雅多四言,风诗多杂言,这不是拖音与转腔的绝好证明吗?由是,四言发展为五言是好的便可想而知了。

前言雅、郑的区别在音乐上,即拖音与转腔的区别:前者疏迟质直,后者繁复婉转。恰好雅诗和颂诗都是四言,风诗多杂言,这自然是受乐曲节奏形式的影响而形成的。那么汉乐府由四言变为五言,也可以此推求了。

这可以唐五代词体的产生为例。关于词体的产生,人们大都认可朱

子的说法,他说:

> 古乐府只是诗,中间却添许多泛声。后来人怕失了那泛声,逐一声添个实字,遂成长短句,今曲子便是。(《朱子语类》)

朱子而外,沈括《梦溪笔谈》谓起于和声,徐养源《律吕臆说》谓起于缠声,方成培《香研居词麈》谓起于散声。

无论泛声、和声、缠声、散声,都本于乐之虚声,盖唐人所歌,多律、绝杂以虚声,其并虚声作实字,遂成词体。

下面以实例说明:

《纥那曲》《啰嗊曲》《臣子》,直五绝也。

《竹枝》《杨柳枝》《小秦王》《浪淘沙》《八拍蛮》《阿投曲》《欸乃曲》《清平调》,直七绝也。

《怨回纥》,五言律也。

《瑞鹧鸪》,七言律也。

《生查子》,重五绝也。

《玉楼春》,重五绝也。

此等诗本五七言律诗、绝句,亦以词者当杂散声歌之,唯散声被删,不可知其有附注于后。犹可得见者,如皇甫松《采莲子》:

> 菡萏香连十顷陂,举棹小姑贪戏采莲迟。年少晚来弄水船头湿,举棹更脱红裙裹鸭儿。年少

孙光宪《竹枝词二首》之一:

> 门前春水竹枝白蘋花,女儿岸上无人竹枝小艇斜。女儿商女经过竹枝江欲暮,女儿散抛残食竹枝饲神鸦。女儿

"举棹""年少""竹枝""女儿",皆和虚声也;"棹""少""枝""儿",各自相对,与歌辞无关。

此等虚声充以实语而成词体的,如《杨柳枝》《太平时》。以顾夐《杨柳枝》为例:

> 秋夜香闺思寂寥,漏迢迢,鸳帏罗幌麝烟销。烛光摇,正忆玉郎游荡去,无寻处。更闻帘外雨萧萧,滴芭蕉。

又如唐玄宗《好时光》：

　　宝髻偏宜宫样，莲脸嫩，体红香。眉黛不须张敞画，天教入鬓长。莫倚倾国貌，嫁取个，有情郎。彼此当年少，莫负好时光。

刘毓盘即以为原为五言八句，其中"偏""莲""张""敞""个"等字本属和声，后人将其改为实字。

唐律诗、绝句变为宋词如此，《三百篇》变为汉乐府亦不外是挚虞《文章流别论》所说："古诗率以四言为体……五言者……于俳谐倡乐多用之。"

四言为《三百篇》的普遍形式，人人皆知。自郑卫音兴而多散声矣。

韩邦奇《苑洛志乐》卷八云："今一部《诗经》皆四言，间有多一二字者余音耳，非比于音者也。歌必四言者，以其用金春玉应之节也。"以上例证之，此言不吾欺矣。其后并此虚声，而实以实字，即成五言。《三百篇》中既有五言，楚骚中亦然。如《大雅·生民》：

　　诞置之隘巷，牛羊腓字之。

　　诞置之平林，会伐平林。

　　诞置之寒冰，鸟覆翼之。

　　鸟置去矣，后稷呱矣。

其中数个"之"字，近人朱谦之谓，即是所增衬字或虚字。如是所言，则五言之生起于泛声，与后世词体产生于同一途径也。然此在诗中非可漫指，诗中重章且语意相同者，可视为同一曲调。前后叠用同一曲调，而字数不同，始可定何者为正，何者为衬。如《小雅·斯干》两章：

　　乃生男子，载寝之床，载衣之裳，载弄之璋。其泣喤喤，朱芾斯皇，室家君王。

　　乃生女子，载寝之地，载衣之裼，载弄之瓦。无非无仪，唯酒食是议，无父母诒罹。

两章乃同一调式，而后章末二语为五字，其"唯""诒"必为衬字，由泛声产生无疑。又如《豳风·东山》四章，每章十二句，每章皆以"我徂东山，慆慆不归。我来自东，零雨其濛"起，各章用同一曲调可知。但全篇皆四字句，独末章最后两句为"其新孔嘉，其旧如之何"，则此"之"字必由泛声产生，乃衬字也。由是以言：

《魏风·十亩之间》"十亩之间兮"，尾"兮"字乃余音也。

《大雅·绵》"予曰有疏附"，第二字"曰"起于虚声。

《郑风·女曰鸡鸣》"知子之来之"，末"之"字乃虚声也。

《小雅·北山》"或燕燕居息"，首"或"字起于虚声。

唯《魏风·十亩之间》《大雅·绵》之"兮""曰"可有可无；有，可以增加声调之美。《郑风·女曰鸡鸣》之"之"，为语助之用，去之颇感生硬。至于《小雅·北山》之"或"则不能去，已为纯粹五言矣。

然《三百篇》中由泛声所生，非仅五言，如：

《郑风·缁衣》："缁衣之宜兮，敝予又改为兮。适子之馆兮，还予授子之粲兮。"五六七言也。

《魏风·伐檀》："坎坎伐檀兮，置之河之干兮，河水清且涟猗。不稼不穑，胡取禾三百廛兮？不狩不猎，胡瞻尔庭有县貆兮？彼君子兮，不素餐兮！"五六七八言也。

《齐风·还》："子之还兮，遭我乎峱之间兮。并驱从两肩兮，揖我谓我儇兮。"

《齐风·著》："俟我于著乎而，充耳以素乎而，尚之以琼华乎而。"

《汉书·地理志》谓之齐人纾缓之体。《三百篇》中有泛声，产生了杂言。至春秋末，五言有孺子《沧浪歌》。

战国时，韩、魏力攻秦、赵任权，齐、楚两国虽有文学，唯齐多辩士，少诗人，楚唯诗人屈原，故战国诗歌唯有《楚辞》。

检《楚辞》：

《离骚》六言也。

《九歌》大部为四言、五言。唯《山鬼》《国殇》为六言，此六言亦可视为两个三言。

《天问》四言。

《九章》大部为六言，《怀沙》为四言，《橘颂》及《涉江》《抽思》《怀沙·乱辞》为七言。

《招魂》《大招》为七言。

再下至汉乐府。

《房中歌》大部为四言；"大海荡荡水所归"，七言也。

《郊祀歌》多杂言。

铙歌多为杂言，《上陵》为五言。

相和歌辞为杂曲，五言颇多；《妇病行》《孤儿行》，杂言也。

此外，秦《长城民歌》、楚《虞美人歌》、汉初《戚夫人歌》、武帝时《李延年歌》、元帝时谚《何以孝悌为》、成帝时童谣《长安城中谣》《邪径败良田》，则西汉五言夥矣。至五言本身，亦自有其优点。

因为《三百篇》中已多叠字，至《楚辞》，复语增加，施于四言，只能容纳两个音步。如《关雎》，不论作"关关雎鸠"还是"雎鸠关关"，变化有限。如易为五言，则所增一字，无论加在句首、句中、句尾，无所不可。而且单复相间，倒顺错综，通体灵活，甚多变化。所以《诗品》说：

> 五言居文词之要，是众作之有滋味者也。

但我们要知道，古之四言由泛声而产生杂言。《楚辞》中三四五六七言俱备。至汉乐府，杂言尚不少。五言虽有其优点，其余（尤其七言）岂无可取？七言虽迟至陈隋增多，至唐始得大行，也绝不能说七言无优点。五言首得独盛，则是由于《三百篇》之残余影响。《三百篇》对后世诗歌影响甚大。汉代五言虽盛，但一般人心目中仍以四言为雅音，五言为郑乐。汉哀帝罢乐府，所罢者即当时统治阶级心目中之郑声，可见这种新声颇遭时忌。但新声有人民大众的基础，为众所爱好，故虽被摧抑，仍复盛行。不过七言不能与五言同样立即盛行，是由于四言之支配力量仍在。知识分子由于落后保守的习惯，虽不顾四言之束缚，力求解放，但此解放是不彻底的，只能解放到五言。你看七言在一般人的心目中是何物：

晋傅玄《拟四愁诗》序："昔张平子作《四愁诗》，体小而俗，七言类也。"

南朝宋僧惠休与鲍照爱作七言诗，人称"休鲍"。《诗品》讥休为"委巷中歌谣",讥鲍为泛清雅之致,并且说鲍诗是"亦犹五色之有红紫,八音之有郑卫。"

甚至到唐朝李白,号称复古派诗人,也大发议论说:"寄兴深微,五言不如四言,七言又其靡也。"其实唐朝是七言盛行的时代,李白自己主要也是以七言诗见长。但他还发这种论调,这不能不说是他的落后意识在作祟,传统思想意识对后代的影响是惊人的。

总之,由《三百篇》《楚辞》至汉乐府,是由四言分化为杂言,最后统一于五言这样一个辩证统一的发展过程。

至于五言诗产生与发展的主要原因,是春秋以来直至秦汉,私有制度的确立带来了民歌的发展。附随条件是商业的发达造成郑声的弥漫。民歌抬头,郑声弥漫,再加上文人学士的落后意识,于是先由四言分裂为杂言,最后统一于五言。这是五言诗产生与发展的真正过程。

## 第三节　汉民歌的现实内容和艺术手法

前面我们已经提到汉民歌的主要部分和五言诗的产生与发展。这里我们只概括地把民歌分为入乐和未入乐两大类,专就它所反映的内容和所采用的手法来谈谈。

就入乐的乐府来看,讽刺豪贵奢靡生活的,有《鸡鸣》《相逢行》;反映厌战情绪的,有《战城南》《东光》;反映统治阶级的爪牙迫害人民的,有《平陵东》《乌生》;暴露统治阶级的奴才调戏民女丑态的,有《陌上桑》《羽林郎》;揭露社会黑暗的,有《上留田行》《孤儿行》;描写人民痛苦生活的,有《东门行》《妇病行》;反映封建束缚下女子忠贞爱情的,有《上邪》《有所思》;描写民间妇女直率性格的,有《陇西行》《艳歌行》。

《鸡鸣》以极细致的手法,写出了当时豪贵的奢靡生活,同时也反映出只有剥削阶级才见利忘义,兄弟相残;《相逢行》写实的能力与《鸡鸣》相似,而末段三妇地位的不同,尤可看出剥削阶级奴役女性、喜新厌旧的可耻行为;《战城南》渲染兵士在战场上的艰苦生活,充满悲惨恐怖的气氛,末尾揭露出统治阶级经常欺骗人这样去送死,更令人觉得沉痛异常;《东光》写兵士长期远征,不得休息,虽有充足的粮饷,也不能取胜,是对草菅人命的统治阶级的有力警告;《平陵东》暴露了当时官吏敲诈人民,人民走投无路的景象,官吏与盗匪毫无区别;《乌生》反映了当时酷吏横行,人人自危,令人怜悯;《陌上桑》写一位钦差大员调戏有夫之妇罗敷,反被罗敷教训一顿,简直是一幅动人的幽默画。《陌上桑》妙在作者先用旁观者的赞叹描绘出罗敷的美丽;次就使君的艳羡和纠缠,刻画出罗敷的年轻而沉着;最后罗敷搬出自己丈夫的声势,压倒使君,令使君感到羞愧,既奚落了使君,也显示出罗敷的聪明机智。我们不要因为罗敷丈夫的身份而怀疑这篇作品不是民歌。实际上封建官吏一般都不知天高地厚,喜欢以一官半职来骄人,而民歌正是利用这点来奚落这种狗官吏。《羽林郎》写豪贵家奴仗势调戏酒店女子,遭到严厉拒绝,表现了民间妇女反抗强暴的英勇气概。作品的主题和描写手法,与《陌上桑》有异曲同工之妙。《上留田行》写孤儿被弃路旁,令人不禁想起他兄长的冷酷不仁。《孤儿行》写孤儿被兄嫂所虐待,被群儿所欺压,无处告诉,痛不欲生。虽然是对一些无良之徒的控诉,实际上这种无良行为正体现了剥削阶级的剥削本性。《东门行》写丈夫无以为生,想出门去为非作歹,妻子劝阻他时的矛盾心理。可见为非作歹并非本意,乃是环境逼迫的,对当时的社会可说是一个很大的讽刺。《妇病行》写病妇托孤和孤儿无食的情景,催人泪下。这里男人还是有心人,而遗孤如此可怜,若男人有异心,遗孤的惨状就更不堪设想了。但我们试追溯人民这种苦境的来源,又都是统治阶级无情的压榨剥削所造成的。《上邪》是一篇誓词。《有所思》写丈夫出门后女子在家中疑信参半、喜怒无端的心情——她都快发疯了,却还怕人知道。这是封建压抑下女子忠贞爱情的深刻反映。喷薄而出,感情高涨,达到了极点。《陇西行》写一个无夫无儿的健妇,主持家务,应对宾客,却丝毫没有引起别人的坏念头,无疑是一个纯洁大方的民间妇女形象的典型刻画。《艳歌行》写一个妇女给一个流浪汉补衣服,不幸引起了丈夫的疑心。但这个妇女却落落大方,心中坦然,反使多疑的丈夫感到没趣。但这篇作品是流浪汉的自述,因而我们也要体会到,这并不是在讽刺那个多疑的丈夫,而是反映了这个流浪汉思归的心情。多了这一层,便更显得这篇作品曲折反复、耐人寻味了。民歌艺术的高妙不可及处,正在这里。

就未入乐的歌谣来看,文帝时《淮南王歌》,讽刺统治阶级内部的矛盾。武帝时《长安俗语》,暴露统治阶级宠幸小人的骄横靡费。成帝时《长安歌》,反映了酷吏滥杀百姓,造成人们父子离散的悲哀。元帝时《俗语》,顺帝末《京都童谣》,桓、灵时《童谣》,对当时选举制度的黑幕作了尖锐的指斥。因此我们可以联想到魏晋以后的九品中正,隋唐以后的诗赋取士,都被反动的历史学家誉为泯除阶级对立的良好制度,其实所谓选举用人,劳苦人民何尝有份?这几首歌谣,可以说把上层阶级把持选举的真相和盘托出了。桓帝初《小麦童谣》,揭发了统治阶级只知道驱使人民去送死,至于减少了劳动力,破坏了生产,他们是全不顾及的。甚至军人得势,一些小吏也被抓去当兵。鸡飞狗跳,一阵纷乱,这是汉室政权瓦解前夕的一幅速写。《城上乌童谣》,写统治阶级的剥削无厌已无法掩饰,而他们却还要压制舆论,不让人民说话。但人民终究把它讲出来了,可见人民的正义感是压制不住的。

总而言之,歌谣与相和歌辞都是暴露和反抗现实黑暗的作品。相和歌辞有一定的曲调和乐器伴奏,歌谣只是徒歌。合并起来看,它们可说是当时人民群众呼声的二重奏,在汉乐府中是最有价值的一部分。

## 第四节 《古诗十九首》等古诗的来源及时代背景

从汉代歌谣及乐府歌辞中产生不少五言作品以后,诗歌语句逐渐凝练为五言的形式,这是《三百篇》的四言、《楚辞》的六言、汉乐府的杂言逐步发展、互相影响产生的结果。汉代《房中歌》是楚声。《郊祀歌》本于赵代秦楚之讴,铙歌是自朔野输入,平、清、瑟三调是周房中曲遗声,楚调、侧调是汉房中曲遗声。舞曲很多,先在民间,后在宫中。这样夏楚之声杂糅,雅郑之音交替,最后五言成为社会上最为人所爱听的时调。因为"俳谐倡乐"多用五言，五言于是愈加普遍。最初诗歌未分，形式不很固定，语句常有参差。到后来诗歌脱离音乐而独立，形式固定下来，作者便向这一方面努力。《古诗十九首》和相传为苏武、李陵所作的诗，便是在这种情况下产生的。许多无名作者和建安诗人，便是在这一方面努力有成的重要人物。因而"迨及建安"，便"五言腾踊"了。

不过我们为了明白五言诗的发展过程，在介绍建安诗人之先，对那些歌诗初分之后、建安诗人之前起过桥梁作用的五言诗篇，不得不略述梗概。首先要提到的便是世传《古诗十九首》及苏李赠答诗。

《古诗十九首》并不是一开始就只有十九首。梁昭明太子萧统在他的《昭明文选》（以下简称《文选》）中，取汉以前流传的古诗，采录了十九首。唐人盛称《文选》，《古诗十九首》便成为文学史上一个显著的名词了。古诗究竟有多少呢？钟嵘《诗品》把古诗区别为"陆机所拟十四首"和《去者日以疏》等四十五首两类，可见当时尚有五十九首。

除我们现在看到的《文选》所录十九首外，《玉台新咏》载有枚乘诗九首，其中八首已见于《文选》，其余是《兰若生春阳》一首。《玉台新咏》又载古诗八首，除四首见于《文选》外，其余是《上山采蘼芜》等四首。此外尚有《橘柚垂华实》等四首，《采葵莫伤根》等二首。《太平御览》尚引《青青陵中草》一首，计共存古诗三十一首，比钟嵘所见又少了二十八首。

事实上，东汉班固的作品既然还是"质木无文"，西汉如何会有这样优美动听的作品？因此过去相传古诗中有枚乘、傅毅作品的话都靠不住。古诗因年代久远，作者无考，众说纷纭。

陆机拟作，《世说新语》引王孝伯语，宋南平王录拟作，及《文选》概称古诗。

刘勰写《文心雕龙》时，已有古诗是枚乘作品的传说，它肯定是两汉之作。《孤竹》一篇，傅毅之作。

钟嵘《诗品》肯定是炎汉之制，但以为王、扬、枚、马吟咏靡闻，不承认有枚乘诗，其中《去者日以疏》等四十五首，他说是旧拟，旧疑"是建安中曹、王所制"。

徐陵以《行行重行行》等九首为枚乘诗。

李善以为"促织""秋蝉"是汉之孟冬,非夏之孟冬;"驱车上东门""游戏宛与洛"辞兼东都。

王世贞以为"两宫""双阙"是东京语,中间或杂有张衡、蔡邕之作未可知。

顾炎武以为枚乘诗不避讳,可知为后人拟作而不出西京。

朱彝尊以为《古诗十九首》中枚乘诗居其八,《驱车上东门》为乐府杂曲,《生年不满百》和《西门行》古辞,剪裁长短句为五言,移易前后,杂糅于《古诗十九首》中,概题曰古诗,皆出于《文选》诸学士之手。

钱大昕以为刘彦和谓西京辞人遗翰莫见五言,此体之兴,必不在景、武之世。

到了现今,日人铃木虎雄以为"史传凡关于五言诗无记载",遂断定五言诗产生于东汉章、和之际。国人徐中舒、张为骐、陆侃如推演其说,于古人所见之外,更提出一些疑问。

一、东汉有以胡马、越鸟对举者(《吴越春秋》),有以代马、越鸟对举者(曹植《朔风诗》),均较工稳。故古诗胡马、越鸟之对,非西汉人手笔可知。

二、蟾与兔并居月中,始见于张衡《灵宪》,汉末纬书《春秋元命苞》及石阙铭(少室神道石阙铭、开母庙石阙铭)多以二物象月,《孟冬寒气至》当亦汉末时作。

三、汉末纬书中始见促织之名(《诗纪历枢》),故《明月皎夜光》必作于汉末。

四、《洛阳伽蓝记》载,冲觉寺西北有楼,"古诗所谓'西北有高楼,上与浮云齐'者也"。《西北有高楼》虽未必是北朝诗,然必非西汉诗。

五、《北堂书钞》引"弹筝奋逸响",作曹植诗,时代当在汉末。

综合上述,他们或根据传闻引语,或辨别风格体制,或考究制度名物,或比较语言修辞。我们认为五言不一定兴于景、武之世,但不能说西汉无五言。陆机既称拟古,则《洛阳伽蓝记》《北堂书钞》引不引都不足以证明诗出后世。纬书兴于哀、平之际，东汉人多已不信。把纬书当作汉末产物，已非事实。何况诗人的语言不一定根据纬书，古籍反尽多属对工切之语，一两句也不足为证。再有，洛阳在汉初已有南北二宫，贾谊、邹阳、刘向奏议，很多解释。比较起来，刘勰、钟嵘、徐陵根据传闻，李善以事实为证，言之凿凿。朱彝尊所作比较，似有所见。但传闻是否失实，事实是否假托，《古诗十九首》与乐府究竟谁袭取谁，都是问题。

　　我们认为《驱车上东门》既见于乐府杂曲，《生年不满百》与乐府《西门行》多同，正是乐府初分时期的现象。不但这两篇，还有《冉冉孤生竹》一篇，亦见于乐府杂曲。《十五从军征》一篇，乐府亦作《紫骝马》。此外《青青陵上柏》，《北堂书钞》引作古乐府；《迢迢牵牛星》，《玉烛宝典》引作古乐府；《上山采蘼芜》，《太平御览》引作古乐府诗；乐府古歌辞《长歌行》，《文选》注引作古诗；《陇西行》，《艺文类聚》《白氏六帖》引作古诗；《艳歌行》，《艺文类聚》引作古诗。说明这些诗原来都是为了歌唱，后来经过文人按照自己的意图而给予组织剪裁，才构成如今这种完整的形式。有的尚能歌唱，有的只留下几句唱词。因此这些诗具有三个特点：

　　一、很多与乐府民歌互有出入。

　　二、没有作者姓名。

　　三、虽然产生在建安以前，但比同时有作者姓名的作品，甚至比建安时期的作品，在技术上还要显得成熟。

　　最重要的，我们还得根据它所反映的情感意识来判断。关于这点，前人说得很多，沈德潜的话比较全面。他说，《古诗十九首》非一人一时之作，大率逐臣弃妻，朋友阔绝，游子他乡，死生新故之感。据我们观察，像《行行重行行》《今日良宴会》《回车驾言迈》《橘柚垂华实》，是失意士大夫的牢骚。《十五从军征》，是征戍老卒归后的寂寞。《青青河畔草》《凛凛岁云暮》《孟冬寒气至》《上山采蘼芜》，是弃妇的悲伤。《西北有高楼》《冉冉孤生竹》《东城高且长》，是少女的苦闷。《涉江采芙蓉》《庭中有奇树》《迢迢牵牛星》《客从远方来》《悲与亲友别》《穆穆清风至》《新树兰蕙葩》，是两性的恋情。《明月皎夜光》，是朋友相负后的悔意。《青青陵上柏》《驱车上东门》《生年不满百》，是颓废享乐者的解嘲。《去者日以疏》《明月何皎皎》《步出城东门》，是流浪汉的穷愁。总之，除去《上山采蘼芜》《十五从军征》很明显是劳动人民的口吻而外，其余很多反映中下层知识分子的苦闷、感伤、牢骚。这种现象在东汉顺、桓以后，到汉末黄巾起义前夕，最为显著。顺、桓以后的张衡、蔡邕、郦炎、赵壹都有这种感慨就可以说明。顺、桓以后，外戚宦官争权夺利，鱼肉人民，一般中下层知识分子既不得志于当时，农民的不断起义又震撼了他们的灵魂，使他们感到走投无路。再加上过去统治者赖以统御人心的谶纬迷信这时已不足以控制人心，经过王充的攻击俗儒、马融的倡言老庄、张衡的留意太玄，道家思想逐渐侵入人心，这批失意的中下层知识分子，除了讥切朝政，发发牢骚而外，只有隐居避世或颓废享乐了。

  对古诗的艺术，《文心雕龙·明诗》说："结体散文，直而不野，婉转附物，怊怅切情，实五言之冠冕也。"《诗品》说："文温以丽，意悲而远，惊心动魄，可谓几乎一字千金。"都是说它的结构修辞、言情咏物，既能曲尽其妙，又能恰到好处。这有些笼统，我们且就作品来具体说明。像《行行重行行》《明月皎夜光》《回车驾言迈》《驱车上东门》，写失意士大夫有的被谗谄所蔽，有的被朋友抛弃，一面畏罪忧谗，一面却不忘欲返。他们憎恨奸邪，埋怨朋友，而对于统治主子"天子"仍存一线希望。封建士大夫视君命自然是神圣至上、无法违抗的。万一奔走一世真无所得，只有幻想着立名于世，这还是一点积极愿望。但一想到岁月相送，圣贤也难保不毁灭，那只有饮美酒，服纨素，及时行乐了。生前的尊贵，死后的荣名，一切全被否定了，他们是何等痛苦绝望。在政治不上轨道，国家前途黯淡的时期，自然会产生这种感觉。在《凛凛岁云暮》《上山采蘼芜》《冉冉孤生竹》《涉江采芙蓉》《迢迢牵牛星》《客从远方来》几首中，我们看到封建压迫下妇女的遭遇。一般男子，有的三心二意，迟不迎亲；有的重利轻别，把爱人丢在家里不管；有的喜新厌旧，妻子无罪而轻被遗弃，她们担心自己青春将误，幻想着爱人没有变心，关心着故夫别娶后的生活，除了悲叹自己的遭遇外，对对方还是没有话说。"贱妾亦何为"，说明她们心中的疑问是没有解答的。即使有些美满姻缘，两情相悦，也由于种种阻碍而不得团聚。"同心而离居"，何等悲伤！"盈盈一水间，脉脉不得语"，又何等可恨！因此，获得爱人的一点温情便欢喜若狂，感到如胶似漆，相信不变了。但也有例外，如《西北有高楼》《东城高且长》两首中的主人公，由于岁月易逝，理想的配偶难逢，禁不住说出自己的心事，愿为双鸿鹄，思为双飞燕。尤其《东城高且长》一首，十足表现出冲破藩篱、追求自由的心意，很富于浪漫情调。这可能是当时礼教束缚下挣脱桎梏者，但这是极稀有的。其中很值得重视的《十五从军征》，写劳动人民当了一辈子兵，最后回到家乡，落得孑然一身，田园尽荒，这是为当时统治者卖命的下场。"出门东向望"将那种拦路寻人、徘徊无告的焦急心情刻画得何等真切可悯！

　　总之，这些古诗在思想方面极不健康，甚至还含有不少毒素。主人公大多是向困难低头，对万恶的统治阶级不但不正面作出反抗，甚至还抱有很大的幻想。一不得志，便又消极避世或尽情享乐，对后世的影响是极其有害的。但这些诗所表达的都是当时社会上失意者心中共同之情，因而也反映了当时社会的一部分真相。阶级社会里中下层知识分子的苦闷心情，在这些诗中很容易得到共鸣，他们都感到诗中所言先得我心。再加上它们被传唱已久，经过很多人不断的充实修改，在艺术方面已达到完整无缺的、很成熟的境地，自然要被誉为五言冠冕，甚至说它们惊心动魄、一字千金了。

　　与《古诗十九首》同样被认为是最早的五言诗的，是世传苏李诗。诗见《文选》卷二十七，计苏武诗四首，李陵与苏武诗三首。其中苏武《结发为夫妻》一首，《玉台新咏》题作《留别妻》。此外，《艺文类聚》《初学记》《古文苑》载有苏李诗十首，计苏武答李陵一首，李陵一首，李陵录别诗八首。其中李陵录别诗《凤凰鸣高冈》一首，唯余四句。《红尘蔽天地》一首，唯余二句。《升庵诗话》载《红尘蔽天地》一首，下多十二句，云见《修文殿御览》。此书亡佚已久，又以升庵好伪撰古书，人多不信。唯严可均典语叙言杨用修、王元美屡用《修文殿御览》，钱受之书目亦载之。且言邢侪山见汉中府张姓有藏本，则此书清乾隆中尚未绝世，然已无从知其真伪了。

此外《文选注》《北堂书钞》中尚有苏李散句，不及备载。

苏李诗与《古诗十九首》一样，自来众说纷纭：

一、颜延之以为李陵众作总杂不类，有假托，不全是陵制（《太平御览》卷五八六引）。

二、刘勰时有人怀疑李陵、班婕妤之诗。刘勰虽然主张五言诗起源很早，但对李陵诗并未怎样肯定，他说李陵、班婕妤之诗见疑于后代。

三、钟嵘认为李陵是五言的创始者。

四、萧统、萧子显、颜之推、庾信及隋唐人都承认李陵的诗。

五、苏轼《东坡志林·答刘沔都曹书》，以长安赠别而有"江汉"之语，认为是伪作。洪迈《容斋随笔》以为"独有盈觞酒"触惠帝讳，东坡疑为伪作极是。

六、钱大昕《十驾斋养新录》以为李陵作歌初非五言，则河梁唱和必定出于依托。

七、《文选旁证》引翁方纲语，以为陵与武别，未尝有携手河梁之事，陵自知绝无还期，则日月弦望不合情事。武与陵留匈奴，同居十八九年，不能只说"三载嘉会"。

八、近人郑振铎（《文学大纲》）、陆侃如更提出些疑问，以为苏李诸作，《汉书》本传不载，《艺文志》不录。

九、苏李赴匈奴非出战，何以言"行役在战场"？

最近逯钦立据李陵录别《有鸟西南飞》一首有"暮闻日南陵"，断定当作于汉末，为避难交广人士之作。

这里相信苏李有诗的，但凭传说，没有实据。怀疑者所提出的一些理由，也大都似是而非，并不足以推翻原案。史传录不录并不能说明作者有无这些诗。汉诗失载于《汉书·艺文志》者甚多，如赵幽王、朱虚侯、燕刺王旦、广陵王、广川王、韦孟、韦玄成、东方朔、李延年的诗皆是。章学诚早已说过"汉志详赋而略诗"。两国接壤之处，到处是战场，出使自然要经过。史传但记大事，虽未言携手河梁，也不能说其必无。明知永别，未尝不可以日月弦望相慰。二人留匈奴十八九年，并非常在一起，自然可以说

"三载嘉会"。即如诗歌"一日不见,如三秋兮",自意为三秋,言可宝贵,不一定是实数。至汉人奏议,触讳的也很多,前已言及。这话顾炎武还重提过,不能因为自己改朝换代,忌讳多端,就妄测古人。东坡及近时逯钦立所指,似很有道理。但"江汉"语见《结发为夫妻》一首,怎能肯定苏武没到过江汉,李陵没有送友人赴交广之事?而且原文"俯观江汉流,仰视浮云翔",泛言天地景物。如《兰亭集序》"仰观宇宙之大,俯察品类之盛",不一定是专就当地而言。至西京无五言的话,刘勰已不承认,何以钱氏未注意下文?至于他说李陵原作初非五言,我们固不能肯定苏李无五言,但也不能肯定苏李有五言。问题在于,世传苏李诗是否即出于苏李二人?当时五言诗的风格是否如此?我们认为西汉时歌诗未分五言,多见于歌辞。苏李二人的事迹曾经震动全国人心,在全国人心中留下了很深刻的印象,一般歌者一定编有唱词。这种唱词,可能取材于原作,也可能是歌者虚拟的。试看"幸有弦歌曲,可以喻中怀。请为游子吟,泠泠一何悲",不是还杂有汉乐府中常见的歌者的口吻吗?因此我们肯定苏李诗最初的素材可能产生在二人事件发生不久之时,不过传唱既久,杂有歌者的即兴在内,以至增入"江汉""日南"等地名,而且变成了一般送别者的口吻,如此"天成""高妙"了。

这些诗同样被人目为五言的典型作品,比如苏诗:

《结发为夫妻》写分别前夕不能入寐,一面恐误诏期,一面又恩爱难分。"握手"以下六句,生死相誓,令人不忍卒读。

《黄鹄一远别》,黄鹄、胡马,因物托兴,双龙为二人自喻,颇合大将、使臣及奇才、奇遇身份,变动不得。"弦歌曲"以下,与古诗《西北有高楼》同一机杼,重叠反复,颇具繁音促节、急管繁弦之感。

《烛烛晨明月》,明月、秋兰,游子所恋,对下"严霜"而言,"江汉"言己独往,西北"浮云"言不自由。前人从未会此妙处,良友远别离,从"江汉""浮云"生出,末二句勉以"令德""景光",寻常而又不寻常。

《良时不再至》,"屏营",征营、怔忡、惊悸貌。起下"风波"句,"风波"谓失足,故又云"长当从此别,且复立斯须。欲因晨风发,送子以贱驱"。

慷慨牺牲,意气矫然。

《嘉会难再遇》,三载千秋珍视之意,"濯缨"本于《沧浪歌》,对武有愧,故云见武如清水濯缨也。坦白磊落,如见其人。末句从"对酒不能酬"来,心事万端不能胜酒,故亦无话可说,实则无声胜有声,沉默胜雄辩矣。

苏武《结发为夫妻》一首,写跟妻子分别,恩爱难分,生死相誓,是一首很感动人的新婚别诗。此外他和李陵是好友,双龙的比喻象征着二人的不平凡,很具想象力。他对李陵要说的话很多,但又不能单怪李陵,心绪万端,歌唱自然也要变成急管繁弦了。江汉东南流,李陵独留胡地,不能无惋惜之情,但在他的立场上,终不能无责于李陵,所以劝李陵"崇令德""爱景光",很严厉,却又温和异常,可说面面俱到了。

李陵陷敌,因为汉武帝法令无度,他无法再得到新生。他面对苏武,终觉有愧。"风波一失所",是他的失悔。"临河濯长缨",是他对苏武的崇敬。坦白磊落,情见乎辞。

总之,苏李诗不一定出自苏李二人之手,但刻画二人心事,已够曲折尽致。所以颜延之说李陵善篇有足悲者。钟嵘说,使陵不遇辛苦,其文何以至此!且这些诗因为经过长期传唱的修改,显得很成熟,又显得是人们欲言而未能言的,所以后人拿它们与《古诗十九首》并举。像王士禛说:"河梁之作与《十九首》同一风味,皆所谓惊心动魄、一字千金者也。"评论得很正确。

除了姓名、时代无考的这些无名氏的作品《古诗十九首》、苏李诗以外,还有些时代可知甚至姓名昭彰的五言诗及其作者。就现存资料来看,主要有:

明帝时应亨《赠四王冠诗》。

章帝时班固《咏史》,"长安何纷纷""宝剑值千金""延陵轻宝剑"。

安帝时张衡《同声歌》。

桓帝时巴郡人刺郡守李盛诗。

桓帝时秦嘉《赠妇诗》。

赵壹《疾邪诗》。

灵帝时郦炎《见志诗》。

高彪《清诫》。

蔡邕《翠鸟》。

献帝时蔡琰《悲愤诗》。

其中班固《咏史》咏缇萦救父的英勇，后归美于文帝，这是说明知识分子相对的正义感，可能是窦宪事系狱时作。这是一首初期的叙事诗，比较朴素，故《诗品》评它"质木无文"。张衡《同声歌》、秦嘉《赠妇诗》，是很好的情诗。像《同声歌》："思为莞蒻席，在下蔽匡床。愿为罗衾帱，在上卫风霜。"想象美妙，是后来陶渊明《闲情赋》的底本。《赠妇诗》："河广无舟梁，道近隔丘陆。临路怀惆怅，中驾正踯躅。浮云起高山，悲风激深谷。良马不回鞍，轻车不转毂。"用周围事物烘托出临别时依依不舍之情。视野比较广，留意到人民的疾苦、政治的黑暗的要算巴郡人刺郡守李盛诗、郦炎《见志诗》、赵壹《疾邪诗》。巴郡人诗，极生动形象地描写了官吏的气焰、小民的厄遇，虽然篇幅不长，讽刺却极深刻，是很本色的人民的作品。郦炎诗痛斥庸滥执政，贤士埋没。赵壹诗揭露汉末以财富定贤愚的黑暗，较郦诗更为愤慨，足以表现黄巾起义前夕汉室政治的腐败及一般人的激愤。对后世诗歌影响很大的是蔡琰的《悲愤诗》。她是蔡邕的女儿，字文姬，适卫中道，夫亡无子归家。献帝东归，琰没匈奴十二年，生二子。建安中曹操遣使以重金将她赎回，重嫁董祀。祀得罪当死，琰为请免。曹操命她抄家藏书，系记忆所得，四百余篇。事见《后汉书·列女传》。《悲愤诗》从汉末董卓之乱写起，涉及胡中思归、与胡儿泣别，最后是归后萧条。我们读了，会为她一生不幸的遭遇而流泪。比如在匈奴日夜探听、盼望故乡的消息一段：

处所多霜雪，胡风春夏起。翩翩吹我衣，肃肃入我耳。感时念父母，哀叹无穷已。有客从外来，闻之常欢喜。迎问其消息，辄复非乡里。

写喜讯中带来失望。又如归汉时与胡儿泣别一段：

儿前抱我颈，问母欲何之。人言母当去，岂复有还时。阿母

常仁恻,今何更不慈?我尚未成人,奈何不顾思。见此崩五内,
恍惚生狂痴。号泣手抚摩,当发复回疑。

写胡儿天真的话与自己欲去难舍的内心矛盾。最使我们注意的是赴匈奴途中所见:

卓众来东下,金甲耀日光。平土人脆弱,来兵皆胡羌。猎野围城邑,所向悉破亡。斩截无孑遗,尸骸相撑拒。马边悬男头,马后载妇女。长驱西入关,迥路险且阻。还顾邈冥冥,肝脾为烂腐。所略有万计,不得令屯聚。或有骨肉俱,欲言不敢语。失意几微间,辄言毙降虏。要当以亭刃,我曹不活汝。岂复惜性命,不堪其詈骂。或便加棰杖,毒痛参并下。旦则号泣行,夜则悲吟坐。欲死不能得,欲生无一可。彼苍者何辜,乃遭此厄祸。

对董卓官兵的凶残作了十分有力的控诉。还有归后故乡景物萧条一段:

既至家人尽,又复无中外。城郭为山林,庭宇生荆艾。白骨不知谁,从横莫覆盖。出门无人声,豺狼号且吠。

都是大乱后人民逃亡、生产被破坏的景象,可以与汉末史事相证。由此可知这首诗不但是蔡琰个人一生的传记,也是一幅汉末军阀混战的历史图景。由于军阀混战,生产破坏,士大夫家庭无所寄生,而与劳动人民同样过着流离生活。虽是没落的士大夫的感伤,却真实地反映了当时社会的全貌,人物与环境恰好是历史的典型,可说是一首极富现实意义的作品。后来杜甫《北征》正是继承了她这首诗的传统。王闿运说:"(杜甫)五言惟《北征》学蔡女,足称雄杰。"是何等推崇她。

有了无名氏《古诗十九首》、苏李诗及班固到蔡邕的一些五言作品作为先驱,五言诗的写作,可以说由于长期酝酿而达成熟阶段。到了建安时间,自然要"五言腾踊",数量突增了。

# 附 录

## 魏晋文学

# 第九章 建安文学

## 第一节 "七子"的名号和孔融诸人

汉末黄巾起义失败,州郡豪强因讨伐黄巾军逐渐坐大,割据一方,互相兼并,战乱无已。最后魏、蜀、吴三足鼎立。汉献帝虽然还维持了二十多年的统治名义,实则政由曹氏出。且献帝建安时期的作者几乎全是曹操的部属,加以从此时起五言大盛,历晋、宋、齐、梁而不衰,在文学史上自成阶段,因而魏晋南北朝文学大都从建安算起。

这一时期文学主流首先发展成熟而臻于鼎盛的是五言诗。七言虽已产生,不过在成长阶段,待开花结果,已是隋唐时的事。因此这一时期的文学先叙五言诗。

建安诗人首推曹操父子及孔融等七人,即所谓"七子"。

"七子"的名号是魏文帝曹丕所定。《典论·论文》:"今之文人,鲁国孔融文举,广陵陈琳孔璋,山阳王粲仲宣,北海徐幹伟长,陈留阮瑀元瑜,汝南应玚德琏,东平刘桢公幹。斯七子者,于学无所遗,于辞无所假。"曹氏父子都是当时著名的文人,孔融等七人以外,还有缪袭、繁钦、吴质等都能诗,为什么不算在内?我们要知道这种品题名号,最初是源于孔子上智下愚之评及孔门四科的区分,班固根据此意作"九等人表"。到了汉末,朝野名流为了反抗宦官执政,互相褒题,形成一种清议集团。当时窦武等三人称"三君",言一世之所宗也;李膺等八人称"八俊",言人之英也;郭泰等八人称"八顾",言能以德行引人者也;张俭等八人称"八及",言能导人追宗者也;度尚等八人称"八厨",言能以财救人者也;此外荀淑八子,时人谓之"八龙";周泽、孙堪二人,并称"二稚";贾彪兄弟三人并称"三虎";许劭兄弟称为"二龙"。陈群替魏创九品中正制,就是受了这种风气的驱使。后来诸葛诞等八人称"八达",夏侯玄等四人称"四聪",阮籍等七人称"竹林七贤",以至后世"大历十子""唐宋八家"等的称呼都是沿袭这种风气而产生的。孔子上智下愚之评及门下四科,代表着春秋末期政教分离后职业学者的分工意识。班固的人表是地主政权下封建士大夫思想的反映。到了汉末,这些封建士大夫感到自身日趋没落,不得不借褒题来划分畛域,以保持自己的世家传统。虽似指才德而言,实则是强宗豪族的门阀观念。后来曹操用人唯才,主要就是想借以推翻这些世家大族。至于曹丕,因他父亲的多年经营,他在政治、经济上已形成绝对优越的地位。旧日名流除了很多死于党锢之祸外,其余经过流离转徙,日趋破产,剩下的也都落在他父子的势力圈内。他父子既然是新起贵族,自不愿与七人并列。至于孔融,是他父亲一辈,加入孔融正是要包括他父子两辈。近人认为七子中当去掉孔融,加入曹植。这未免太漠视当时的史实了。

七子的身世有一个共同点,即是最初多出身于东汉名门,都经过一段流离生活,最后都落在曹操的势力圈内,做了操部属和丕、植兄弟的好友。他们在创作上也有一个共同点,即每人在早期都有些感伤流离、暴露现实的作品,晚年都一变而歌颂曹氏父子,成为新朝的帮闲文人。文学的成就与作家现实生活的关系真是太密切了。刘勰评建安作品的风格说:"观其时文,雅好慷慨,良由世积乱离,风衰俗怨,并志深而笔长,故梗概而多气。"主要是指七子早期作品而言。我们应该注意的也正是这些早期作品。在这些作品中,特别值得我们重视的是孔融《杂诗》、陈琳《饮马长城窟行》、王粲《七哀诗》、徐幹《室思》、阮瑀《驾出北郭门行》。

孔融是孔子的二十世孙,黄巾起义时做北海相,后为袁谭所攻,奔山东,献帝都许后任少府,为人机辩,又自恃高门,对曹操每多讥讽,操命路粹构陷其罪,诛之。有《杂诗》《六言诗》《临终诗》。《杂诗》一首,自叙抱负,表现了他夸诞的本色。《六言诗》歌颂曹操,与他平日的言行不合,恐出伪托。《临终诗》是临刑时作,虽多义愤,倒没有过分感伤惜死的情绪。最感人的是《杂诗》之二:送客回来,婴儿病死,日暮时还赶上到孤坟哭号一阵,用幼子的口气谴责自己"来迟",已够沉痛了;下文说"生时不识父,死后知我谁?"更觉悲悯。句句都是家常语言,故特别令人感到真切。建安人士遭受过乱离,对生死的感觉特别敏锐,于此可见一斑。

陈琳初为何进主簿,在进被杀后奔冀州,袁绍命其典文章。袁氏败,归曹操。他的诗不多,值得注意的是《饮马长城窟行》,用问答体写长城苦力的悲剧结局。男人都被征筑城,只留下女人在家。劳作既单调无味,回家又无时日,宁肯战死,不愿筑城。这是他们反抗的呼声、牺牲的决心。陈琳长于章表,不以诗名,但这首诗表现劳动人民在苦难中磨炼出来的坚强性格却很典型。汉末军阀混战,豪强们都筑坞自保,这首诗便是当时人民苦于力役生活的写真。

王粲是司空王畅之孙,以西京扰乱避难荆州,未得刘表重视。曹操南征,王粲与刘表子刘琮同降。他的诗与曹植的并称,二人称为"曹王"。他是七子中最长于诗而且作品较多的作家。有名的诗是《七哀诗》《咏史诗》《从军诗》。《七哀诗》是西京乱后避难荆州时作。《咏史诗》是封建士大夫奴隶道德意识的反映。《从军诗》歌颂的是曹操出征。最具现实意义的当推《七哀诗》,其中"西京乱无象"一首,将一个妇人弃子的事当作题材,写战争期间生产破坏、民不聊生的悲剧。"边城使心悲"一首,写遍地干戈、死别相继的惨景,都是他亲眼所见,故写来真切感人。"未知身死处,何能两相完",是那妇人对孩子的口吻,实际上也是他自己当时的想法。"行者不顾返,出门与家辞",则更是一切流浪者不可言喻的隐痛。生活的驱使叫人骨肉难保,这是对当时社会的深刻揭露。

徐幹,从事著述,曹操叫他做官,他借病告退。在七子中比较活泼,没有野心,因而曹丕特别优遇他,称他有箕山之志。他的诗如《情诗》《室思》《于清河见挽船士新婚与妻别诗》都是写被遗弃的妇女的苦闷。《室思》一首最有名,其中"人生一世间,忽若暮春草""故如比目鱼,今隔如参辰",很有《古诗十九首》的风味。尤其"自君之出矣,明镜暗不治。思君如流水,何有穷已时"四句,为后人传诵模仿,累世不绝。钟嵘认为这是不靠抄缀直书所见的古今第一流妙句,实非过评。

阮瑀少受学于蔡邕,辞疾避役,终被曹操罗致。他也有《七哀诗》《咏史诗》等。《七哀诗》叹人生无几,《咏史诗》歌颂三良、荆轲等封建忠臣义士,是陶潜作品的前导。我们当注意的是《驾出北郭门行》一首,写一孤儿备受后母虐待,而他父亲却无法得知,他只得逃往亲母的坟头哭叫。这是封建宗法制度下的悲剧,在社会不安定、生产衰落时更容易出现。因此这首诗所描写的也是当时社会的现实问题。

刘桢的祖父刘梁做过野王令,刘桢自己做曹操的掾属,为人倔强。有一次曹丕举行宴会,命甄夫人出拜,众皆俯首,独桢平视,曹操大怒,罚他做苦工。他的作品很多是朋友、同僚赠答歌咏友情之作。但他的诗名很高,后人或将曹植与他并称"曹刘"。钟嵘认为"陈思以下,桢称独步"。他性格倔强,因而语气峥嵘不凡。比如"冰霜正惨凄,终岁常端正。岂不罹凝寒,松柏有本性",与王粲感伤的风格不同。可惜他的作品题材贫乏,很少触及社会现实,我们对他的评价无法过高。

应玚是汉末名儒泰山太守应劭之侄,曹丕说应玚和而不壮,刘桢壮而不密,说明他二人作品风格的不同。他的诗只是些公燕、斗鸡等七子同有的应酬之作,不必细述。

此外,作者名不在七子中而作品却很有名的是繁钦的《定情诗》及左延年的《秦女休行》。繁钦也是曹操部下,其《定情诗》写一个痴心女子受人欺骗后的追悔。左延年生世不详,曹丕篡汉后,他以新声被宠。《秦女休行》咏秦氏女休为宗亲报仇,不顾生死。叙事很生动,但篇末以临刑遇赦作结,仍不免替统治阶级宣传,我们当分别去看。

## 第二节　魏氏三祖

曹氏一家诗人很多。除了曹操本人，丕、植兄弟外，丕妻甄后、丕弟白马王彪、丕子魏明帝睿都能诗。其中曹操、曹丕、曹叡三代是魏室的统治主子，沈约、王僧虔、钟嵘都把他们三人并称"三祖"。曹叡虽是建安以后人，习惯上合并叙述。

曹操先借镇压黄巾军起家，后又挟持汉献帝，到处用兵，为他儿子曹丕篡汉打下基础。他过了一生军旅生活，来不及实现最后的野心便死去了。

他的诗《苦寒行》《陇西行》(即《步出夏门行》)和《步出东西门行》，是军中纪行诗。《苦寒行》写行军时所经道路山川的艰险。《陇西行》写征人流离转徙思归的心情，非躬亲经历，不易道出。我们读《苦寒行》"北上太行山，艰哉何巍巍。羊肠坂诘屈，车轮为之摧。树木何萧瑟，北风声正悲。熊罴对我蹲，虎豹夹路啼"一段，知道杜甫从同谷赴成都诸诗刻画山川的手腕，从这里吸取了不少经验。但要了解他的心事，还得读《短歌行》及《碣石篇》，前者是他求才若渴的说明，后者是他暮年心事的自白。试看"月明星稀，乌鹊南飞。绕树三匝，何枝可依？"他怎样念念不忘那些彷徨无归的怀才不遇之士！再看"老骥伏枥，志在千里。烈士暮年，壮心不已"，他又如何为年命不逮，壮心未遂着急。四言自《三百篇》以后很少有人作，韦孟祖孙的作品虽有名，却很板滞。到了曹操用五言流利的笔调来写四言，成为此后嵇康、陶潜四言的先驱。无怪后来王敦最爱唱这四句诗，甚至为了击节把唾壶也打缺了，这说明奸雄的心事大略相同。被视为时代实录的作品要推《薤露行》《蒿里行》。《薤露行》言何、袁谋诛宦官，招来董卓的劫掠。《蒿里行》言群雄讨卓未成，造成纷乱的局面。这里他还拿封建忠臣的口吻来号召，本属无聊；但这首诗暴露了汉末用人不当，董卓破坏洛京及群雄相争，使人们无辜地死于罪恶，多少替人民作了申诉。钟惺说这两首诗是汉末实录，是诗史，不为无见。

总之,曹操的诗是他一生经历的自传。他早年在军旅中曾经看到些流离悲伤的事,因此像《薤露行》《蒿里行》《陇西行》《苦寒行》等作品能悯死念乱,还有些义愤。其后武功渐著,野心渐露,便用诗歌作掩护,像《度关山》《短歌行》《善哉行》《对酒》,不言文王、周公,便言齐桓、晋文,不言唐尧、虞舜,便言许由、伯夷,其实礼让是口号,篡夺是真心。晚年战事未全结束,年命已非少壮,野心不遂,感恨无穷,这时的诗像《步出东西门行》《气出唱》《精列》《陌上桑》《秋胡行》,不是叹恨岁暮,便是幻想神仙,用空中楼阁来弥补内心的缺憾。钟嵘说:"曹公古直,甚有悲凉之句。""古直"是由于他从事征战,无暇修饰字句;"悲凉"即指他晚年那些留恋生命的感伤作品。有人认为曹操的《气出唱》《精列》《秋胡行》是他早年模仿乐府之作。试问"不戚年往,忧世不治""壮盛智慧,殊不再来"岂是少壮有为时的口吻?这是只看字句形式,不顾思想内容所生的误解。

曹丕,字子桓,曹操次子。凭借曹操的培养,建安中做五官中郎将、副丞相。曹操死后,他便篡汉改魏,在位七年卒。他因为条件优越,得以学习各种学术。他父子都读书好学,他除好学外,还擅长骑射、击剑、弹棋等技艺,还著书立说,有《典论》,并使诸儒撰集类书《皇览》。

他的诗以《杂诗》《芙蓉池作》《燕歌行》为代表。《杂诗》咏旅客的心情,模仿《古诗十九首》,王世贞、王夫之都认为与《古诗十九首》同风。《芙蓉池作》咏游池的欢乐。如:

> 卑枝拂羽盖,修条摩苍天。惊风扶轮毂,飞鸟翔我前。丹霞夹明月,华星出云间。上天垂光彩,五色一何鲜。

虽极美丽生动,但这种奢华享乐生活只限于少数人,与劳苦大众相去甚远。还是《燕歌行》最具特色:

> 秋风萧瑟天气凉,草木摇落露为霜,群燕辞归雁南翔。念君客游多思肠,慊慊思归恋故乡,君何淹留寄他方。贱妾茕茕守空房,忧来思君不敢忘,不觉泪下沾衣裳。援琴鸣弦发清商,短歌微吟不能长。明月皎皎照我床,星汉西流夜未央。牵牛织女遥

相望,尔独何辜限河梁。

这首诗刻画了少妇思夫之心,因为是七言,更显得缠绵悱恻。

曹丕的诗大部是写游宴之乐,宫廷气很重。至于《杂诗》等羁旅之言,或是少时随军出征,尚未被立为太子时的感慨,"西北有浮云,亭亭如车盖"不是很明显在渴望皇帝的宝座吗?其余《黎阳作》《上留田行》,多少注意到人民的痛苦,则是拿诗歌作掩护,是他父亲的故技。比如《上留田行》虽写贫富两个阶级生活的悬殊,颇为近人注意,不过末篇把这种人为的不平归之天命,还是想模糊人民的斗争目标,为自己的阶级宣传。而且《上留田行》古曲据崔豹《古今注》:"人有父母死,不字其孤弟者,邻人为其弟作悲歌以讽其兄。"曹丕薄待诸弟,却又大作《上留田行》,如何掩饰自己的刻薄少恩?其为人多诈,于此可见。后人对他的诗评论不一,刘勰因一般人抬高曹植而压低他,很抱不平,认为"文帝以位尊减才,思王以势窘益价"。贺贻孙认为"邺中诸诗,子不如父,弟不如兄,臣不如君,宾客不如主人",更大为表扬曹丕。我们的意见是,以艺术论,他的诗确有其宛转清丽的独特风格,但与曹植那种悲剧式人物的悲剧式作品比,未见怎样高出。

此外,曹氏一家还有几个诗人。一个是曹丕弟白马王彪,一个是曹丕夫人甄后,一个便是曹丕儿子——甄后所生的魏明帝曹叡。白马王彪诗无存,《初学记》引有数语。甄后有《塘上行》,过去也认为是武帝或文帝的作品。甄后因谗被赐死,原因不便妄测,但《塘上行》确是写一个因谗见弃的妇女的苦闷,与曹操、曹丕的遭遇绝对不合,故我们仍定为甄后之作。诗言:

念君常苦悲,夜夜不能寐。莫以贤豪故,弃捐素所爱。莫以
鱼肉贱,弃捐葱与薤。莫以麻枲贱,弃捐菅和蒯。

意苦情长,令人可悯。曹叡《长歌行》写孤居之苦,陈祚明怀疑是他母后遭废时作,也有可能。

## 第三节  建安文学的代表作家曹植

曹植,字子建,曹丕的弟弟。少时以捷悟见爱于曹操,再加上丁仪、丁廙、杨修诸客的宣传,几乎被立为太子。不过他性情简易,不事威仪;曹丕则矫情自饰,左右为说,遂得继承曹操。从此曹植内不自安,而曹丕部下也为了邀宠,多方谗毁他。建安中他曾获封平原侯,徙临菑侯。曹丕防范他,因而常常徙封他,先贬安乡侯,后徙鄄城侯、鄄城王、雍丘王,徙封浚仪,再徙雍丘东阿,最后徙封陈王。他不甘食禄等老,曾上书要求试用,未得允许。抑郁不欢,明帝太和六年(232)死去,年四十一。

由于曹丕的猜忌,曹植抑郁一生。后人很为他抱不平。特别是曹丕篡位,曹植"发服悲哭"。后人据此认为曹植忠心于汉室,曹植如果继承曹操,绝不会篡汉。(张溥《汉魏六朝百三家集题辞》)直至多年前,郭沫若才替曹丕说话,认为姓刘的、姓曹的都可以坐天下,曹丕篡位是水到渠成,曹植恃宠骄纵,行事也不见得光明磊落;而且既替汉帝"发服悲哭",后来又作诗文宣传魏德,自相矛盾。我们认为,在汉、在魏都无所谓,而且建安时期政出曹操,汉献帝早已变为一个傀儡人物,曹丕篡位本不足责。曹植悲歌,也没有什么可以表扬的。过去人们对曹操、司马懿不肯原谅,乃是因为他们得志,既不是陈胜、吴广的农民起义,也不是刘邦、项羽除暴后的复国运动,乃是"欺人孤儿寡妇""狐媚以取天下",手段太卑劣。至于曹植是魏室贵族,谈不上对汉忠不忠。他替汉帝悲哭,可能是基于封建知识分子同情孤弱的正义感,自然还可以歌颂魏德。郭沫若又责备曹植:"一头脑的封建意识,只知道亲亲,而不知道尊贤。只怕异姓夺取大位,故主张用公族来以自屏藩。"这话很有问题,正好从此入手。因为曹植既是魏室贵族,自然要替贵族说话。他在《陈审举表》《求通亲亲表》中固然强调过骨肉之思、亲亲之义,但是我们要注意的是,他并不是单纯地替贵族争什么高位厚禄,相反,他正是反对贵族里的腐化人物。他不但在《求自试表》中说明"慈父不能爱无益之子,仁君不能畜无用之臣",主张"论德而

授官""量能而受爵",在诗中也不一而足地流露过他的这种为国效力的苦心。比如《杂诗》其五、其六:

> 仆夫早严驾,吾将远行游。远游欲何之,吴国为我仇。将骋万里涂,东路安足由。江介多悲风,淮泗驰急流。愿欲一轻济,惜哉无方舟。闲居非吾志,甘心赴国忧。

> 飞观百余尺,临牖御棂轩。远望周千里,朝夕见平原。烈士多悲心,小人偷自闲。国仇亮不塞,甘心思丧元。拊剑西南望,思欲赴太山。弦急悲声发,聆我慷慨言。

他不甘闲居苟安,因吴、蜀未灭而怀着深沉的隐忧。再看《白马篇》:

> 羽檄从北来,厉马登高堤。长驱蹈匈奴,左顾凌鲜卑。弃身锋刃端,性命安可怀?父母且不顾,何言子与妻。名编壮士籍,不得中顾私。捐躯赴国难,视死忽如归。

矢志报国,声容慷慨,无以复加了。这岂是一个纯粹站在贵族利益的旧观念下的人说的话?何况他还说:

> 顾念蓬室士,贫贱诚足怜。(《赠徐幹》)

又说:

> 朝云不归山,霖雨成川泽。黍稷委畴陇,农夫安所获。在贵多忘贱,为恩谁能博?狐白足御冬,焉念无衣客。(《赠丁仪》)

又说:

> 重阴润万物,何惧泽不周。(《赠王粲》)

由此可见,曹植并非只知亲亲而不知尊贤,其实曹植与屈原一样是想改造贵族,使贵族同样效力于国家,不要高位厚禄,徒做无用的蠹虫。他们的想法固然是贵族的自救,但也是贵族改造自己的进步意识。曹植可说是一个未能实现自己的理想而抱恨以死者,与屈原同样是悲剧的主角。最能代表这种悲剧发展过程的诗歌,便是著名的《赠白马王彪》:

> 顾瞻恋城阙,引领情内伤。

是对自己宗族的眷恋。

> 鸱枭鸣衡轭,豺狼当路衢。苍蝇间白黑,谗巧反亲疏。

是对异姓官僚的痛恨。

　　　　归鸟赴乔林，翩翩厉羽翼。孤兽走索群，衔草不遑食。

是自己末路的徘徊。

　　　　苦辛何虑思，天命信可疑。虚无求列仙，松子久吾欺。

则是彻底绝望，对最后依赖的天神都否定了。过去认为他的苦闷单单是不得志的牢骚，这不免是皮相之谈。韩愈说："楚，大国也，其亡也，以屈原鸣。"(《送孟东野序》)我们也可以说："魏之亡也，以曹植鸣。"他既关心自己宗族的命运，自然在豪华的宴会前，忽然要兴起死生存亡之感。在别人是反常的现象，在他正是真实的自白。比如《箜篌引》，他在写完歌舞饮宴之后，忽然说：

　　　　惊风飘白日，光景驰西流。盛时不可再，百年忽我遒。生存
　　华屋处，零落归山丘。先民谁不死，知命复何忧。

这是他的感伤，也是魏室贵族的挽歌。无怪乎东晋谢安死后，门人羊昙跑去哭吊，高歌"生存华屋处，零落归山丘"两句，闻者无不为之感恸泣下。内心既含有无限的隐痛，歌唱自然也哀楚动人了。此外还有一些歌咏闺情之作，如《美女篇》《七哀诗》《种葛篇》《浮萍篇》，惋惜美女的失时、弃妇的无依，替一切失意者鸣不平，实际上也是他感情意识多样的表现。

　　至于他的诗歌艺术，在文学史上与南朝宋之陶、谢，唐之李、杜的诗歌一样，都享有极高的声誉。谢灵运说："天下才有一石，曹子建独占八斗。"(《宋书》本传)。钟嵘说："陈思为建安之杰。"又说："(植诗)骨气奇高，词采华茂，情兼雅怨，体被文质，粲溢今古，卓尔不群。嗟乎！陈思之于文章也，譬人伦之有周孔，鳞羽之有龙凤，音乐之有琴笙，女工之有黼黻。……故孔氏之门如用诗，则公幹升堂，思王入室，景阳、潘、陆，自可坐于廊庑之间矣。"这是说他的艺术表现已达极高的成就，不但有丰富的内容，而且有高度的艺术手法。自《古诗十九首》以下，五言诗都是自然吐露，孔融、曹操之诗还保留着汉诗风格。王粲、刘桢之诗已稍易面目。到了曹植之诗则大不同了，汉诗朴素自然的风格得到充分的艺术加工。这主要表现在

下列几方面：

一、发端精警。古诗有意无意，自然道来；曹植精思妙绪，喷薄而出。如：

  惊风飘白日，忽然归西山。圆景光未满，众星粲以繁。(《赠徐幹》)

  高台多悲风，朝日照北林。之子在万里，江湖迥且深。(《杂诗》其一)

  八方各异气，千里殊风雨。(《泰山梁甫行》)

后来谢朓、杜甫、苏轼工于发端，便是继承了他的这种手法。

二、字句锤炼。古诗通篇浑成，无句可摘；曹植诗字斟句酌，毫发不苟。

  清风飘飞阁。(《赠丁仪》)
  朱华冒绿池。(《公宴》)
  明月澄清景。(《公宴》)
  清池激长流。(《赠王粲》)

这是他的炼字。

  重阴润万物。(《赠王粲》)
  凝霜依玉除。(《赠丁仪》)
  神飙接丹毂。(《公宴》)
  长啸气若兰。(《美女篇》)

这是他的铸句。

三、色泽鲜美。古诗重意不重辞；曹植诗则命意而外，辞采渲妍。如：

  石榴植前庭，绿叶摇缥青。(《弃妇诗》)
  秋兰被长坂，朱华冒绿池。(《公宴》)
  阊阖启丹扉，双阙耀朱光。(《五游》)
  上有涌醴泉，玉石扬华英。(《驱车篇》)
  明珠交玉体，……长啸气若兰。(《美女篇》)

后来潘、陆、颜、谢等循此途径发展下去，便形成了六朝诗歌修辞的主要特征。

四、音韵铿锵。古诗大部是自然天籁；曹植诗更是音调谐美，节奏分明。如：

> 天地无穷极，阴阳转相因。人居一世间，忽若风吹尘。(《薤露行》)

> 中逵绝无轨，改辙登高冈。修坂造云日，我马玄以黄。(《赠白马王彪》)

> 山岑高无极，泾渭扬浊清。壮哉帝王居，佳丽殊百城。(《又赠丁仪王粲》)

> 游鱼潜绿水，翔鸟薄天飞。……始出严霜结，今来白露晞。(《情诗》)

> 盛时不可再，百年忽我遒。生存华屋处，零落归山丘。(《箜篌引》)

四声之说虽起于南齐沈约、王融、谢朓诸人，但调节字音，增加文章诵读的流利和谐，并不始于沈、王、谢诸人。据慧皎《高僧传》的记载："原夫梵呗之起，亦兆自陈思。始著《太子颂》及《睒颂》等，因为之制声。吐纳抑扬，并法神授。"可见曹植能区别字音，并用在文章写作中，无怪乎他的这些诗如此谐调中听。

总之，五言诗到了曹植，被熟练运用，无不尽之情，无不达之意。前人的经验，到他手里得到集中的表现，结束了两汉的古直，开辟了六朝的绮丽，但并不因此而失去汉诗真切充实的优点。丁晏称曹植的诗："聆于耳者，黄钟之元音也；咀于口者，太牢之厚味也；耀于目者，锦绣纂组之章也；洽于心者，兴观群怨之旨也。"见解虽有些过时，但说出了曹植诗丰富的内容与高度的艺术相结合的成就，不失为比较全面、概括的评价，所以我们用来做介绍曹植诗的结语。

## 第四节 七言诗产生的历史过程

七言诗也是从《三百篇》中分化出来的。《三百篇》中偶尔有七言的句子,如"交交黄鸟,止于桑"(《秦风·黄鸟》)。到了《楚辞》便多起来,如《招魂》:"天地四方,多贼奸些。像设君室,静闲安些。"《大招》:"冥凌浃行,魂无逃只。魂魄归徕,无远遥只。"除去句末余声"些""只",即是七言。《招魂》:"皋兰被径兮斯路渐。湛湛江水兮上有枫,目极千里兮伤春心。魂兮归来哀江南。"除去句中的"兮",也是七言。《山鬼》:"若有人兮山之阿,被薜荔兮带女萝。"《国殇》:"操吴戈兮被犀甲,车错毂兮短兵接。"句中的"兮"字代以其他字也是七言。有人只承认《招魂》《大招》而不承认《山鬼》《国殇》是七言的来源,以为七言的正常形式是上四下三,而《山鬼》《国殇》中的句子是上三下三。殊不知项羽《虞兮歌》、刘邦《大风歌》、汉武帝《秋风辞》正是这种形式。张衡《四愁诗》中"欲往从之梁父艰""何以报之英琼瑶"也是这种形式,前人还认为是七言之祖呢!

《楚辞》的这三种句式都有发展为七言的可能,但螟蛉未化,难呼螺赢。其后《荀子·成相》:"请成相,世之殃,愚闇愚闇堕贤良。人主无贤,如瞽无相何伥伥。"《灵枢》:"凡刺小邪日以大,补其不足乃无害。"有很多七言,而且没有"些""只""兮"等语言余声,与后世七言相近,但只是部分句子,并未发展到整章全篇。

秦汉以后,项羽、刘邦的歌唱和汉武帝的《秋风辞》是《山鬼》《国殇》一式的继承者。《房中歌》"大海荡荡水所归,高贤愉愉民所怀",《郊祀歌》"千童罗舞成八溢,合好效欢虞泰一"(《天地》)、"函蒙祉福常若期,寂漻上天知厥时"(《天门》)、"空桑琴瑟结信成,四兴递代八风生"(《景星》),便是七言,可能是《招魂》《大招》一式的演变。

西汉董仲舒、东方朔、刘向都有七言。东方朔七言,《文选》注引一句为"折羽翼兮摩苍天",仍袭《楚辞》句法。此外东方朔《射覆辞》有"臣以为龙又无角,谓之为蛇又有足,跂跂脉脉善缘壁,是非守宫即蜥蜴"(《汉书·东方朔传》)。刘向七言有"竭来归耕永自疏""宴处从容观诗书""博学多识与凡殊""时将昏暮白日午""山鸟群鸣动我怀"(皆《文选》注引)等句。

司马相如《凡将篇》残句如"淮南宋蔡舞嗙喻""黄润纤美宜制襌""钟磬竽笙筑坎侯",史游《急就篇》"急就奇觚与众异,罗列诸物名姓字""系臂琅玕虎魄龙",则可说是《荀子·成相》《灵枢》七言形式的发展了。

以上三种,《虞兮歌》《大风歌》及《秋风辞》,全是《楚辞》的形式,但前人却把它们当作七言的始祖。《房中歌》《郊祀歌》中的七言已与后来的七言无别,但未脱尽楚声的外衣。比如《郊祀歌》"蟠比翅回集,贰双飞常羊""假清风轧忽,激长至重觞"(《天门》),显然是每句第三字后删去了"兮"字,弄得不好诵读了。这几句如此,其余句中想必原来都有"兮"字代表余声,不像这几句太显痕迹罢了。因此这种七言还不能算是纯粹独立的七言。真正的七言应算东方朔、刘向的七言,司马相如、史游的字书。

不过这种七言出于民间俗谚,作者不多,故不大显著。《荀子·成相》,俞樾即认为取于力役送杵之曲。《灵枢》是民间医诀。汉以后这种俗谚虽少记载,但依然流行。如《汉书·路温舒传》温舒上书引谚云:"画地为狱,议不入;刻木为吏,期不对。"《张敞传》敞使主簿持教告絮舜曰:"五日京兆竟何如?冬月已尽,延命乎?"《王尊传》尊语东平王曰:"毋持布鼓过雷门。"《楼护传》闾里歌云:"五侯治丧楼君卿。"这些有的即是闾里俗谚,有的虽出自士大夫之口,但也受民间习俗的影响。其中路温舒上书在宣帝时,所引俗谚当更在前,则司马相如、东方朔的七言出自这种民间俗谚是毫无疑问的了。

大概司马相如、东方朔时这种俗谚还不十分流行,故士大夫的作品尚少模仿。到了西汉末年新莽以后,便普遍流行。除上举《王尊传》《楼护传》所引外,史籍所载如"道德彬彬冯仲文""枹鼓不鸣董少平""关东觥觥郭子横""避世墙东王君公""五经纷纶井大春",直到桓帝时《小麦童谣》《城上乌童谣》,已完全是较长的、愈来愈多的歌唱了。

不但俗谚,纬书、道经、镜铭中也有七言。汉镜以新莽时的产物为多,故并列入。纬书如《诗纬·泛历枢·摘洛谣》:"刿者配姬以放贤,山崩水溃纳小人,家伯罔主异哉震。"道经如《太平经·师策文》:"吾字十一明为止,丙午丁巳为祖始。四口治事万物理。"镜铭如:"青盖作竟四夷服,多贺国家人民息。胡虏殄灭天下复,风雨时节五谷熟。长保二亲得天力,传告后世乐无极。"

俗谚、俗书、用具铭辞既多七言,文士自然要模仿起来。除上举刘向七言、史游《急就篇》外,刘歆、刘苍、杜笃、崔骃、崔瑗、崔琦、崔寔等俱有七言。刘歆七言今存一句,即"结构野草屋庐空"。崔骃七言今存四句,即"皦皦练丝退浊污,鸾鸟高翔时来仪。应治归德合望规,啄食栋实饮华池"。余人七言无存,想来无大差别。

除正式的七言外,史论、辞赋、杂文也用七言。史论如班固《汉书·蒯伍江息夫传》赞:"竖牛奔仲叔孙卒,邧伯毁季昭公逐。费忌纳女楚建走,宰嚭谮胥夫差丧。"辞赋如张衡《思玄赋》系辞:"天地长久岁不留,俟河之清只怀忧。愿得远度以自娱,上下无常穷六区。"杂文如戴良《失父零丁》:"敬白诸君行路者,敢告重罪自为祸。积恶致灾天困我,今月七日失阿爹。"大概到了张衡,这种七言逐渐与《楚辞》结合,不复分辨,所以他的作品如《四愁诗》,每章首句都为"我所思兮在××",下文都与此相同,完全脱尽了《楚辞》的形式。再往后便是曹丕的《燕歌行》。

总之,七言诗是文士《楚辞》与民间俗谚相结合的产物。《楚辞》虽也是诗歌,但形式尚未完善。民间俗谚虽是七言,但文人模仿之作在初期仅具形式,全无诗意。到了刘向,虽逐渐有了诗的七言,但与传统的诗歌《楚辞》无关。直到张衡,二者才互相结合,诗歌脱去"兮""些""只"等余声,采用纯粹的七言;七言也吸收了诗歌语言,不复是仅具形式的七字唱诀了。但最成熟的作品还是曹丕的《燕歌行》。因此七言与五言都出自民间讴谣。但五言在汉世已趋大盛,七言直至曹丕才有完整的篇章。这是由于五言首先入乐,凭借乐音的力量得以传播广远,七言则一直处在谣谚的地位,所以后来傅咸还说七言是俗体。至于为什么五言能先入乐,七言未能入乐,这自然与乐曲的发展有关。古代礼不下庶人,礼乐是贵族的装饰品。贵族备有笨重的乐器,如琴、瑟、钟、磬之类,奴隶则只有讴谣,谈不上什么金石八音。春秋以后,礼坏乐崩,民歌上升,《三百篇》中才有各地风诗。战国以后,郑卫新声日盛,再加上秦汉以来封建个体经济的出现,筝、笛等小型乐器流行,乐曲的语句自然由过去方严舒缓的四言变成流利活泼的五言。"弹筝奋逸响,新声妙入神"很能道出这种关系。

至于七言未能入乐,则是因为五言已据有乐府的地盘,同时也由于汉末纷乱,人民流亡,五胡内侵,汉民南徙,经济上失去凭借,思想上习于苟简。当时乐器还不能传播这种俗歌曼长曲折的语句,自然七言也引不起一般文士的注意。直到隋唐统一,庄田经济发达,胡乐大量传入,乐器日趋复杂,琵琶成为众乐中主要的乐器,乐曲语句多用七言,七言才借以风行。曹丕《燕歌行》虽奠定了七言的基础,但其后除鲍照、庾信外,作者寥寥。直到隋唐,七言才代替五言占据了诗歌的首要地位。不过自从曹丕的《燕歌行》出世,中国才有了正式的七言诗,在七言诗的发展过程中,它是一篇纪念碑式的作品,不可忽视。

# 第十章　正始文学

## 第一节　建安以后五言诗的发展梗概

自从建安作者给五言诗奠定了广泛的基础以后,五言就成为诗歌唯一的表现形式,作者日益增多。历魏晋南北朝直至隋唐,七言诗盛行,分去诗歌一部分领域,五言才逐渐衰落。不过,五言本身也在不断发展变化。其间变化最突出是在齐梁以后。由于声律的兴起,一般作者努力于字句音节的组织调节,逐渐引导出唐人的律诗来。这是诗歌史上一个很大的变化。在此以前,还仅是原有基础上单一的发展。不过由于作者的出身及其所处时代的差异,五言诗在发展的过程中,每个阶段都有其不同的内容,及与此内容相应的形式上的差异。魏晋以后,齐梁以前,大致可分为四个时期:

一、魏废帝正始以后到晋武篡魏;
二、晋武帝太康以后到五胡内侵;
三、晋怀帝永嘉以后到刘裕篡晋;
四、宋文帝元嘉以后到萧齐篡宋。

魏废帝正始时期,建安老诗人死亡略尽,真正的魏室诗人才正式出现。在政治上,正始时期与汉末建安无异。魏室大权全由司马氏把持,一般作者在新旧政权之间依违避就,很感苦恼。为了免祸慎微,便都饮酒佯狂,消极避世。这样就产生了一批希企隐逸的所谓竹林名士,嵇康、阮籍正是这种竹林名士中的人物。由于不满于现实,希企隐逸,便产生了学道求仙、逍遥世外的思想。所谓"正始明道,诗杂仙心"(《文心雕龙·明诗》),便是这个时期诗歌内容的说明。到了晋武篡魏,吴、蜀灭亡,由于政权的统一,文士的视瞻也趋于一致,一般作者便由消极避世变为积极出仕。又因晋室鉴于魏室的孤亡,大行封建子弟,以图自己的统治有磐石之固。在这种多元性的政权下,贵族诸王各延人才,充实力量,作为争权夺利的资本。一般作者便又由积极出仕而走向趋炎附势,进行政治上的倾轧。因此,这个时期文士大都是朝廷显贵,又多惨遭横死。比如当时著名文士石崇、潘岳、陆机、陆云、左思等,连年辈较后的刘琨都在贵戚贾谧门下,称为贾谧二十四友。二陆后来又依附齐王冏、成都王颖。结果石崇、潘岳被赵王伦所诛,二陆也死于成都王颖之手。由于他们积极出仕,趋炎附势,兼政客、名士于一身,生活趋于华贵风流,诗歌也变得繁缛绮丽。所谓"缛旨星稠,繁文绮合"(《宋书·谢灵运传论》),所谓"晋世群才,稍入轻绮"(《文心雕龙·明诗》),都可以说明这个时期作品的风格。

  贵族诸王争权夺利,相继秉政,造成历史上所谓的八王之乱,便引起异族觊觎,五胡内侵,结果怀、愍二帝被刘聪、刘曜俘虏,晋元帝在江左自立。中原人士从怀帝永嘉开始纷纷南下,造成历史上空前的民族大迁徙。这批衣冠人物,由于故土沦陷,流寓他乡,经济上失去了凭借,思想也流于虚浮。再加上汉魏以来儒家破产,老庄思想深入人心,一般作者正好从事玄谈,以冲淡流离的隐痛。因此这时的诗,从刘琨、郭璞到孙绰、许询,由感恸流离变为阐发玄理,所谓"江左篇制,溺乎玄风"(《文心雕龙·明诗》),所谓"贵黄老,稍尚虚谈。于时篇什,理过其辞,淡乎寡味",于是诗艺也"平典似道德论"了(《诗品序》)。晋室南渡,并未忘记北方失地。桓温北伐,一度收复洛阳,刘裕且攻入长安,但这些人对民族的危难,远不及对自己的利益关心,因此北伐成了他们的政治资本。桓温的野心,因谢安的拖延牵制,未及实现。刘裕一到长安便匆匆南归,进行篡夺,结果北方诸地又复陷敌。到宋文帝元嘉年间,北方全部为鲜卑族所建立的元魏统一。从此南北分立局面大定,南朝士大夫不再想北伐,也无力北伐了。这批过江名族凭借政治上的优势侵夺土地,逐渐在南方生了根。北伐既然无望,正好选择名胜经营别墅,过地主生活。这样,歌咏的对象便复由玄谈转向山水,即刘勰所谓"宋初文咏,体有因革,庄、老告退,而山水方滋"。这是因为玄谈的内容是老庄的自然主义,从玄谈到山水,正是自然主义在真正自然界的体现。孙绰是玄言诗的代表,但也有《游天台山赋》等模山范水的作品。到了元嘉时期,颜延之、谢灵运的山水诗便大量出现。再后齐永明时声律说产生,梁陈间宫体诗兴起,诗体大变。这是后话。但略在颜、谢前后,产生了两个伟大诗人,一个是略早于颜、谢的陶潜,一个是与颜、谢同时而较后的鲍照。陶潜的田园诗是山水诗的一支,鲍照俗体调的诗又开了梁陈宫体及隋唐七言的先河。

## 第二节 正始诗人——源出应璩的嵇康和阮籍

正始诗人,主要是竹林名士的代表嵇康、阮籍。但在此二人之前,还有一个作为正始之风的先驱者,便是应璩。

应璩是建安作者应瑒之弟,正始中做曹爽的大将军长史。这时爽与司马懿有冲突,懿蓄谋待发,而爽却专擅自恣,毫无察觉。璩作《百一诗》来暗示这种危机,认为爽应该有"百一"之慎。譬如《百一诗》第一首:

> 下流不可处,君子慎厥初。名高不宿著,易用受侵诬。前者隳官去,有人适我闾。田家无所有,酌醴焚枯鱼。问我何功德,三入承明庐。所占于此土,是谓仁智居。文章不经国,筐箧无尺书。用等称才学,往往见叹誉。避席跪自陈,贱子实空虚。宋人遇周客,惭愧靡所如。

用宾主问答描写出当时政治迫害的无所不至,只好谦逊忍让,免祸全生。他的《三叟诗》便是这种意识的进一步表现:

> 古有行道人,陌上见三叟。年各百余岁,相与锄禾莠。住车问三叟,何以得此寿?上叟前致辞,内中妪貌丑。中叟前致辞,

> 量腹节所受。下叟前致辞,夜卧不覆首。要哉三叟言,所以能长久。

这简直与嵇、阮的养生学仙同旨意。但我们应该注意的是《百一诗》第二首:

> 奈何季世人,侈靡在宫墙。饰巧无穷极,土木被朱光。

他认为奢靡生活会招祸,无意中却暴露了当时上层人士的贪婪腐化,使此诗不失为现实主义讽刺作品。因此刘勰评论说:"应璩《百一》,独立不惧,辞谲义贞,亦魏之遗直也。"应璩既然注意全生免祸,逃避现实,其诗歌也有些滑稽自匿,不事雕饰,近乎白描,不但是阮籍作风的先声,而且是陶潜诗格的远祖。《诗品》说"陶诗源出应璩",是确切不移的论断。后人因璩名不及嵇、阮,替陶潜抱屈,实在太无谓。

嵇康,字叔夜,谯国铚(今安徽濉溪县)人,为沛王林子之女长乐亭主婿,拜中散大夫。博学无不该通,而土木形骸,不自藻饰,服食求仙,著《养生论》。与陈留阮籍、籍兄子咸、河内山涛、向秀,沛国刘伶,琅玡王戎,相与为竹林之游,世称"竹林七贤"。山涛举康自代,康与涛书告绝。康性好锻,尝与向秀共锻于树下,钟会往见,康不为礼。适康友吕安为兄巽诬枉,辞连及康,坐系狱。会乃谮于司马昭,言康欲助毌丘俭,遂见害,年四十。太学生三千人请留为师,不许。康临刑顾视日影,索琴弹之,曰:"昔袁孝尼尝从吾学《广陵散》,吾每靳固之。《广陵散》于今绝矣!"海内痛之。他因为是曹氏同乡,是魏室女婿,便注定不能与司马氏合作。他向山涛告绝,对钟会不为礼,便是明显的表示。但这时司马氏专擅篡政已在旦夕,他只好为竹林之游、锻铁,要求自我适性。至于服食养性,要求长生,不过是幻想中的空中楼阁而已。他由于这种性格,曾博得不少封建文士的崇敬。因此山涛、钟会都拉拢他,吕安念及他便千里命驾,他入狱后太学生三千人都来保释,他死后向秀还作《思旧赋》纪念他,后人对他一直称颂不绝。颜延之诗:"鸾翮有时铩,龙性谁能驯。"(《五君咏》)他在一般人心目中是如此矫矫不群!他的诗便是他这种性格的写真。比如:

> 风驰电逝,蹑景追飞。凌厉中原,顾盼生姿。

目送归鸿,手挥五弦。俯仰自得,游心太玄。(《赠秀才入军十九首》)

这是他的纵横不羁。四言自《三百篇》以后,早趋衰落,曹操、嵇康用五言流利的手法作四言,四言曾复现一时。晋人集中有不少四言,陶潜集中四言尤为人称道,嵇康可说也是一个带头人物。至于他强调游心自得,则是因为:

　　　荣名秽人身,高位多灾患。未若捐外累,肆志养浩然。(《与阮德如诗》)

要想捐累肆志,最彻底莫如隐居不仕,进一步便是学道求仙。《游仙诗》《述志诗》便是对神仙的景慕。

　　　何为人事间,自令心不夷。慷慨思古人,梦想见容辉。愿与知己遇,舒愤启其微。岩穴多隐逸,轻举求吾师。晨登箕山巅,日夕不知饥。玄居养营魄,千载长自绥。(《述志诗》)

这些话有的是表面文章。最能说明他隐遁思想根源的是《答二郭诗》三首,其中云:

　　　详观凌世务,屯险多忧虞。施报更相市,大道匿不舒。夷路值枳棘,安步将焉如。权智相倾夺,名位不可居。

　　　君子义是亲,恩好笃平生。寡志自生灾,屡使众疵成。豫子匿梁侧,聂政变其形。顾此怀怛惕,虑在苟自宁。

诗中对魏晋篡夺的风气及阴谋暗害指斥无遗,这样岂不是愈隐遁,愈现形,愈为人注意? 无怪乎司马昭不容他了。封建制度规定了知识分子的思想途径,同时封建统治集团的没落或内部矛盾,又使知识分子作无谓的牺牲而不能自拔。嵇康便是在这种矛盾中牺牲的代表人物。我们读他入狱后所作的《幽愤诗》,像:

　　　性不伤物,频致怨憎。昔惭柳惠,今愧孙登。

觉得他可惜也可怜。他的性格、作风使他作诗也直言无隐。刘勰说他"清峻",说他"兴高采烈",钟嵘说他"峻切",说他"讦直露才"都是此意。我们晓得,班固批评屈原是露才扬己,显暴君过。在旧社会,这种暴露黑暗的作风实不易得,故特别珍贵。不过屈原是站在国家与人民的立场上显暴君过；嵇康是站在统治阶级内部某一集团的立场上对另一集团进行指斥，虽然也暴露了一些黑暗无理，但意义远不及屈原来得重大。

阮籍是魏晋之际放诞名士的典型，字嗣宗，建安作者阮瑀之子。嗜酒，弹琴，任性不羁。或闭户读书，累月不出，或登山临水，经日忘返，人谓之痴。这可能是在曹爽、司马懿争权时有意回避。因此蒋济辟为尚书郎，以病免，曹爽辟不就。爽败，人服其有识。此后他一直做司马父子的从事中郎，司马昭让九锡，公卿的劝进辞也是籍作的。但司马昭一度求为东平相，籍乘驴到郡，坏府舍屏障，使内外相望。法令清简，旬日而返。又闻步兵厨营人善酿，有美酒，求为步兵校尉，似乎有些儿戏。司马昭为子炎求婚，他大醉六十日，不得言，乃止。可说他对司马氏并无希求。因此他的放诞行为不一而足。籍嫂归宁，籍相见与别，或讥之。籍曰："礼岂为我辈设也？"邻家妇有美色，当炉沽酒，籍往饮醉，便卧其侧。其夫察之，亦不疑。兵家女有才色，未嫁而死，籍不识其父兄，径往哭之。母死，留人围棋。有司言有子杀母者，籍曰："杀父乃可，至杀母乎！"司马昭问他，他说："禽兽知母而不知父……杀母，禽兽之不若。"因此礼法之士疾之若仇。他对人也大不同，能为青白眼。遇礼法之士，以白眼对之；见嵇康乃露青眼。幸赖司马昭庇护，未陷于罪。钟会屡次以时事问之，欲因其言辞致之罪，他皆因酣饮获免。这都有些故意破坏礼法了。再如率意独驾，不由径路，途穷即哭。登广武山，观楚汉战处，叹道："时无英雄，使竖子成名。"这简直又是对司马氏篡夺行为的斥骂，可见他对司马氏仍怀不满。他死在魏元帝景元四年（263），比嵇康被杀晚一年。隔一年司马炎便篡魏改晋了。我们看他的一生，如说他与司马氏无密切关系，他确实做了司马氏的部下；如说他倾向司马氏，他却拒绝联姻，轻视礼法之士，甚至哭途穷、骂竖子。阮籍的为人实在太隐晦难察了。据我们看，他是受老庄思想影响最深，而又能结合实际的人。老子的贱物贵身、庄子的逍遥自得，作为社会中的个人，本是不可能做到的。而且逃避现实的思想，大都起于对现实的不满。所谓逃避，事实上即是消极抗拒。因此魏晋名士都谈老庄无为，都养生求仙，反而很少得以保全。阮籍所以能够保全，就是因为他能够看出这种矛盾,并应付这种矛盾。你看他在曹、司马胜败未分时,为避免后患,拒绝了曹爽的辟召。曹爽被诛后,他便一直做司马氏的部下。但司马氏内部不免要产生新的矛盾。他为了避免嫌怨,故拒绝司马氏联姻的请求,而且为东平相,为步兵校尉,说明他不敢参与人事倾轧,以免受累。但这样又怕司马昭对他怀疑,故对一般热心功名之徒、所谓礼法之士,以白眼相看。但因为他所蔑视的是礼法之士的生活细节,而他自己在这些生活细节上故意不检点,对人事机谋从不发表意见,因此别人找不出什么足以陷害他的重大罪端,司马昭也感觉不到他对自己有什么威胁。而且统治者正需要找几个不参与实际政事的名士,显得自己礼贤下士,以广招徕。嵇康不肯,所以见杀。阮籍满足了这种需要,故得保全。阮籍可说是极尽应付之能事,这样才能不完全脱离社会,与外物无忤,而又能得衣食善终,优游自得。晋世文人,一面要做官,一面要做名士,阮籍的作风可说已启其端。不过晋人做官,都想参与实际政事,阮籍却只求食禄与容身,与晋士有所区别。我们看他母死与人围棋,事后却饮酒二斗,举声一号,吐血数升,毁瘠骨立,可知他的痴事实上不是痴,他的痛苦在内心,不便表露而已。他既然并未超脱社会,自然社会上一切变动,他不无感触。他哭途穷,骂竖子,就是对这种不得已的隐遁感到拘束,对应付司马氏感到勉强的表示。他是极端的个人主义者,极端的人事纠纷的逃避者,谈不上为曹为马,所以后人说他倾向司马氏,又说他惋惜曹魏,都是一隅之见。他的诗,今存《咏怀》五言八十二首,四言三首。由于他为人隐晦,故其诗也隐晦难知。颜延之说他:"文多隐避,百代之下,难以情测。"(《咏怀》注)刘勰说他"遥深",钟嵘说他"厥旨渊放,归趣难求"。他与嵇康同处一时,同样是逃避现实,因为为人不同,诗歌风格也有区别。试看:

  驾言发魏都,南向望吹台。箫管有遗音,梁王安在哉。战士食糟糠,贤者处蒿莱。歌舞曲未终,秦兵已复来。夹林非吾有,朱宫生尘埃。军败华阳下,身竟为土灰。(《咏怀》其三十一)

这是借战国之魏,影射当时魏室腐化享乐,不知用贤,趋于危亡。

  嘉树下成蹊,东园桃与李。秋风吹飞藿,零落从此始。繁华

有憔悴，堂上生荆杞。驱马舍之去，去上西山趾。一身不自保，何况恋妻子。凝霜被野草，岁暮亦云已。（《咏怀》其三）

这是说他不欲与魏室同归于尽，想上西山学夷、齐避地。

　　灼灼西隤日，余光照我衣。回风吹四壁，寒鸟相因依。周周尚衔羽，蛩蛩亦念饥。如何当路子，磬折忘所归。岂为夸誉名，憔悴使心悲。宁与燕雀翔，不随黄鹄飞。黄鹄游四海，中路将安归？（《咏怀》其八）

这是说新旧交替之际，自己宁愿沉沦下僚，也不愿学一般人趋炎附势，贾祸取怨。

　　昔年十四五，志尚好书诗。被褐怀珠玉，颜闵相与期。开轩临四野，登高望所思。丘墓蔽山冈，万代同一时。千秋万岁后，荣名安所之？乃悟羡门子，噭噭今自嗤。（《咏怀》其十五）

这是说荣名无用，只好隐遁求仙。但神仙不过是一般人幻想中的人物，人总无法超脱现实世界。轻视荣名，不过是自己逃避行为的一种解释。因此又说：

　　儒者通六艺，立志不可干。违礼不为动，非法不肯言。渴饮清泉流，饥食并一箪。岁时无以祀，衣服常苦寒。屣履咏南风，缊袍笑华轩。信道守诗书，义不受一餐。烈烈褒贬辞，老氏用长叹。（《咏怀》其六十）

这可与母死他呕血数升互相印证，可见他对现实社会的是非善恶并非不重视。再看：

　　壮士何慷慨，志欲威八荒。驱车远行役，受命念自忘。良弓挟乌号，明甲有精光。临难不顾生，身死魂飞扬。岂为全躯士，效命争战场。忠为百世荣，义使令名彰。垂声谢后世，气节故有常。（《咏怀》其三十九）

这简直是对为国捐躯的壮士的无上礼赞，又可与他登广武城骂竖子互相印证。陈祚明认为这是咏公孙、毌丘之流，很有可能。

　　总之，阮籍的诗虽然隐晦，但都可拿他的生活来比照。由于他多方影喻，不像嵇康那样义形于色，直斥无隐，所以令人觉得隐晦遥深。后世像陶潜、鲍照《拟古》，庾信《咏怀》，陈子昂、张九龄《感遇》，李白《古风》，都是五言，都是一题数十首，迷离扑朔，似有讥刺而又不可捉摸，都是步阮籍《咏怀》，都是在阶级社会统治者的淫威之下，中层知识分子最通常的表现。

此外，正始诗人尚有阮德如、郭遐周、郭遐叔，皆与嵇康友善，有与嵇康赠答之诗，气格与嵇康相近，唯较平和，兹不复详。但有一个不为人注意的诗人程晓，却值得我们重视。程晓是魏卫尉程昱之孙，废帝嘉平中做侍郎。他的诗今仅存三首，其中《嘲热客》一首在《古文苑》中，章樵注《古文苑》，将他误作晋人，非是。

> 平生三伏时，道路无行车。闭门避暑卧，出入不相过。今世褦襶子，触热到人家。主人闻客来，颦蹙奈此何。谓当起行去，安坐正咨嗟。所说无一急，嗜哈一何多。疲倦向之久，甫问君极那。摇扇髀中疾，流汗正滂沱。莫谓为小事，亦是一大瑕。传戒诸高明，热行宜见呵。

这与应璩《百一诗》同样是对当时趋炎附势、交关利害之徒的讽刺，程晓不愧为正始诗人的殿军。我们知道程晓因当时特务式的监察公卿的校事之官横行，曾上表请罢校事之官。这首诗所嘲的热客，可能即是此辈校事之官。

# 第十一章 太康、元康文学

## 第一节 张华和傅玄

嵇、阮死后不久,司马炎篡魏改晋。此后的诗人主要是活动于晋武帝太康及晋惠帝元康中的三张、二陆、两潘、一左,即张载、张协、张亢、陆机、陆云,潘岳、潘尼,左思等八人。其中尤以潘岳、陆机、张协、左思最著名。还有二人名虽不在潘陆张左之数,也值得一提,即张华、傅玄。

张华,字茂先,范阳方城(今河北固安县)人,晋中书令,以功屡迁至司空。与赵王伦、孙秀有隙,被害,时年六十九。他为人博物洽闻,又好诱进人物。吴亡,二陆入洛,张华对人说:"伐吴之役,利获二俊。"在晋初,他确是一个诗人领袖。他记诵甚博,再加上身居台阁,生活优裕,因此作品大都细致而又有些宫廷的绮艳气。谢灵运说他:"张公虽复千篇,犹一体耳。"《诗品》说他:"儿女情多,风云气少。"比如:

　　束带俟将朝,廓落晨星稀。寐假交精爽,觌我佳人姿。巧笑媚欢靥,联娟眸与眉。寤言增长叹,凄然心独悲。(《情诗》)

即是他绮艳生活的自叙。比较起来,只有《答何劭诗三首》稍具清真之气。如说:

　　自予及有识,志不在功名。虚恬窃所好,文学少所经。悉荷既过任,白日已西倾。道长苦智短,责重困才轻。

可能是对元老生活有些厌倦的口吻，在他的作品中，可谓别格。其《励志诗》最有名，但训诫气很重。此外他还替朝廷作了很多郊庙燕飨的乐章，歌颂晋室征伐之功，没有什么可取的。

傅玄，字休奕，北地泥阳（今陕西铜川耀州区）人。晋散骑常侍，掌谏职，迁侍中。为人刚戾，不能容忍。屡以事免官，最后转司隶校尉，又以事免官，卒于家，年六十二。他与张华一样博学能文，且解音律，替晋室作了很多朝廷乐章，对乐府沉浸尤深。沈德潜说他长于乐府，确是事实。但他与张华的不同之处是，张华为人修谨，故其作品工致，虽无败句，但少惊人之处；他为人躁烈，故其作品常露出模拟古人、生吞活剥、句读不完的痕迹，但也含英咀华，不一而足，往往有艳异惊人之处。比如：

　　雷隐隐，感妾心，倾耳清听非车音。（《杂言》）

这是写孤居少妇的幻觉。又如：

　　秋兰映玉池，池水清且芳。芙蓉随风发，中有双鸳鸯。双鱼
　　自踊跃，两鸟时回翔。君其历九秋，与妾同衣裳。（《秋兰篇》）

这是写双方感情。九秋同衣，何等热恋；忽鱼忽鸟，又是何等得意忘形。再看：

　　所思兮何在，乃在西长安。何用存问妾，香橙双珠环。何用
　　重存问，羽爵翠琅玕。今我兮闻君，更有分异心。香亦不可烧，
　　环亦不可沉。香烧日有歇，环沉日自深。（《西长安行》）

这是写弃妇的苦闷，简直有意与汉铙歌《有所思》立异了。比较正常的是《杂诗三首》，篇首"志士惜日短，愁人知夜长"颇为人称道。但最著名的是《秦女休行》，写庞淯母娥亲为父报仇事，很有声色。不过这类诗在东汉初有班固《咏史》，在魏初有左延年《秦女休行》，傅玄不过是规仿前人而已。总之，傅玄是北地世家，自倚门第，性不偶俗，只好寄念于幻想中的人物。因此他的诗好以侠义乖离甚至天文景象做题材，作风自然有些标新立异。后人艳称李贺、贾岛，实则晋初傅玄早已开其风气。

潘、陆、张、左中，潘岳、陆机名气最大，对后世的影响也最深。散文到了此二人渐趋骈俪，诗歌从此二人起也渐工对仗。六朝人重视修辞，此二

人可说是功首罪魁。

## 第二节 潘岳和陆机

潘岳,字安仁,荥阳中牟(今河南中牟县)人。少时即被称为奇童。荀颉辟为司空掾。为众所嫉,出为河阳令。惠帝立,又为杨骏太傅主簿。骏诛,免官。后又由长安令征为著作郎,转黄门侍郎。谄事贾谧,为谧二十四友之首。赵王伦辅政,诛贾谧,因岳小时得罪过孙秀,秀谮于伦,岳被害。他为人轻敏躁进,出入杨、贾两党之间,贾后谋废愍怀太子,捏造了一篇《愍怀太子祷神文》,希望惠帝早死,据说此文便是潘岳的手笔。因此他被人疾恶,常受排挤。他的诗如:

位同单父邑,愧无子贱歌。岂敢陋微官,但恐忝所荷。(《河阳县作》)

虚薄乏时用,位微名日卑。驱役宰两邑,政绩竟无施。自我违京辇,四载迄于斯。器非廊庙姿,屡出固其宜。(《在怀县作》)

便是失官外出后的自宽,仍不免牢骚满腹。又如:

望庐思其人,入室想所历。帏屏无仿佛,翰墨有余迹。流芳未及歇,遗挂犹在壁。怅恍如或存,回惶忡惊惕。如彼翰林鸟,双栖一朝只。如彼游川鱼,比目中路析。(《悼亡诗》)

凛凛凉风升,始觉夏衾单。岂曰无重纩,谁与同岁寒。(《悼亡诗》)

徘徊不忍去,徙倚步踟蹰。落叶委埏侧,枯荄带坟隅。孤魂独茕茕,安知灵与无。(《悼亡诗》)

仕路既不得意,便转觉室家温暖可恋。你看他写夫妇生前欢好,及丧偶后的孤凄,何等沉痛。《悼亡诗》过去一直被推为潘诗名篇。但我们再看:

无谓希见疏,在远分弥固。(《内顾诗》)

漼如叶落树,邈若雨绝天。雨绝有归云,叶落何时连。(《哀诗》)

写爱情的坚贞难得,更是警策感人。但他的诗最该注意的是《关中诗》,这是写他元康六年(296)讨平关中氐酋齐万年叛变的事,对解系、周处的战死,孟观的以功赎过,特加褒扬,还能据理直言,其中像:

> 哀此黎元,无罪无辜。肝脑涂地,白骨交衢。夫行妻寡,父出子孤。俾我晋民,化为狄俘。

> 周人之诗,实曰《采薇》。北难猃狁,西患昆夷。以古况今,何足曜威。徒愍斯民,我心伤悲。

意思是,这次战事仅是为了拯救人民,与《诗经·采薇》所记周人抵抗昆夷、猃狁之战比较,谈不上耀武扬威。这虽然有侵略意识,但他认识到人民与国家的利益不可分割。在潘岳的诗中,这可说是最有价值的作品。

总之,潘岳是晋室宫廷内部倾轧中的失意者,因此牢骚特多,而且有些正义之言。不待说,由于外界的炎凉,他也更感到妻儿的可亲,他长于言情感,有悼亡名篇,不无其故。王隐说:"(潘岳)哀诔之妙,古今莫比。"这虽然是论他的文,也可拿来看他的诗。后人攻击他依附权贵,自取亡身。这虽是他的缺点,但也可说是历来文士的悲剧。他的《河阳县作》有"政成在民和"之句,可见他也有几分政治理想。由于他的个性未全泯灭,因此在当时繁文缛旨风气的笼罩之下,还有几首真切动人之作。李充评论他:"翔禽之有羽毛,衣被之有绡縠。"孙绰评论他"浅净",便是说他文不掩质的地方。

陆机,字士衡,吴丞相逊孙,大司马抗子。抗亡,机领父兵为牙门将。机年未二十,吴亡。太康末入洛,杨骏辟为祭酒。骏诛,迁太子洗马、著作郎。与贾谧善。赵王伦辅政,引为相国参军。伦败,齐王冏收机,赖成都王颖、吴王晏营救得免。颖表为平原内史。颖与河间王颙讨长沙王乂,假机后将军、河北大都督,与乂战于河桥,大败。机为颖部下牵秀、孟玖所谮,颖杀之,年四十三。机既出名门,吴亡后又闭门勤学,很早就名冠一时。据说他二十岁就作了《文赋》,《辨亡论》作于吴亡之初,就更早了。因此他很早就有些自恃不逊,也因此很遭人忌。他的《与弟清河云诗》,便是与他的散文名篇《辨亡论》一样都是夸耀祖德的作品。他不但夸耀祖德,也夸耀才华,差不多每首诗都是组织辞藻,繁缛异常。沈约论西晋作者是"缛旨星稠,繁文绮合",主要说的即是他。比如他在《拟古诗》十二首中,便三次用到"绮"字,即:

  高谈一何绮。(《拟今日良宴会》)
  华容一何绮。(《拟迢迢牵牛星》)
  名都一何绮。(《拟青青陵上柏》)

可见他追求的只是一个"绮"字。他为文很具独见,诗歌却全是排比,很少性灵。张华说:"人患才少,子患才多。"他确为才多所累了。比较起来,《猛虎行》还勉强可观:

  渴不饮盗泉水,热不息恶木阴。恶木岂无枝,志士多苦心。

这是说仕宦要先择对象。这可能是八王内讧时他的无所适从之感,道出了心所欲言。

  此外,他最有名的诗是《赴洛道中作》二首,写旅途客怀;《为顾彦先赠妇》二首,写夫妇别情;《拟古》十二首,写杂感。除有一些佳句外,没有什么要说的。今略举数句:

  夕息抱影寐,朝徂衔思往。(《赴洛道中作》)
  清露坠素辉,明月一何朗。(《赴洛道中作》)
  辞家远行游,悠悠三千里。京洛多风尘,素衣化为缁。(《为顾彦先赠妇》)
  愿保金石躯,慰妾长饥渴。(《为顾彦先赠妇》)
  揽衣有余带,循形不盈衿。(《拟行行重行行》)
  空房来悲风,中夜起叹息。(《拟青青河畔草》)
  照之有余辉,揽之不盈手。(《拟明月何皎皎》)
  玉容谁能顾,倾城在一弹。(《拟西北有高楼》)

最足以代表他的面貌的是《招隐诗》,如:

  轻条象云构,密叶成翠幄。激楚伫兰林,回芳薄秀木。山溜何泠泠,飞泉漱鸣玉。哀音附灵波,颓响赴曾曲。

也是词华富艳,看不出作者的情感意识。总之,陆机学力有余,其诗主要在炫才,而不是发抒情志。后人因其文名甚高,因而也推重其诗。钟嵘竟把他的诗列在上品,与"建安之杰"曹植之诗一样,且誉他为"太康之英"。近人王闿运也说五言应先学陆机的"璀璨",才不会流于平淡。钟嵘的话是六朝人重视修辞的一般之见,王氏的话则未免有些过誉了。

潘、陆二人名气很大,为诗也多,但论成就,还不如名位不彰、诗篇不多的张协、左思。

## 第三节 张 协

张协,字景阳,安平(今河北安平县)人,蜀郡太守张收中子。少有俊才,与兄载齐名,辟公府掾,尝为征北大将军从事中郎,迁中书侍郎、河间内史。时天下已乱,到处不安,他便屏居草泽,以属咏自娱。永嘉初,复征为黄门侍郎,托疾不就,后终于家。

协诗今仅存《杂诗》十首、《咏史》一首、《游仙》残篇几句,但也可以窥见他内心的趋向。他与兄载都因时局不安归老于家,但仔细分析,还有别的原因。比如:

> 昔我资章甫,聊以适诸越。行行入幽荒,瓯骆从祝发。穷年
> 非所用,此货将安设。瓴甋夸玙璠,鱼目笑明月。(《杂诗》其五)

这是他的怀才不遇之感,是古今文士通有的。但如:

> 感物多思情,在险易常心。揭来戒不虞,挺辔越飞岑。王阳
> 驱九折,周文走岑崟。经阻贵勿迟,此理著来今。(《杂诗》其六)

凛凛于仕途艰险,显然是在当时文士多遭不幸的环境中形成的惊惧心理。他兄弟都得以保全,不能说没有先见了。最使他急急隐退的原因,当然是时局的不安:

> 出睹军马阵,入闻鞞鼓声。常惧羽檄飞,神武一朝征。长铗
> 鸣鞘中,烽火列边亭。舍我衡门衣,更被缦胡缨。畴昔怀微志,
> 帷幕窃所经。何必操干戈,堂上有奇兵。(《杂诗》其七)

他看出八王内讧危机四伏,渴望用和平方式制止干戈。这虽是书生之见,

但已感到战争的威胁,比潘、陆追逐势位、不闻治乱有很大不同。

他既警惕世途的艰险、时局的动荡,自然会产生他乡羁旅之情、家园隐居之志:

> 流波恋旧浦,行云思故山。闽越衣文蛇,胡马愿度燕。风土安所习,由来有固然。(《杂诗》其八)

> 高尚遗王侯,道积自成基。至人不婴物,余风足染时。(《杂诗》其三)

在外族入侵之际,他这种隐居避祸的思想自然不足为训。但这是阶级社会中一般文士所共有的脆弱心理。对他个人,我们也不用深责了。他的诗,钟嵘也列入上品,评论说"雄于潘岳,靡于太冲""辞采葱蒨,音韵铿锵"。"雄"是说意致奔放,"靡"是说语言工致。潘岳、左思只具一格,他兼而有之,因此后人特别推重他,认为"练不伤气,必推景阳独步"(刘熙载《艺概》)。其实这就是当时的风气与他自己性格结合的结果。潘、陆委曲求全,他却能独往不屑。在西晋绮靡之风下,潘、陆只知剪贴,他却能运用辞藻,独抒己见。比如:

> 秋夜凉风起,清气荡暄浊。蜻蛚吟阶下,飞蛾拂明烛。君子从远役,佳人守茕独。离居几何时,钻燧忽改木。房栊无行迹,庭草萋以绿。青苔依空墙,蜘蛛网四屋。感物多所怀,沉忧结心曲。(《杂诗》其一)

> 泽雉登垄雊,寒猿拥条吟。溪壑无人迹,荒楚郁萧森。投耒循岸垂,时闻樵采音。重基可拟志,回渊可比心。(《杂诗》其九)

前者是室家之念,后者是隐居之情,借周围景物表达他的感触,因此写景有生气,言情也形象化了。这在张协诗中很多,兹不多举,只举《杂诗》其十这一首:

> 墨蜺跃重渊,商羊舞野庭。飞廉应南箕,丰隆迎号屏。云根临八极,雨足洒四溟。霖沥过二旬,散漫亚九龄。阶下伏泉涌,堂上水衣生。洪潦浩方割,人怀昏垫情。沈液漱陈根,绿叶腐秋茎。里无曲突烟,路无行轮声。环堵自颓毁,垣闬不隐形。尽烬

重寻桂,红粒贵瑶琼。君子守固穷,在约不爽贞。虽荣田方赠,
　　惭为沟壑名。取志于陵子,比足黔娄生。

写山居雨景,烈风雷雨,骚然并作,山洪流潦,汪洋一片。景象固然壮伟,情绪也够波动的。最使我们注意的是骤雨造成的恶果:交通梗阻,物价腾贵。作为隐士的他,居然也感到生活的压迫,可见这里写的并不是山中的雨,而是整个社会的"暴风雨"。果然,八王之乱后,五胡内侵,造成民族的大迁徙。他这首诗正是暴风雨时代动乱人心的反映。作家生活与作品的关系是这样的密切,于此可见。

但在西晋诗人中,影响最特殊的还算左思。

## 第四节　左思及其他诗人

左思,字太冲,齐国临淄(今山东淄博临淄区)人。父雍,小吏起家。因为晋武帝纳其妹左棻入宫,他也移居洛阳,作《三都赋》。陆机入洛后想作此赋,听说左思在作,便写信给弟陆云说:"此间有伧父,欲作《三都赋》,须其成,当以覆酒瓮耳。"思构思十年后成,恐不为人所重,去见皇甫谧,谧替他作序。又有刘逵、张载作注,卫瓘作略解。张华看见也说是"班张之流"。从此豪贵传写,洛阳纸贵,陆机也叹服不作了。后来一度给贾谧讲《汉书》,齐王命他做记室督,未就。最后河间王颙部下张方入洛杀掠,他全家迁往冀州,不久病死。

左思的诗不多。《悼离赠妹》写别情。《咏史》借古事写自己的牢骚。《招隐》写归隐之志。《娇女》写自己孩子的娇憨。《杂诗》也写牢骚,不过没有引古事作比。其中最有名的是《咏史》八首、《招隐》二首。《咏史》尤其是他心血的结晶。刘勰说:"左思奇才,业深覃思,尽锐于《三都》,拔萃于《咏史》,无遗力矣。"的确如此。《咏史》之诗始于班固,但那只是专咏一人。杂引古事来寓寄怀抱的,最早是郦炎《见志诗》,后来才有孔融《杂诗》及王粲、阮瑀诸人咏三良、荆轲之作。胡应麟认为左思《咏史》源于杜挚《赠毌丘俭》,近人或认为始于孔融《杂诗》,都不能算十分正确。他的

《咏史》之所以被人传诵,誉为不朽之作,固然是因为他用力很深,成就卓越,但也是因为诗中所写的是他自己的不平,很容易引起一般知识分子的同情。原来左思移家洛阳,很想有所施展,试看:

> 弱冠弄柔翰,卓荦观群书。著论准《过秦》,作赋拟《子虚》。边城苦鸣镝,羽檄飞京都。虽非甲胄士,畴昔览穰苴。长啸激清风,志若无东吴。铅刀贵一割,梦想骋良图。左眄澄江湘,右盼定羌胡。功成不受爵,长揖归田庐。(《咏史》其一)

诗言"东吴"可能是指晋武帝准备伐吴之事。"江湘""羌胡"可能分别指八王之乱与齐万年之变。可见他并不是为了个人功名富贵。除"功成不受爵"二句说明此意外,又有:

> 吾希段干木,偃息藩魏君。吾慕鲁仲连,谈笑却秦军。当世贵不羁,遭难能解纷。功成耻受赏,高节卓不群。临组不肯绁,对珪宁肯分。连玺曜前庭,比之犹浮云。(《咏史》其三)

但左思入洛,一直未见进用。《世说新语》刘孝标注引《左思别传》,说他"无吏干",但这绝不是原因。《晋书》说他"貌寝口讷",在当时清谈盛行、以言貌取人的风气下,这可能是他失意的原因之一。最主要的恐怕是他门第寒微之故。左雍起家小吏,左棻虽然入宫,但她也说自己是"生蓬户之侧陋"(《离思赋》),何况左棻据说并无姿貌,在晋武帝面前仅以才德见礼。这样左思在洛阳可说没有什么凭借。魏晋人门第观念很重,左思自然要遭到冷遇了。所以他说:

> 郁郁涧底松,离离山上苗。以彼径寸茎,荫此百尺条。世胄蹑高位,英俊沉下僚。地势使之然,由来非一朝。金张籍旧业,七叶珥汉貂。冯公岂不伟,白首不见招。(《咏史》其二)

当时仕途的内幕昭然若揭。再看:

> 习习笼中鸟,举翮触四隅。落落穷巷士,抱影守空庐。出门无通路,枳棘塞中涂。计策弃不收,块若枯池鱼。外望无寸禄,内顾无斗储。亲戚还相蔑,朋友日夜疏。(《咏史》其八)

他的落魄可以想见。由"亲戚还相蔑""朋友日夜疏"推测,可能左棻对他

并无帮助。《左思别传》说他"颇以椒房自矜,故齐人不重也",岂不是诬蔑他吗?最应该注意的是下面一首:

> 荆轲饮燕市,酒酣气益震。哀歌和渐离,谓若傍无人。虽无壮士节,与世亦殊伦。高眄邈四海,豪右何足陈。贵者虽自贵,视之若埃尘。贱者虽自贱,重之若千钧。(《咏史》其六)

剖心置腹,以死许人,未免太沉痛了。他在洛阳既无所得,只得弃去归隐,所以说:

> 峨峨高门内,蔼蔼皆王侯。自非攀龙客,何为欻来游?被褐出闾阖,高步追许由。振衣千仞冈,濯足万里流。(《咏史》其五)

进一步便是从事写作,立名后世:

> 寂寂扬子宅,门无卿相舆。寥寥空宇内,所讲在玄虚。言论准宣尼,辞赋拟相如。悠悠百世后,英名擅八区。(《咏史》其四)

果然他的《三都赋》《咏史》成为历史上少有的作品了。

总之,这八首《咏史》从弱冠请缨,说到门第限制,说到失意归隐,说到从事著述,不但是左思一个人的孤愤,也是当时社会环境中一般穷苦知识分子性格的典型塑造。但我们应特别加以注意的是,诗中的感伤气氛并不浓厚。未失意时固然是"卓荦观群书""志若无东吴";失意后仍然幻想着"遗烈光篇籍""英名擅八区",尤其"功成不受爵,长揖归田庐""振衣千仞冈,濯足万里流",充满反抗封建压迫、追求自由解放的浪漫意识。他那英锐有为而又不屑利禄的独特之士的形象,永远深印在我们的脑际。《咏史》诗成功在此,价值亦在此。回看张华的浅弱,潘、陆的剪贴,觉得左思诗句句振奋有力。刘勰说他是"奇才",胡应麟说他"逸气干云,遂为古今绝唱"(《诗薮》),沈德潜说他"胸次高旷,而笔力又复雄迈"(《古诗源》),都是看到了他这一点。在西晋诗篇中,左思《咏史》可谓独出一时之作。《招隐》也是《咏史》"高步追许由"之意。其中"非必丝与竹,山水有清音"写隐士宁静的心情及其对自然天籁的体会,也成为左思的名句。

此外,我们应该注意的便是《娇女诗》,写两个女孩天真烂漫的形象。这是他仕途失意后转向儿女情长的情绪吐属。前此蔡琰《悲愤诗》已有描写儿童的语句,但不及此诗蔚为大观。后来便是老杜《北征》诸篇中的片段描写,及有意与左思争胜的李商隐的《骄儿诗》。我们现在看左思这篇:

> 明朝弄梳台,黛眉类扫迹。浓朱衍丹唇,黄吻澜漫赤。娇语若连琐,忿速乃明懂。握笔利彤管,篆刻未期益。执书爱绨素,诵习矜所获。

再看大女蕙芳:

> 轻妆喜楼边,临镜忘纺绩。举觯拟京兆,立的成复易。玩弄眉颊间,剧兼机杼役。从容好赵舞,延袖象飞翮。上下弦柱际,文史辄卷襞。顾眄屏风画,如见已指摘。丹青日尘暗,明义为隐赜。驰骛翔园林,果下皆生摘。红葩缀紫蒂,萍实骤柢掷。贪华风雨中,眴忽数百适。务蹑霜雪戏,重綦常累积。并心注肴馔,端坐理盘槅。翰墨戢闲案,相与数离逖。动为炉钲屈,屣履任之适。止为荼莽据,吹嘘对鼎铄。脂腻漫白袖,烟薰染阿锡。衣被皆重地,难与沉水碧。

两个小孩都爱修饰,表现了人类爱美的本性。不同的是小的爱书,大的贪玩,而且注意歌舞饮馔之事,说明小的还幼稚,大的心智渐启,有些淘气。这是儿童必经历程的真实记录。但我们还该注意的是这首诗用了很多当时的口语,比如他说大女"面目瞵如画","瞵"字不见于《说文解字》《玉篇》,后人疑是俗字。又如"果下皆生摘",是说摘下的果子都是生的。摘果品叫"下",现在好些地方还有这种说法。用口语写诗,左思以前是应璩、程晓,左思以后是陶潜。因此钟嵘说陶诗"其源出于应璩,又协左思风力",确是不易之论。综上所述,古代除了人人知道的唐代诗人元、白的诗而外,还有更多大众化的诗歌。可见我国诗歌原来就有写实的、大众化的优良传统。

上面把太康以来的重要诗人约略介绍了。此外与潘岳同时的石崇有《王昭君辞》,写昭君远嫁之悲。三张中张载有《七哀诗》,言盛衰无常,都是八王内讧时一般文士共有的畏谗惧祸的口吻。此外还有两首略值一提的诗,便是孙楚《征西官属送于陟阳候作诗》及王赞《杂诗》,都是写离别之情。先看孙诗：

  晨风飘歧路，零雨被秋草。倾城远追送，饯我千里道。

再看王诗：

  朔风动秋草，边马有归心。胡宁久分析，靡靡忽至今。

这里的诗，除首尾数语外，全讲的是死生盈虚的大道理，可说是东晋玄言诗的前奏。此外，这两首诗起首都是用极谐和悠适的调子唱出旅客触物牵思的情怀，是从曹植到谢朓过渡时期注意诗歌音节的作品。因此，沈约把它与曹植"从军度函谷，驱马过西京"及王粲"南登霸陵岸，回首望长安"相比，认为："子建函京之作，仲宣灞（霸）岸之篇，子荆零雨之章，正长朔风之句，并直举胸情，非傍诗史，正以音律调韵，取高前式。"（《宋书·谢灵运传论》）子荆、正长是孙楚、王赞二人之字，《零雨》《朔风》即二人之诗。在齐梁声律说的发展史上，这两首诗也是值得注意的。

# 第十二章 永嘉文学

## 第一节 刘琨

晋时诗人,西晋为盛。永嘉乱后,陶潜以前,一般文士但务谈玄,诗篇很少,只有刘琨、郭璞成就不凡。往后孙绰、许询一无可观。

刘琨,中山魏昌(今河北无极县)人。贾谧二十四友中,琨是最年少的一个。曾做赵王伦记室督、齐王冏司徒左长史,范阳王虓镇许昌,引为司马。破成都王颖,河间王颙,大将石超、吕朗,迎惠帝于长安,封广武侯。怀帝永嘉初,为并州刺史,加振威将军,领护匈奴中郎将。时胡骑纵横,到处是战场。琨通过险阻,转战到晋阳(今山西太原)一带,抚循士民,很得人心。但短于控御,旋即散去。遂为刘聪所败,父母遇害。愍帝立,拜为大将军,都督并、冀、幽三州诸军事。时鲜卑猗卢死,其部众归琨,琨势复振。未得休息,与石勒战,一军尽没。率众奔幽州刺史鲜卑段匹䃅,被推为大都督。晋元称帝,琨与匹䃅等河朔汉胡牧守百八十人上表劝进。转为侍中、太尉。适逢匹䃅弟末波受石勒贿,与匹䃅有隙,劫琨子群,密书与琨,约其袭匹䃅,为匹䃅所获。琨被拘尚不知,适王敦密使匹䃅杀琨,琨遂遇害。

刘琨无疑是历史上有数的民族英雄,他的诗自然值得我们一读。但我们特别崇敬的是他的思想转变。起先他也有西晋一般文士的习气,爱

好放达生活,但遇到民族灾难,便认识到自己责任重大。他投奔段匹磾时,写信给自己的部下、时为匹磾别驾的卢谌说:

> 昔在少壮,未尝检括。远慕老庄之齐物,近嘉阮生之放旷。怪厚薄何从而生,哀乐何由而至。自倾辀张,困于逆乱。国破家亡,亲友雕残……然后知聃周之为虚诞,嗣宗之为妄作也。

把过去否认现实、追求空洞的精神解放的幻想完全否定了。东晋文人虽然谈玄,却没有正始名士的神仙思想,也不像西晋文人那样放荡不羁。刘琨可说是这种真理的创获者。再看他的诗:

> 厄运初遘,阳爻在六。乾象栋倾,坤仪舟覆。横厉纠纷,群妖竞逐。火燎神州,洪流华域。彼黍离离,彼稷育育。哀我皇晋,痛心在目。天地无心,万物同涂。祸淫莫验,福善则虚。逆有全邑,义无完都。英蕊夏落,毒卉冬敷。如彼龟玉,韫椟毁诸。刍狗之谈,其最得乎。(《答卢谌诗》)

国家的不幸影响到整个民族的存亡,这是何等深刻的教训。他既有此认识,对国家交给他的责任自然不能推卸,而且要亲自去尝试这种艰苦了。试看他转战敌后时所写的《扶风歌》:

> 朝发广莫门,暮宿丹水山。左手弯繁弱,右手挥龙渊。顾瞻望宫阙,俯仰御飞轩。据鞍长叹息,泪下如流泉。系马长松下,发鞍高岳头。烈烈悲风起,泠泠涧水流。挥手长相谢,哽咽不能言。浮云为我结,归鸟为我旋。去家日已远,安知存与亡。慷慨穷林中,抱膝独摧藏。麋鹿游我前,猿猴戏我侧。资粮既乏尽,薇蕨安可食。揽辔命徒侣,吟啸绝岩中。君子道微矣,夫子故有穷。惟昔李骞期,寄在匈奴庭。忠信反获罪,汉武不见明。我欲竟此曲,此曲悲且长。弃置勿重陈,重陈令心伤。

这是历述自己从洛京出发,转战到晋阳一带的遭遇。艰难困苦,无以复加。末尾拿李陵自比,生怕独处绝域,道远援绝,战败被俘,被忌恨者借故陷害。这是一般文士在八王内讧的旋涡中得到的经验,他当然也不无隐忧。这首诗前人认为是投奔段匹磾时所作,近人又以为是被段匹磾拘后所作,都不对。因为他投段时父母早已遇害,总不能再说"去家日已远,安知存与亡"吧。至于末尾拿李陵自比,好像在说自己被拘,实际上不是。段匹䃅拘琨是由于误会,并没有叛晋的企图。后来匹䃅为石勒所获,还一直穿着朝服,杖着晋节,最后被勒鸩死。既然如此,诗人岂能把他比作与汉朝对抗的匈奴?还是陈沆断此诗为赴并州路上所作比较正确。最沉痛的是被拘后的《重赠卢谌》诗:

> 握中有玄璧,本自荆山璆。惟彼太公望,昔在渭滨叟。邓生何感激,千里来相求。白登幸曲逆,鸿门赖留侯。重耳任五贤,小白相射钩。苟能隆二伯,安问党与仇。中夜抚枕叹,相与数子游。吾衰久矣夫,何其不梦周。谁云圣达节,知命故不忧。宣尼悲获麟,西狩泣孔丘。功业未及建,夕阳忽西流。时哉不我与,去乎若云浮。朱实陨劲风,繁英落素秋。狭路倾华盖,骇驷摧双辀。何意百炼刚,化为绕指柔。

这首诗本来是希望卢谌像鲍叔、子房一样,或诛匹䃅,或出奇计使自己脱险,完成匡复大业。但谌不解其意,用通常应酬的话答复他,认为帝王大事非人臣可言。这未免太使人失望。我们读到"何意百炼刚,化为绕指柔",不能不为这位失败的英雄落泪。沈德潜说"此语使人酸鼻",可见他影响后世读者之深。除此而外,有《胡姬年十五》一首,是齐梁体。《四库全书总目提要》根据郭茂倩《乐府诗集》指出是刘琨所作。这样,刘琨的诗就仅存此三首,与他在河朔的历次上表一样,都沉郁激昂,催人奋起,全被保存在《文选》《晋书》当中,历来都被认为是晋诗的上乘之作。钟嵘说:"(琨)善为凄戾之词,自有清拔之气。"陈祚明说:"越石英雄失路,满衷悲愤,即是佳诗。随笔倾吐,如金筳成器,木檀商声,顺风而吹,嘹飘凄戾,足使枥马仰喷,城乌俯咽。"说的都是他感人的力量。总之,刘琨是历史上有数的民族英雄,遭遇不幸,壮志不遂。他的事迹使人惊异,他的诗自然也成就不凡了。元遗山咏诗绝句:

> 曹刘坐啸虎生风,万古无人角两雄。可惜并州刘越石,不教横槊建安中。

若论诗笔的苍茫古直,他与曹操自然是一路;若论二人作品的主题思想,他们就各不相同了。

## 第二节 郭璞

郭璞,字景纯,河东闻喜(今山西闻喜县)人,博学有高才而讷于言。从郭公受卜筮业,遂通天文历算、五行阴阳之术。永嘉初避地过江,历任殷祐、王导参军。著《江赋》《南郊赋》,元帝见而嘉之,以为著作佐郎。屡上疏请省刑狱,迁尚书郎。明帝为太子时,与温峤、庾亮为布衣之交,璞亦见重。但璞不修威仪,嗜酒近色,未见擢用,乃作《客傲》以寄慨。明帝时为王敦参军,敦谋反,令璞筮之,曰"无成"。温峤、庾亮令筮己之吉凶,曰"大吉"。峤等遂劝帝讨敦。敦怒问璞:"卿更筮吾寿几何?"曰:"不久。"敦问:"卿寿几何?"曰:"命尽今日日中。"敦大怒,收璞,诣南冈斩之。及敦平,追赠弘农太守。璞著述甚富,除卜筮之书外,注《尔雅》《三苍》《方言》《穆天子传》《山海经》《楚辞》《子虚赋》《上林赋》等,数十万言,诗、赋、诔、颂亦数万言。

璞诗今存二十二首,以《游仙诗》十四首最有名,但其中有几篇是短章,恐有阙文,完整者约十首。这诗虽名《游仙诗》,其实与阮籍《咏怀》、左思《咏史》同样是发抒牢骚之作。他与温峤、庾亮同被明帝见重,但峤、亮位至公卿,他却沉埋下僚,而且在残忍擅杀的王敦部下,自然免不了许多忧愤。因此说:

> 逸翩思拂霄,迅足羡远游。清源无增澜,安得运吞舟。珪璋虽特达,明月难暗投。潜颖怨清阳,陵苕哀素秋。悲来恻丹心,零泪缘缨流。(《游仙诗》其五)

这里"逸翮""吞舟""明月""陵苕"都是自比怀才不遇,才高寄托非所,不但志意不展,而且有不测之祸。但他的态度呢?他说:

> 六龙安可顿,运流有代谢。时变感人思,已秋复愿夏。淮海变微禽,吾生独不化。虽欲腾丹溪,云螭非我驾。愧无鲁阳德,

回日向三舍。临川哀年迈,抚心独悲咤。(《游仙诗》其四)
自己既不能降志屈心,牵就世俗,眼看时逝年衰,灾祸无日,只好幻想远游,去学道求仙。

杂县寓鲁门,风暖将为灾。吞舟涌海底,高浪驾蓬莱。神仙排云出,但见金银台。陵阳挹丹溜,容成挥玉杯。姮娥扬妙音,洪崖领其颐。升降随长烟,飘飘戏九垓。奇龄迈五龙,千岁方婴孩。燕昭无灵气,汉武非仙才。(《游仙诗》其六)

与一群仙人为伍,不但看不见杂县致灾,甚至感到燕昭王、汉武帝也蠢俗得不值欣羡了。再看"赤松临上游,驾鸿乘紫烟。左挹浮丘袖,右拍洪崖肩""阊阖西南来,潜波涣鳞起。灵妃顾我笑,粲然启玉齿",把神仙生活想象得这样美妙,却没有弃官隐遁。这可能是因为受王敦的羁绊,无法摆脱。但主要还是因为他并非遗世远游之士,所谓游仙,不过是对王敦的抗拒口吻而已。你看"风暖将为灾",不是明说敦有逆谋吗?"悲来恻丹心",不是表示自己对晋明帝的关怀吗?钟嵘说:"《游仙》之作,辞多慷慨,乖远玄宗,……乃是坎壈咏怀,非列仙之趣也。"李善也认为璞之制文多自叙,与一般游仙作品的"滓秽尘网,锱铢缨绂,餐霞倒景,饵玉玄都"体格不同。我们看到"为灾""丹心"这类话,知道他这些诗在当时的时事背景下,岂止坎壈咏怀而已。但如王闿运认为景纯《游仙诗》"咏宫中之事",以后世宫廷诗人的私生活比拟,未免过分臆测了。

郭璞《游仙诗》,既是空言,再加上他还有些说理的话,如:"啸傲遗世罗,纵情在独往。明道虽若昧,其中有妙象。希贤宜励德,羡鱼当结网。"所以檀道鸾说:"郭璞五言,始会合道家之言而韵之,许询、孙绰转相祖尚……自此作者悉体之。"《世说新语》注引《晋阳秋》、萧子显《南齐书·文学传论》也有同样的说法,都认为郭璞诗是东晋玄言诗之首。不过郭璞与其他玄言诗作者的不同处是借神仙漫游来隐喻玄想,不像孙、许等直接说理。因此璞诗首首形象化,孙、许等诗则完全成为"道德论"了。钟嵘说他:"宪章潘岳,文体相辉,彪炳可玩。"由太康的繁缛绮丽,变为孙、许的恬淡玄远,势必要产生郭璞这种风格。他不但是孙、许的先导,甚至像唐代诗人李贺、李商隐,宋末谢翱,元时杨维桢,明代王季重,清代龚自珍,无不受他影响。用神仙灵异寄托想象,成为中国诗史上浪漫、唯美的一派了。

## 第三节 孙绰、许询的玄言诗与袁宏

永嘉玄言诗的代表孙绰、许询的作品,我们只看下面这段诗,就能知道它们的特征:

> 遗荣荣在,外身身全。卓哉先师,修德就闲。散以玄风,涤以清川。或步崇基,或恬蒙园。道足匈怀,神栖浩然。(孙绰《答许询一首》)

这类诗只是抽象的说理,没有什么艺术价值。这时勉强值得重视的是仅以《咏史诗》出名的袁宏。据说袁宏少贫,替人做佣工。谢尚月夜过牛渚矶,听见估客船上有人咏诗,遣人探问,原来是袁宏在唱自己所作的《咏史诗》,便把袁宏请过船来,畅论终夜。《咏史诗》云:

> 周昌梗概臣,辞达不为讷。汲黯社稷器,栋梁天表骨。陆贾厌解纷,时与酒椁杌。婉转将相门,一言和平勃。趋舍各有之,俱令道不没。

> 无名困蝼蚁,有名世所疑。中庸难为体,狂狷不及时。杨恽非忌贵,知及有余辞。躬耕南山下,芜秽不遑治。赵瑟奏哀音,秦声歌新诗。吐音非凡唱,负此欲何之。

前一段是自我解嘲,后一段是愤悯之怀,当然谢尚会了解他,从此找他做参军。他声名日著,《咏史诗》也成为不朽之作。刘勰说:"袁宏发轸以高骧,故卓出而多偏。"(《文心雕龙·才略》)王船山说:"咏史高唱,无如此矣。"(《古诗评选》)对他可说恭维备至了。原来《咏史》虽始于班固,但后来这样普遍,实与汉末品题人物的风气有关。品题时人容易惹祸,只好转向咏史。魏晋以来,写历史传记的风气很盛,咏史诗自然也多起来。袁宏既作《咏史诗》,又作《东征赋》,对过江名流一一品列,最后还作《三国名臣序赞》,几乎可算作史论专家了。他的这首诗所以出名,概因别人说理而他论人物,容易叫人感到具体亲切。而且他的作品大都是脱口而出,自然精要。据说他的《东征赋》未提桓彝、陶侃,桓温问他,他说:"风鉴散朗,或搜或引。身虽可亡,道不可陨。宣城之节,信义为允也。"侃子胡奴抽刃问他,他急答:"精金百汰,在割能断,功以济时,职思靖乱,长沙之勋,为史所赞。"后跟桓温北伐,作《北征赋》,温令伏滔读之,读到"闻所传于相传,云获麟于此野。诞灵物以瑞德,奚授体于虞者!疢尼父之洞泣,似实恸而非假。岂一性之足伤,乃致伤于天下",下面忽然改韵而谈别的事了。满座都认为不完满,叫他增添。他应声说:"感不绝于余心,溯流风而独写。"还有,他去做东阳太守,临别时谢安赠他一把扇子,他应声说:我当然该"奉扬仁风,慰彼黎庶"。这虽是由于袁宏机辩过人,实也是晋人崇尚清谈、能言善辩的一般现象。他的诗既然是脱口而成,自然高唱入云、流利动听。李太白诗"余亦能高咏",即是有意与袁宏对垒,可见袁宏在后人心目中的地位。

# 第十三章 陶渊明

## 第一节 关于陶渊明的评价和家世的种种问题

晋宋之际,诗歌由阐发玄言转向模山范水,产生了颜延之、谢灵运等山水诗人。但在这个由玄言诗向山水诗过渡的时期,有一位在当时并不显赫,到后世却愈来愈被人重视、几乎成为文学史上争论焦点的诗人,他便是陶渊明。

关于陶渊明的生平,颜延之《陶征士诔》笼统地提到一点。其后萧统《陶渊明传》,《宋书》《晋书》《南史》各《隐逸传》的记载及《莲社高贤传·不入社诸贤传》,所述相同,都以为陶渊明字元亮,一说名潜,字渊明,浔阳柴桑(今江西九江)人,曾作《五柳先生传》以自喻。因亲老家贫,曾做州祭酒。又因过不惯官吏生活,不久便告假归家。其后州召主簿不就,躬耕自资。因为患病,不得已又出来做镇军、建威参军。又因为公田的收入,可以饮酒,求补彭泽令。适逢郡派督邮到县,县吏告诉他应束带出见。他说:"我岂能为五斗米折腰向乡里小儿!"当天解除印绶回家。这是晋安帝义熙元年(405)冬天的事。义熙末,征为著作佐郎,不就。接着安帝遇弑,恭帝被立一年,刘裕便篡晋改宋。潜自以为晋大司马陶侃的后裔,不便屈身异代。自从刘裕声势渐隆,便再未出仕。王宏、檀道济先后做江州刺史,都表示和他要好。他除了不得已时勉强应付外,尽量避免与这些人见面。何况被封建士大夫视为安身立命的出处大节，一直支配着历史上许许多多封建文士的头脑。但历来的学者对身处晋宋易代之际的陶渊明，是否就没有这种局限，恐怕都不能略去不谈。而且他以前作诗尚注明晋帝年号，入宋以后便只书甲子了。宋文帝元嘉四年（427），卒于柴桑故里。（《莲社高贤传·不入社诸贤传》）

关于陶渊明，本来如鲁迅所说的，有时他很飘飘然，有时也有他的金刚怒目式。论陶诗者，常常由于自身处境和认识的不同，作种种解释。大体说来，因为本传说他"少有高趣"，又说他"耻复屈身异代"，因而对他的为人，后人有种种认识。颜延之、钟嵘、阳休之、苏轼、叶梦得、魏了翁及近人梁启超等，大都把陶渊明看作无意于世事的隐逸之士。虽然梁氏也认为陶渊明的隐退是"看不过当日仕途混浊，不屑与那些热官为伍"，但总的方面，还是说他"胸襟很阔""冲远高洁"。你说这是逃避现实，他说这是反抗的表现，结果变成抽象的隐居论。

最近关于陶渊明的争论，无论在事实的依据还是理论的阐述上，都比过去深入、提高得多了。就几个重要问题来看，优点是比较集中，容易深入；缺点是不能够顾及全面，因而也不能很好地结合实际。例如仕与隐的问题，如果不结合作者当时所处的环境，只是谈这种隐居有无进步意义，便很容易流于空泛，对任何隐士都通用，不一定是陶渊明了。自唐颜真卿、宋朱熹以后，如真德秀、王应麟、吴师道、吴澄、茅坤、何孟春、张溥、顾炎武、黄文焕、龚自珍、陶澍及今人陈寅恪等，以为陶渊明的归隐确与晋宋易代有关，认为他完全是一个超然物外、恬静自乐的诗人。近年因注意到鲁迅的说法，才又转而对陶渊明金刚怒目的一面作种种研究。鲁迅说：

> 除论客所佩服的"悠然见南山"之外，也还有"精卫衔微木，将以填沧海。刑天舞干戚，猛志固常在"之类的金刚怒目式，在证明着他并非整天整夜的飘飘然。这"猛志固常在"和"悠然见南山"的是一个人，倘有取舍，即非全人，再加抑扬，更离真实。（《"题未定"草》）

我们对陶渊明，应该以鲁迅的态度去认识，才能得到观察他的全面依据。

不过他一生,虽书中的记载披露了一些事迹,但除了建威参军、彭泽令,在晋安帝义熙元年(405)有他的作品可资证明外,其余如做州祭酒、镇军参军是在哪一年?谁人辟除?建威将军又是谁?又如他出身何氏?不肯出仕是因为什么?耻事二姓是不是事实?他什么时候很飘逸,什么时候又变得很愤慨?卒于哪年?诗都是哪年写的?这些都没有正式的交代,因而引起后人很多争论。细谈起来,的确有些繁琐无谓。不过这些问题直到目前还断续有人提出不同的看法。再说,对这些问题,笔者自己有就所接触的材料进行推较的结果,在论述作品时比较有依据,主观上觉得于理少安。我们现在来讲陶渊明,还需要对他进行一番仔细的考察。

关于他的出身,本传说他自以为晋大司马陶侃之后,《命子》《赠长沙公族祖》都可证明。但《赠长沙公族祖》序说:"长沙公于余为族祖,同出大司马。"假若这位长沙公是陶渊明的族祖,则应该是陶夏。但夏死得很早,陶渊明不及相见。因而吴仁杰根据一本以"余于长沙公为族祖"为是。这样这位长沙公便是陶延寿之子,诗可能作于永初以后。张缵以为延寿本人入宋以后既降封侯,其子不能再称为长沙公;同时此序以"祖"字为句,下接"同出大司马",语气突兀,与陶诗其他各序及魏晋文风很不相类。不知吴仁杰已经说过"仍以长沙称之,从晋爵也"。即使不承认吴说,按照习惯,称人官爵总是举其所至尊,何况陶侃嫡系这时定居长沙已久,渊明这首诗是文学作品,并非史表或什么官牒,以郡望称之,也无不可。至于诗题"族祖",也应如吴仁杰所说是"族孙"之误。虽改一字,但总比悍然删去二字为强。这样,与陶渊明遇面的更可能是延寿之子,而诗中"我曰钦哉""在长忘同"等长辈口吻也可得到解释了。这已证明陶渊明真是陶侃之后。但前人对此很有争论。李公焕、阎若璩父子、洪亮吉都认为大司马指的是其远祖汉时陶舍,何焯、钱大昕却力辩其误(均见陶注本引),认为六朝最重门第,百家之谱皆上于吏部,陶渊明不能勉强攀缘,史传也不会有误;而且根据诗中所言,大司马只能是陶侃。至于陶舍,随汉高祖入关,不过是军中右司马微职,后来曾做中尉,为什么反不以为称?陶侃子嗣众多,《晋书》说他有子十七人,九人见于旧史,余并不显。邓名世《古今姓氏书辨证》,说陶侃娶十五妻,生二十三子,两子少亡,二十一子官至太守。这样,陶渊明一支显出小宗,系统不明是很自然的事。我们岂能因此而轻加否认?何况同时的颜延之诔词中也有"韬此洪族"的话,若非陶侃之后,如何谈得上"洪族"?

关于陶渊明的仕宦,也众说纷纭。关于州祭酒,没有人注意。只有晁公武曾说:"晋安帝末,起为州祭酒。桓玄篡位,渊明自解而归。"(《郡斋读书志》)这里"晋安帝末"应该是晋安帝隆安末年(401),晁说有误。但晁说已指出,陶渊明初仕虽不知所始,告归却在桓玄手里。争执厉害的是镇军将军是谁。李善、晁公武、叶梦得、马端临、恽敬,以镇军将军为刘裕。吴仁杰、洪亮吉不以为然。赵曦明、陶澍以为是刘牢之。周济以为是武陵王遵。建威将军,吴仁杰以为是刘怀肃,吴瞻泰、陶澍以为是刘敬宣。至于彭泽令,非幕府之职,年月又很分明,没有异说。此外叶梦得疑心陶渊明曾仕桓玄,但没有说出是什么名位。我们知道,渊明罢官,在晋安帝义熙元年(405),则他的仕宦一定在这之前不久。自晋安帝隆安二年(398),王恭、庾楷、杨佺期、殷仲堪、桓玄因讨王国宝、王绪举兵后,陶渊明的家乡浔阳即成为军事地带。这年,江州刺史王瑜出奔临州,桓玄到了浔阳,被殷仲堪等推为盟主。隆安三年(399),玄袭江陵,杀仲堪、佺期,领荆州刺史,又要挟朝廷,兼领江州刺史。安帝元兴元年(402),司马元显、刘牢之讨玄败绩,玄入建康。次年,桓玄篡位,放安帝于浔阳。元兴三年(404),刘裕、刘毅、何无忌等讨玄,玄逼安帝走江陵。接着桓玄败走,被冯迁斩首。桓振又反,刘毅、何无忌退守浔阳。安帝义熙元年(405),刘怀肃斩了桓振,安帝才又回到建康,浔阳才复归平静。义熙六年(410),卢循曾占领江州数月,但这是后事,暂不必谈。陶渊明的仕宦必须结合当时这些事件来看,才能得到眉目。

首先,江州祭酒问题。渊明首辟州祭酒,不久告归,州召主簿不就,躬耕罹疾,才又做镇军、建威参军和彭泽令。则祭酒在躬耕前,参军在躬耕后。彭泽罢官后,便永远归田了。渊明有《癸卯岁始春怀古田舍》云:"在昔闻南亩,当年竟未践。"说明这年开始躬耕,则为州祭酒应是这年前之事,而集中《辛丑岁七月赴假还江陵夜行涂口》,不问可知是指赴州祭酒之役。"假",训恩施或雇赁,都指的是役使。赴假,犹言"赴役"。过去陶澍解为"乞假",朱自清解为"销假",实际上都是揣测之辞。这时江州刺史由桓玄兼领。玄大本营在江陵,渊明赴役要到江陵,不问可知曾仕于玄,而且就是州祭酒。不过他为祭酒不久,最早只能是前一年庚子。《庚子岁五月中从都还阻风于规林》云:"自古叹行役,我今始知之。"明是初次奔命,风波可虞,归后悔尤之辞。

其次,镇军将军问题。镇军将军,据《晋书》序记晋孝武帝太元元年(376)由郗愔担任。太元六年(381),郗愔进号司空后,是否仍兼摄镇军不可得知。其后安帝元兴三年(404),由刘裕摄行。次年义熙元年(405),裕为车骑大将军,镇军又转授给武陵王遵。周济以为渊明为镇军参军是在隆安四年(400),做武陵王遵的镇军参军。不知武陵王遵加镇军是在义熙元年(405),安帝反正之后。这时陶渊明正做建威参军,周说显然有误。但朱自清以为武陵王遵未做镇军,做镇军的是他父亲武陵王晞,远在穆帝即位之初,因而认为周说无据。这却是朱氏粗心了。渊明有《始作镇军参军经曲阿作》,曲阿即今之丹阳,地近京口,刘裕除了起兵讨伐桓玄,转战到建康(今江苏南京),一度镇守石头城外,其大本营一直在京口。渊明经曲阿,可能是为裕奔走。不能因为裕行镇军时镇守石头城,因而疑心渊明未曾仕裕。桓玄的司徒王谧与刘裕少时交好,桓玄失败出走,很多人主张把王谧诛杀,谧怕,奔往曲阿。刘裕写信给大将军武陵王遵替谧表白,谧才安然无事(《宋书·武帝纪》《南史·宋本纪·武帝纪》)。这时刘裕在建康,王谧奔曲阿,显然曲阿在刘裕的镇守范围之内,才做了王谧的避难所。最近看到段天炯的一篇文章,竟说镇军指的是王蕴,不知王蕴是谢安一辈人,与郗愔一样,也是孝武帝太元九年(384)死去的。像渊明这种性格倔强的人,岂能断续出仕二十多年,才发脾气告归?何况渊明所往还的周续之、王宏、檀道济、殷景仁、颜延之等,都是刘裕父子所礼敬信任的人。渊明若不仕于裕,何能与这批人相识?则渊明为镇军参军,是参刘裕军幕无疑了。至于陶澍采赵曦明说法,不承认渊明会仕于裕,认为是仕刘牢之,因渊明《始作镇军参军经曲阿作》编在《庚子岁五月中从都还阻风于规林》一诗之前,这时镇北将军刘牢之镇京口,遂以"镇军"为"镇北将军"的简称。但渊明《始作镇军参军经曲阿作》未题年月,编在《庚子岁五月中从都还阻风于规林》一诗之前,可以认为居编年之首,但谁能断定它不居前卷之末,或编次有误?而且镇军与四镇有别,绝不能认为是四镇的简称。渊明参镇军在躬耕之后,岂能提前到隆安三年(399)己亥或四年(400)庚子,而认为是仕刘牢之?

最后,建威将军的问题。至于建威参军,则在义熙元年(405)乙巳三月,渊明有《乙巳岁三月为建威参军使都经钱溪》可证。这时桓玄被斩首,安帝反正,斩桓振的即建威将军刘怀肃,史有明文。因而吴仁杰以为陶渊明这时是做刘怀肃的参军,后来吴瞻泰、陶澍以为是做刘敬宣的参军。吴认为刘怀肃这时是辅国将军,这是他只据《宋书》本传,未注意《晋书》的《安帝纪》及《桓玄传》所致。实际上义熙元年(405)安帝反正前刘怀肃、魏咏之、刘敬宣、诸葛长民都号建威将军,这里只有刘敬宣比较适宜。这便是陶澍所说,当时敬宣以建威将军兼领江州刺史。陶渊明是浔阳柴桑人,地属江州,得以近便,出佐本州军幕,判断甚是。而且这时诸葛长民进位青州刺史,领晋陵太守;魏咏之进征虏将军、吴国内史;刘怀肃由高平太守转辅国将军、淮南历阳二郡太守(《晋书》各人本传及桓玄传)。再就后来陶渊明补彭泽令,显然是州将版授,则渊明为建威参军,是参刘敬宣的军幕无疑。

总之,渊明自庚子起为州祭酒,曾赴建康,回来断续出仕,至乙巳归田后,未见再出。前后约六载,故《还旧居》有"畴昔家上京,六载去还归"的话。此外,《杂诗》"荏苒经十载,暂为人所羁",《与子俨等疏》"少而贫苦,每以家弊,东西游走",证明渊明很早即为衣食奔走,或都是受人雇用,谈不上什么一官半职,与渊明的出处关系不大,我们也无从细究了。

至于渊明的年岁,史传最早的颜延之《陶征士诔》说他"春秋若干",宋文帝元嘉四年(427)卒于柴桑故里。自《宋书》以后,各史相承,才都说他年六十三。但拿这个记载与陶集所记年月对照来看,一直无法相合,因而后世产生了很多异说。不但颜诗被人追改,陶集也产生了很多异文。问题愈不容易弄清楚了。大致说来,王质、吴仁杰、陶澍都相信渊明年六十三岁这个记载。张缨据辛丑《游斜川》"开岁倏五十"一语,说渊明生于晋穆帝永和八年(352),下至宋文帝元嘉四年(427),年七十六。吴汝纶据《饮酒》云"行行向不惑",又云"畴昔苦长饥,投耒去学仕。将养不得节,冻馁固缠己。是时向立年,志意多所耻。遂尽介然分,终死归田里。冉冉星气流,亭亭复一纪",认为是已罢官,年二十九,故云"向立"。"复一纪"则是四十,故前章云"不惑"。这样,渊明生于孝武帝太元二年(377),年五十一。梁启超据《辛丑岁七月赴假还江陵夜行涂口》"闲居三十载"一语,说渊明生于简文帝咸安二年(372),年五十六。古直又据《归园田居》"一去三十年"一语,认为彭泽罢官时渊明年三十。又据辛亥《祭从弟敬远文》"相及龆龀,并罹偏咎",认为"龆"指小儿发,"龀"指毁齿。男生八岁而龀,及龀当是七岁。这是二人的年岁。再证以丁未祭妹文:"慈妣早世,时尚孺婴。我年二六,尔才九龄。"知渊明遭偏丧,年方十二。当即髫年,与敬远相差五岁。祭文言:"年甫过立,奄与世辞。"敬远卒年三十一,则渊明为三十六,当生于孝武帝太元元年(376),年五十二。我们知道,颜延之诔言"年在中身,疢维痁疾",证明渊明在五十岁时已衰病萦身。再据《怨诗楚调示庞主簿邓治中》"偃俯六九年",《与子俨等疏》"吾年过五十",证明渊明年又远在五十以上。《辛丑岁七月赴假还江陵夜行涂口》"闲居三十载"从无异文。若以此为据,时渊明年三十,则渊明卒时年五十六,渊明诗的创作时间都可以得到解释。如《饮酒》"畴昔苦长饥"一首,乃是渊明自叙躬耕罹疾,自仕至隐的全部过程。《辛丑岁七月赴假还江陵夜行涂口》,年方三十,则初起为州祭酒在此前不久,故云"向立"。又渊明罢官归田不止一次,《归园田居》可能是辞州祭酒后作。诗云"一去三十年",与"闲居三十载"正合。《祭从弟敬远文》"相及龆龀","龆龀"两字连用已久,语义偏在"龀"字,"龆"与"髫"同,男年八岁而龀,则二人应该相差八岁。祭文言:"年甫过立,奄与世辞。"敬远这年可能是三十二岁,渊明这年四十岁,正好相差八岁。《荣木》云"四十无闻",说明这是四十岁时作的诗。序言:

"日月推迁,已复九夏。"从癸卯开始躬耕算起,到这年正经过九夏。《游斜川》序中"丑"一作"酉","开岁倏五十",渊明年五十,正属辛酉。而且这诗自序中云"与二三邻曲,同游斜川",诗云"班坐依远流",可能是聚合四邻集体出游,举行了一次野餐,渊明被推为首坐。与《杂诗》"昔闻长者言"一首所言是一事。诗言"奈何五十年,忽已亲此事",《杂诗》既是五十岁所作,则《游斜川》作于辛酉甚明。《怨诗楚调示庞主簿邓治中》"俛俯六九年",庞主簿下一本有"遵"字,据《宋书·裴松之传》:"元嘉三年……分遣大使巡行天下……司徒主簿庞遵使南兖州。"这年王宏初进司徒,则庞为主簿,渊明示庞诗也该在这年。这年渊明五十五岁,与诗言"六九"很近。只有《戊申岁六月遇火》一诗中"奄出四十年"不易解释,这年渊明只有三十七岁。假若放弃前说,以此为据,则渊明卒年当为五十九。但与诗中其他年月全部龃龉。我们认为"十"字是"九"字笔画残缺所致,原文当是"奄出四九年",三十七岁正可说是突出四九了。我们不赞成随便改字,但证以南北碑版,"九"字一竖多在正中,稍有剥落即成"十"字,当作"九"字之误,必能说得过去。笔者在没有细读梁启超《陶渊明》一书前,即持此看法。当时自喜,以为是创见,及见梁书早如此说,才知我们动辄以为是创见,正说明自己的少见。过去吴仁杰、陶澍只根据史传,张缜不从辛酉而从一本作辛丑,吴汝纶把"向立"误作归田之年,古直把《归田园居》误认为作于彭泽罢官后,结果说来说去总是窒碍难通。总之,年月问题,梁启超考证得比较精确。但梁氏对州祭酒、镇军参军的问题却仍相信陶澍旧说,与我们的主张有异。

## 第二节　陶渊明诗歌所表现的思想

陶渊明的出身、仕宦问题既明,诗中记有年月、岁数的,便可得到一定的编排。未记年月的诗可以结合时事,或与记有年月、岁数的诗比较论定,兹不复赘。现在我们先就他的作品来谈他各时期的心理状态、思想变化。

陶渊明自以为是陶侃的曾孙,因而陶侃的为人对他产生了很大的影响。侃一生勤奋,曾朝夕运甓以锻炼体力,曾投掷过部属的酒器、蒲博之具,曾讽刺过乱头养望、自谓宏达的书生,曾鞭笞过戏拔人稻的游人,曾积贮竹头木屑以备意外之用,曾严斥过偷拔官柳的都尉。这些都是陶渊明后来躬耕思想的传统来源。但早期的陶渊明却还不曾体会到它的效用,所向往的却是陶侃的功业和对晋室的忠忱。《命子》诗云:

> 悠悠我祖,爰自陶唐。邈焉虞宾,历世重光。……时有语默,运因隆窊。在我中晋,业融长沙。桓桓长沙,伊勋伊德。天子畴我,专征南国。

虽然陶侃"望非世族,俗异诸华"(《晋书》本传史臣论语),但到侃本人,在封建文人看来,总算改换了陶氏门庭。陶渊明既是陶侃的后代,自应奋发有为,绳其祖武。因此他少时也曾仗剑行游,幻想着高飞远举。像他自己说的:

> 少时壮且厉,抚剑独行游。(《拟古》其八)

> 忆我少壮时,无乐自欣豫。猛志逸四海,骞翮思远翥。(《杂诗》其五)

但渊明并非陶侃的嫡系。虽然他祖父据《晋书》本传也做过太守之官,但到他本人,已经"逢运之贫"(《自祭文》),无以为生了。这种没落情绪支配着他企羡隐逸,逃避现实,因此他自少便又神往于门前五柳。《五柳先生传》便是这位破落户诗人深刻鲜明的自我写照。此外,诗中如:

> 少无适俗韵,性本爱丘山。(《归园田居》其一)

> 弱龄寄事外,委怀在琴书。被褐欣自得,屡空常晏如。(《始作镇军参军经曲阿作》)

都是说他志在隐逸,忘怀得失。但这种生活无法长久维持,只好"东西游走"(《与子俨等疏》)以营一饱。适逢安帝隆安四年(400),桓玄兼领江州,他被征为本州祭酒,不巧一出马便遇到惊人的风险,《庚子岁五月中从都还阻风于规林》便作于此时,可能是奉桓玄之命使都归途中作,诗云:

> 自古叹行役,我今始知之。山川一何旷,巽坎难与期。崩浪

> 聒天响,长风无息时。久游恋所生,如何淹在兹。静念园林好,人间良可辞。当年讵有几?纵心复何疑。

因为行役,遇到这种风险,原有隐逸愿望的他,自然会更减少了仕进之心。此外,桓玄的野心日益暴露,他可能也有所窥。为了避免受累,最好是自解归家。《辛丑岁七月赴假还江陵夜行涂口》可能作于自解以前。诗云:

> 怀役不遑寐,中宵尚孤征。商歌非吾事,依依在耦耕。投冠旋旧墟,不为好爵萦。养真衡茅下,庶以善自名。

果然,次年刘牢之讨玄失败,玄入建康,一年后便篡位自立了。史传说渊明不堪吏职,自解而归。晁公武说桓玄篡位,渊明自解而归。这些都是实情。不过晁氏说得过迟,桓玄篡位在元兴二年(403)癸卯,陶渊明在这以前已自解归家了。前人多否认他曾仕桓玄,固属不必;近年有人竟强调他依恋桓玄,有陶侃谋反的传统,这真是奇谈。漫说陶侃并没有谋反,试问隆安四年(400)、五年(401),桓玄正领荆、江二州刺史,为什么陶渊明《庚子岁五月中从都还阻风于规林》却有"人间良可辞",《辛丑岁七月赴假还江陵夜行涂口》有"投冠旋旧墟"的话?再看他的《癸卯岁十二月中作与从弟敬远》:

> 凄凄岁暮风,翳翳经日雪。倾耳无希声,在目皓已洁。劲气侵襟袖,箪瓢谢屡设。萧索空宇中,了无一可悦。历览千载书,时时见遗烈。高操非所攀,谬得固穷节。

这时玄在建康自立,他在浔阳躬耕。诗中所言,分明是自己不能讨叛尽节,只好隐居固穷,等待王师来清除叛乱,岂能反说他依恋桓玄?

元兴三年(404),刘裕讨玄,玄走江陵被斩,陶渊明又出来做刘裕的镇军参军。过去很多人否认此事,以为陶渊明是晋室宰辅后裔,岂肯轻仕刘裕?不知桓玄篡位在即,尚且求讨孙恩,整饬朝政,迷惑许多名士的眼目(《魏书》及《晋书》桓玄传)。刘裕替晋讨玄,在当时士大夫眼中是莫大的"义举",这由晋宋史、南史有关名人传中对刘裕讨玄事,到处充满"义旗""义师"等字眼可证。渊明岂能预料到十五六年后刘裕会篡位?何况陶延寿因桓济之子亮乘乱起兵,遣兵收陶夔,迎安帝于板桥,渊明族人附义而起的很多,渊明又有什么不仕刘裕之理?

至于他次年转做建威参军、彭泽令,可能有种种原因。首先便是过去已尝到风尘劳苦的滋味,不愿久仕。这次出仕可能是出于不得已。《始作镇军参军经曲阿作》:

> 眇眇孤舟逝,绵绵归思纡。我行岂不遥,登陟千里余。目倦川涂异,心念山泽居。望云惭高鸟,临水愧游鱼。真想初在襟,谁谓形迹拘。聊且凭化迁,终返班生庐。

"望云"两句,不是说"鸿飞冥冥,弋人何篡焉"吗?不是说"鱼不可脱于渊"吗?其次可能是渊明"性刚才拙"(《与子俨等疏》),不能和刘裕部下那批小人善处,受到排挤,像《感士不遇赋》序中说的:"自真风告逝,大伪斯兴,闾阎懈廉退之节,市朝驱易进之心。怀正志道之士,或潜玉于当年;洁己清操之人,或没世从徒勤。故夷皓有安归之叹,三闾发已矣之哀。"转做建威参军、彭泽令,的确是逐步外调。再次便是他早已不堪吏职,做彭泽令免得跋涉,还可借公田之利来饮酒吟诗。不巧郡派督邮到县,要他束带出见,这时他内心充满矛盾,再加上人事上的障碍,他再不能忍耐了,只好拂袖而去,永不出仕。《饮酒》其十九云:

> 是时向立年,志意多所耻。遂尽介然分,终死归田里。

与《归去来兮辞》序所说"质性自然,非矫厉所得。饥冻虽切,违己交病。尝从人事,皆口腹自役。于是怅然慷慨,深愧平生之志"同一旨意,言外有无限愤慨。至于不肯为五斗米折腰,甚至骂那督邮为乡里小儿,则是"人穷则反本",回念自己是宰辅后裔,如今却做了刘裕下属,还要处处受气。刘裕及其一道起兵的人如刘毅、何无忌等,都是些赌棍。刘裕少时,曾躬耕于京口,曾以卖履为业,行为流氓,为乡间所贱(《晋书》刘毅、何无忌传,《宋书·武帝纪》,《魏书》刁雍、刘裕等传,《南史·宋本纪·宋武帝纪》)。陶渊明只是借题发挥,指桑骂槐,并不是对小小督邮有什么过不去的。一面要躬耕,一面却鄙视"乡里小儿",正是他仕隐未决时期的心情。这里只有固穷与求仕的矛盾,并没有什么政治立场。把它看作效忠晋室,耻事二姓,未免过早;看作依恋桓玄,反抗刘裕,更非事实。《咏贫士》七首,可能是这时期的作品。如云：

> 万族各有托，孤云独无依。暧暧空中灭，何时见余晖。朝霞开宿雾，众鸟相与飞。迟迟出林翮，未夕复来归。量力守故辙，岂不寒与饥。知音苟不存，已矣何所悲。（《咏贫士》其一）

这与《感士不遇赋》《归去来兮辞》的序不是同一口吻吗？从此息机人世，未来的光辉谁能知见？眼前的生活却成问题。我们读到"暧暧空中灭，何时见余晖""量力守故辙，岂不寒与饥"，不能不想到他苦闷的心情。

但陶渊明并未从此颓废下去。相反，由于陶侃的勤奋遗风，由于他自少的贫苦出身，由于饥饿的压迫，由于继续躬耕的锻炼，他不能再不事生业，空谈固穷了，他的思想逐渐变得较为实际了。他的很多写躬耕田园生活的诗，便是这一时期的作品。如《劝农》《移居》《和郭主簿》《戊申岁六月中遇火》《己酉岁九月九日》《庚戌岁九月中于西田获早稻》《丙辰岁八月中于下潠田舍获》《有会而作》，都说明躬耕的艰难。除了力耕，任何空想都不能解决问题。其中最该注意的是《庚戌岁九月中于西田获早稻》一诗：

> 人生归有道，衣食固其端。孰是都不营，而以求自安。开春理常业，岁功聊可观。晨出肆微勤，日入负耒还。山中饶霜露，风气亦先寒。田家岂不苦，弗获辞此难。四体诚乃疲，庶无异患干。盥濯息檐下，斗酒散襟颜。遥遥沮溺心，千载乃相关。但愿长如此，躬耕非所叹。

不但说劳动的收入对自己而言特别亲切，而且说躬耕增强了自己的健康，避免了疾患。"异患"可能还有影射。总之，只有长期从事劳动实践，才能认识劳动的真正价值。虽然他只提到"田家岂不苦，弗获辞此难"，未能进一步追究造成田家贫苦的真正的社会根源。但中国农民向来经营着自给自足的个体生活，陶渊明这首诗虽然没有体现出农民对剥削阶级的憎恨和斗争意识，但也不能否认他多少代表了忍耐贫苦、辛勤劳动的大部分农民的淳厚，并不完全是粉饰现实。

虽然如此，他究竟是一个所谓"宰辅后裔"的知识分子，以往的心事虽被压抑下去,但从事躬耕是为了固穷。在和一般劳动人民一道从事劳动生活之暇,触景生情,又不能不想到自己的隐居高节。例如《和郭主簿》二首:

> 园蔬有余滋,旧谷犹储今。营己良有极,过足非所钦。春秫作美酒,酒熟吾自斟。弱子戏我侧,学语未成音。(《和郭主簿》其一)

> 芳菊、开林耀,青松冠岩列。怀此贞秀姿,卓为霜下杰。衔觞念幽人,千载抚尔诀。检素不获展,厌厌竟良月。(《和郭主簿》其二)

芳菊、青松的贞洁和政治野心家们的诈伪是一个鲜明的对比。因而到了义熙末年,刘裕羽翼已丰,篡杀的阴谋愈来愈显露的时候,他的心情便又不平静起来。虽然在义熙十三年(417),刘裕收复失地,打开关中,眼看全国快要统一时,他还是为之庆幸。例如《赠羊长史》:

> 九域甫已一,逝将理舟舆。闻君当先迈,负疴不获俱。

何等兴奋!但刘裕一旦成功,篡窃的资本将更为雄厚,他只有彻底隐退了。这当然是一个相当复杂的矛盾情绪。故下文云:

> 路若经商山,为我少踌躇。多谢绮与甪,精爽今何如。紫芝谁复采,深谷久应芜。驷马无贳患,贫贱有交娱。清谣结心曲,人乖运见疏。拥怀累代下,言尽意不舒。

《桃花源诗》可能也是这时期的作品,诗云:

> 嬴氏乱天纪,贤者避其世。黄绮之商山,伊人亦云逝。往迹浸复湮,来径遂芜废。相命肆农耕,日入从所憩。桑竹垂余荫,菽稷随时艺。春蚕收长丝,秋熟靡王税。荒路暧交通,鸡犬互鸣吠。俎豆犹古法,衣裳无新制。童孺纵行歌,斑白欢游诣。草荣识节和,木衰知风厉。虽无纪历志,四时自成岁。怡然有余乐,于何劳智慧。奇踪隐五百,一朝敞神界。淳薄既异源,旋复还幽蔽。借问游方士,焉测尘嚣外。愿言蹑轻风,高举寻吾契。

这里"黄绮"与前诗"绮甪",都是指商山四皓,可说明此二诗是同一时期写成的。陈寅恪更认为《桃花源记》是描写当时坞垒生活而加以理想化者,戴延之随刘裕入关,著《西征记》,就有这类记事云云(《桃花源记旁证》)。秦灭六国,四皓入山,至汉朝统一还不肯出仕,不单是为了避乱,而是不肯屈节。因此渊明在全国快要统一时不但不欣然出仕,反而要到商山跟四皓去采芝,就容易理解了。再加上他躬耕谋生为时已久,已深深体验到统治阶级对人民无情的压迫剥削和农民生活的困苦,因此在这首诗中还提出自己的理想是"秋熟靡王税"那种无阶级剥削的平等安乐生活。有的人只注意到他的这种理想是否为空想,或有一定的可能性。实际上,我们应该注意的是,他的这种理想是在现实压抑下产生的,有很深刻的反抗性,若论他的现实意义,便在这里。要知道,抒情诗的反抗性大体上都表现在颂古非今,或歌颂理想、否定现实上,绝不能用叙事诗的规格去作无理要求。再说渊明这种理想中的生活原也是人类社会应有的合理生活,不是什么神仙之乐。后来王维把它当作神仙世界,韩愈又以之推论神仙之有无,真可说是误解古人了。

  刘裕于长安收复后便回来谋篡,接着安帝被缢,恭帝禅位遇鸩。陶渊明"九域甫已一"的愿望落空了。而久经丧乱初得复兴的晋朝,却恰恰落在替晋朝立功的刘裕手里,他当然更不能无动于衷了。这时的作品便是《述酒》《读山海经》《咏三良》《咏荆轲》等诗,是集中少数充满激愤的作品。试看《述酒》一诗:

    重离照南陆,鸣鸟声相闻。秋草虽未黄,融风久已分。素砾皛修渚,南岳无余云。豫章抗高门,重华固灵坟。流泪抱中叹,倾耳听司晨。神州献嘉粟,西灵为我驯。诸梁董师旅,芊胜丧其身。山阳归下国,成名犹不勤。卜生善斯牧,安乐不为君。平王去旧京,峡中纳遗薰。双陵甫云育,三趾显奇文。王子爱清吹,日中翔河汾。朱公练九齿,闲居离世纷。峨峨西岭内,偃息常所亲。天容自永固,彭殇非等伦。

这首诗词意隐约,向称难解。黄山谷以为是读异书所作,韩子苍、赵泉山、汤东涧认为是哀恭帝禅位遇鸩之作。后人虽然还有所怀疑,但就诗中引用的故事来看,韩、赵诸人的推断实无可非议。这里首六句喻晋室偏安江左,虽继嗣未绝,但气数已尽。"豫章"两句即指刘裕图位,恭帝被弑之事。裕封豫章公,恭帝先被幽,复遇弑,故云"固灵坟"。"固"当作"锢"。这与舜南巡死于苍梧之野相同,故以为喻。"嘉粟"指当时的瑞应。"西灵"用西狩获麟之事。麟是灵物,有王者则至,无王者则不至,亦指当时的瑞应,兼有讥刺之意。旧注改"西"为"四",非是。"诸梁"两句喻裕用兵靖乱及司马休之、司马道赐等宗室叛裕之事,汤注无误。若依陶注,认为东晋初有王敦、苏峻之乱,即有陶侃、温峤之功,国犹有人,今不可复见,这样便反以白公胜目裕,可谓拟于不伦了。"山阳"四句,喻恭帝禅位,不保其身,做臣下的不如像卜式一样去做牧人,暗以卜式自喻。梁启超指出用卜式故事是对的,但未说明是比喻什么,不无遗憾。"平王"二句,喻元帝南渡,北方陷于荤腥异族。陶注本无问题,梁氏以为是用越王子搜事。我们觉得,子搜事用以喻恭帝禅位未尝不可,但平王并非逃位不干的人,故梁说终有些说不过去。"双陵"二句,意义不明,旧注亦颇难通。汤注:"陵"一作"阳",似乎是原本如此。阳道无二,双阳并育是反常的现象。此二句可能是指刘裕王业渐隆,阿附者又做出图谶来促成篡弑的事。"王子"句言恭帝命运,还不如子晋仙去为愈。"朱公"句喻自己隐居修炼。末四句承"朱公"为说,意思是隐居庐山,学道养真,自致千秋,亦可视裕如殇子。匡庐在陶诗中被称为南山,这里叫西岭是对建康而言。注家多以为指张祎事,实则难通。总之,这首诗是为恭帝遇弑而写的,因此全诗虽不曾咏酒,却以"述酒"为题。我们知道,恭帝被弑是当时宫廷内的一大巨变,过去反对刘裕的人,如刘毅、诸葛长民、司马休之、鲁宗之等,有的被害,有的出奔。陶渊明是一个山野匹夫,既不敢公然指斥,而放声大哭也抵不了什么事,只好用迷离惝恍的语言、低沉凄切的调子,如泣如诉、如怨如慕地唱出自己的隐痛。一个人遇到伤心的事,能放声大哭,倒不见得多么痛苦,最痛苦的是吞声忍泣,欲哭不得。这首诗的隐约难测,正说明它是一种欲哭不得的隐痛。向来选本不大选及此诗,弄得陶诗都被人认为平淡。今读此诗,陶诗面目总可以认识一半了。《读山海经》十三首也是这种情调:

> 精卫衔微木,将以填沧海。刑天舞干戚,猛志固常在。

其怨望是何等的深！我们读到这里,简直不觉得他是一个隐居文人了。此外《咏三良》是说自己未能像三良一样从死晋帝。《咏荆轲》和《拟古》咏田畴一首是说恨无荆轲、田畴这种人替晋朝报仇。这几首诗在陶诗集中不算少数,但过去人总是注意到他平淡的一面。近年人们注意到鲁迅的话,因而才注意到这些诗。奇怪的是,大家都承认陶诗有忠愤的一面,却又否认他耻事二姓。我们不禁要问：陶渊明发愤归田,假若不是有慨于晋宋的易代,安、恭二帝的被弑,而仅是为了不肯折腰做官,哪来若许仇恨之语？何况历史上一般封建文人谈到道德修养,首先注意的便是所谓君父之义。我们岂能因为回避封建道德,便也想把陶渊明从中解脱出来？

不过陶渊明究竟是一个隐居已久的文人,除了愤慨而外,行动上却不能有所作为。《饮酒》二十首便是此时之作。如：

> 衰荣无定在,彼此更共之。邵生瓜田中,宁似东陵时。寒暑有代谢,人道每如兹。达人解其会,逝将不复疑。忽与一觞酒,日夕欢相持。（《饮酒》其一）

> 栖栖失群鸟,日暮犹独飞。裴回无定止,夜夜声转悲。厉响思清远,去来何依依。因值孤生松,敛翮遥来归。劲风无荣木,此荫独不衰。托身已得所,千载不相违。（《饮酒》其四）

> 青松在东园,众草没其姿。凝霜殄异类,卓然见高枝。连林人不觉,独树众乃奇。提壶挂寒柯,远望时复为。吾生梦幻间,何事绁尘羁。（《饮酒》其八）

虽然尽量在忘怀得失,但易代之悲、忠愤之慨、孤独之情仍溢于言表,与义熙初年罢官归田的思想感情完全不同。不过他还在尽量抑制自己,所以说：

> 结庐在人境,而无车马喧。问君何能尔,心远地自偏。采菊东篱下,悠然见南山。山气日夕佳,飞鸟相与还。此中有真意,欲辩已忘言。（《饮酒》其五）

忘记人境的车马喧嚣,独与南山相契无间,这是庄子所谓"天地与我并生,而万物与我为一",所谓"物化"的境界。这种泯除物我,追求精神世界主观的消极趣味的思想,虽然仍从他的没落意识中产生,但也不能不说是在现实压抑下产生的。明明是胸中原有的炉锤,却被他说成是无意中的遇会,所以篇末又说"欲辩已忘言"。这原本也是《庄子》中狂屈答知问时"中欲言而忘其所欲言"的典故,向来未被注家注出。陶诗的精髓,全在他那深邃的哲学思想,后人天真地随便臆测,争论虽多,中意者少,便是这个缘故。他这样克制自己,自然再过一阵风暴过去,他的情绪又会复归平静。这时他的想法便是如何保持情操,不受沾染。这也是知识分子无可奈何时唯一的出路。《拟古》九首便是这一时期的作品。如:

> 仲春遘时雨,始雷发东隅。众蛰各潜骇,草木纵横舒。翩翩新来燕,双双入我庐。先巢故尚在,相将还旧居。自从分别来,门庭日荒芜。我心固匪石,君情定何如。(《拟古》其三)

> 东方有一士,被服常不完。三旬九遇食,十年著一冠。辛勤无此比,常有好容颜。我欲观其人,晨去越河关。青松夹路生,白云宿檐端。知我故来意,取琴为我弹。上弦惊别鹤,下弦操孤鸾。愿留就君住,从今至岁寒。(《拟古》其五)

前者是说自己志节未改,后者是说今后仍将固穷到底。归燕鸣琴的题材,使他的心意成为可观的,心音成为可听的。就这样隐居固穷,躬耕自食,艰苦地度尽余年。元嘉三年(426),他五十五岁,曾有《怨诗楚调示庞主簿邓治中》一诗总结一生的感触。诗云:

> 天道幽且远,鬼神茫昧然。结发念善事,僶俛六九年。弱冠逢世阻,始室丧其偏。炎火屡焚如,螟蜮恣中田。风雨纵横至,收敛不盈廛。夏日长抱饥,寒夜无被眠。造夕思鸡鸣,及晨愿乌迁。在己何怨天,离忧凄目前。吁嗟身后名,于我若浮烟。慷慨独悲歌,钟期信为贤。

集中唯此诗是叙平生,与《与子俨等疏》所言大致相同。张自烈认为《与子俨等疏》是渊明毕生实录,赵泉山也以为这首诗里"身后名"虽指自己的节操,实际上也是指仕宦的声名。本传说:"元嘉四年,将复征命,会卒。"渊明可能对将复征命也有所闻。但他认为，天道茫昧，为善无报，贫苦一生，不得温饱，暮年还有什么奢望？这是他既未殉晋，也不肯再仕宋室的主要原因。因此次年临死时的自挽诗说：

  得失不复知，是非安能觉。千秋万岁后，谁知荣与辱。(《拟挽歌辞》其一)

  幽室一已闭，千年不复朝。千年不复朝，贤达无奈何。(《拟挽歌辞》其三)

可见他这时确已完全超然于是非荣辱之外，对世事感到无可为也不要求有所为了。

  综上所述，渊明一生，少壮时志气慷慨，颇欲有为，但因家世没落，贫无所资，因而企羡隐逸，以求自适。其后出仕既不如意，生活的压迫又迫在眉睫，只好从事躬耕，自食其力，固穷不仕。因为长期躬耕，对劳动的意义和农民的痛苦也有所认识。虽然在躬耕中有时也陶醉于田野的风光，咀嚼沮溺的高洁，但他的思想意识的确有些接近劳动人民了。其后刘裕声势日隆，接着安帝被弑，恭帝遇鸩，晋室中亡，引起他的无限愤慨。他一变而成为极其亢烈的忠愤之士，正是鲁迅所谓有时似乎很飘飘然，有时却也有他的金刚怒目式。再后时过境迁，自己是山野匹夫，无能为力，只好仍旧坚持自己的躬耕生活，一面充满晋宋易代之际的兴衰之感，一面又以田园的闲静生活来强自安慰。这样逐渐形成了他对宇宙人生的固定认识。他认为鬼神茫昧，荣衰无定，贤愚共尽，是非难知，只好否定一切，听其自然，以至于死。

  魏晋以来，一般文人、士大夫的思想主要散见于他们的清谈中。而清谈所争执的，主要是周孔名教与老庄自然的是非异同问题。清谈的形式有其一定的社会基础。这不是关于陶渊明个人的问题。至于名教、自然之争，便是陈寅恪所论的，前者是在朝显贵干禄仕进的工具，后者是在野名士与当时统治者消极不合作的表现。二者的争论，在平时代表着统治阶级与中下层地主之间的矛盾；但到新旧易代之际，则野心家常利用名教来剪除异己，忠臣遗老反假托自然来否定现实，于是名实脱离，是非也颠倒了。故嵇康优游林下,司马昭以名教罪人杀之;阮籍嗜酒猖狂,礼法之士疾之若仇。渊明曾祖陶侃是晋宰辅,曾学大禹爱惜分阴,骂一般名士为乱头养望,当然是维护周孔名教的人。渊明当然也秉承家传儒素,服膺周孔。所以说:

> 先师遗训,余岂云坠。四十无闻,斯不足畏。(《荣木》其四)
> 
> 少年罕人事,游好在六经。(《饮酒》其十六)
> 
> 羲农去我久,举世少复真。汲汲鲁中叟,弥缝使其淳。凤鸟虽不至,礼乐暂得新。(《饮酒》其二十)
> 
> 朝与仁义生,夕死复何求。(《咏贫士》其四)

不过到了渊明,门户已经衰落,又因生值晋宋易代之际,身世与魏末嵇、阮相似,无疑他又要主张老庄自然,对新的统治者表示抗拒了。如云:

> 衰荣无定在,彼此更共之。(《饮酒》其一)
> 
> 吾生梦幻间,何事绁尘羁。(《饮酒》其八)

全是没落情绪。又如:

> 大象转四时,功成者自去。(《咏二疏》)
> 
> 觉悟当念还,鸟尽废良弓。(《饮酒》其十七)

则更怵惕热衷利禄的不幸结局。又如:

> 颜生称为仁,荣公言有道。屡空不获年,长饥至于老。虽留身后名,一生亦枯槁。死去何所知,称心固为好。客养千金躯,临化消其宝。裸葬何必恶,人当解其表。(《饮酒》其十一)

则否定一切,专求称心遂意。故云:

> 形迹凭化往,灵府长独闲。(《戊申岁六月中遇火》)
> 
> 所以贵我身,岂不在一生。(《饮酒》其三)
> 
> 居常待其尽,曲肱岂伤冲。迁化或夷险,肆志无窊隆。(《五月旦作和戴主簿》)
> 
> 俯仰终宇宙,不乐复何如?(《读山海经》其一)

不过,南渡后一般人士鉴于王夷甫诸人清谈误国,已不再习于放荡之行,清谈仅限于学理争论。到了晋宋之际,更因为过江已久,北归无望,对自然的看法更进一步,由概念的争论变为具体的实践,即顺遂自然,委身自然。而诗歌题材由玄言转向山水,主要便是这个缘故。因此渊明早年便神往于门前五柳,罢官后能躬耕田野,不以为辱;晋宋易代之际,虽满怀忠愤,却又极力控制,不违忤新贵。因此他的诗虽首首有酒,却不见阮籍那样的放荡之行;虽然忠愤填膺,也没有像嵇康那样亢烈取祸。体现他这种思想主张的,莫过于"形、影、神"三诗。今并录于此,作为渊明思想研究的总结。诗云:

> 天地长不没,山川无改时。草木得常理,霜露荣悴之。谓人最灵智,独复不知兹。适见在世中,奄去靡归期。奚觉无一人,亲识岂相思。但余平生物,举目情凄洏。我无腾化术,必尔不复疑。愿君取吾言,得酒莫苟辞。(《形赠影》)

> 存生不可言,卫生每苦拙。诚愿游昆华,邈然兹道绝。与子相遇来,未尝异悲悦。憩荫若暂乖,止日终不别。此同既难常,黯尔俱时灭。身没名亦尽,念之五情热。立善有遗爱,胡可不自竭。酒云能消忧,方此讵不劣。(《影答形》)

> 大钧无私力,万理自森著。人为三才中,岂不以我故。与君虽异物,生而相依附。结托善恶同,安得不相语。三皇大圣人,今复在何处。彭祖寿永年,欲留不得住。老少同一死,贤愚无复数。日醉或能忘,将非促龄具。立善常所欣,谁当为汝誉。甚念伤吾生,正宜委运去。纵浪大化中,不喜亦不惧。应尽便须尽,无复独多虑。(《神释》)

这里形指一己的身体,是老庄之所贵爱者。影指身外的荣名,乃周礼之所崇尚者。故形、影各抒所见,互相诘难。而神指的是客观运行的自然本体,故借神以斥形、影,认为贵身者既非,徇名者亦未见其是,只有委运乘化,顺应自然,既不至于任真忤时,也不至于徇名自苦。渊明之观自然,遵循它自身永远变动不居的规律,顺遂自然,纵浪大化,无所顾虑。再就"应尽便须尽"来看,显然他又是一个神灭论者。这样,他一生看不惯仕途的诈伪,坚持不肯同流合污的情操,但也认识到作为社会中的一个人,不能离开社会生活，当然也谈不上什么绝无仅有的精神世界。最后他只有走躬耕这条路。在山水诗方兴的晋宋之际，他爱好自然，但他与颜延之、谢灵运不同。颜、谢是在朝士大夫，渊明是贫困的奋斗者。颜、谢对自然仅是玩赏景物，借景物填充内心的空虚；渊明除领略田野风光外，还体会到劳动生活的意义。因此，渊明的诗主要是写田园，而颜、谢的诗大都是写山水。同样是歌咏自然，却又有所不同。渊明还没有离开底层社会；颜、谢则身在魏阙，以念江湖，变成寄生在统治阶级篱下的野草山花。章太炎说"玄言之杀，语及田舍；田舍之隆，旁乃山川云物"，比《文心雕龙》"老庄告退，而山水方滋"的话来得更合实际些。渊明的诗是否完全脱离现实，也可由此来判断了。

至于他耻事二姓这点，事实上无法否认，我们在前面已经提到。过去梁启超否认这点："若说所争在什么姓司马的姓刘的，未免把他看小了。"不知在古代封建士大夫眼中，政治混浊，可以锄奸，可以谏君；万一君主实在太不像话，干脆举起义旗，吊民伐罪，倒会得到普遍的拥护，而绝不赞成采取篡窃的方式。因而曹操、司马懿被后人视作"狐媚以取天下"，认为很不光明。至于人民大众，不论统治阶级内部矛盾如何严重，都把他们看作一个整体。刘裕收复失地，在老百姓看来，未尝不是晋朝的幸运。刘裕本人，也未尝不可以在晋朝统治的名义下做点好事。事实上晋朝政权早已落在刘裕手中，能不能做好事全在刘裕自己。篡杀只不过是争夺权利，并不表示什么本质的变化，更不要说这是一种极不光明的手段了。从这方面来看，渊明反对刘裕，主要是反对他政治上的诈伪作风，何尝不是官场上的事？我们设身处地地想，渊明这点也有其一定的必要。

虽然如此，渊明诗的现实性究竟是有局限的，这种局限就是上述渊明思想自身的局限。他虽然在对自然的看法上接近一个神灭论者，但他由此而形成的委运乘化的宿命的人生观，决定了他对现实斗争的软弱性。由于长期过着躬耕生活，他对统治阶级无情的剥削和农民生活的困苦都有所认识，还提出过无剥削的社会理想。但他一直没有提出解除农民痛苦，达成理想的具体办法。相反，他把这种阶级压迫造成的广大农民的痛苦生活,也认为是自然大化,因而说:"田家岂不苦,弗获辞此难。"除了忍受贫苦而外,别无他途。因此对孙恩、卢循的起兵,他曾无所认识。孙、卢起义后,受到很多百姓拥戴、追踪,卢循还一度打到渊明的家乡浔阳。但在渊明的诗中,连一点踪影也看不出来。他倒是把个人的高洁、晋室的兴亡,看得比什么都重要。因而我们今天论陶渊明,不能对他过于夸大。虽然他的一生并没有脱离现实生活,他的诗也有一定的现实性,但一下把他看作有很高的现实主义成就的诗人,却完全不合事实。

## 第三节 陶渊明诗歌的风格

陶渊明一生的遭遇及由此形成的特殊的思想性格既如上述,则其诗歌的艺术风格也不难窥知。大体说来,陶诗有三个鲜明的特征:

一是自然朴素。这与他的田园生活分不开。由于耳目所接触的都是田野风光,与一般在朝显宦汩没在诈伪矫饰的氛围中不同,他的诗不事绮艳,没有雕饰,只是轻描淡写,直抒胸臆。最足代表他这种风格的是《归园田居》三首,《饮酒》"结庐在人境""秋菊有佳色"两首,《拟古》"东方有一士"一首。不过这几首还有谈哲理的地方,兹举《归园田居》为例:

> 方宅十余亩,草屋八九间。榆柳荫后园,桃李罗堂前。暧暧远人村,依依墟里烟。狗吠深巷中,鸡鸣桑树巅。户庭无尘杂,虚室有余闲。久在樊笼里,复得返自然。(《归园田居》其一)

不但没有奇字僻典,就是吐语的方式也极自然,完全是不假思索,顺口道出,全集中类此者很多。钟嵘说他:"文体省净,殆无长语,笃意真古,辞兴婉惬。"朱熹说他:"不待安排,胸中自然流出。"都是指此。不过施彦执说得最妙,他有《谕子美渊明诗》一诗:

> 子美学古胸,万卷郁含蓄。遇事时一挥,百怪森动目。渊明澹无事,空洞抚便腹。物色入眼来,指点诗句足。彼直发其藏?此但随所瞩。二老诗中雄,同人不同曲。

这话虽然容易叫人误会杜诗是卖学问,陶诗是说空话,但他区别二人作诗的方式,说一个是借题发挥,一个是触物起兴,却是不易之论。可是钟嵘另外举出"欢言酌春酒""日暮天无云",认为"风华清靡,岂直为田家语",似乎在替陶渊明辩护。其实视陶诗为"田家语"并非厚诬陶渊明,若因此而替陶渊明辩护,反多此一举。

二是郁怒不平。陶渊明虽然做了一生隐士,但桓、刘当政时,他看不惯统治者的诈伪作风,晋宋易代之际,他痛心于晋朝的存亡,因此他的诗既有平淡的一面,也有极端愤激的一面。其中最突出的是《读山海经》《咏三良》《咏荆轲》诸诗。而朱熹所谓:"陶渊明诗,人皆说是平淡,据某看他自豪放,但豪放得来不觉耳。其露出本相者,是《咏荆轲》一篇,平淡底人,如何说得这样言语出来。"(《朱子语类》)真德秀所谓:"食薇饮水之言,衔木填海之喻,至深痛切,顾读者弗之察耳。"茅坤所谓:"及读《咏三良》《咏荆轲》与《士不遇赋》,其中多呜咽感慨之旨。"大都是就这几篇为说。最有声色的当然是《咏荆轲》,诗云:

> 燕丹善养士,志在报强嬴。招集百夫良,岁暮得荆卿。君子死知己,提剑出燕京。素骥鸣广陌,慷慨送我行。雄发指危冠,猛气冲长缨。饮饯易水上,四座列群英。渐离击悲筑,宋意唱高声。萧萧哀风逝,淡淡寒波生。商音更流涕,羽奏壮士惊。心知去不归,且有后世名。登车何时顾,飞盖入秦庭。凌厉越万里,逶迤过千城。图穷事自至,豪主正怔营。惜哉剑术疏,奇功遂不成。其人虽已没,千载有余情。

其实陶诗除这几首外,还有如:

> 贞刚自有质,玉石乃非坚。(《戊申岁六月中遇火》)

辞意何等坚决!如:

> 青松在东园,众草没其姿。凝霜殄异类,卓然见高枝。连林人不觉,独树众乃奇。(《饮酒》其八)

则在平常写景中也流露出郁怒不平的本相。

三是高尚闲远。这是真正的隐士面目。天下最冷淡的人,原是最热心的人。遭遇乱世,既不能有所改革,飘然远引,究竟比帮凶要强。陶渊明归隐,大旨亦不外此。但这需要真能超然于世俗荣禄之外,思想上真有出路,才能坚持情操,高尚到底。朱熹说:"晋宋人物,虽尚清高,然个个要官职,这边一面清淡,那一边招权纳货。陶渊明真个能不要,此所以高出晋宋人物。"便是此意。这表现在诗歌方面,便是他的识力、他的境界。陶渊明的思想出入于儒、道二家,最后顺随自然,乘化归尽。因此他的诗除去愤世嫉俗而外,又有超脱世俗、别具匠心的一面。"形、影、神"三首是最明显的例证。但这些诗还不免抽象的说理,可说是哲理诗,缺乏诗人的兴象。至于:

孟夏草木长,绕屋树扶疏。众鸟欣有托,吾亦爱吾庐。既耕亦已种,时还读我书。穷巷隔深辙,颇回故人车。欢言酌春酒,摘我园中蔬。微雨从东来,好风与之俱。泛览周王传,流观山海图。俯仰终宇宙,不乐复何如。(《读山海经》其一)

则在写他的隐居生活中,除末二语轻轻一提外,没有什么说理之处。但言外却是一片天机,意趣超然。不但如此,有时他隐居生活中的一花一木、一鸟一石,在他的诗中无不萧散闲远、悠然自得,与他的高举远引相契无间。例如:

迥泽散游目,缅然睇曾丘。虽微九重秀,顾瞻无匹俦。(《游斜川》)

天岂去此哉,任真无所先。云鹤有奇翼,八表须臾还。(《连雨独饮》)

采菊东篱下,悠然见南山。山气日夕佳,飞鸟相与还。(《饮酒》其五)

这里写曾丘、云鹤、南山、飞鸟,虽是写景,实际上也是写他胸中天地,物我合写,不可复分了。最能道出其所以然的,莫如陈善《扪虱新话》引林倅的话:"诗有格有韵,故自不同。如渊明诗,是其格高;谢灵运'池塘春草'之句,乃其韵胜也。格高似梅花,韵胜似海棠花。"说明陶诗的风格,可以说义无余蕴了。

总之,陶诗的自然朴素,是田家的本色;郁怒不平,是志士的悲慨;萧散闲远,是隐者的标志。他的生活,决定了他的这种人格;他的诗,自然也表现出这种风格。做隐士或做志士,是从同一点出发而绝对相反的两个方向。做田夫在他虽似归隐,却并未完全脱离现实生活,因此陶渊明写的是"田家语",主要是田家的真率。至于志士的悲慨和隐者的闲远,不过是他诗中所包含的不同的两极而已。

陶诗既把悲慨、闲远两种风格统一在"田家语"中,故其表面虽极平淡,而内部却不少崖岸。建安以后,诗歌重视修辞,日趋绮艳,潘、陆、颜、谢显然成为当时文坛的统治者。这些人由于身世相近,大都祖述曹植。到谢灵运,这类诗歌发展成熟,成为诗人心摹手追的唯一范本。与之相反的,便是嵇、阮、左、郭等一批失意孤寒之士,大都保持着《古诗十九首》的抒情风格。这派作家中,最显得牢骚不平的便是郦炎、赵壹、应璩、程晓等。他们的作品不但不肯追逐辞藻,对《古诗十九首》或阮籍那种托兴的方式也有些不耐烦。他们纯粹采用古乐府写实的手法,讥刺现实,义形于色。陶诗既然外平淡而内具崖岸,自然属于应璩、程晓一派作风了。不过应、程之诗失之平弱,陶诗清劲有力,因而又与嵇、阮、左、郭之诗相近。集中如《拟古》《饮酒》等诗,显然出于阮籍《咏怀》;《读山海经》显然继承郭璞《游仙诗》;《咏荆轲》《咏贫士》,是左思《咏史》"荆轲饮燕市""落落穷巷士"两首的改本。此外,"山泽久见招,……荒涂无归人"(《和刘柴桑》)、"此事真复乐,聊用忘华簪"(《和郭主簿》)与左思"杖策招隐士,荒涂横古今""踌躇足力烦,聊欲投吾簪"(《招隐》)又完全出自同一机杼。后世如王世贞、王士祯等,因钟嵘把陶渊明列入中品,说陶诗出于应璩,很抱不平。刻本《太平御览》引钟嵘《诗品》,竟不顾事实,把陶渊明改归上品。其实他们未注意到钟嵘生在重视修辞的齐梁时代,自难超出时代风气,而且源小流大也是诗歌史上常见的事。这样看来,陶诗在当时显然属于"汉魏"一派,与颜、谢"六朝"一派不同。有了陶渊明,古诗才走完未完之路。换言之,古乐府是萌蘖,《古诗十九首》、阮籍是荣华,到陶渊明可说已到结果的时候了。也就因为这个缘故,汉魏古直之风终结于陶渊明,无人再继续了。何景明说:"诗溺于陶,谢力振之,古诗之法亡于谢。"这里说

"诗溺于陶",是明人专讲排场,不能认识陶诗真面的皮相之谈。至于说古诗的作风到陶渊明已达止境,却的确是不易之论。

陶诗在当时属于别派,因而不被重视。虽然有萧统、阳休之替他传扬,江淹《杂体诗》中也有拟陶的作品,究竟寥寥无几,影响不大。直到唐朝,反齐梁运动兴起,陶诗才放出灿烂的光辉,被人重视。唐人受陶诗影响的,初唐有王绩,盛唐有王维、孟浩然、储光羲,中唐有韦应物、柳宗元、白居易。不过王绩得其疏放,王维得其醇厚,孟浩然得其清劲,储光羲得其真朴,韦应物得其平淡,柳宗元得其峻洁,白居易得其率直。当然,王维、白居易的风格,还有他们的近体诗及七言,非陶诗所能概括。但就受陶诗影响这一点来说,都是得陶诗一体,不够全面。此外,虽不名学陶而好真朴,与陶同调的,还有唐初的王梵志,大历时寒山、拾得,及元结《箧中集》中诸人。就是杜甫晚年的作品,以抒情诗居多,也常常在抒情的过程中提出自己对宇宙、人生的见解,感情与思想化而为一,有时不免哲学气太重。但我们读了反觉得既感人又深入。至于宋代苏轼、黄庭坚等最负盛名的诗人,差不多都受到陶诗的影响。东坡晚年爱诵陶诗,曾遍和陶诗。而号称江西诗派的黄山谷等人垄断两宋诗坛很久,除了喜欢造词外,在喜欢造意这一点上,推其远祖,正是陶渊明。此后受陶诗精神支配的作者,代不乏人。

# 第十四章　晋宋之际文学

## 第一节　山水诗和谢灵运

晋宋之际,诗歌题材转向山水。旧称,首先改变永嘉平典风格的是殷仲文、谢混二人。殷作成绩不佳,谢诗如《游西池》一首,确为后来颜、谢的先导,诗云:

> 悟彼蟋蟀唱,信此劳者歌。有来岂不疾,良游常蹉跎。逍遥越城肆,愿言屡经过。回阡被陵阙,高台眺飞霞。惠风荡繁囿,白云屯曾阿。景昃鸣禽集,水木湛清华。褰裳顺兰沚,徙倚引芳柯。美人愆岁月,迟暮独如何。无为牵所思,南荣戒其多。

这正是老庄的自然思想,是从空谈转向流连于自然景物的口吻。但谢混诗篇不多,得名未盛,未能产生影响。到了刘宋元嘉时才产生颜、谢诸人的优秀作品。我们先看过去推崇很高,与曹植、陆机齐名的"元嘉之雄"谢灵运。

谢灵运,小名客儿,陈郡阳夏(今河南太康县)人。晋车骑将军谢玄之孙,谢混之侄。父瑛生而不慧,早卒。灵运幼便颖悟,谢玄很喜欢他,对亲旧说:"我乃生瑛,瑛那得生灵运。"袭封康乐县公,性情豪奢,不但车服鲜丽,且多改制自作。刘裕篡晋,谢灵运依例降为侯爵,起为散骑常侍、太子左卫率。因性情偏激,常失礼度,不大被委以实际任务。但他自认为名门之后,又有才能,应参权要,常怀愤不平。他与庐陵王义真交好。少帝时,徐羡之、傅亮密谋废立,依次该立义真。因徐、傅等不满于义真,又因义真与少帝不协,遂奏免义真为庶人。灵运也因非毁执政,被外放为永嘉太守。他到郡后,整日邀游不管事,称病离职,到会稽去经营别墅。文帝即位,诛徐、傅等,征灵运为秘书监。他还是抑郁不满,常出外远游,被御史中丞傅隆弹劾免官,从此回到始宁老家,游山玩水。常着木屐,上山则去屐之前齿,下山则去屐之后齿,人称此种屐为谢公屐。他因祖业丰厚,奴仆众多,凿山浚湖,修治无已。每次出游都是大队人马,常常惊动县邑。有一次从始宁南山伐木开径,直到临海,被太守王琇当作山贼。会稽太守孟颛礼佛诚恳,灵运讥他说:"丈人生天当在灵运前,成佛必在灵运后。"从此与颛失和,颛奏他有异谋。文帝爱才,徙为临川内史。在郡游放,不异永嘉。被人弹劾捉拿,他兴兵拒绝,被捕,降死,徙广州。押送者捉到几个强盗,供出他们要在中途劫夺灵运,又被告发,文帝才诏令在广州弃市。时元嘉十年(433),年四十九。

  灵运为人赋性豪奢,车服鲜丽,结队游山,惊扰郡邑,是一个典型的挥霍子弟。又逢改朝换代,未见重用,益发助长了他的这种赌徒心理。他被外放,看似由于非毁执政,实在是当时统治集团内部宗派倾轧的必然结果。他由于出身于南朝最大的门阀王谢家庭,既不肯小就,又不甘寂寞,因此屡被征用却屡不尽责,在魏阙则念江湖,在江湖则怀魏阙。内心的矛盾,使他仕游两途都受抑制。这样,他游山玩水,不言而喻怀有无比的愤懑。还有,他既承东晋玄风,深悟老庄之旨,用自然主义者的眼光看山水,就觉得处处可以解说。玄言山水本是自然主义的不同表现,东晋玄言诗陷于抽象,一般山水诗又流于浮浅,他却能用玄理解析景物,通过景物形象发挥玄理。再加上他的挥霍心理、失意牢骚,他的诗便显得深蕴包举,舒卷烟云,气象万千了。比如:

    达人贵自我。(《述祖德诗》其一)

    中原昔丧乱。(《述祖德诗》其二)

这是他借祖先谢安、谢玄的行径,为自己的游放作解释。实际上即是自矜

名族,未甘小就,很有些迈往不屑之概。又如:

> 晓月发云阳,落日次朱方。含凄泛广川,洒泪眺连冈。眷言怀君子,沉痛切中肠。道消结愤懑,运开申悲凉。神期恒若存,德音初不忘。徂谢易永久,松柏森已行。延州协心许,楚老惜兰芳。解剑竟何及,抚坟徒自伤。平生疑若人,通蔽互相妨。理感心情恸,定非识所将。脆促良可哀,夭枉特兼常。一随往化灭,安用空名扬。举声泣已沥,长叹不成章。(《庐陵王墓下作》)

这是政治斗争失败后他的愤懑。因为是自身遭遇,故写来特别沉痛,真可谓"泣涕不成章"了。这还不是他惯常的写景诗。再看:

> 首夏犹清和,芳草亦未歇。水宿淹晨暮,阴霞屡兴没。周览倦瀛壖,况乃陵穷发。川后时安流,天吴静不发。扬帆采石华,挂席拾海月。溟涨无端倪,虚舟有超越。仲连轻齐组,子牟眷魏阙。矜名道不足,适己物可忽。请附任公言,终然谢天伐。(《游赤石进帆海》)

这是政治上失意后对自然景物的向往之情,说明荣名可忽,自我的适意不能放弃。看来超然忘怀,却仍免不了豪门子弟的凌跨心理。这里"矜名"两句是说理,即"溟涨"两句也并非单纯的写景。再看:

> 跻险筑幽居,披云卧石门。苔滑谁能步,葛弱岂可扪。袅袅秋风过,萋萋春草繁。美人游不还,佳期何由敦。芳尘凝瑶席,清醑满金樽。洞庭空波澜,桂枝徒攀翻。结念属霄汉,孤景莫与谖。俯濯石下潭,仰看条上猿。早闻夕飙急,晚见朝日暾。崖倾光难留,林深响易奔。感往虑有复,理来情无存。庶持乘日车,得以慰营魂。匪为众人说,冀与智者论。(《石门新营所住四面高山回溪石濑茂林修竹》)

体会微妙。但我们不要忘记"秋风""春草"是抒情,"俯濯""仰看"是说理。前者是对庐陵的怀念,后者是说情随事迁,一触即发。理由思至,瞬息即失。人生自应幽居求道,不宜徇心逐物。完全用景物形象来描写自己心中的境界,情景交融,事理不别,他的得名不是偶然的。此外如:

秋岸澄夕阴,火旻团朝露。(《永初三年七月十六日之郡初发都》)

岩峭岭稠叠,洲萦渚连绵。白云抱幽石,绿筱媚清涟。(《过始宁墅》)

石浅水潺湲,日落山照曜。荒林纷沃若,哀禽相叫啸。(《七里濑》)

连障叠巘崿,青翠杳深沉。晓霜枫叶丹,夕曛岚气阴。(《晚出西射堂》)

池塘生春草,园柳变鸣禽。(《登池上楼》)

密林含余清,远峰隐半规。……泽兰渐被径,芙蓉始发池。(《游南亭》)

乱流趋正绝,孤屿媚中川。云日相辉映,空水共澄鲜。(《登江中孤屿》)

涧委水屡迷,林迥岩逾密。眷西谓初月,顾东疑落日。(《登永嘉绿嶂山诗》)

白花皜阳林,紫翘晔春流。(《郡东山望溟海诗》)

威摧三山峭,澌汩两江驶。渔舟岂安流,樵拾谢西芘。(《游岭门山诗》)

石室冠林陬,飞泉发山椒。虚泛径千载,峥嵘非一朝。(《石室山诗》)

日末涧增波,云生岭逾叠。白芷竞新苕,绿蘋齐初叶。(《登上戍石鼓山诗》)

莫辨洪波极,谁知大壑东。(《行田登海口盘屿山》)

千顷带远堤,万里泻长汀。洲流涓浍合,连统塍圩并。(《白石岩下径行田》)

虚馆绝诤讼,空庭来鸟雀。(《斋中读书》)

野旷沙岸净,天高秋月明。憩石挹飞泉,攀林搴落英。(《初去郡》)

群木既罗户,众山亦当窗。靡迤趋下田,迢递瞰高峰。(《田南树园激流植援》)

林壑敛暝色,云霞收夕霏。芰荷迭映蔚,蒲稗相因依。(《石壁精舍还湖中作》)

长林罗户穴,积石拥阶基。连岩觉路塞,密竹使径迷。(《登石门最高顶》)

俯视乔木杪,仰聆大壑淙。石横水分流,林密蹊绝踪。(《于南山往北山经湖中瞻眺》)

初篁苞绿箨,新蒲含紫茸。海鸥戏春岸,天鸡弄和风。(《于南山往北山经湖中瞻眺》)

猿鸣诚知曙,谷幽光未显。岩下云方合,花上露犹泫。(《从斤竹涧越岭溪行》)

近涧涓密石,远山映疏木。空翠难强名,渔钓易为曲。(《过白岸亭诗》)

孟夏非长夜,晦明如岁隔。瑶华未堪折,兰苕已屡摘。(《南楼中望所迟客》)

春晚绿野秀,岩高白云屯。(《入彭蠡湖口》)

这类名句,在别人不过一两处,在灵运则络绎纷披,俯拾即是。

总之,灵运是曹植后有数的作者,故钟嵘将他与曹植、陆机并举,且誉他为"元嘉之雄"。他的诗与曹诗、陆诗的相同处是富艳。不同处是曹诗情感横溢,感染力很强,有形体,有精神;陆诗徒具躯壳,没有生气;灵运的诗发抒感情虽不及曹诗慷慨动人,但理致深微,很具识鉴。这当然又是嵇、阮、孙、许的风格。至于刻画山水鲜美生动,虽导源于张协,但融理入辞、文采兼备却是他独具的特点。因此曹植的诗是诗人之诗;陆机的诗是赋家之诗;张协的诗兼备之,具体而微;孙、许的诗是学者之诗,却又无上两者之长;到了谢灵运,可以说兼有诗人、赋家、学者三者之长而无其短,这是时势、环境及他个人的出身造诣等种种因素共同作用而产生的结果。如今看来,若就社会、人生的价值而言,他的诗诚然不及同时代陶渊明、鲍照的作品,但他却能体现时代精神。我们要认识六朝文人的典型,还得到谢诗中去寻求。陶渊明、鲍照当时并无高名,后世才吐出光焰;谢灵运却立即蜚声同侪,在一切人心目中占据了很高的地位。鲍照说他:"如初发芙蓉,自然可爱。"(《宋书·颜延之传》)沈约说他"兴会标举"(《宋书·谢灵运传》)。梁简文帝说他:"吐言天拔,出于自然。"(《与湘东王书》)这些话虽然能很概括地传达出谢诗的精神,但都不够详尽。最全面的是钟嵘的评论:"其源出于陈思,杂有景阳之体,故尚巧似,而逸荡过之,……兴多才高,寓目辄书。内无乏思,外无遗物,其繁富宜哉。然名章迥句,处处间起;丽典新声,络绎奔会。譬犹青松之拔灌木,白玉之映尘沙,未足贬其高洁也。"(《诗品》)此外,敖陶孙说他:"如东海扬帆,风日流丽。"(《臞翁诗评》)与鲍照、沈约的认识类似。王元美说:"曹子建后作者多能入史语,不能入经语。谢康乐出而易辞庄语,无不为用。"(《艺苑卮言》)这是指他诗中的理致和识鉴。冯时可说:"康乐设奇托怪,钩深抉隐,穷四时之变,极万物之情。"这是指他诗中景物的形象。不必多举了。

　　自从谢诗出世,一般人便以谢诗为五言的最高准绳,不但六朝人多受谢诗的影响,即是唐人如李、杜、韩、柳初期的作品,也都有颜、谢自然秀发、富艳精深的风格。但泛滥至极,自生流弊。到了宋末大明、泰始之际,文章便成了书抄。影响最深的便是谢诗刻画山水,组织辞藻,为之过甚,工巧排偶,失于纤靡板滞。六朝人的形式主义虽然由曹植启于前,但到了谢灵运,已达饱和程度,因此引起后人非难。如何景明说:"诗溺于陶,谢力振之,古诗之法亡于谢。"(《明史·何景明传》)谢诗可说是汉魏诗歌与齐梁诗歌的分水岭,但如清人汪师韩择录谢诗疵累,一一抨击,以概其全。近人不加分别,说他在左、郭之下,甚至一概抹杀,也未免过甚了。

## 第二节　颜延之

　　颜延之,字延年,琅琊临沂(今山东临沂)人。少孤贫,好读书,文章冠绝当时,为豫章公世子中军,行参军事。义熙十二年(416),刘裕北伐,延之奉使至洛阳,道中作诗二首,为谢晦、傅亮所赏,举为博士。自始即好饮酒,不护细行。宋武帝即位,傅亮为尚书令,延之补太子舍人,自命才藻,不甘为下,亮很疾恶他。再加上他与谢灵运一样,以文辞受庐陵王义真接待,徐羡之等不悦,便放他出去做始安太守,道经汨罗,祭吊屈原抒愤。元嘉初,羡之等被诛,延之被征为太子中庶子。饮酒疏诞,又为刘湛、殷景仁所嫉,出为永嘉太守。他很怨愤,作《五君咏》。刘湛诛,延之起为始兴王浚后军咨议参军,迁国子祭酒、司徒左长史。因买田不肯还值,被弹免官。复为秘书监、光禄勋、太常,元嘉三十年(453)告归。孝武帝即位,延之为金紫光禄大夫,孝建三年(456)卒,年七十三。

延之为人褊激,加上好饮,任意直言,不少遏隐。年三十,犹未婚。宋武帝时,曾面折周续之。文帝时,又讥骂沙门慧琳为刑余之人。这些都与谢灵运有些相似,都是仕宦失意,志意受到抑制所致。他与谢的不同处是谢豪奢,车服鲜丽;他很俭约,布衣蔬食,独酌郊野,旁若无人。他连儿子竣对他的供应也不要,路遇竣即远避。有一次偶然遇到,他对竣说:"平生不喜见要人,今不幸见汝。"这都与谢喜欢招摇、惊扰郡邑有异,与出身和生活习惯有关。至于谢被杀,他得到保全,当然是因为谢有徒众,举兵拒捕,他则没有这些嫌疑。而且儿子竣参与了孝武帝讨伐文帝太子劭的密谋,权倾一时,别人也无法构陷他。

颜、谢齐名,潘、陆后无人与比。因此江右称潘、陆,过江称颜、谢。他与谢的相同处是都喜欢引用古书,一字一句都经过锤炼。但谢经常出游,对自然景物会心较多,诗也有清空之气。颜自恃才藻,与一些朝贵龃龉,不肯为下,因此虽然在山水诗风行的元嘉时代,他的山水诗却不多。他的诗组织辞藻缜密无隙,有些晦涩难读。因此钟嵘说他:"源出于陆机……体裁绮密。"鲍照说他:"铺锦列绣,雕缋满眼。"的确,他与陆机有些相似,其最显出雕缋痕迹的,如:

　　九逝非空思,七襄无成文。(《夏夜呈从兄散骑车长沙》)

　　玉水记方流,璇源载圆折。(《赠王太常》)

全是人功,毫无兴会。比较自然的,如:

> 春江壮风涛,兰野茂葳蕤。(《车驾幸京口侍游蒜山作》)
> 庭昏见野阴,山明望松雪。(《赠王太常》)
> 流云蔼青阙,皓月鉴丹宫。(《直东宫答郑尚书》)

最负盛名的是《北使洛》一首:

> 改服饬徒旅,首路跼险艰。振楫发吴洲,秣马陵楚山。涂出梁宋郊,道由周郑间。前登阳城路,日夕望三川。在昔辍期运,经始阔圣贤。伊瀍绝津济,台馆无尺椽。宫陛多巢穴,城阙生云烟。王猷升八表,嗟行方暮年。阴风振凉野,飞云瞥穷天。临涂未及引,置酒惨无言。……

写洛阳宫阙荒废的景象令人宛如目睹,但还不及下面这一段凄凉动人:

> 息徒顾将夕,极望梁陈分。故国多乔木,空城凝寒云。丘垄填郛郭,铭志灭无文。木石扃幽闼,黍苗延高坟。(《还至梁城作》)

此外,他的名作便是被放为永嘉太守时写的《五君咏》:

> 阮公虽沦迹,识密鉴亦洞。沉醉似埋照,寓辞类托讽。长啸若怀人,越礼自惊众。物故不可论,途穷能无恸。(《阮步兵》)
>
> 中散不偶世,本自餐霞人。形解验默仙,吐论知凝神。立俗迕流议,寻仙洽隐沦。鸾翮有时铩,龙性谁能驯。(《嵇中散》)
>
> 刘伶善闭关,怀情灭闻见。鼓钟不足欢,荣色岂能眩。韬精日沉饮,谁知非荒宴。颂酒虽短章,深衷自此见。(《刘参军》)
>
> 仲容青云器,实禀生民秀。达音何用深,识微在金奏。郭奕已心醉,山公非虚觏。屡荐不入官,一麾乃出守。(《阮始平》)
>
> 向秀甘淡薄,深心托毫素。探道好渊玄,观书鄙章句。交吕既鸿轩,攀嵇亦凤举。流连河里游,恻怆山阳赋。(《向常侍》)

这里所咏的是竹林七贤中不肯出仕或仕宦不如意的五人。山涛、王戎两位显贵反被黜退了。他的愤慨,于此可见。其中"屡荐不入官,一麾乃出守""物故不可论,途穷能无恸""韬精日沉饮,谁知非荒宴""鸾翮有时铩,龙性谁能驯",虽咏古人,实即自叙。真可说"情喻渊深,体裁绮密"(《诗品》）。后世作《五君咏》的很多，但如果所咏的不是隐沦，而是显贵，或是单纯咏古，无关己身，一望便知门径生疏，对颜诗毫无所会了。

总之，颜、谢同声，谢诗虽兼诗人、赋家、学者三者诗歌之长，却还是诗人之诗。颜诗则很近于纯粹的学者之诗。宋末大明、泰始之际，文章变成书抄，颜、谢在其中都产生了影响，颜的影响尤大。但近人也有推崇颜诗过于谢诗的。像章太炎《国学讲演录》、陈衍《石遗室诗话》所论，固然看出了颜诗的特长，但也因为章太炎是学者，陈衍又是崇拜学人之诗的，因而议论如此。这与李清照推崇黄山谷为良金美玉，瑕不掩瑜，讥秦观寒俭少富贵气，是同一见地，不能算是很公平的论断。

此外，元嘉作者尚有谢灵运族兄谢瞻、族弟谢惠连、族子谢庄，他们都有些写景好句。如：

夕霁风气凉，闲房有余清。开轩灭华烛，月露皓已盈。（谢瞻《答灵运》）

颓阳照通津，夕阴暧平陆。榜人理行舻，辔轩命归仆。（谢瞻《王抚军庾西阳集别作》）

屯云蔽曾岭，惊风涌飞流。零雨润坟泽，落雪洒林丘。（谢惠连《西陵遇风献康乐》）

寒商动清闺，孤灯暧幽幔。耿介繁虑积，展转长宵半。（谢惠连《秋怀》）

亭亭映江月，浏浏出谷飙。斐斐气幂岫，泫泫露盈条。（谢惠连《泛湖归出楼中玩月》）

林远炎天隔，山深白日亏。（谢庄《游豫章西观洪崖井》）

都较工致。但清浅有余，深致不足，不能与颜、谢并驰。比较可观的是谢惠连《捣衣》：

衡纪无淹度，晷远倏如催。白露滋园菊，秋风落庭槐。肃肃莎鸡羽，烈烈寒螀啼。夕阴结空幕，宵月皓中闺。美人戒裳服，端饰相招携。簪玉出北房，鸣金步南阶。栏高砧响发，楹长杵声哀。微芳起两袖，轻汗染双题。纨素既已成，君子行未归。裁用

> 筒中刀,缝为万里衣。盈筐自余手,幽缄俟君开。腰带准畴昔,不知今是非。

情景相融,是一幅极美妙生动的秋夕捣衣图。钟嵘评这首诗说:"虽复灵运锐思,亦何以加焉。"(《诗品》)确非过誉。再如谢庄《七夕》:

> 辍机起春暮,停箱动秋衿。璇居照汉右,芝驾肃何阴。容裔泛星道,逶迤济烟浔。陆离迎宵佩,倏烁望昏簪。俱倾环气怨,共歇浃年心。珠殿釭未沫,瑶庭露已深。夕清岂淹拂,弦辉无久临。

写牛女会合很显出作者的想象力。这种以闺情为主题的作品,到梁陈以后鼎盛一时,叫作宫体,但谢惠连、谢庄时已经产生。可见任何一种文学的形成都不是一朝一夕之效。

纵观汉魏晋宋的五言诗,完全是士大夫阶级的作品。谢灵运前后,谢氏一族诗人众多,更可说明诗歌已成为有闲阶级的专有品。因此除去建安作者经过一段流离,接触到人民大众的生活,永嘉刘琨转战敌后,具有强烈的民族意识外,反映的全是中上层阶级的生活。但就诗歌艺术的发展过程来看,每阶段的作品都具有一定的进步意义。建安诗的作者,大都是抒情。魏末嵇、阮向往神仙,流于想象。西晋返于辞藻,却又失之浮浅。东晋矫枉,又转向玄言。到了元嘉,才又注意到形象的描写。每一时期的风尚,差不多都是为反对前一时期的流弊而出现的。这也正是一个辩证的发展过程。

## 第三节　鲍照

鲍照,字明远,东海(今山东郯城县)人。家世贫贱,以诗得宋临川王义庆信任。义庆死,又为始兴王浚侍郎,孝武帝时为中书舍人。临海王子顼镇荆州,照掌内命。明帝初,江外诸王拒命,子顼败,照死于兵。鲍照在整个六朝是一个很特出的作家,别人都作五言,他不但工于五言,而且擅长七言。七言自曹丕《燕歌行》以后,作者寥寥,傅玄爱作七言,还说七言

"体小而俗"。与鲍照同时的汤惠休也爱作七言,被颜延之讥为"委巷中歌谣"。可见当时人还很卑视七言。只有鲍照看到这是后起的新体,独为别人所不为,这是他大胆而很有眼力的地方。此外,六朝诗人大都注意风韵,崇尚静穆的美,处处是含蓄渟泓。鲍照却注重气骨,崇尚奔放的美,处处是纵横驰骤。再加上他命意奇警,吐语生新,处处显出创造的才能。因此钟嵘说他:"骨节强于谢混,驱迈疾于颜延。"萧子显说他:"发唱惊挺,操调险急。"敖陶孙说他:"如饥鹰独出,奇矫无前。"他这种风格的形成,根究起来,与他所处的环境和他的个性分不开。因为他家世贫贱,民间歌唱可能对他影响很大。颜延之忌恨他,把他与同时的汤惠休相比,立"休鲍之论"。惠休的诗既被讥为"委巷中歌谣",则鲍照的诗当然也近于"委巷中歌谣"了。再加上他在政治上不得志,"才秀人微,取湮当代",更形成了他愤怒的情绪、孤鲠的性格,自然他的诗便多是七言,而且气势奔放,语意奇警了。他的代表作《拟行路难》十八首便是他这种感愤不平意识的典型表现。例如:

> 泻水置平地,各自东西南北流。人生亦有命,安能行叹复坐愁。酌酒以自宽,举杯断绝歌路难。心非木石岂无感?吞声踯躅不敢言。(《拟行路难》其四)

此外如:

> 疾风冲塞起,沙砾自飘扬。马毛缩如猬,角弓不可张。时危见臣节,世乱识忠良。投躯报明主,身死为国殇。(《代出自蓟北门行》)

> 朱城九门门九开,愿逐明月入君怀。入君怀,结君佩,怨君恨君恃君爱。筑城思坚剑思利,同盛同衰莫相弃。(《代淮南王》)

题材全是烈士、思妇之属,说明他遭遇不偶,自然要物伤其类,为这些失意者鸣不平了。他这种沉痛、奔放、奇警、犀利的风格,在六朝诗中别开生面。自鲍照后,七言作者才逐渐增多。到了隋唐,发展成熟,成为唐诗的主流。李、杜、高、岑、王等盛唐诸大家,无不受鲍照影响。而李白尤与之相近。老杜《简薛华》诗:"……近来海内为长句,汝与山东李白好。何刘沈谢力未工,才兼鲍照愁绝倒。"对鲍诗可说推崇备至。总之,鲍照在当时虽无名气,但他与同时独享盛名的谢灵运同样是开启一代风气的历史人物。而且谢灵运只影响当时,鲍照的影响却远及后代。在当时的诗人中,可以说只有他堪与陶渊明比并。陶渊明是汉魏古诗的结束者,鲍照是隋唐新体的开山祖,在六朝时期,他二人可说是高悬中天的两颗明星。